BOOK
HILL

सेतो सिउँदो

सङ्गीता स्वेच्छा

BOOK HILL

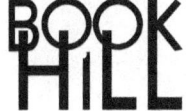

बुकहिल पब्लिकेसन प्रा. लि.

कर्पोरेट तथा सम्पादकीय कार्यालय

सत्य-सदन ५३०/२० कालिका मार्ग,

का.म.न.पा.- २९, कालिकास्थान, काठमाडौं

पोस्ट बक्स नं. : ४९७४,

फोन : +९७७-१-५९०४४०१/२

info@bookhill.com.np

www.bookhill.com.np

बुकहिल इन्टरनेसनल

३ लिटल पेडक क्लोज

क्रली, वेस्ट ससेक्स

RH11 0BN, UK

फोन : +४४-०-७४५४८४०७७५

+४४-०-१२९३३८५७३४

info@bookhill.co.uk

www.bookhill.co.uk

यो उपन्यास वि.सं. २०४९ सालमा 'पखालिएको सिउँदो' शीर्षकमा प्रकाशन भएको थियो । यसको दोस्रो संस्करणमा शीर्षक परिवर्तन गरिएको छ ।

आवरण

सचिन यगोल श्रेष्ठ

लेआउट

उमेश काफ्ले

पहिलो संस्करण : फागुन, २०४९

दोस्रो संस्करण : चैत, २०७९

ISBN : 978-1-915159-05-2

SETO SIUNDO BY SANGITA SWECHCHA

पखालिएको सिउँदो लोकार्पण समारोह २०४९ फागुन १२ : साहित्यकार चेतन कार्की, दौलतविक्रम विष्ट, नेपाली काङ्ग्रेसका सर्वोच्च नेता गणेशमान सिंह र सेन्ट जेभियर्स कलेजका क्याम्पस प्रमुख फादर चार्ल्स ल ।

पखालिएको सिउँदो लोकार्पण समारोह २०४९ फागुन १२ : लोकार्पण गर्दै साहित्यकार दौलतविक्रम विष्ट ।

मेरा ममतामयी बुबा-आमा
श्यामकाजी श्रेष्ठ तथा **सुनिता श्रेष्ठ**मा
यो दोस्रो संस्करण समर्पण गर्दछु, जसले अठार
वर्षको उमेरमा मेरो उपन्यास प्रकाशन गरी मलाई
साहित्य लेखनमा प्रेरणा दिनुभयो !

एक

सुन्दरीजल ! जलमा पनि विचित्रको सुन्दरता ! त्यही सुन्दरीजलको कलकलाउँदो पानीको मनोरम दृश्यले सन्ध्यालाई निकै मुग्ध पारेको थियो । कलकल बगिरहेको पानीमा मिसिएको चराहरूको चिरबिर चिरबिर आवाजले वातावरणमा कुनै अलौकिक सङ्गीतको मधुरता थपेको थियो । प्राकृतिक सुन्दरताले कसलाई मोहनी लगाउँदैन र ! सन्ध्या पनि प्रकृतिको त्यो मोहनीमा लिप्त हुने एक अजिब प्राणी थिइन् । रमा, विनीता, नीता सबैले सन्ध्यालाई खोज्दै आइरहेका थिए । सन्ध्या सुन्दरीजलको त्यो सुन्दरतामा हराउँदै नदी छेउको ढुङ्गामा एक्लै मौन बसिरहेकी थिइन् । बगिरहेको पानीमा ससाना ढुङ्गा फाल्दै उनी आफूबाटै पर कतै हराइरहेकी थिइन् । आफ्नै पछाडि कोही आएर बस्यो भन्ने पत्तोसम्म थिएन । सन्ध्याको कुममा हल्का स्पर्श भई सानो ढुङ्गा उनकै अगाडिबाट पानीमा खस्यो । झस्किएर उनी पछाडि फर्किइन् । कसैलाई पनि देखिनन् । उनी त्यहाँबाट उठिन् । आफ्नो स्कर्टलाई अलि माथि सार्दै पानीछेउ पुगिन् । अँजुलीमा पानी लिएर मुख धोइन् । हातले पानीलाई एकदुईपटक हल्लाइन् । पुनः फर्केर पहिले बसेकै ढुङ्गामा आएर बसिन् । पारिपट्टि नदी किनारको जङ्गलमा फुलिरहेका रङ्गीचङ्गी फूलहरूलाई एकटकले हेरिरहिन् । उनको मन फेरि अर्को रोमाञ्चकताले भरिएर आयो । मन्द हावा उनको बादल जस्तो केशमा लुकामारी खेल्दै फर्फराउँदै थियो । चिसा हातले दुई तीनचोटि कपाल मिलाइन् । यस्तैमा अचानक एउटी बूढी महिला सन्ध्याको छेउमा आएर बसिन् ।

"नानी !"

"हजुर !", सन्ध्याले आफ्नो छेउमा बसेकी बूढीलाई हेर्दै भनिन् । "नखाएको दुई दिन भइसक्यो । बालबच्चा सबै भोकै छन् । केही पैसा भए पाऊँ न !"

"तपाईंको घर कहाँ हो नि ?"

"हामी गरिबको पनि घर काँ हुनु र ! यहीं सुन्दरीजलको माथि एउटा सानो झुपडी छ । त्यहीं बस्छु ।"

"बालबच्चा कति छन् नि ?"

"तीन ओटी छोरी, दुइटा छोरा । अरूको दाउरा बोक्ने र भाँडा माइने भइसके ।"

"अनि श्रीमान् ?"

"बित्नुभयो... पाँच वर्ष भयो ।"

"ओ !", सन्ध्या केही निराश भइन् ।

"मैले झोला त उता साथीसँग छाडेर आएँ । अहिले जाने बेला दिन्छु है, आमा ?"

"हुन्छ !", मुसुक्क हाँस्दै बूढीले टाउको हल्लाइन् ।

सन्ध्याले ती महिलालाई नियालेर हेरिन् । बूढी भनेर त्यति उमेर खाए जस्ती पनि थिइनन् । तर अनुहारमा चाउरीका मुजा परेका थिए । अगाडिको कपाल केही फुलेको, चोलो ढाडतिर र पाखुरामा फाटेको । धोती पनि ठाउँठाउँमा प्वालैप्वाल परेको, घामले डढे जस्तो शरीर, चिन्ताले खाएको अनुहारमा दुःखका धर्का प्रस्ट देखिन्थे । ती अधबैंसे महिलाले सन्ध्यातिर हेर्दै सोधिन्, "नानीको घरचाहिं काँ हो नि ?"

"काठमाडौंमै... बानेश्वरमा बस्छु... काकाकाकीसँग !"

"बुबाआमा नि ?"

"बितिसक्नुभो ।"

"च्वच्च ! यस्तो कलिलो उमेरमा आमाबाबु दुवैको मायाबाट विमुख हुनुभएछ ।"

"यस्तै छ जीवन । आमाको मुख त यादै छैन । सानैमा खस्नुभएको रे ! बुबा बित्नुभएको पनि दुई वर्ष भयो ।"

"हरे ! कस्तो सृष्टि यो !"

"ल, म त कुरैमा मस्त भइछु । साथीहरू खोज्दै होलान् । एउटा सानो खरायो देखेर आएकी थिएँ यतातिर... कता लुक्यो, लुक्यो ।"

"सेतोसेतो हो, नानी ?"

"हजुर ! मलाई जनावर एकदम मन पर्छ... उसमाथि पनि खरायो !"

"त्यो खरायो मेरै हो। मसँग पाँच ओटा छन्... एउटा नानीलाई दिउँला नि !"

"साँच्ची आमा ! तपाईं त कस्तो ठूलो दिलकी हुनुहुँदो रहेछ ।"

"दिल मात्र ठूलो भएर के गर्ने ? ठूलो दिलले पैसा आउँदैन । पैसा नभएपछि संसार अन्धकार । चोर्नु भएन । डाँका मार्नु भएन । त्यसैले दुःखै छ, नानी !"

"संसारमा दुःख कसलाई छैन र, आमा ? सबै जना आआफ्नै कारणले दुःखी छन् । कसैको दुःख बाहिर देखिन्छ, कसैको देखिँदैन ।"

"नानीको यस्तो कुरा सुन्दा त यस्तो लागिरहेको छ कि, तपाईं पनि दुःखी हुनुहुन्छ ।"

"के एक अनाथ मान्छे सुखी हुन्छ होला त, आमा ?"

"त्यो त हुन्न । तर नानी जस्ता पढेलेखेकाले अरूको भर पर्नुपर्दैन । आफैं जागिर खान सक्नुहुन्छ । हामी जस्ता अनपढले काम पनि के गर्ने भन्नुस् न ! खानलाउन नै धौधौ हुन्छ । तैपनि यस संसारमा बाँच्न कर लाग्दो नै रहेछ ।"

"हो आमा, सबैलाई त्यस्तै लाग्छ, आफू जस्तो दुःखी कोही छैन जस्तो । यस्ता कुराले म बेलाबेला दुःखी हुन्छु । हुलमुलमा बसेर रमाइलो गर्न पनि सक्दिनँ । साथीहरू गीत गाउँदै, नाच्दै थिए । म तलतिर ओर्लिएँ... खरायो खोज्न !"

"म त यतातिर दाउरा खोज्न आएकी । नानीसँग भेट भो । माथि हिंड्नुहोस् न, माईको मन्दिर पनि दर्शन गर्नुस् अनि खरायो पनि लिनुस् ।"

"हस् ! अनि खरायोको कति नि, आमा ?"

"धत् ! मायाले दिएको चीजको पनि मूल्य हुन्छ र ! चाहे त्यो चीज तुच्छ नै किन नहोस् । नानीले 'आमा' भन्नुभो... लाग्छ, कुनै जन्ममा हाम्रो नाता थियो ।"

"हुन सक्छ । आफ्नी आमा छैनन् । त्यसैले यो मुख आमा भन्न व्याकुल हुन्छ ।"

"हो नानी, जे आफूसँग हुँदैन, त्यसको चाहना त बढ्छ नै । तर आमा आमा नै हुन् । नौ महिना गर्भमा बोकेर पीडा खपेकी हुन्छिन् । जन्माएर संसार देखाएकी हुन्छिन् । सन्तानमा मायाको सागर खन्याएकी हुन्छिन् । चाहना पनि किन नहुनु ! आमाको महिमा अपरम्पार छ ।"

बूढी आमैका कुराले सन्ध्याका भरिएका आँखाबाट आँसु खसे । बात मार्दै दुवै जना उकालो लागे । अचानक सन्ध्याले एक जना युवकले पन्नामा हेरेर पढ्न लागेको देखिन् । युवक जोडले कराउन थाल्यो–

झरिछन् स्वर्गकी परी
देख्छु म आफ्नै वरिपरि
उठेर जाँदै छिन् उनी
कतातिर पो लाग्ने हुन् कुन्नि ?

सन्ध्यालाई परी भनेर सम्बोधन गरेकामा हाँसो लाग्यो । तर पनि उनले रिसाए झैं गरी आँखा तरिन् । त्यस युवकसँग अरू दुई जना युवक थिए । त्यसमध्ये एक जनाले पन्ना पढिरहेको चाहिंको हातबाट कागत फुत्त तानेर फालिदियो । सन्ध्या एकछिन अचम्म परिन् । हेर्दाहेर्दै कागजको टुक्रालाई पानीले बगायो ।

"तँ पनि गजबकै छस् यार । के भन्ठानी होली ?", त्यस युवकले भन्यो ।

"विकास ! मेरो गल्ती के ? लेख्ने तँ... मैले पढिदिएँ ।"

"मैले त त्यत्तिकै लेखेको थिएँ, सुनाउन त होइन नि ! हेर् रमेश ! तँ अलि बढ्ता छस् । राम्री केटी देखेपछि तँलाई नजिस्क्याई नहुने ?", विकासले भन्यो ।

"जिस्क्याएको हुँ र ? कविता पो पढ्या त !", रमेशले भन्यो ।

"ल ल जाऔं ।", निसानले भन्यो ।

तीनै जना पिकनिक स्पटतिर लागे । विकासले सन्ध्यालाई धेरैचोटि फर्केर हेऱ्यो ।

"ए ! के हेरिस् ?", रमेशले भन्यो ।

त्यो बूढी कहाँ जाँदी रैछे भनेर हेऱ्या ।", विकासले भन्यो ।

"वाह ! वाह !!", निसान र रमेश दुवैले ताली पिटे । सन्ध्याले फरक्क फर्केर हेरिन् । विकास र सन्ध्या दुवैले एकअर्कालाई देखे । सन्ध्या अलि लजाइन् । विकासको अनुहार अलि रातो भयो । "हेर् त यो रातो भएको ।", निसानले भन्यो ।

"परीलाई देखेर... । अझ के भन्छ यो... ।", रमेशले भन्यो । "बूढी कहाँ जाँदी रैछे भनेर हेऱ्या रे ।"

"हाहा ।", दुवै जना एकसाथ हाँसे । विकास चुप लागेर केही नबोली अगाडि बढ्यो ।

सन्ध्यालाई त्यस महिलाको स्थिति देखेर दया लाग्यो । सुन्दरीजल नदीबाट ल्याएका ढुङ्गा थुपारेर ओडार बनाएका रहेछन् । सिलाबरका कालाकाला पुराना भाँडा छ्यालब्याल छरिएका थिए । भर्खर पाँचछ वर्षकी एक बच्ची उनीहरूलाई देखेर दौडिंदै आइन् ।

"आमा ! आमा !! भोक लाग्यो ।"

"हिजोको भात अलिकति थियो... खाइनस् त ?"

"त्यतिले पेटै भरिएन ।"

"पख् न ! ऊ दिदीले अहिले पैसा दिनुहुन्छ... अनि तलतिर जे भए पनि किनौंला नि !"

बच्चीको अनुहारमा प्रसन्नता देखियो । सन्ध्या झुपडीको बाहिरै बसिरहिन् । महिलाले एउटा पुरानो काठको बाकस बाहिर ल्याइन् र भनिन्, "ल नानी ... जुन मनपर्छ लानुस् ।"

"साँच्ची आमा ?", सन्ध्याले एउटा खरायो समाइन् । खरायोको अनुहार हेरेर सन्ध्या एकक्षण मुसुक्क हाँसिन् ।

"म तपाईंसँगको भेट कहिल्यै भुल्न सक्दिनँ, आमा । तपाईंको यो निसानीलाई बडो प्रेमपूर्वक पाल्नेछु ।"

"मलाई पनि यही आशा छ । किन... किन नानीको मन साह्रै कोमल पनि लाग्यो । हुन त नारी जातैको मन कोमल अनि फूलसरी हुन्छ । तर मैले नानीमा जस्तो आफ्नोपन आजसम्म यहाँ घुम्न आएका कोही केटाकेटीहरूमा पाइनँ ।"

सन्ध्या यस्तो सुनेर मुसुक्क हाँसिन् ।

"नानी तिमी बस्दै गर... म उकालोमा माईकहाँसम्म दिदीलाई लिएर जान्छु ल ?"

बच्चीले समर्थन गरी टाउको हल्लाइन् ।

"आउनुस्, नानी ।"

सन्ध्या मुसुक्क हाँस्दै माथितिर लागिन् ।

"ल यत्रो लामो कुरा भइसक्यो... नानीको नामसम्म थाहा छैन ।"

"नाम त मेरो सन्ध्या हो ।"

"सन्धा ?"

"हैन... सन्ध्या ।", सन्ध्याले पुनः हाँस्दै भनिन् ।

"अलि अप्ठेरो रैछ ।"

"मेरो जीवन त नाम जस्तै छ । सन्ध्या... । साँझ हो सन्ध्याको अर्थ । सूर्य अस्ताएको समय... रात बढ्ने बेलाको समय । आमाले राख्नुभएको रे मेरो नाम । आफ्नै जीवनमा लागु भए झैं लाग्यो ।"

"आ...नानी पनि । नामैले सब हुन्छ र ? साँझ भनेको अस्ताएको समय होइन... साँझले त अर्को नयाँ दिन जन्मनेछ भन्न आँटेको पो हो... भोलिको सूर्योदय अङ्कित गरेर ।"

"तपाईंले सान्त्वना गजबसँग दिनुभयो ।"

"ल माईको मन्दिर पनि दर्शन गर्नुस्... आइपुग्यो ।"

"हस् ।"

सन्ध्याले खरायो लिएर दर्शन गरिन् । टीका लगाइन् । मन्दिरबाट फूल टिपेर कपालमा सजाइन् । उनको बाक्लो केशमा फूल रमाइरहेको

झैं भान हुन्थ्यो । रातो निधारमा टीकाले उनको मुहार निकै उज्यालो देखिन्थ्यो ।

"आमा ! अहिले मसँगै जाऔं । उहीं दिन्छु नि, हुन्न ?", सन्ध्याले खरायो लिंदै भनिन् ।

"हुन्छ बा । तिम्रो दिल एकदम सफा छ... आकाश झैं चौडा छ । हिमाल झैं उच्च छ ।"

"मलाई त्यस्तरी लज्जित नबनाउनुहोस् न ।", सन्ध्याले अलि अप्ठ्यारो मानेर भनिन् ।

"के भनूँ त, नानी ? केटी नै भनेर पनि नहुने । हिजो पनि यहाँ नानीहरू झैं एक जमात केटीहरू आएका थिए । केही खाना माग्न गएँ । "खाएको ठाउँमा हेर्न आए चोखे लाग्छ है" भन्दै सब गलल हाँसे । लाजले रातो भएर एक कुनामा बसें । पछि फेरि माग्न जाँदा गाली गरे । मेरै अगाडि कुकुरहरूलाई दिए । आँखाभरि आँसु पारेर फर्कें । त्यसैले दुई दिनदेखि केही खाएकी पनि छैन ।"

"यस्तै छन् यहाँका मानिस । दुःखीले पो बुझ्छ... दुःख के हो, होइन र, आमा ?"

"हो त नि !"

परबाट रमा, विनीता र नीता आउँदै थिए । सन्ध्यालाई आफू यसरी केही नै नभनी गायब भएकामा अलि अप्ठ्यारो लाग्यो ।

"क्या हो तँ त घण्टौंदखि गायब ? हामी त कस्तो पिर गरिरहेका ।", रमाले भनिन् ।

"कहाँ जानु र ? आइहाल्थें त !"

"के थाहा र ? हाम्री यस्ती राम्री साथी हराएपछि हामीलाई डर लाग्दैन र ?", नीताले भनिन् ।

"हो हो !", सन्ध्याले नाक खुम्च्याउँदै भनिन् ।

"ठीकै त भन्नुभो नि, नानीहरूले । बिचराहरू कहाँकहाँ खोजिरहेका हेर लौ ।", ती महिलाले भनिन् ।

"अरूहरू खोइ त ?", सन्ध्याले सोधिन् ।

"अँ ! सब खानै व्यस्त छन् ।", रमाले भनिन् ।

तीनै जनासँग ती महिला पनि तलतिर ओर्लिइन् । उनलाई सङ्कोच लाग्यो । छेउमै बसिरहिन् ।

"मेरो ब्याग खै त ?", सन्ध्याले नीतातिर हेर्दै भनिन् ।

"ला ! अगि नै फूल टिप्न लाग्दा ऊ पर भुइँमा राखेकी थिएँ । सायद त्यहीं होला, बिर्सेछु ।", नीताले अत्तालिंदै भनिन् ।

"ला... त्यसमा मेरो क्याम्पस कार्डदेखि सम्पूर्ण छन् । त्यत्रो पैसा... । कस्तरी बिर्सेकी नि ? के बाँकी रहला र त्यहाँ ?", सन्ध्याले अत्तालिंदै भनिन् ।

"के थाहा ? कसैको नजर परेको छैन कि ! गएर त हेरौं ।", नीता अगाडि बढिन् ।

सब जना विचलित अनुहार लिएर दायाँतर्फ लागे ।

"कहाँनिर ?", सन्ध्याले सोधिन् ।

"अलि पर । ऊ त्यो ढिस्कोमा चढेर त फूल टिपेकी थिएँ ।", नीताले भनिन् ।

"ला, त्यहाँ त देखिंदैन त !", सन्ध्याले अनुहार अँध्यारो बनाइन् । कसैलाई केही भनिनन् । ढिस्कोको पछाडिपट्टि बसेर विकास, निसान र रमेश गुनगुन गर्दै गरेको सुनेर नीता र रमिताले तलतिर हेरे ।

"अरे ! ब्याग त खातलखुतुल गर्दै छन् ।", नीताले बिस्तारै सन्ध्यालाई भनिन् ।

"कसले ?", सन्ध्या झस्किइन् ।

"खै कोको केटाहरू ।"

सन्ध्याले बिस्तारै तलतिर हेरिन् । विकासको हातमा सन्ध्याको आइडी कार्ड थियो । विकासले कार्ड हेर्दै नाम पढ्यो ।

"सन्ध्या वाग्ले । वर्ष १७... । बानेश्वर... पद्मकन्या क्याम्पस ।" विकासले कार्डलाई आफ्नो कमिजको खल्तीमा हाल्यो ।" देखेर सन्ध्या विचलित भइन् ।

"विकास तँ पनि साँच्ची भाग्यमानी छस् । के खोज्छस् कानो... ।", निसानले भन्यो ।

"आँ... खा ।", रमेश ठूलो स्वरमा करायो ।

"अहोभाग्य भन् न अहोभाग्य" भन्दै विकासले सन्ध्याको ब्यागबाट झिकेको रूमाल, नोटबुक, दुइटा डटपेन, पैसा सबै ब्यागमै राखिदियो ।

"अब यसलाई त्यहीं राखिदिऊँ । भरे चोर भनाउन नपरोस् ।", विकास उठ्यो ।

"त्यस्तै विचार भए कार्ड पनि राखिदे । तँलाई त्यति पनि याद भएन र ?", निसानले भन्यो ।

"याद त किन नहुनु र यार ? फोटो छ नि त यसमा फोटो..." भन्दै विकासले माथि हेऱ्यो ।

ढिस्कोमा तीन जना केटी र ती महिलालाई देखेर उसले अनुहार रातो बनायो । विकासलाई आफ्नो हातको झोला भारी लाग्यो । विकासले चारै जनालाई एकएक गरी हेर्न थाल्यो । सन्ध्यालाई देखेर ऊ झन् रातो भयो । तीनै जना माथि उक्लिए । विकासले सन्ध्याको हातमा ब्याग राखिदियो र नबोली माथि गयो ।

"सुन्नुस् त ! एक सज्जन मानिसलाई यस्तो गर्न सुहाउँदैन ।", सन्ध्याले भनिन् ।

"मतलब, मैले बुझिनँ ।", विकासले निकै अप्ठ्यारो मान्दै भन्यो ।

"मेरो कार्ड ?"

"सरी !", विकासले कमिजको खल्तीबाट कार्ड झिक्यो ।

"के म यो राख्न सक्दिनँ ?", विकासले सोध्यो ।

"अहँ !", सन्ध्याले कठोर भएर भनिन् ।

"फोटो मात्र !", निसानले भन्यो ।

"मैले तिमीहरूलाई अघि देख्दा सज्जन भन्ठानेकी थिएँ । तर यस्तो नराम्रो व्यवहार गर्लाऊ भनेर सोचेकी थिइनँ । केटीको फोटो नै राख्नु छ भने कैयौं फिल्मी नायिकाहरूको राख्न सक्छौ । त्यसरी अर्काको छुटेको ब्यागलाई बेबारिसी सम्झेर लियौ ।", सन्ध्याले भनिन् ।

"हामीलाई कसको भनेर के थाहा ? यो झोला दिनलाई नै त उठेका थियौं । तैपनि माफी चाहन्छौं ।", विकास अँधेरो अनुहार लगाएर सरासर गयो ।

निसान र रमेश पनि केही नबोली सरासर गए । सन्ध्याले विकासलाई हेरिरहिन् ।

"ए ! ब्याग दिएकामा धन्यवादको साटो गाली दिइस् ? नराम्रा मान्छेहरू भए न त दिन्थे यस्तो नम्र भएर, न त बिचराहरूले तेरो वचन नै सुन्नुपर्थ्यो ।", रमिताले भनिन् ।

सन्ध्यालाई त्यस्तो क्षुद्रवचन बोलेकामा पश्चात्ताप लाग्यो । सन्ध्याले ती महिलालाई दशको नोट झिकेर दिइन् ।

"अब कहिले पो भेट हुने हो, नानीसँग ? बिर्सनुहुन्छ होला हगि ?"

"अहिले पछि हामी तपाईंको पूरै परिवारलाई खाना ल्याइदिन्छौं ।", सन्ध्याले भनिन् ।

"भगवान्ले नानीको राम्रो गरून् ।" यति भन्दै ती महिला माथितिर लागिन् ।

आफूले गरेको दुर्व्यवहारप्रति सन्ध्यालाई निकै नरमाइलो लाग्यो । धन्यवादका अलावा उनले अपशब्द बोलिन् । विकास पनि नरमाइलो मानेर एक ठाँउमा बसिरह्यो । सन्ध्याको प्रभावशाली व्यक्तित्वले विकासको मुटु छोइसकेको थियो । विकाससँग कापी थिएन । त्यसैले आफ्नो पाकेटमा भएको एउटा रसिद झिक्यो । पछाडिपट्टि कविता रच्न थाल्यो । यत्तिकैमा निसान र रमेश पनि त्यहीं आइपुगे ।

"गजब छस् यार तँ पनि । जाबो एउटी केटीको सानो कुरामा मुड अफ गरेर । जाऔं न त तलतिर घुम्न ठिटीहरूको डान्स चलिरहेको छ ।", निसानले भन्यो ।

"छोड् यार ! जीवनमा मलाई यस्तो बोर कहिल्यै लाग्या थिएन । किन-किन मलाई त्यो ठूलठूला आँखा... बाटुलो गोरो अनुहार, मुसुक्क हाँस्दा... खै के भन्ने ? याद आइरहेछ । गल्ती हाम्रै हो... गाली गरी त के भो । तर पाएको फोटो पनि... ।", विकासले भन्यो ।

"ठूला आँखा, बाटुलो गोरो अनुहार, मुसुक्क हाँस्दा स्वर्गको आनन्द दिने... ल आइज म तँलाई तल ठिटीहरूको माझमा देखाइदिन्छु ।", रमेशले भन्यो ।

"के भन्या तैंले ? यो त त्यो केटीका लागि पागल भइसक्यो । के भन्छ यसलाई ?... अँ... फस्ट साइट लभ । कसो विकास ?", निसानले भन्यो ।

"खै !", विकास मुसुक्क हाँस्यो ।

अग्लो कदको गहुँगोरो विकासको अनुहार त्यति बेला निकै उज्यालो देखिन्थ्यो ।

"के लेख्या खै ?", निसानले विकासको हातबाट विकासले अघि कविता कोरेको रसिद फुत्त निकाल्यो । निसानले कविता पढ्न थाल्यो ।

"एक घण्टा पूरा भएको छैन देखेको । ल हेर् केके लेख्न भ्याइसक्यो ।", रमेशले भन्यो ।

दुवैलाई विकासको मनोदशा देखेर हाँसो पनि लाग्यो ।

"यो कविता दिइदे यार । आफ्नो अनुहार हेर्ने हुन् वा होइनन् ।", विकासले भन्यो ।

"ल ले ।", निसानले रमेशको हातबाट कविता कोरेको रसिद तान्यो । तँ पनि हिंड् न ।", निसानले रमेशलाई तान्यो ।

रमेश र निसान पर केटीहरू भएतिर गए । सन्ध्यालाई भीडमा खोजे... भेटाएनन् । त्यसैले त्यहीं छेउमा बसिरहे । सन्ध्या र नीता पानीको जग बोकेर हिंड्दै थिए । विकासको हातमा कलम र केही लेख्दै गरेको दृश्यले सन्ध्यालाई हाँसो लाग्यो ।

"पढन्तेहरू यस्तै हुन्छन् ।", सन्ध्याले नीतालाई भनिन् ।

यो वाक्यले विकासको ध्यान आकर्षित गऱ्यो । सन्ध्यालाई विकासले सुने-नसुनेको पत्तै भएन । एक क्षणअगाडि भएको भेटलाई सन्ध्याले त्यति महत्त्व दिएकी पनि थिइनन् । विकासलाई एक क्षण झनक्क रिस उठ्यो । सन्ध्या र नीता अगाडि पुगेपछि आफ्नो हातको कागज च्यातेर फालिदियो अनि उठेर एक्लै अन्त्यतिर बस्न गयो । सन्ध्या र नीता जगमा पानी भरेर फर्किरहेका थिए ।

"ल हेर गइसकेछ ।", नीताले भनिन् ।

"पागल कहींको ।", सन्ध्याले भनिन् । नीता केही बोलिनन् । "एकचोटि देख्या छ । फोटो राखूँ है रे । कस्ताकस्ता मान्छे हुन्छन् संसारमा ।", सन्ध्याले हाँस्दै भनिन् ।

सन्ध्या र नीता दुवै केटीहरूको माझमा पुगे ।

"खै मेरो खरायो ?", सन्ध्याले नीतालाई सोधिन् ।

"समासँग ।", नीताले भनिन् ।

सन्ध्या समाको अगाडि गइन् र खरायो लिइन् ।

"अर्को पनि छ मसँग ।", समाले भनिन् ।

"केरे ?", सन्ध्याले बस्दै सोधिन् ।

"अँ !... ल ।", समाले विकासले कविता कोरेको रसिद झिकेर सन्ध्यालाई दिइन् ।

"के हो यो ?"

"पढ् न पछाडि ।"

सन्ध्याले त्यस रसिदलाई लिएर पछाडि हेरिन् ।

सन्ध्या,

थाहा छ, म क्षमाको लायक छैन । मलाई त ठूलो अपराध गरेझैं पनि लाग्दैन । तपाईंले मलाई गिरेको व्यक्तित्वको बनाइदिनुभयो । तर पनि यस हातबाट तपाईंका लागि अक्षरहरू कोरिन थालेका छन् :

सम्झेथें तिमीलाई हृदयको खानी भनेर ।
दुखायौ यो दिल तीखो काँडा बनेर ।
याद रहेनछ जिन्दगीमा हाम्रो यो क्षण ।
जिन्दगीमा पुनः हुन्छ, हुँदैन मिलन ।

- विकास

सन्ध्यालाई विकासको यस्तो भावना देखेर हाँसो लाग्यो । सन्ध्याले विकासले कविता कोरेको रसिद डल्लो पार्दै पारेर फुत्त फालिन् । सन्ध्यालाई विकासको कवितासँग कुनै सरोकार थिएन ।

"सन्ध्या तैंले त्यस्तो राम्रो कवितालाई फालिस् ?", नीताले हाँस्दै भनिन् ।

"आ... ।", सन्ध्याले नाक खुम्च्याइन् ।

"मान्छे निकै भावुक देखिन्छ हगि ?", नीताले भनिन् । सन्ध्यालाई यो कुराले कुनै असर गरेन ।

"छिः केटा जातदेखि नै घृणा लाग्छ मलाई... सब स्वार्थी हुन्छन् ।", यति भनेर सन्ध्याले पुलाउ खान थालिन् ।

"के भनेकी सन्ध्या तैँले त्यस्तो ? तेरो बाबु, भाइ मात्र केटा होइनन् र ?", नीताले भनिन् ।

"मैले बुबा र भाइलाई अङ्कित नै कहाँ गरेकी हुँ र ? यस्ता लफङ्गाहरूदेखि पो घृणा लाग्छ भनेकी त !", सन्ध्याले गम्भीर भएर भनिन्। "के त्यो अग्लो... चाहिँ... तेरो कार्ड लिने लफङ्गा जस्तो छ र ?"

"बाहिरी रूप मात्र हेरेर थाहा हुन्छ र ? कसको मनभित्र को छिर्न सक्छ र ?", सन्ध्याले भावुक हुँदै भनिन् ।

"के आफूआफू मात्र गुनगुन ?", नीराले सोधिन् ।

"यसै... प्रकृतिको बयान गरिरहेका । कस्तो मनोरम दृश्य छ यहाँको । त्यो कलकलाउँदो पानीको आवाज... चराहरूको चिरबिर आवाज... ।", सन्ध्याले कुरा लुकाउँदै भनिन् ।

"ल ल भो... अब तिमीहरूको नाच्ने पालो । तिमीहरू त हराइ मात्र रहन्छौ ।", नीराले भनिन् ।

"मलाई नाच्न कहाँ आउँछ र ? तिमीहरू नाच न ! अगि हेर्नै पाइएन ।", सन्ध्याले भनिन् ।

नाच सुरु भयो । सब केटीहरू ताली बजाएर गीत गाउँदै थिए । सन्ध्याचाहिँ अस्ताउन आँटेको सूर्य हेर्दै थिइन् । शनिबारको दिन... क्याम्पसबाट पिकनिक आएकाहरूले निकै रमाइलो गरे । सब जना केटीहरू पिकनिक स्टपबाट ओर्ले । सन्ध्या भने एक्लै ओर्लिरहेकी थिइन् । किन किन सन्ध्यालाई आजको पिकनिक त्यति राम्रो र रमाइलो लागिरहेको थिएन । जब उनी हुलमुलमा बस्थिन्, तब उनी एक्लो अनुभव गर्थिन् । सन्ध्याका लागि यो समय खल्लो अनुभव भइरहेको थियो । उनी चाहेर पिकनिक आएकी पनि थिइनन् । नीता र समाको करले मात्र आएकी थिइन् ।

सुन्दरीजलको पानीबाट उनी जति जति टाढिँदै थिइन्, त्यति त्यति नरमाइलो अनुभव गर्थिन् । सब केटीहरू बसमा चढे । सन्ध्या बसमा अगाडि सिटमा बसिन् । सन्ध्याले मौन भएर झ्यालबाट बाहिर हेर्न थालिन् । उनले अचानकै विकासलाई माथिबाट तलतिर झर्न आँटेको देखिन् । अनि मुन्टो बसतिर फर्काइन् ।

बस गुड्यो । सन्ध्याले विकासलाई फर्केर हेरिनन् । बसमा होहल्ला बढ्दो थियो । बसमा दायाँतिर बसेकाहरूले केटाको बोल र बायाँतिर बसेकाहरूले केटीको बोलमा दोहोरी गाउन थाले । बसमा बसेका केटीहरूको हल्लाले सन्ध्यालाई टाउको भारी भयो ।

सन्ध्या उदासउदास अनुहार लिएर बानेश्वरमा ओर्लिन् । खरायोलाई सुमसुम्याउँदै घरको ढोकामा पुगिन् । घरमा सन्ध्याकी काकीले साँझको आरती दिँदै थिइन् । घर धूपको सुगन्धित बास्नाले मगमगाउँदो थियो । सन्ध्याले आफ्नो ब्यागलाई पलङ्मा फालेर लामो श्वास फेरिन् । सन्ध्या भान्सामा जान आँटेकी थिइन्, राहुलले सन्ध्याको हात समात्दै भन्यो, "सन्ध्या दिदी भान्सामा नजानुस् ।"

"किन र ?", सन्ध्याले अचम्म मान्दै सोधिन् ।

"आमाले तपाईंलाई गाली गर्दै हुनुहुन्छ... ढिला आउनुभो भनेर... पाँच बजे नै फर्किनुहुन्छ भन्नुभएको होइन र ?", राहुलले सानो स्वरमा भन्यो ।

"के गर्नु ? बसै ढिला आयो त ! अब के म काकीको अगाडि नपरूँ ?", सन्ध्याले हाँस्दै भनिन् ।

"हैन... ।", तर गालीचाहिँ खानुहुन्छ नै । राहुल पनि हाँस्यो ।

"खाउँला नि त... कहिले नै नखाएकी हुँ र ?", सन्ध्या भान्सामा गइन् । पलङ्मा राखेको खरायो कुद्दै सन्ध्याको खुट्टामा स्पर्श गर्दै भान्सामा कुद्यो । सन्ध्याले खरायोलाई समात्न खोजिन् । तर सकिनन् । खरायो भान्सामा पस्यो । स्टिलका गिलासहरू टङरङ टङरङ गर्दै ढले । सन्ध्या डराएर भान्सा गइन् ।

"कसको हो यो ?", सन्ध्याकी काकी खरायो बोक्दै कराइन् ।

"हजुर ! मैले सुन्दरीजलबाट ल्याएकी ।"

"ला !", सन्ध्याकी काकीले खरायोलाई फालिदिइन् । सन्ध्यालाई खरायो फालेको देखेर रिस उठ्यो । तर पनि उनको मुखबाट बोली फुटेन । खरायोलाई समातेर सन्ध्या एकक्षण ढोकामै ठिङ्ग उभिइन् ।

"खालि घुम्ने अनि खाने । कामधाम छैन ।", सन्ध्याकी काकीले दराजबाट एउटा चिठी झिकेर दिइन् ।

"ल आशाको चिठी... आज आएको थियो ।"

सन्ध्या चिठी र खरायो दुवै च्यापेर कोठातिर दौडिइन् । लामो शान्तिको श्वास फेरेर सन्ध्या पलङमा लेटिन् । चिठी हेर्न उनको मन व्याकुल भइसकेको थियो । यो आशा बैङ्गलोर पढ्न गएदेखिको तेस्रो चिठी थियो । चिठी पाउनेबित्तिकै सन्ध्याका आँखा रसाए । सन्ध्यालाई स्कुल पढ्दाको आशाको याद आयो । नङ र मासु जस्ता मिल्ने साथीहरूलाई आज समयको हुरीले कताकता पुऱ्याइसकेको थियो । महिनामा दुई ओटा चिठी भने जरूर पठाउँछु चनेर गएकी आशाको तेस्रो चिठी गएको नौ महिनापछि मात्र पाइन् । दुइटा चिठी त समयमै आएको थियो । तर तेस्रो चिठीचाहिं सात महिनापछि बल्ल पाइन् । सन्ध्याले चिठी खोलिन् । राहुल भने सन्ध्यासँगै बसेर खरायो सुमसुम्याउँदै थियो ।

"सन्ध्या दिदी, यो खरायोको नाम के राख्ने ?"

"तिमीलाई जे मन पर्छ, त्यही राख ।"

"मनु, ल दिदी ?", राहुलले खरायो लिएर उठ्दै भन्यो ।

"राम्रो नाम राख्यौ, मनु ।", सन्ध्याले राहुलतिर हेरेर मुसुक्क हाँस्दै भनिन् ।

सन्ध्यालाई राहुल आफ्नो समीप हुँदा आफ्नोपनको अनुभूति हुन्थ्यो । बिचरो आठ वर्षको राहुल पनि आफ्ना बाबुआमाले सन्ध्याप्रति गर्ने दुर्व्यवहारप्रति खिन्न हुने गर्थ्यो । राहुल सन्ध्यालाई निकै माया गर्थ्यो । माया सन्ध्याले पनि गर्थी । यी दुई दिदीभाइको प्रेम बेजोडको थियो । आमाको कोठामा जान कैयौं विरोध गरे तापनि ऊ त्यहाँ नगइरहन सक्दैनथ्यो ।

"दिदी... म मनुसँग बाहिर गएर एक क्षण खेलूँ ?"

"अँधेरोमा ?"

"बत्ती छ नि बाहिर... कस्तो शीतल छ ।"

"ल...ल... तर खरायोलाई भाग्न भने नदेऊ ।"

"हस् ।", राहुल बाहिर आँगनमा दौडियो । सन्ध्याले पुनः पत्रतिर आँखा दौडाइन् ।

प्रिय सखी सन्ध्या,

यहाँ सब ठीक छ । अहिले त साथीहरू पनि थुप्रै भइसकेका छन् । पढाइ राम्रै चलिरहेको छ । जाँच नजिकिसकिइएको छ । तर पढिएको भने छैन । तँ लामो समयसम्म चुप भइस् । चिठी पठाउँदै गर्नू, जसले हाम्रो पुरानो मित्रतालाई अझै दरिलो बनाउँदै लगोस् । पढाइ कस्तो चल्दै छ ? राहुललाई मेरो माया अनि काकाकाकीलाई प्रणाम सुनाइदिनू । चिठी पठाउँदै गर्लिस् भन्ने आशा छ ।

उही
आशा

सन्ध्याले चिठी सिरानीमुनि राखिन् ।

"राहुल पस्किसकें । तिमीहरू दुवैजना आओ ।", सन्ध्याकी काकी भान्साबाट कराइन् ।

सन्ध्या राहुललाई बोलाउन आँगनमा गइन् । खरायो समातेर सुमसुमाउँदै भनिन्, "हिंड खान... म यसलाई कोठामै थुनिदिन्छु ।"

सन्ध्या कोठामा गइन् अनि खरायोलाई छाडेर खाना खान गइन् ।

पिकनिक गएको दिनपछि चारपाँच दिनसम्म रूघा लागेर सन्ध्या क्याम्पस गइनन् । त्यसपछि दसैं सुरू भयो, तिहार सुरू भयो । तिहार सकियो पनि र सन्ध्या पुनः क्याम्पस जान थालिन् ।

सन्ध्याको अनुहार हिजोअस्तिको भन्दा पनि उज्यालो थियो । पहेंलो रङको रूबियाको ब्लाउज लगाइन् । कालो स्विटरले उनी झन् राम्री देखिन्थिन् । लामो सिल्क जस्तो घना कपाल पिठ्युँतिर छाडेकी

थिइन् । क्याम्पसको धोती मिलाएर लगाइन् । दुई इन्चको अग्लो जुत्ताले सन्ध्या झन् अग्ली देखिन्थिन् । दुई ओटा कापी झिकेर ब्यागमा राखिन् । ब्याग देखेपछि सन्ध्याले अचानकै पिकनिक सम्झिइन् । उनी ब्याग हेर्दै मुसुक्क हाँस्दै झिसमिस उज्यालोमा घरबाट निस्किइन् । बाटोमा ओहोरदोहोर गर्ने मानिसहरू पनि त्यति थिएनन् । जाडोको समयमा बाटोका ससाना चिया पसलमा चिया खाएर बसिरहेका केटाहरू सन्ध्यालाई देखेपछि एकछिन पक्क परेर हेर्थे । सन्ध्यालाई मन पराउनेहरूको कमी थिएन । जो मानिस सन्ध्यासँग एकचोटि बोल्थे, उनको तारिफ नगरी बस्न सक्दैनथे । तर उनलाई यस्तो हुँदा आफूप्रति दिक्क लाग्थ्यो । त्यसैले उनी कहींकहीं रूखो बन्ने कोसिस गर्थिन् । त्यसैले विकासले पनि उनको रूखा दुई शब्द सुन्नुपर्‍यो ।

सन्ध्यालाई सहनशीलताको प्रतिमा नाम दिए कुनै आपत्ति छैन । तर उनको सहनशीलतालाई उनकी काकीले अचानो बनाएर प्रहार गरिरहन्थिन् । सन्ध्या भने त्यसमा कुनै गुनासो गर्दिनथिन् । किनकि यस संसारमा उनको आफ्नो भन्ने काका, काकी र राहुलबाहेक कोही थिएनन् । काकाकाकी त नाम मात्रका नाता थिए... । राहुल भने उनले पाएकी नै हुन् । राहुल उनलाई ज्यानभन्दा प्यारो थियो । उसका लागि उनी जे पनि गर्न सक्थिन् । तर उनी राहुलको आँसु देख्न सक्दिनथिन् ।

सन्ध्यालाई क्याम्पस जानुअगाडि तीन बजे नै उठेर सब ठीक पार्नुपर्थ्यो । फर्केर आएर भाँडा माझ्ने, दिउँसो खाजा बनाउने, लुगा धुने र राति चुलोधन्दासम्म भ्याउनुपर्थ्यो । काकी भान्सामा बसिन् भने सन्ध्याले नानाथरीका अपशब्द सुन्नुपर्थ्यो । दुःख बाँड्नका लागि आशा पनि उनीभन्दा टाढा थिइन् । चिठीमा उनी दुःख पोख्दिनन् । किनकि उनको दुःखमा आशा पनि सँगसँगै दुःखी हुने गर्छिन् । त्यसैले कैयौं दुःख आफूभित्रै सीमित राख्थिन् । पीडाहरू लुकाएर मुसुक्क हाँस्दा उनको वरिपरिको वातावरण नै रमाउँथ्यो । प्राकृतिक सुन्दरतामा सन्ध्यालाई कसैले जित्न सक्दैनथ्यो । उनी शृङ्गारका नाममा गाजल लगाउँथिन् । कालो गाजलले उनका आँखाहरूले जीवन पाए झैं हुन्थे ।

सन्ध्या क्याम्पस पुगिन् । उनी थोरै हाँस्थिन् । कम बोल्थिन् । साथीहरू जिस्केर कुरा गरे मुसुक्क हाँस्थिन् । क्याम्पसका कैयौं केटी उनको रूप देखेर चिढिन्थे ।

क्याम्पस सकियो । कक्षा सकिएपछि नीता र विनीतासँग उनी बाहिर निस्किइन् । नीता र विनीता पुतलीसडकतिर लागे । सन्ध्या बस चढ्न रत्नपार्क आइन् । अफिस टाइम... रत्नपार्कमा मानिसहरूको भीड थियो । भीडहरू छिचोल्दै सन्ध्या बस स्टपमा बसिरहिन् । दुई ओटा बस आएर पनि गए... । सन्ध्या भीडका कारण चढ्न सकिनन् । एउटा मोटरसाइकल सन्ध्याको अगाडि रोकियो । सन्ध्याले त्यस व्यक्तिलाई कताकता देखेको ठम्याउन सकिनन् । व्यक्तिले मोटरसाइकलबाट ओर्लंदै भन्यो, "सन्ध्या !"

सन्ध्या झसङ्ग भइन् ।

"अरे, त्यही पिकनिकको मान्छे !", सन्ध्याले अलि अप्ठ्यारो मानेर हेरिन् । त्यहाँबाट अलि पर जाने उद्देश्यले हिँडिन् ।

"सुन त !", त्यो व्यक्ति पनि सन्ध्याको पछिपछि आयो ।

"हजुर !", सन्ध्या रोकिइन् ।

"म तिमीसँग केही कुरा गर्न चाहन्छु । म पिकनिकको वार्तालापले लज्जित छु । सायद तिमीले माफ गरिनौ ।"

"माफी तपाईंले होइन... मैले माग्नुपर्ने । मैले धन्यवाद दिनुका अलावा क्षुद्रवचन बोलें ।"

"खैर, केही छैन । बस कुरिरहेकी ?"

"हजुर चढ्नै नसकिने ।", सन्ध्याले भनिन् ।

"हिंड म पुऱ्याइदिन्छु ।", विकासले भन्यो ।

"धन्यवाद ! यसको जरूरत छैन ।"

"मलाई लाग्दै छ... सायद माफ गरिनौ ।"

"त्यस्तो होइन । मसँग माफी माग्नुपर्ने खास कुरा त देख्दिनँ । गल्ती गर्दा पनि मान्छेहरू माफी माग्दैनन् । सायद तपाईं पहिलो व्यक्ति हुनुहुन्छ ।"

"म पिकनिकको भोलिपल्टदेखि नै एक सातासम्म तिम्रो बाटो हेरिरहेको थिएँ । दसैं-तिहार यसै बित्यो । सोचें, दैवले भेटाइदेला भन्ने... त्यसैले आज पनि आएँ ।" विकासको यस भनाइमा सन्ध्या मुसुक्क हाँसिन् ।

"मैले पत्रिकामा तपाईंको कविता अनि फोटो देखेकी थिएँ । राम्रो लेख्नुहुँदो रहेछ ।"

"होला, यसै फाट्टफुट्ट लेखिन्छ । छापिन्छ । त्यै न हो ।", विकासले भन्यो ।

यत्तिकैमा एउटा खाली बस आयो । सन्ध्या बसमा चढिन् । सन्ध्याले विकाससँग जाने अनुमति माग्न पनि बिर्सिन् । विकासले सन्ध्यालाई हेरिरह्यो । सन्ध्याका प्रत्येक बोली उसको कानमा गुन्जिरहे । विकासले सन्ध्यालाई पहिलोपटक भेट्दादेखि नै आफ्नो हृदयमा बसाइसकेको थियो । यो उसको जीवनको पहिलो प्रेम थियो । उसका कविता अनि कथासँग मुग्ध भएर कैयौं केटी उसको पछाडि लाग्थे । तर विकास सन्ध्यालाई चाहन्थ्यो । ऊ आजकाल बढी एकान्तमा बस्थ्यो । सन्ध्याका लागि मात्र उसले धेरै कविता रचिसकेको थियो । तर आफूभित्रका भावनाहरूलाई भने उसले गुटमुट्याएर राखेको थियो... उचित समयका लागि ।

विकास सन्ध्यालाई हेर्न सदा झैं रत्नपार्कको एउटा पसलमा बसिरहेको थियो । सन्ध्यालाई यस कुराको ज्ञानसम्म थिएन । सन्ध्या सरल थिइन् । वरिपरि कतै नहेरी सीधै क्याम्पस अनि क्याम्पसबाट घर गर्थिन् । यस्तै गरेर महिनौं बित्यो । अब त क्याम्पस सकिने बेला पनि भइसकेको थियो । सन्ध्याको प्रथम वर्षको परीक्षा पनि नजिकिँदो थियो । विकास सन्ध्यालाई आफ्नो मनका भावना पोख्न व्याकुल थियो । विकास ठूलो हिम्मत गरेर चिठी बोकेर आयो । सन्ध्यालाई देखेपछि अलि सङ्कोच अनुभव भयो । तर पनि ऊ केही नबोली सन्ध्याको छेउ पुग्यो । सन्ध्याले आफ्नो छेउ कोही आएको अनुभव भएपछि पछाडि फर्किन् । विकासलाई देखेर छक्क परिन् ।

"तपाईं ? म तपाईंलाई बाटोमा भेटिन्छ कि भनेर सधैं हेर्थें । तर आज भने भेटिहालें ।", सन्ध्याले हाँस्दै भनिन् ।

"त्यसको खास कारण ?", विकासले अचम्म मान्दै सोध्यो ।

"त्यस्तो खास त केही होइन । त्यस दिन मैले हतारमा तपाईंसँग सोध्नै बिर्सें । फेरि मैले तपाईंको 'देश' र 'आवश्यकता' भन्ने कविताहरू पढ्ने मौका पाएँ । ज्यादै राम्रो लाग्यो ।"

"धन्यवाद ! अनि तपाईं के सोध्न… ।", विकास बीचमै रोकियो ।

"अँ, विकासजी एउटा कुरा… म रेडियोमा एउटा गीत गाउन चाहन्छु । के तपाईं दुःख गरेर एउटा गीत लेखिदिनुहुन्छ ?"

"अवश्य पनि !"

"साँच्ची, तपाईंको लेखनशैली र त्यसमा हुने भावुकता मलाई ज्यादै मनपर्छ । म क्याम्पस मात्र होइन, विद्यालयमा छँदा पनि गीत गाउँथें । त्योचाहिं गायक-गायिकाले पहिल्यै गाइसकेको तर अब मैले एक नयाँ रचनामा गाउने निर्णय गरें । मैले त्यस दिनपछि तपाईंलाई भेटाउनै सकिनँ । तपाईंको बसाइँचाहिं कतातिर हो नि ?"

"बालुवाटार ! म तपाईंका लागि गीत भोलि बिहान ठीक यसै बेला यहीं ल्याइदिन्छु ।"

"धन्यवाद ! म तपाईंप्रति निकै आभारी हुनेछु ।" यत्तिकैमा बस आयो ।

"विकासजी ! म लागें त !", सन्ध्याले भनिन् ।

विकासले खल्तीबाट चिठी झिक्ने आँटसम्म गर्न सकेन । अनि सन्ध्यालाई पुऱ्याइदिन्छु भन्न पनि सकेन । विकास अनेक कल्पना परिकल्पनामा हराउँदै घर गयो ।

***

दुई

आफ्नो जिन्दगीमा आएकी सन्ध्या आफूबाट टाढिएली भनेर पनि डराउँथ्यो विकास । सन्ध्या र विकासको मित्रता झन्झन् दरिलो हुँदै थियो... । विकास एक लेखक र सन्ध्या एक गायिकाका रूपमा । सन्ध्या विकासका प्रत्येक साहित्यसँग प्रेम गर्थिन् । तर विकास भने सन्ध्यालाई आफ्नो जीवनसाथीका रूपमा सदासदाका लागि पाउन चाहन्थ्यो । विकास आफ्ना भित्री भावनालाई लुकाएर राख्न विवश थियो । कतै सन्ध्याको एक इन्कारले ऊ पागल त बन्नेछैन ? कतै सन्ध्याले विकासको प्रेमलाई अस्वीकार गर्ने त छैनन् ? यस्तैयस्तै तर्कनाहरूसँग विकास तर्कवितर्क गरिरहन्थ्यो । तर जेहोस् विकास सन्ध्याको मैत्रीभावलाई पनि निकै कदर गर्थ्यो ।

आज पहिलोपटक सन्ध्याको गीत रेडियोबाट प्रसारण हुने दिन । सन्ध्या र विकास दुवै आआफ्नो घरमा छटपटाइरहेका थिए । विकास सन्ध्याको सुमधुर स्वरबाट आफ्नो साहित्यको इज्जत बढेकामा प्रसन्न थियो । बि.कम. पढ्दै गरेको विकासलाई पढाइभन्दा साहित्यमा बढी रूचि थियो ।

सन्ध्याको गीत रेडियोबाट प्रसारण भयो । विकासले आफ्नो गीतलाई लयमा गायो

मेरो जिन्दगीमा तिमी आइदियौ संसारको खुशी बोकेर... ।

"वाह ! वाह !! क्या राम्रो स्वर !", यत्तिकैमा रेवन्तले विकासको कोठामा आएर ताली बजायो ।

"मलाई जिस्क्याएको ?", विकासले हाँस्दै सोध्यो ।

"दाइ पनि कस्तो मान्छे । मैले तपाईंको गीत गाउने देवीको स्वर पो भनेको त !", रेवन्त हाँस्यो ।

रेवन्त गएर पलङ्मा विकाससँग बस्यो । आफ्ना दाजुलाई तलदेखि माथिसम्म नियालेर हेर्‍यो । विकासको अनुहारको भाव एकाएक परिवर्तन भयो । रेवन्त र विकास एकअर्कालाई ज्यान दिन सक्ने दाजुभाइ थिए । रेवन्तले भर्खर एसएलसी दिएर बसेको थियो । दाजुका प्रत्येक कुरा उसबाट लुक्दैनथे । ऊ जान्दथ्यो कि विकास सन्ध्या भनेपछि मरिमेट्थ्यो । समयसमयमा ऊ पागल झैं छटपटाउथ्यो । अनि एकान्तमा बसेर कविता रच्थ्यो । रेवन्त आफ्ना दाजुको बानी देखेर छक्क पर्थ्यो । दाजुलाई कैयौंचोटि आग्रह गरेको पनि थियो, "सन्ध्यासँग सफा कुरा गर ।" तर विकास सन्ध्याले कतै उसको प्रेम अस्वीकार त गर्ने होइनन् भनेर डराउँथ्यो । आज पुनः रेवन्तले आँट गरेर दाजुलाई त्यही सल्लाह दिन खोजिरहेको थियो ।

"रेवन्त, किन मेरो मुख यसरी हेरिरहेको ?", विकासले अलि अचम्भित हुँदै सोध्यो ।

"यसै ! हाम्रो दाजु सन्ध्या वाग्लेको सुहाउँदो छ कि छैन भनेर हेरेको ।"

"नजिसक्या न प्लिज ! बोर लाग्छ ।"

"दाइ तपाईं नि... त्यति सानो कुरा भन्न पनि डराउनुपर्छ र ? भित्री मनको भावना भनेर के हुन्छ र ? तपाईंलाई डर लाग्छ भने म चिठी दिइदिन्छु ।"

"भो म आफैं दिन्छु ।"

यति भनेर विकासले दराज खोल्यो र बाहिर जाने लुगा लगायो ।

सन्ध्यालाई बधाई दिने बहाना पनि उसले भेटाएकै थियो । त्यसैले विकास सन्ध्याको घर जाने उद्देश्यले मोटरसाइकलमा बस्यो । मोटरसाइकलको गति विकासको मनसँगै बढ्यो ।

विकासले सन्ध्याको घरमा गएर ढोका खटखटायो । सन्ध्याकी काकीले ढोका खोलिन् । विकासलाई देखेर सन्ध्याकी काकी अलि अवाक् भइन् ।

"कसलाई खोज्नु भएको ?"

"सन्ध्यालाई ।", विकासले छोटो उत्तर दियो ।

"बजार गएकी छे ।"

"ए ! विकास आएको थियो भनिदिनुहोस् है ।"

"हुन्छ !", सन्ध्याकी काकीले ढोका लगाउँदै भनिन् ।

आफ्ना उत्साह र उमङ्गहरू आकाशबाट खसेर पृथ्वीमा बजारिएझैं अनुभव भयो विकासलाई । ऊ कोमल भावनाको मान्छे... अनुहार अँध्यारो बनाएर सिँढीबाट उत्रियो । आँगनको एक छेउमा खरायोलाई देखेर एक क्षण टक्क उभिएर हेरिरह्यो ।

"सन्ध्यालाई संसारमा दोस्रो प्यारो चीज... राहुलपछि । तर म... मलाई सन्ध्याले कुन स्थानमा राखेकी छिन् कुन्नि ? एक मित्रको नाता छ हामीमा । तर... सन्ध्याबिनाको जीवन कल्पनासम्म पनि गर्न... । सन्ध्या मबाट टाढा भएमा म मर्नेछु... । त्यसैले डर पनि लाग्छ, कतै मेरा यस्ता भावानाहरूले भएको मित्रता पनि टुट्ने त होइन ? जेहोस्, म आएँ यहाँ... । आकाङ्क्षाहरू बोकेर... । जाँदै छु निराश भएर ।"

विकास आफूसँगै प्रश्न-प्रतिप्रश्न गरिरहेको थियो । ऊ सरासर बाहिर निस्कियो । सडक नपुग्दै विकासले सन्ध्यालाई भेट्यो ।

"विकासजी ! तपाईं यहाँ ?", सन्ध्याले अचम्मित भएर सोधिन् ।

"हो सन्ध्या... म तिमीलाई बधाई दिन आएको थिएँ । तर... ।"

"तर के र ? भेट भइहाल्यो । बधाई स्वीीकार्य छ । तर यो सब तपाईंकै देन हो । स्वर त के हो र, जब गीतमा कुनै भाव हुन्न । तपाईंले मलाई आफूले गीत लेखेर ऋण लगाउनुभो... हिंड्नुहोस् घर ।", सन्ध्याले भनिन् ।

"लाने र ?", विकासले हाँस्दै भन्यो ।

"हिड्नुहोस् न ।", सन्ध्या अगाडि बढ्दै थिइन् ।

"हैन, पछि आउँला ।", विकासले अलि अड्किँदै भन्यो ।

"एक कप चिया त पिएर जानुहोस् ।"

"ल ठीक छ ।"

विकास सन्ध्याको कोठा वरिपरि हेरिरहेको थियो । सन्ध्या चिया बनाउन भान्सामा गइन् । काकी लुगा लगाएर बाहिर जान आँटेको देखेर सोधिन्, "कहाँ जानुहुन्छ, काकी ?"

"ऊ पल्लो घरमा, रामकहाँ गएर आउछु । राहुल आउने बेला भो... खाजा तयार गरेर राख ।"

"हस् ।"

सन्ध्याले चिया बनाउन थालिन् । विकासले सन्ध्याको केठामा राखेको आमाबाबुको तस्बिर देख्यो । तर उसलाई त्यो तस्बिर सन्ध्याका आमाबाबुको भन्ने थाहा थिएन । सानो भए पनि सन्ध्याको कोठा सफा र चिटिक्क परेको थियो । सिरानीको खोल र तन्नामा विभिन्न फूलबुट्टा भरिएका थिए । सगरमाथाको ठूलो तस्बिर एक कुनामा झुन्ड्याइएको थियो । टेबलमाथि भने किताब छरिएका थिए । किताबमाथि सानो डायरी राखिएको थियो । विकासलाई रातो जिल्दा भएको कापी डायरी भन्ने थाहा थिएन । सायद डायरी भनेर थाहा पाएको भए उसले पढ्ने थिएन । तर जब उसले पल्टायो, कापीको पानामा दुई-तीन हरफ देखिहाल्यो–

"म उसलाई अगाध माया गर्छु । तर पनि ऊ मौन छ । म विवश छु... म आफ्नो प्रेमलाई बाँड्न सक्दिनँ होला । नारी हुँ... । त्यसैले मेरा भावना भित्रभित्रै दबिरहन्छन् ।"

सन्ध्याको प्रवेश भएको भान भएपछि विकासले डायरी बन्द गरेर जहाँको त्यहीं राखिदियो । विकास अलि अकमकायो ।

"टाइम त धेरै लगायौ त !", के भनूँ, के भनूँ भन्ने लागेर विकासले अत्तालिंदै भन्यो ।

"कहाँ हुनु ? सात मिनेटभन्दा बढी भएको छैन ।", सन्ध्याले हाँस्दै भनिन् ।

"यो तस्बिर... ।", विकासले सन्ध्याका आमा-बुबाको तस्बिर देखाउँदै भन्यो ।

"मेरा बुबाआमाको । यस संसारमा हुनुहुन्न ।", सन्ध्याले सानो अनि दुःखी स्वरमा भनिन् ।

"सरी ! मैले तिम्रो मन दुखाएँ ।"

"सधैं दुखिरहन्छ... खासै फरक पर्दैन ।", सन्ध्याले अलि मुस्काएर भनिन् ।

"चिया लिनुहोस् न ।", सन्ध्याले टेबलमाथिको चियातिर हेर्दै भनिन् ।

"हुन्छ ।"

विकासले चिया लियो ।

"तिम्रो हात... मीठो रैछ ।", विकासले शून्यता भङ्ग गर्दै भन्यो ।

"हजुर ।", सन्ध्या जिल्ल परिन् ।

"मेरो मतलब... चिया मीठो बनाउँदी रहिछौ ।"

"तपाईं मेरो तारिफ मात्र गर्नुहुन्छ । तपाईंको... कसले गरिदिने ?", सन्ध्याले हाँस्दै भनिन् ।

विकास केही बोलेन । कोठा सुनसान थियो । अनि झ्यालबाट मन्द गतिमा आइरहेको चिसो हावाले विकासभित्र उर्लिएका भावनाहरूलाई बाहिर ल्याउने प्रयास गरे झैं भान हुन्थ्यो । विकासभित्र भावनाहरू घाँटीसम्म आउँथे । तर ऊ भन्न असमर्थ हुन्थ्यो । ऊ चुपचाप डायरीका वाक्यहरू मनमा दोहो-याउन थाल्यो–

"म उसलाई अगाध माया गर्छु । तर पनि ऊ मौन छ । म विवश छु... ।" विकासको मनमा यो वाक्य कैयौंपल्ट गुन्जियो । भावुकतामा आएर विकासले सन्ध्याको हात पक्रियो ।

"हो सन्ध्या म यही भन्न आएको कि म... म तिमीसँग प्रेम गर्छु ।"

"यो तपाईं के भन्दै हुनुहुन्छ ?", सन्ध्याले आफ्नो हातलाई विकासको हातबाट झिक्दै भनिन् ।

"हो सन्ध्या... म साँचो बोल्दै छु । धेरै दिनदेखि म यो कुरा भन्न तड्पिरहेको थिएँ ।"

"तर मैले त तपाईंलाई एक सच्चा मित्रका रूपमा हेरेकी थिएँ । मैले तपाईंसँग सहयोग लिएँ । तर यसको मतलब यस अर्थमा लिनु... तपाईं गलत हुनुहुन्छ । म तपाईंको साहित्यको ऋणी छु । तर यो जरूरी छैन कि म तपाईंको प्रेम स्विकारूँ ?"

"सन्ध्या प्लिज ! यस्तो नराम्रो नसोच । म तिमीलाई भित्री हृदयदेखि चाहन्छु । मलाई थाहा छ, तिमी पनि मसँग प्रेम गछ्र्यौ ।"

"प्रेम जरूर गर्छु... । तपाईंसँग होइन, तपाईंको साहित्यसँग । हाम्रो सम्बन्ध एक मित्रताभन्दा बाहेक सम्भव छैन ।"

"यसको कारण ? के तिमी अरू कसैसँग प्रेम गर्छ्यौ ? त्यो तिम्रो डायरीमा... ।"

"हो म कसैलाई चाहन्थें । त्यसलाई प्रेम भनिन्छ वा भनिँदैन, त्यो म जान्दिनँ । तर म आज प्रेम भन्ने शब्दसँग भने घृणा गर्छु ।"

"तिमीलाई अधिकार छ... । तर तिमी मलाई एक सच्चा मित्र नै सम्झेर आफ्ना दुःख बाँड्न सक्छ्यौ ।", विकासले भावुक हुँदै भन्यो ।

"एक सच्चा मित्र त मैले तपाईंलाई सधैं नै सम्झेकी छु । हामी यसको सिमाना नघाउनेछैनौं । यो सर्त मन्जुर भए म तपाईंसँग आफ्ना दुःख जरूर बाँड्नेछु ।" सन्ध्याले कठोर हुँदै भनिन् ।

"आजदेखि हामी एक सच्चा मित्र । त्यसैले तिमी मलाई "तिमी" नै भन्न सक्छ्यौ ।"

"तर... तपाईं... ।"

"तपाईं होइन... तिमी । मित्रता उमेरमा होइन, समझदारीमा हुन्छ । मन्जुर ?", विकासले आफ्ना दुःख एवम् दर्दहरूलाई मनभित्रै कोचेर भन्यो । सन्ध्याले आफ्नो अतीत कोट्याउन थालिन् ।

"त्यस दिनको कुरा हो, जब म विद्यालयमा १० कक्षामा पढ्थे । त्यति बेला मैले जीवन भन्ने एक व्यक्तिलाई भित्रभित्रै चाहन थालें । म विद्यालय जाँदा ऊ बाटोमा बसिरहन्थ्यो । खै कताबाट अचानक बानेश्वरमा डेरा लिएर बस्न आएछ कुन्नि... । १० कक्षाको अन्त्यतिर मैले उसलाई फेरि देख्न थालें । किनकिन म उसको अनुहार देखेपछि बाटोमा हिंड्न सक्दिनथें । मेरो विद्यालय जाने समयमा ऊ दैनिक रूपमा आउन थाल्यो । बिस्तारै यो क्रम बढ्न थाल्यो । म विद्यालयबाट फर्कंदा पनि ऊ बाटोमै हुन्थ्यो । पछि एक दिन डिल्लीबजारतिर जान लाग्दा मैले उसलाई एउटा घरको माथि देखें । ऊ त्यही घरमा तीन महिनादेखि डेरामा बस्दो रहेछ ।

वीरगन्जमा उसको घर भएको अनि पढ्ने सिलसिलामा काठमाडौँ आएको भन्थ्यो । एक दिन उसबाट मैले चिठी पाएँ । मैले आफ्ना भावना पोख्नै नपरी हाम्रो प्रेमको सुरूवात भयो । दिन बित्दै गए... तीनचार महिनापछि उसले डेरा सऱ्यो । ऊ कता बिलायो... कता । मैले एक दिन मेरी साथी नीलिमाले भनेअनुसार जीवनको चियो गर्न थालें । ऊ खराब चालको भएको पाएँ । केटीहरू घुमाउने उसको पेसा... । त्यसैले मैले उसलाई सदाका लागि आफ्नो हृदयबाट निकालिदिएँ । मैले उसलाई आफ्नो सिद्वान्तअनुरूप पाउन सकिनँ । त्यसैले मैले उसलाई क्षमा पनि गरिनँ । अहिले कतातिर बस्छ, त्यो पनि जान्दिनँ ।

मेरो प्रेमले धोका खायो... । मलाई यसैमा दुःख लाग्छ । मलाई डर लाग्छ... कतै म पुनः धोकामा नपरूँ । जीवनको धोकाले म तर्सेकी हुँ । प्रेम भन्नेबित्तिकै डर लाग्न थाल्छ । त्यसैले विकास, तिमी यस्ता भावनालाई गल्तीले पनि उम्रिन नदेऊ । हामी दुवैको सङ्गममा एक महान् गीतकार र गायिकाको सपना देखेकी छु मैले । के तिमी मलाई साथ दिन्नौ ?", सन्ध्याले आशावादी आँखा उठाएर विकासतिर हेरिन् ।

"भन न विकास मलाई... । मेरो दुःखी जीवनलाई उठाउन मद्दत गर्दैनौ ?", सन्ध्याले आँखाभरि आँसु लिएर फेरि भनिन् ।

"के म गर्दिनँ होला र ? म मित्रता जरूर निभाउन जान्दछु ।", विकासले भन्यो ।

विकासको आत्मा भित्रैदेखि रोएको थियो । तर ऊ आफ्नो खुशीका लागि सन्ध्याको इच्छाविपरीत जान सक्दैनथ्यो । उसले सन्ध्यालाई मित्रता निभाउने कसम दिइसकेको थियो । विकासले आफ्नो जीवनमा सन्ध्यालाई पाउन सक्छ वा सक्दैन । तर उसले सन्ध्यालाई जीवनभरि प्रेम गरिरहने कसम लिएको थियो । उसलाई आफ्नो प्रेममा भरोसा पनि थियो । तर पनि उसलाई डर लाग्थ्यो । ऊ सन्ध्याका लागि... अझ सन्ध्याको खुशीका लागि एक असल मित्र नै बनिरहेको थियो ।

विकासका पाइला लडखडाए । ऊ पागल झैं भएर घर फर्कियो । आफूले मित्रता निभाउने वचन दिएकामा पश्चात्ताप पनि लाग्यो उसलाई । विकासले असफल प्रेमका लागि दुई थोपा आँसु पनि झार्‍यो ।

जुत्तै नफुकाली पलङ्मा पल्टिरहेका बेला रेवन्त सुसेली लगाएर कोठामा पस्यो ।

"विकास दाइ ? कता हराउनुभयो साँझमै ? बत्तीसत्ती पनि नबालेर ।", रेवन्तले भन्यो ।

"साँझ अर्थात् सन्ध्यालाई हेरिरहेको हुँ । कल्पनामा हराइरहेको छु ।"

"आज तपाईं हिजोअस्तिभन्दा पनि निराश देखिनुहुन्छ । गएर अनि भेटेर आउनुभएको होइन र ?", रेवन्तले भन्यो ।

"सब गोलमाल भयो । एकथोक भन्न गएको थिएँ, एकथोक भनेर आएँ । मित्रता निभाउने बाचा गरेर आएँ ।"

"तपाईं साँच्ची महान् हुनुहुन्छ । आफ्नोभन्दा अरूको इच्छाका लागि... । साँच्ची महान् हुनुहुन्छ । तर विकास दाइ तपाईंको प्रेम जरूर सफल हुनेछ ।", रेवन्तले भन्यो ।

"सायद !"

विकास यति भनेर बाहिर गयो । उसलाई घर फर्कने पनि त्यति इच्छा थिएन । उसले जिन्दगीमा पहिलोपल्ट कसैलाई चाहेको थियो । अब उप्रान्त विकासले सन्ध्यालाई प्रेम जाहेर गर्ने अवस्था भने थिएन । आफ्ना गीतहरूका माध्यमबाट उसले सन्ध्यालाई प्रकाशमा ल्याउने प्रण गर्‍यो ।

सन्ध्या र विकासको जम्काभेट सन्ध्याको परीक्षाफल प्रकाशन हुने दिन अचानकै भयो । सन्ध्या खुशीले पागल भइन् । पहिलो वर्ष राम्रो अङ्क ल्याएर उत्तीर्ण भइन् । उनले दोस्रो वर्ष अझ मिहिनेत गर्ने अठोट गरिन् ।

विकास सन्ध्याको जिद्दीदेखि अचम्मित थियो । ऊ सन्ध्यालाई समय-समयमा उनीहरूको प्रेमलाई भगवान्‌ले पनि छुट्याउन सक्दैनन् भनेर भन्न चाहन्थ्यो । सन्ध्याको बाल्यकालको प्रेमलाई विकासले माफी दिन्थ्यो... । एक सपना सम्झेर तर ऊ मजबुर थियो ।

सन्ध्या विकासलाई भेटेकीले निकै खुशी भइन् । आज भने उनको अनुहार अरू दिनहरूभन्दा बढी उज्यालो देखिन्थ्यो ।

"आज तिमी निकै खुशी देखिन्छ्यौ त !", विकासले भन्यो ।

"आज हाम्रो रिजल्ट भयो... । म पास भएँ ।", सन्ध्याले प्रफुल्ल हुँदै भनिन् ।

"हो र ? बधाई ! ल मिठाई नखुवाउने त !", विकासले हाँस्दै भन्यो ।

"ल हिंड्नुस् !"

"हिंड्नुस्... किन ? लामो अन्तरालको भेट भएकाले मान दिएकी ?"

"होइन... होइन । ल हिंड आज म मिठाई जरूर खुवाउँछु । त्यति मात्र हो र ? हाम्रो गीत कलेजका प्रत्येक केटीहरूको मुखमा छ । थाहा छ के भने ?"

"के भने ?"

"नीता र विनीताले तिमी भनेर नै थाहा नपाएका । जब उनीहरूले पिकनिकको विकास सम्झे... मरीमरी हाँस्न थाले ।"

"किन र ?", विकासले सङ्कोच मान्दै सोध्यो ।

"हाम्रो तेर्सातेर्सी कुरा सम्झेर ।"

हा-हा-हा । दुवै जना एकक्षण खुब हाँसे ।

"यो के ?", विकासको हातमा भएको कापी लिंदै सन्ध्याले सोधिन् ।

"आज म आफ्ना कविताहरूको सङ्ग्रह निकाल्ने सिलसिलामा हिंडेको थिएँ । मान्छे नभेटेर फर्केर आएँ । त्यही हो यो... ।"

"मलाई तिमीसँग बोल्नै मन भएन ।"

"किन र ?"

"एक सच्चा मित्र रे... मलाई देखाउँदै नदेखाई छाप्न थालेको ।"

"मलाई गलत नसम्झ सन्ध्या । म तिमीलाई देखाउनै भनेर हिंडेको ।"

"भोभो... कुरा नबनाऊ ।"

"म के तिमीलाई लुकाउँछु होला त ?"

"त्यो म कसरी जानूँ... तिम्रो कुरा... । हामी दुवै एक त अवश्यै होइनौं ।", सन्ध्याले हाँस्दै भनिन् ।

"म भाव हुँ... तिमी ताल हौ । अलिकति न फरक हो । भाव र तालबिना हाम्रो गीत कहिले पूरा हुन सक्छ र ? त्यसैले हामीमा अन्तरै छैन", विकासले गम्भीर भएर भन्यो ।

सन्ध्या विकासका यस्ता कुराले अवाक् भइन् । यसको जबाफ उनले आफूमा पाइनन् । उनी त्यसैले चुप भई हिंड्न थालिन् । विकासका वाक्यहरूले सन्ध्याको मुटु छोयो । आज पहिलोपटक उनले विकासको भावनालाई बुझ्ने चेष्टा गरिन् । सन्ध्या मनमनै विकासको कुरालाई दोहोऱ्याउन थालिन् । उनी आज विकासका वाक्यहरूबाट एकाएक गम्भीर भइन् । उनको परीक्षा उत्तीर्ण भएको खुशी विकासका दुःखी भावनाहरू सँगसँगै दुःखी भयो । पसलमा गएर दुवैले जेरीस्वारी खाए । त्यहाँबाट बाहिर निस्किए । दुवैको वार्तालाप त्यति राम्रो भएन । सन्ध्याले विकासका कविताहरूको सङ्ग्रहको कापी लिएर घर आइन् । उनी कापीका पन्नाहरूमा कोरिएका कविता पढ्न व्याकुल भइरहेकी थिइन् । पलङमा पल्टेर विकासको कापीको प्रथम पन्ना पल्टाइन् ।

"विकास रिमाल ।"

ठूलठूला अक्षरमा लेखिएको थियो । दोस्रो पन्ना पल्टाइन् । पन्नामा भएको कविता पढिन् ।

सम्झेथें तिमीलाई...

...हुन्छ, हुँदैन मिलन ।

उनलाई त्यो कविता पढेपछि पिकनिकका कुरा याद आए । उनले विकासले लेखेको कवितालाई टुक्राटुक्रा पारेर च्यातेर फ्याँकेकी थिइन् । तर त्यही कविता विकासले घरमा आएर उतारेको थियो । एकएक गर्दै सन्ध्या कविताहरू पढ्दै गइन् । 'नारी', 'सौन्दर्य', 'तिम्रो रूप', 'तिमी' जस्ता कविता पढिन् । कताकता विकासले आफैंलाई भनिरहे झैं भयो उनलाई । बाहिर कुकुर भुक्दै गरेको आवाज सुनेपछि सन्ध्या कापी लिंदै बाहिर गइन् । कापीको बीचबाट एउटा खाम फुत्त खस्यो । त्यो चिठी विकासले सन्ध्यालाई भेटेको एक सातापछि लेखेको थियो । उसले सन्ध्यालाई चिठी दिने कोसिस गरेको थियो । तर दुर्भाग्य ! विकासले यस्तो मौका

नै फेला पार्न सकेन । सन्ध्या बिरामी भएर क्याम्पस जान सकिनन् । अनि दसैं तिहारको छुट्टी । यस्तैमा उनका दिनहरू बितिरहेका थिए । विकासले बिर्सेर कापीमा घुसाएको थियो । उसलाई यो कविता बढी मन पर्थ्यो... । त्यसैले चिठी च्यात्दै नच्याती राखेको थियो । सन्ध्याले खाम च्यातिन् । चिठी खोलेर पढ्न थालिन् :

सपना, कल्पना र जीवनको लक्ष्य
सन्ध्या !
यो मुटु तिम्रो लागि धड्किन्छ
हर क्षण हर पल तिम्रो यादमा तड्पिन्छ
हर सपनीले तिमीलाई नै रोज्दछ
अनि तिम्रो आभासले खुशीको सिमाना नाघिदिन्छ
रूझिदेऊ तिमी मेरो मायामा यहाँ
मायाको अथाह सागर तिमीलाई पर्खिरहेछ
आशाका हरेक किरणहरू नै तिमी
त्यसैले तिमीविना जीवन अधुरो लागिरहेछ ।

सन्ध्या, मलाई अन्यथा नसम्झिनू । यी कविता मैले तिम्रा लागि रचेको हुँ । हुन सक्छ, तिमीलाई राम्रो नलाग्ला । यो मेरो अन्तरात्माको भाव हो । यसलाई कुल्चिने पाप नगर । चिठी लेख्दा शब्दहरू नै पाइनँ । त्यसैले यो दुःखीका व्यथाहरू कवितामा पोख्दै छु । आशा छ, तिमीले यस कविताको भावलाई ग्रहण गर्ने नै छ्यौ । तिमीले यसलाई कुल्चिनौ, च्यात्दिनौ अनि जलाउन्नौ भन्ने विश्वासका साथ ।

उही दुखी,
विकास

सन्ध्याले चिठीलाई सिरानीमुनि राखिन् । उनलाई कताकता नमज्जा लाग्यो । आफूले विकासलाई सजाय दिइरहेझैं भान पऱ्यो । विकासका सबै कविता पढिन् । उनलाई अन्तिम कविताले निकै प्रभावित तुल्यायो । उनले कवितालाई गुनगुनाउँदै पढिन् :

बिर्सिदेऊ ती अतीतलाई
जसले तिम्रो भावनालाई ठेस पुऱ्यायो
बिर्सिदेऊ ती व्यक्तिहरूलाई
जसले तिमीलाई चोट पुऱ्यायो
बिर्सिदेऊ क्षणिक मायाहरू
जसले तिम्रो जीवन निरर्थक बनायो
जगाऊ तिमीभित्रका आत्मविश्वासहरूलाई
जसले तिम्रो लक्ष्य प्राप्तिका लागि मद्दत गर्नेछ
बाँच्न सिक नयाँ आशाका किरणहरूसँग
जसले तिमीलाई जिन्दगीभर साथ दिनेछ ।

सन्ध्याको छटपटी बढ्न थाल्यो । जीवनसँगको क्षणिक प्रेमलाई उनले आफ्नो अगाडि पसारेर विकासको चोखो प्रेमलाई कुल्चिरहेकी थिइन् । समयसमयमा विकासबारे सोच्ने पनि गरेकी थिइन् । तर पनि सन्ध्या प्रेमको बन्धनमा बाँधिन चाहँदिनथिन् । दुवै एकअर्काका पूरक थिए । सन्ध्या ताल थिइन् अनि विकासचाहिँ भाव । उनी विकासलाई एक सच्चा मित्रका अलावा कुनै पनि स्थानमा राख्न सक्दिनथिन् ।

***

तीन

प्रफुल्ल मुद्रामा आशा आफ्नो कोठामा पसिन् । आज उनी आफूलाई नै अचम्म अनुभव भइरहेको थियो । उनको अचम्म अनुभवले कहिले भूत, कहिले वर्तमान त कहिले भविष्यतिर डोऱ्याउँथ्यो । अरू दिनभन्दा अहिले आशाको अनुहारमा भाव र चमक भिन्न किसिमको देखिन्थ्यो ।

आशाले हल्का शृङ्गार गरेकी थिइन् । निधारमा सानो, कालो टीका लगाउने उनको बानी थियो । कालो टीकाले उनको अनुहार चहकिलो देखिन्थ्यो । हुन पनि उनलाई आफ्नो अनुहार आफैंलाई राम्रो भएको भान हुँदै थियो । केही घुम्रिएको बाक्लो कालो कपालमा आशाले पछाडितिर क्लिप लगाइन् । कानमा लगाएको हीराको टपले अनुहारको शोभा अझ बढाइदिएको थियो । ऐना हेर्दै आशा मुसुक्क हाँसिन् । अगाडिको दाँत सानोमा लड्दा अलिकति भाँचिएको थियो । किन किन आशाको अनुहारमा भाँचिएको दाँतको भाग देख्दा अझ बढी आकर्षक देखिन्थ्यो । प्याजी रङको सलवार कुर्तामा पहेंलो चुन्नी खास्टो झन् उज्यालो देखिन्थ्यो ।

हातमा लामालामा सुलुत्त परेका औंलाहरूमा प्याजी रङकै पालिस लगाएकी थिइन् । फुली लगाउने उनको खासै इच्छा थिएन । त्यसैले उनको नाकको प्वाल बुच्चिन पनि आँटिसकेको थियो । तर नाकको दायाँ भागमा भएको कालो तिलले फूलीको काम गरे झैं थियो । आशालाई आफ्नो जिन्दगीमा निकै नौलो अनुभव भइरहेको थियो । किनकि आज उनको जिन्दगीले नयाँ बाटो पहिल्याइरहेको थियो ।

आज निशितका बाबुआमा आशा र निशितको बिहे छिन्न आउने दिन । त्यसैले त उनी रातमा पनि आफ्नै कल्पना अनि परिकल्पनामा हराएकी थिइन् । निद्रादेवी उनको आगमनलाई कुर्दाकुर्दा थाकिन् । तर भित्तामा आफ्नो सपना बुन्ने आशालाई आजको पर्खाइ थियो, जसले उनलाई बिनानिद्रामा रात बिताई स्वागत गर्ने थिइन् । बाबुले आफ्नो इच्छा स्विकारेकामा आशा कृतज्ञ थिइन् । पूर्ण रूपमा नास्तिक नभए पनि आशा ढुङ्गाको मूर्तिमा भने विश्वास गर्दिनथिन् । तर निशितको आग्रहमा दुवैले देवीको मन्दिरमा गई कहिल्यै नछुट्ने बाचा गरेका थिए । देवीले आफ्नो पवित्र प्रेमको लाज राखिदिएकामा उनलाई मन्दिर जाने रहरले सताउन थाल्यो ।

"आमा म मन्दिर गएर आउँछु ल ?", आशाले अलि लजाएर भनिन् ।

"मन्दिर अनि तँ ?", आशाकी आमाले हाँस्दै भनिन् । आशाको अनुहारको भाव नै फरक भयो । चुपचाप पूजाथालीमा रहेको फूललाई हेरिरहिन् ।

"लल पूजा गर्न जान पनि सोध्नुपर्छ र ?", आशाकी आमा भन्याङ चढिन् ।

आशा ढोका बाहिर निस्किइन् । आशाकी आमाले माथि झ्यालबाट आशालाई हेरिरहेकी थिइन् ।

"आशा कहाँको मन्दिर जान्छेस् त ?"

"ऊ त्यै परको गणेशथान !", आशाले लजाउँदै भनिन् ।

मन्दिरमा खास त्यति भीड थिएन । त्यसैले आशालाई पूजाका लागि धेरै समय कुर्नुपरेन । फूल-अक्षताले पूजा गरेपछि आरती दिइन् । घण्टी जोडले बजाइन् अनि दुई हातले बिन्ती गरेर गणेशसँग माग्न थालिन्–

"भगवान् हामीलाई कहिल्यै अलग नगर । जनमजनममा निशितको साथ पाऊँ !", उनलाई आज बल्ल पो ज्ञात भयो, ढुङ्गाको मूर्तिमा पूजा गर्दा कत्तिको आत्मसन्तुष्टि हुन्छ भनेर ।

आशा ठूलो ऐनाअगाडि बसिन् । कपाल कोरिन् । यो कपालको कोराइ पन्ध्रौंपटकको थियो । ऐनामा हेर्दाहेर्दै आशा कल्पनामा डुबिन् ।

अब त उनी आफैंलाई लाज लाग्यो । त्यसैले पनि आशा ऐनाबाट पर हटिन् । पुनः एकपल्ट ऐना हेर्न उत्साहले ऐनाअगाडि बसिन् ।

"आशा ! के गरिरहेकी ?", आमाको वाक्यले उनलाई झसङ्ग बनायो ।

"केही होइन, आमा ।", आशा ऐनाबाट टाढिइन् । बिस्तारै भान्सातिर गइन् । आशाकी आमाले चिया बनाएर किस्तीमा राखिरहेकी थिइन् ।

"खै आमा म लगिदिन्छु ।"

"ल ल । कति दिन पो खान पाइन्छ र ?", आशाकी आमाले व्यङ्ग्य गर्दै भनिन् ।

"छ्या ! आमा पनि ।", आशाले अलि लजाउँदै किस्ती बोकिन् । बैठक कोठामा गएर टेबलमा चिया बिसाइन् ।

"बस् छोरी ।", आशाका बाबुले पत्रिकालाई टेबलमाथि राख्दै भने ।

आशाले आफ्ना बाबु वैकुण्ठलाई टोलाएर हेरिरहिन् । उनका आँखा रसाएर आए । उनी बाबुसँग गएर लपक्कै टाँसिइन् । वैकुण्ठबहादुरले आफ्नी छोरीका आन्तरिक कुराहरू थाहा पाइसके । तरपनि उनी यस कुरालाई कोट्याउने पक्षमा थिएनन् ।

"चिया चिसो भएन ?", आशाका बुबाले आशाको कपाल सुमसुम्याउँदै सोधे ।

आशा झसङ्ग भइन् । किस्तीबाट चियाको कप-प्लेट उठाइन् ।

"बुबा ! चिया ।", आशाले वैकुण्ठको हातमा चिया थमाइदिइन् ।

"कुरा त उनान्सय प्रतिशत छिनिइसक्यो, हैन र ?", वैकुण्ठबहादुर चिया पिउन थाले । आशाले भने केही नबोली बाबुलाई हेरिरहिन् ।

"निशितका बाबुआमा कति बजे सवारी हुने रे ?", वैकुण्ठले प्रश्न गरे । यस प्रश्नले आशालाई हराएको संसारबाट वर्तमानतिर ओरालिदियो ।

"ए ! तिम्रा आँखामा आँसु ?", वैकुण्ठले छक्क परेर प्रश्न गरे । आफ्नी छोरीका आँखाबाट झरेको आँसु आफ्नो हातले पुछिदिए ।

"के भयो ?", वैकुण्ठले पुनः प्रश्न गऱ्यो ।

"केही होइन ।" रातभरिको खुशीको कल्पनालाई आशाले दुःखको पोल्टामा पोको पार्दै भनिन् ।

"एक न एक दिन छोरी जातलाई पराई घरमा जानैपर्छ । के गर्नु संसारको नियम नै यस्तै छ ।"

"सुन्नुभो निशितको बाबुआमा पाल्नुभएछ ।", आशाकी आमा बैठककोठामा आइन् ।

"ए हो र ?", वैकुण्ठबहादुर पिउँदै गरेको चियालाई त्यत्तिकै छाडेर घरको गेटसम्म गयो ।

आशा बैठक कोठाबाट आफ्नो कोठामा आइन् । आँसुले लतपतिएको गाजललाई बिस्तारै पुछिन्, कपाल कोरिन् । आशाले ढोकाबाट चियाइन् । उनलाई अलि अप्ठ्यारो अनुभव भयो । तर पनि आँट गरेर भित्र पसिन् ।

"नमस्ते !", आशा ढोकामै ठिङ्ङ उभिइरहिन् ।

"किन उभिइरहेकी ? बस न !", वैकुण्ठबहादुरले अगाडिको सोफा देखाउँदै छोरीलाई भने ।

आशा बिस्तारै भित्र गइन् अनि सोफामा अडेस लागेर भुइँमा बिछ्याएको कार्पेटमा बसिन् ।

"ल ! किन तल नि ? माथि नै बसे भइगो नि, छोरी ।", निशितका बुबाले भने ।

"हैन अङ्कल, ठीकै छ ।", आशा टेबलको कपप्लेट बोक्दै उठिन् ।

"ल छोरी, अबचाहिं तिम्रै हातबाट ।", वैकुण्ठले आफ्नी छोरीलाई भने । आशाले प्रत्युत्तरमा मुसुक्क हाँसेर टाउको हल्लाइन् ।

निशितका बुबा अलि मोटा थिए । तर उनलाई अरूलाई भन्दा बढी जाडोको अनुभव भइरहेको थियो । उनका कुरा राजनीतिदेखि लिएर अन्तर्राष्ट्रिय स्तरसम्म पुग्थे । निशितका बुबालाई कुरामा जित्ने कमै मात्र हुन्थे । उनको बोली नछुटेसम्म छुट्दैनथ्यो । अनि छुटेपछि रोकिँदैनथ्यो । निशितकी आमा भने आफ्ना श्रीमान्लाई सतर्क गर्न बेलाबेलामा आँखा तर्थिन् । तर निशितका बुबा यसको कुनै अर्थ नै नलगाई आफ्नै सुरमा कराइरहन्थे । निशितका बुबाले कुरा मोडे ।

"हेर्नुहोस् ! तपाईंकी छोरीलाई हामी कुनै कुराको कमी महसुस गर्न दिनेछैनौं । आफ्नै छोरीसरह राख्नेछौं । आफ्नी पनि एउटी छोरी होस् भन्ने कत्रो चाहना थियो । के गर्नु ? यसले (आफ्नी श्रीमतीलाई देखाउँदै) छोरै जन्माइदिएर । जेहोस्, अब त यो धोको पनि पूरा हुने भयो ।", निशितका बुबाले भने ।

"के गर्नु ? यसले छोरै जन्माइदिएर" भन्ने वाक्य कानमा पर्नासाथ आशाले हाँसो रोक्न सकिनन् । आशाले मुसुमुसु हाँस्दै चिया र नास्ता टेबलमा राखिन् । निशितकी आमाले भने आशालाई एक क्षणसम्म घुरेर हेरिरहिन् ।

"चिया मात्रै खान्छौं । यत्रो दुःख किन ? उसमाथि हामी त भर्खरै खाना खाएर आएका ।", बनावटी हाँसो बनाउँदै निशितकी आमाले भनिन् ।

आशा आफ्नी हुनेवाला सासू-ससुराको मुख टुलुटुलु हेरेर बसिन् ।

"ओहो ! कस्तो चिसो हावा आएको । झ्याल लगाऊ त, आशा ।", वैकुण्ठले भने ।

आशाले उठेर झ्याल लगाइन् । साथमा पर्दा पनि तानिन् ।

"भो पर्दा नलगाऊ ।", आशाले लगाएको पर्दा वैकुण्ठले पुनः खोले । सब जना कोठामा चुप भए । वातावरण सुनसान थियो ।

"नशै रहेछ यो राजनीति भन्ने पनि ।" यत्तिकैमा निशितकी आमाले आँखा तरिन् । यसपटक भने श्रीमतीको आँखा तराइले वैकुण्ठलाई साँच्ची असर पार्‍यो । श्रीमतीको इसारा पाएर निशितका बुबा उठे । निशितकी आमा पनि सोफाबाट उठिन् । साडीको आँचललाई हातले हल्लाउँदै उभिइरहिन् ।

"लौ हजुर... हामी जान्छौं । बिहे पक्का भयो हैन र ?", निशितका बुबाले उठेर ढोकातिर जाँदै भने ।

"हैन भरे डिनर खाएर मात्र... ।", आशाका बाबुआमाले एकै स्वरमा भने ।

"त्यो त छँदै छ नि !", निशितका बुबाले मोटरसाइकल स्टार्ट गरे ।

निशितकी आमा मुख ठुस्स परेर पछाडि बसिन् । उनको त्यस्तो व्यवहारदेखि निशितका बुबालाई रिस उठ्यो । तर पनि उनले आफ्नी श्रीमतीलाई बाटोमा केही भनेनन् ।

"के त्यस्तो गनाउने मुख लिएर बस्नुपर्थ्यो र ?", निशितका बुबा कोठामा पुगेर एकाएक जङ्गिए ।

"इच्छाले हुन लागेको बिहे भए पो । आफूले उता माइती छेवैकी केटीलाई वचन दिइसकेकी थिएँ ।", निशितकी आमा मुर्मुराउँदै थिइन् ।

"इच्छा नै भनेर पनि के गर्ने ? तिमीले गर्ने बिहे भए पो लौ भनौं । छोराको बिहेमा छोराकै इच्छा हुन्छ । यो हाम्रो जस्तो पाला पनि त छैन... । आमाबाबुले जे भन्यो, त्यही गर्नलाई ?"

"भो...भो । यी बाबुछोरा दुई जना मिलेपछि त मलाई काँचै खान्छन् ।"

आशा आफूलाई निकै भाग्यमानी ठान्छिन् । उनको इच्छाविरूद्ध उनका आमाबुबाले कहिल्यै पाइला चालेनन् । त्यसैले आशा हरेक कुरामा निपुण थिइन् । आधुनिक परिवारमा जन्मेर पनि उनलाई पुरानो संस्कृति र परम्परासँग त्यत्तिकै लगाव थियो । उनी रूढिवादी विचारहरूबाट निकै टाढा थिइन् । समाजमा यस्ता नारी-पुरूषको असमानतामा उनलाई निकै खेद थियो । उनको मात्र वश चल्ने भए यस समाजलाई नै उनी नारीप्रधान बनाउने थिइन् । तर यी सब उनको वशबाट टाढै थियो ।

आशा आफ्नो कोठामा आएर खुब रोइन् । आँसुका थोपा पुछेर हेर्दा टेबलमाथि निशितको फोटो देखिन् । फोटोमा पनि आशाले अलौकिक आनन्दको अनुभव गरिन् । सुन्दर सपनाहरू उनको आँखाअगाडि सलबलाउन थाले ।

"निशित ! हाम्रो सपना साकार हुँदै छ । धन्य छौ भगवान्, तिमी । आखिर तिमीले मेरो चोखो प्रेमको लाज राखिदियौ ।"

"ना...इँ । मलाई छाडिदेओ । ममाथि दया गर । मलाई यस घरबाट ननिकाल ।"

आशा यस्तो वाक्य सुन्नासाथ झस्किइन् । दौडेर आफ्नो कोठाको झ्यालमा गइन् । पल्लो घरको ट्याक्सी ड्राइभरले आफ्नी स्वास्नीलाई

लछारपछार गरेर निकाल्दै गरेको दृश्यले उनी विचलित भइन् । कोठामा बसेर निशितलाई सम्झिरहिन् । निशितको अलौकिक मायामा उत्रँदा उनलाई पुनः शीतलताको आभास भयो ।

"भुजा तयार भो ।", हरिले ढोकामा आएर भन्यो ।

"हुन्छ आँए" भन्दै आशा उठिन् । सब जना डाइनिङ टेबलमा बसे । आशालाई खान त्यति इच्छा थिएन । आशाले दुई-तीन गाँस मात्र खाएर उठि्न ।

आशालाई कहिले भोलि होला र निशितसँग भेट होला भन्ने छटपटीले सताएको थियो । भोलिको मीठो कल्पना गर्दै आशा निद्रादेवीको काखमा पल्टिरहिन् ।

***

चार

भित्ते घडीले बिहानको दश बजेको मात्र के सङ्केत गरेको थियो, कलबेल बज्यो ।

"को आएछ हेर त, आशा ।", आशाकी आमाले भनिन् ।

"अरे ! सन्ध्या ! आज कताबाट अचानकै ?", आशाले छक्क परेर सोधिन् । हातमा पक्रेर सन्ध्यालाई बैठक कोठातिर लगिन् ।

"तैंलै पो बिर्सिस् त, बैङ्गलोरबाट फर्केपछि घर एकपल्ट आएकी भए त हुन्थ्यो नि ! यति नजिक पनि चिठी पठाउनुपर्छ ? चिठी खसाल्न जानुको साटो त आएकी भए नै हुन्थ्यो नि !", सन्ध्याले गुनासो गर्दै भनिन् ।

"माफी ! माफी !! भो ?", आशा हाँस्न थालिन् ।

"अब कहिले जाने त ? फस्ट इयर सकियो होइन र ?"

"अब नजाने । यहीं पढ्छु । कस्तो एक्लोपन अनुभव हुन्छ त्यहाँ । तसँगै पढ्नेछु फेरि ।"

"साँच्ची भन्या हो ? मलाई पनि खुशी लाग्यो । के गर्नु ? क्याम्पसमा त्यति धेरै साथीहरू भए पनि तेरो कमी सधैं महसुस भइरहन्थ्यो ।"

"अब म आइहालें नि !", आशाले हाँस्दै भनिन् । सन्ध्या झ्यालबाट बाहिर हेर्दै थिइन् । आशाले सोधिन्, "अरू के छ सुना न ।"

"के हुनु ? उही बासी अनि तीतो अनुभव त हो नि !"

"आशा ! भुजा पस्किसकें ।", आशाकी आमा भान्साबाट कराइन् ।

"हजुर ! आएँ ।", आशाले भनिन् ।

सन्ध्याले टेबलमाथिको पत्रिका हेर्दै थिइन्, आशाले पत्रिका बन्द गरिदिंदै भनिन्, "जाऔं खान ।"

"म त खाएर आएकी ।"

"साँच्ची ? वर्ष दिनपछि भेट्न आउँदा पनि खाएर आउने हो त ?"

"अँ खाएर, खुवाएर... ।", सन्ध्या डिच्च हाँसिन् ।

"एकछिन् पर्खी ल" भनेर आशा भान्सामा गइन् ।

सन्ध्याले आशाको बैठकका सामानहरूलाई नियालेर हेरिन् । सम्पूर्ण विदेशी महँगामहँगा सामान निकै रहरलाग्दो किसिमले सजाइएका थिए । ठूलठूला तस्बिर, गमलामा राम्राराम्रा बिरूवा, एक कुनामा ठूलो रङ्गीन टिभी अनि डेक, अर्को कुनामा ठूलो टेप रिकर्डर । भुइँमा उच्चस्तरीय गलैंचा र सोफा । कोठा त निकै हेर्नलायक देखिन्थ्यो । सन्ध्याले आशाको बैठककोठालाई आफ्ना कोठाहरूसँग दाँजिन् । बैठक भन्ने त छँदै थिएन । हुन पनि तीन ओटा कोठाहरू लिएर डेरामा बसिरहेकाहरूको कहाँको बैठकको सौख हुनु । मित्रताको बीचमा धनी र गरिबीको पर्खाल भए पनि आशामा आफ्ना बाबुको धनप्रति घमण्ड थिएन । उनी धनभन्दा उच्च विचार र मानवताको कदर गर्थिन् ।

दुई वर्षअगाडि बाबुको मृत्यु भएपछि सन्ध्यालाई काकाकाकीको चपेटामा पिसिनुपरेको थियो । सन्ध्या आफ्नो जीवनप्रति उदासिँदै गइरहेकी थिइन् ।

"किन यस्तो गम्भीर मुद्रामा ?", आशा रूमालले हात पुछ्दै सन्ध्यासँग बसिन् ।

"के एक्लै पागल झैं हाँसेर बस्नु त ?", सन्ध्याले आफ्ना सम्पूर्ण पीडाहरूलाई मुखमा कसेर व्यङ्ग्यात्मक तवरले प्रश्न गरिन् ।

हुन त आशा सन्ध्याको प्रत्येक पीडा र दर्द जान्दथिन् । तर पनि सन्ध्याको घरबारे सोधेर सुकेको घाउ कोट्याउन चाहँदिनथिन् । सन्ध्याले केही दुःख पोखी भने सुनिदिन्थिन् । सके मद्दत गर्थिन्... । तर आफैंचाहिं कहिल्यै कुरा कोट्याउँदिनथिन् ।

"अनि भन् न के छ ?", आशाले सोधिन् ।

"हुन त म तसँग इकोनोमिक्सको किताब लिन आएकी ।", सन्ध्याले भनिन् ।

"ल हेर... काम परेकाले आएकी रैछे । माया भएर त होइन... ।"

"एक पन्थ दो काम कसो ?", सन्ध्याले हाँस्दै भनिन् ।

"उतै हिंड् न ! खोज्नुपर्छ किताब पनि ।", आशा उठिन् ।

"के गरेर पास हुने हो, अबचाहिं खै !", सन्ध्याले भनिन् ।

"पढेर नि !"

"फुर्सदै कहाँ छ र ? तेरो जस्तो सोख नै सोख भए पो । कामैकाम जिन्दगी पनि... ।", सन्ध्या ङिच्च हाँसिन् ।

सन्ध्याका प्रत्येक शब्दबाट आशाले उनको पीडा पढ्न सक्षम हुन्थिन् । सन्ध्या भने आशालाई खुलस्त कुरा बताएर उनलाई समेत आनो दुःखको भागीदार बनाउन चाहँदिनथिन् । आशा र सन्ध्या दुवै आशाको कोठामा गए । टेबलमाथिको निशितको फोटो देखेर सन्ध्याले सोधिन्, "साँच्ची ! निशित दाइको हालखबर के छ ?"

"कस्तो होला जस्तो छ ?", आशा हाँसिन् ।

"खै तेरो हँसाइबाट त सकुशल नै प्रमाणित हुन्छ । अरू त भगवान् नै जानून् ।"

"ठ्याक्कै त मिलेन । सकुशलभन्दा पनि... ।", आशाले कुरालाई एकाएक रोकिन् ।

"के त ?", सन्ध्या अचम्म परिन् ।

"सस्पेन्स !", आशा हाँसिन् ।

"नजिस्की न ! छिटो भन् ।", सन्ध्या झन्झन् बेचैन बन्दै थिइन् ।

"बिहे पक्का भयो नि" भन्दै आशा एक फन्का घुमिन् । टेबलमा हातले ठोकिन् ।

"ऐया !", आशा चिच्याइन् । दुवै जना मुखामुख गरी खुब हाँसे ।

"रियल्ली ? बधाई छ ।", सन्ध्या पनि आशासँगसँगै निकै खुशी भइन् ।

"हो त नि ! हिजै मात्र निशितका बुबाआमा आउनुभएको थियो ।"

"यू मिन सासू-ससुरा ?", सन्ध्या हाँसिन् ।

सन्ध्याले यति भनेकामा आशाले आफ्नो अनुहार रातो बनाइन् ।

"यसको उपलक्ष्यमा जाओस् न त तेरो नाच ।", सन्ध्याले भनिन् ।

"नाइँ अहिले त ! थकाइ लागिराख्या छ । आज राति निद्रा पनि परेन ।", आशाले अँधेरो मुख लगाएर भनिन् ।

"रातभरि सोच्या-सोच्यै... सोच्या-सोच्यै... सोच्या-सोच्यै... ।", सन्ध्याले जिस्क्याइन् ।

आशा र सन्ध्या दुवै मरीमरी हाँसे । हाँस्दाहाँस्दै सन्ध्याका आँखा रसाएर आए । सन्ध्याले मुख छोपिन् अनि घोप्टिएर रोइन् ।

"किन ? के भो ?"

"यसै ! कोही कस्ता... कोही कस्ता... मान्छेहरूलाई बुझ्नै नसकिने", सन्ध्याले आँसु पुछिन् ।

"हेर ! मैले भन्या मान् ! आखिर विकासलाई कुन अपराधको सजाय दिंदै छेस् तँ ? के कमी छ उसमा ?"

"मैले धोका खाइसकेकी छु । त्यसैले डर लाग्छ... । कतै यस्ता भावनाहरूले हाम्रो मित्रतामा आँच नआओस् । त्यसैले मैले इन्कारेकी हुँ । मैले त विकासलाई पहिलोपटक देख्दादेखि नै इज्जत गर्न थालिसकेकी थिएँ । अहिले हाम्रो मित्रता धेरै बढिसकेको छ । म यस मित्रताबाट टाढिन चाहन्नँ आशा । म उसकै सहयोगले आज यति गाउन सक्षम भएँ । मलाई उसले सफलताको सिँढी चढाइरहेछ... । आफ्नो भावनालाई कुल्चाई कुल्चाई । म विवश छु आशा । हामीले हाम्रो मित्रतालाई एक सच्चा मित्रभन्दा बढी ननघाउने प्रण गरिसकेका छौं आशा ।", सन्ध्या निकै भावुक भइन् ।

"यो प्रण तेरै कारणबाट सुरू भएको हो... जसको अन्त तैंले नै गर्नुपर्छ । मलाई लाग्दै छ, तिमीहरू एकअर्काबिना अपूरा छौ ।", आशाले भनिन् ।

"मलाई थाहा छ ।"

"अनि किन यति कठोर भएकी तँ ? एक जना त्यस्तो भयो भन्दैमा सबै जना त्यस्ता हुँदैनन् । त्यो जीवनसँग त तेरो प्रेम हैन, आकर्षण मात्र थियो । बिर्सिदे त्यसलाई एक सपना सम्झेर । विकास नै तेरो

उज्ज्वल भविष्य हो । तैंले विकासबाट नराम्रो भविष्यको कल्पना नै गर्नुपर्दैन । आखिर ऊ मेरो दाइ हो ।", आशाले भनिन् ।

"तेरो दाइ ? तैंले यो कुरा मलाई कहिल्यै भनिनस् त !", सन्ध्या छक्क परिन् ।

"दाइ भनेर त्यस्तो रगतको नाता त होइन ।", विकासका बुबालाई मेरी आमाले भाइ बनाउनुभएको थियो । आमाको आफ्नो दाजुभाइ कोही थिएन । विकासलाई म राम्ररी चिन्छु । तेरोबारे बयान गरेर कैयौं चिठी पठाउँथ्यो । तर मैले भने खास केही पनि भनिनँ । उसलाई थाहासम्म छैन कि तँ मेरी मिल्ने साथी होस् भनेर । म थाहा नै नपाए झैं गरी सोध्थें अनि ऊ तेरो बयान गरेर जबाफ पठाउँथ्यो । सन्ध्या, विकास तँलाई एकदम इज्जत गर्छ । तैंले त्यसबारे त सोचेकी पनि छैनस् होला । उसले मलाई एउटा पत्रमा लेखेको थियो... ।" आशा रोकिइन् ।

"अँ... सम्झें । भनूँ कि नभनूँ खै ।", आशा फेरि रोकिइन् ।

"भन् न आशा... आज यो कानले सुन्न मात्र खोजे झैं लागिरहेछ ।"

"विकासले तँसँग जिन्दगीभर मित्रता निभाउनेछ । तर विकास तँसँग बिछोडिनुपरे बिहे नगर्ने बाचा गरेको छ ।", आशाले भनिन् ।

सन्ध्याले विकासको यादमा आँसु खसालिन् ।

"बस् आशा... बस्... म अब सहन सक्दिनँ । मलाई याद छ ती शब्दहरू, "तिमी ताल हौ अनि म भाव हुँ । हामी दुईको सङ्गममै हाम्रो गीत सफल हुनेछ । मेरो दुःखी जीवनलाई विकासले उठाएको छ । म आफ्नो अतीतलाई विकासका लागि सपना सम्झेर बिर्सिदिनेछु । म विकासलाई आफैं भन्नेछु... ।", सन्ध्या रून थालिन् ।

विकास र सन्ध्याको मित्रता पनि गजबको थियो । मित्रताका नाममा दुवै एकअर्कालाई इज्जत गर्थे । चाहन्थे । छटपटाउँथे । तर मित्रताको सुरूवात र अन्त्य भने गजबसँग हुँदै थियो ।

"हो सन्ध्या । तिमीहरू एकअर्काका पूरक हौ । तर सन्ध्या जीवन एक दिन नराम्रोसँग पछुताउनेछ । पश्चात्तापले पोल्नेछ । माफी माग्न आउनेछ तँसँग... । जुन बेला तँलाई त्यसले टाउको फुटाए पनि पाउन सक्नेछैन ।"

"होस् छाडिदे... ।", सन्ध्या जुरुक्क उठिन् ।

"किन त्यस्तो इमोसनमा ?", आशाले हात तानेर सन्ध्यालाई पलङमा बसाइन् ।

आशाले अर्थशास्त्रको किताब दराजबाट झिकेर सन्ध्याको हातमा राखिदिइन् । किताब समातेर सन्ध्या जुरुक्क उठिन् ।

"बस् न ! केको हतार ?"

"बाफ रे ! एक बजिसकेछ ।", सन्ध्याले घडी हेरेर अलि झस्किँदै भनिन् ।

हरिले स्याउ र सुन्तला राखेको रिकापी र कागती पानीको सर्बत लिएर भित्र पस्यो ।

"भइगो ... नखाऊँ ।" सन्ध्या उठिन् ।

"खा... न ।"

"जाडोमा पनि ।"

"के भो त ? माथि कौसीमा गएर खाऔँला नि !"

"भो यहीं हुन्छ ।"

"खाँदै गर् ल । म नितिशलाई फोन गरेर आउँछु । बिहानदेखि कन्ट्याक्ट नै भइरहेको छैन ।", आशा अर्को कोठामा फोन गर्न गइन् ।

केही छिनमै आशा प्रसन्न मुद्रामा कोठामा पसिन् ।

"सन्ध्या ! दुई बजे निशित मलाई लिन आउँछ । हामी तँलाई घरमा ड्रप गरेर जाऔँला नि हुन्न ?"

"हुन्छ ।", सन्ध्याले मुन्टो हल्लाइन् ।

सन्ध्या र आशा दुवै विद्यालय पढ्दाका साथी हुन् । तर क्याम्पसमा आएर उनीहरू छुट्टिएका थिए । सन्ध्याले काठमाडौंकै पद्मकन्या क्याम्पस पढ्न थालिन् । आशा भारतको बैङ्गलोर गइन् । लाऊँ लाऊँ खाऊँ खाऊँ उमेरमा बाबुको मृत्युले सन्ध्यालाई थुप्रै पीडा र व्यथाहरूको सामना गर्नुपरिसकेको थियो ।

आशाले दराजबाट फोटो एल्बम झिकिन् । विद्यालय पढ्दाका तस्बिरले ती दुवैलाई आपसी मित्रताको याद आयो । सधैं सँगै हिंड्ने

अनि खेल्ने साथीहरू अब त कति टाढिए कति ! आशाका बाबु व्यापार गरेर करोडपति बने । तर बिचरी सन्ध्याका भने बाबु नै खसे ।

"यो पिकनिक याद छ ? तैंले कस्तो निहुँ खोजेकी थिइस् मसँग हगि ?", आशाले गोदावरीको पिकनिकको फोटो देखाउँदै भनिन् ।

"तैंले आफैंले पो खोजेकी त !", सन्ध्याले हाँस्दै आँखा तरिन् ।

"मैले रे, तैंले नि... !", आशा कराइन् ।

"उहिल्या खुइल्या कुरा गरेर अहिले झगडा गर्ने विचार छ कि क्या हो ?", सन्ध्याले भनिन् ।

"सम्झना पो बताएकी त !"

"हाहा !", दुबै हाँस्छन् । एकाएक बजेको कलबेलले दुवै झस्किए । आशा दौडेर ढोका खोल्न गइन् ।

"निशित ! साढे एक बजे नै ?", आशाले अचम्म मान्दै सोधिन् ।

"कुनै आपत्ति ? हेर्न मन लाग्यो... कुदिहालें । कि एकछिन डुलेर दुई बजे नै आऊँ त ?", निशितले ठट्टा गऱ्यो ।

"जाऊ... कहिल्यै नआऊ !", आशाले घुर्की लगाउँदै भनिन् ।

"ल है त ?", निशितले पाइला पछाडि सार्दै भन्यो ।

"उफ्... ! किन यस्तो भको भन्या ?", आशाले निशितको हात तानिन् ।

आशा निशितलाई हेर्दै हाँसिन् । हातले इसारा गरेर कोठामा जान भनिन् ।

"किन र ? यहीं बस्छु, क्यासेट बजाऊ न ।"

"सन्ध्या आएकी छिन् ।"

"हो र ? अगि नै किन नभनेकी त ?"

"त्यसै... छकाउने विचार थियो ।"

आशा र निशित दुवै आशाको कोठामा छिरे । निशितलाई देखेर त सन्ध्या ट्वाल्ल परिन् । विद्यालय पढ्दाको र अहिलेको निशितमा आकाश र जमिनको फरक पाइन् उनले । विद्यालय पढ्दाको निशित दुब्लो अनि त्यति आकर्षक व्यक्तित्वको थिएन । साथीहरू सबलै च्याँसे भनेर उसको उपनाम राखेको उनलाई याद आयो । अहिले त ऊ निकै

राम्रो र आर्कषक देखिन्थ्यो । नीलो जिन्स पाइन्ट, सेतो टिसर्ट अनि कालो चस्मा निशितलाई निकै सुहाएको थियो ।

"के छ सन्ध्या ?", निशितले सोध्यो । सन्ध्या झस्किइन् ।

"ठीकै छ, निशित दाइ ।", सन्ध्या मुसुक्क हाँसिन् ।

"तिमीहरू बस्दै गर ल ! म ड्रेस चेन्ज गरेर आउँछु ।", आशाले रानी कलरको सलवार-कुर्ता झिकिन् अनि हातमा बोकेर अर्को कोठामा गइन् ।

"तपाईंमा त धेरै परिवर्तन देख्दै छु म ।", सन्ध्याले भनिन् ।

"हो र ?", निशितले आफूले लगाएको कालो चस्मा निकाल्दै टेबलमा राख्दै भन्यो ।

निशित आशा र सन्ध्याभन्दा दुई वर्ष सिनियर थियो विद्यालय छँदा । सन्ध्याले निशितलाई दाइ नै भनेर बोलाउने गर्थिन् ।

"तिमीलाई आशाले विकासको बारेमा भनिन् ?", निशितले अलि अप्ठेरो मान्दै सोध्यो । वर्षौंपछि भेटेको अनि उसमाथि त्यस्तो प्रकारको प्रश्नले सन्ध्या अवाक् भइन् ।

"हजुर ! भनिन्, तपाईंले कसरी चिन्नुभएको त ?"

"मेरो मामाघरसँगै त हो नि उसको घर । हामी एउटै विद्यालयमा पढेको हुनाले होला सोध्दै थियो चिन्छु कि भनेर । आशाको त कुन्नि दाइ पनि पर्दो रहेछ । तिमी विश्वास गर... मान्छे एकदम जाती छ ।", निशितले भन्यो । सन्ध्याले चुपचाप सुनि मात्र रहिन् । आशा प्रसन्न मुद्रामा सलवार-कुर्ता लगाएर कोठामा पसिन् ।

"के हो म आउनेबित्तिकै चुपचाप ! के हो त्यस्तो कुरा ?", आशाले दुवै जनालाई हेर्दै भनिन् ।

"केही होइन... । विकासबारे सोध्दै थिएँ ।", निशितले भन्यो ।

"त्यै त म पनि भन्दै थिएँ । विकासलाई जीवनसँग तौलनु मूर्खता हो । मान्छेको जीवनमा पहिलो प्रेम नै सफल हुनुपर्छ भन्ने केही छैन । दोस्रो पनि राम्रो हुन सक्छ ।", आशाले सन्ध्यातिर हेर्दै भनिन् ।

"मलाई विचार गर्न देऊ ।", सन्ध्याले वास्तविकतालाई लुकाउँदै भनिन् ।

"त्यो कुरामा त तँ स्वतन्त्र छेस् । जति विचार गर्नु छ… गरे हुन्छ । तर त्यस्तो नेगेटिभ कुरा भने सोच्दै नसोचे हुन्छ ।", आशाले भनिन् ।

"जाने होइन ?", निशित मेचबाट उठ्यो ।

"दुई बजेछ ।", आशाले भनिन् ।

"तिमीलाई जे होस्, दुई बजे निस्कनु थियो । भइहाल्यो नि !", निशितले हाँस्दै भन्यो ।

"आमा ! म गएँ ।", आशाले ब्याग बोक्दै उठिन् ।

"निशित आयो र ?", भान्साबाट आमाको स्वर आयो ।

"आयो र ? बसेर… गफ चुटेर जाने बेला भइसक्यो । आयो र रे ।", निशित हाँस्यो । आशाले आफ्ना ठूलठूला आँखाले निशितलाई छड्के प्रहार गरिन् ।

निशित, सन्ध्या र आशा तीनै जना निशितको गाडीमा बसे । निशितले गाडी चलायो । सन्ध्यालाई जीवनको प्रत्येक बोलीले बिझाएको थियो । उनले जीवन र विकासमा तुलना गरिन् । जीवनले दुखाएको मुटु पुनः बिझाएको भान पऱ्यो । सन्ध्या अचानकै कराइन्, "आ…शा !"

निशितले तुरुन्तै गाडी रोक्यो । सन्ध्याको मुखमा चिटचिट पसिना आएको थियो । गाडी बानेश्वरमा रोकियो ।

"के भो सन्ध्या ?", आशाले सोधिन् ।

"यहीं होइन र ?", निशितले पछाडि फर्केर सन्ध्यालाई सोध्यो ।

"हो !", सन्ध्याले टाउको हल्लाइन् । अनि गाडिको ढोका खोलेर उत्रिइन् ।

"निशित दाइ ! धन्यवाद !", सन्ध्या अगाडि बढिन् ।

आशा र निशितले सन्ध्यालाई एकछिन टोलाएर हेरिरहे ।

***

पाँच

सन्ध्यालाई बेचैनीले बढी सतायो । गम्भीर भएर लडखडाइरहेका पाइलासँगै सन्ध्या घरको ढोकामा पुगिन् । उनी लाइब्रेरी गएर फर्किंदै थिइन् ।

"गाकी होली नि कतै मर्न । मरे त बरू सन्चै हुन्थ्यो ।", काकीको स्वरले सन्ध्याको मन नराम्ररी घोच्यो ।

"उफ् ! मेरो यस संसारमा आफन्त भन्ने कोही छैन... सिवाय आफ्नै छाया ।", सन्ध्या कोठामा गइन् ।

हुन त यी शब्द सन्ध्याका लागि कुनै नौला थिएनन् । आफ्नो जीवन सन्ध्यालाई कताकता अलमलमा परे झैं लाग्थ्यो । अर्थशास्त्रको किताब टेबलमा राखेर पल्टाइन् । किताबमाथि नै टाउको हालेर घोप्टिइन् । उनको मन कताकता क्षितिजपारि पुग्यो । सन्ध्या कोठामा चुकुल लगाएर पल्टिरहेकी थिइन् ।

सन्ध्याले विकासले उनलाई भेटेको एक सातापछि लेखेको चिठी पुनः खरर पढिन् । सन्ध्याले विकासको कापी त फर्काइन् । तर उनले चिठीचाहिं फर्काएकी थिइनन् । विकासलाई उता आफ्नो चिठी घरमा खोज्दा खोज्दा दिक्क लागिसकेको थियो । कहाँ राख्यो कहाँ विकासले सम्झिनै सकेन ।

"टक... टक ।", ढोकामा आवाज आयो ।

"को हो ?", सन्ध्याले ढोकाको टकटक आवाजको प्रत्युत्तरमा भनिन् ।

"को हुनु नि ? चन्डाल्नी ! दिनभरि संसार घुमेर आइस्... अब पसारिराख् । म त तँ मरिसकिस् कि भन्ठान्या त... ।", काकी कराइन् ।

सन्ध्याले डराई-डराई ढोका खोलिन् ।

"ल यी लुगा सब धुने ।", एक पोको लुगा कोठाको ढोकामा राखेर सन्ध्याकी काकी गइन् ।

लुगाको पोका लिएर सन्ध्या आँगनको धारामा गइन् । दुई परेवाको जोडीले आना बच्चालाई खुवाउँदै गरेको दृश्यले उनको आँखा रसायो ।

"सायद मेरा पनि बाबुआमा यस संसारमा भइदिएका भए... ।", सन्ध्याले बाबुआमाको सम्झनामा दुई थोपा आँसु झारिन् ।

"अझै धोएर सकिनस् ? पीठो यहाँ दराजमाथि राखिदिएकी छु रोटी पका ।", काकी झ्यालबाट कराइन् ।

"हस् ।"

सन्ध्याले धोएको लुगालाई बाटामा हालेर आँगनको डोरीमा सुकाउन गइन् ।

राहुल दौडँदै आयो ।

"दिदी ! म निचोरिदिऊँ ?", राहुलले लुगा हातमा लिंदै भन्यो ।

"पर्दैन... पर्दैन । तिमी सानै छौ । तिम्रो काम पढ्ने... खेल्ने ।", सन्ध्याले राहुलको हात समात्दै भनिन् ।

डोरी अलि अग्लो भएको हुँदा सन्ध्याले भान्साबाट स्टुल लिएर आइन् । राहुल यो सब हेर्दै थियो । स्टुल डोरीको ठीक मुनि राखेर सन्ध्याले लुगाको बाटा लिन गइन् । राहुलले दौडेर मेच भान्सामा पुऱ्यायो ।

"राहुल ! किन मलाई सताएको भन्या ?", सन्ध्याले रिसाए झैं गरेर भनिन् ।

"हैन, हैन तपाईं मलाई बोक्नुहोस्... म लुगा सुकाइदिन्छु । मलाई तपाईंलाई मद्दत गर्न मन लाग्छ... त्यसैले ।"

सन्ध्याले राहुललाई अँगालो हालिन् । राहुललाई बोकिन् । राहुलले लुगा सुकाउन थाल्यो । त्यो दृश्य सन्ध्याकी काकीले देखिन् र च्याँट्ठिएर कराउन थालिन् ।

"आफैले गरे हुने काम त्यस्तो नाबालकलाई गराएर... ।"

"भयो छोड... म आफैं गर्छु ।", सन्ध्याले राहुललाई तल ओरालिन् ।

"आमा त हरबखत कराइरहनुहुन्छ ।", राहुलले आँगनको खरायोलाई बोक्दै भन्यो ।

"मेरो मनु... छानो मनु... कतो हिस्सी परेको मनु !", राहुलले खरायोलाई सुमसुम्याउन थाल्यो ।

सन्ध्याले खाजाका लागि रोटी बनाइन् । टेबलमाथिका किताबहरूले उनलाई जिस्क्याइरहे झैं भान हुन्थ्यो । सन्ध्याले आँखाबाट केही थोपा आँसु झारिन् ।

"सन्ध्या !", आशाको मीठो बोली सुन्नेबित्तिकै सन्ध्याले आँसु पुछेर झ्यालबाट हेरिन् । आशाले रातो रङको सलवार-कुर्ता लगाएकी थिइन् । उनको अनुहार लामो सफर गरेर आएकी झैं लाग्दथ्यो ।

"माथि आइज न !", सन्ध्याले भनिन् ।

"म तँलाई के दिन आएकी ल भन् त", आशाले हाँस्दै भनिन् ।

"मलाई के थाहा र ? बिहेको कार्ड ?", सन्ध्याले सोधिन् ?

"कसरी थाहा पाएकी ?", आशा हाँसिन् ।

"अरू ठाउँमा पनि आफैं गएर आएकी ?"

"आफ्नो बिहेको कार्ड आफैं बाँड्दै हिंड्नु र ? अरू सब ठाउँमा हरिलाई पठाएँ । तँलाई त नभेटेको पनि धेरै भयो त्यसैले ।"

"ठीकै छ नि ! किन उभिरहेकी ? बस् न ।"

"बस्दा नि खुट्टा दुख्ला जस्तो भैसकेको छ । धुलिखेलसम्म घुमेर आएकी निशितसँग । भक्तपुरबाट फर्कंदा गाडी बिग्रेर हिंड्दै आएकी । सम्झी त कति दुख्यो होला मेरो खुट्टा ।"

सन्ध्या चिया बनाउने तरखरमा भान्सामा गइन् । आशाले सिरानिमुनिबाट निस्किरहेको चिठी झिकेर पढिन् । आशाले चिट्ठी पढ्दै थिइन्, सन्ध्या आइपुगिन्, "के चिठी पढेकी ?"

"अँ त ! विकासले हरायो भनेको चिठी यही हो ?"

"अँ", सन्ध्या हाँसिन् ।

"ल हेर । चुपचाप बसेकी... चिठी राखेर ।"

"के मेरो अधिकार छैन र ?", सन्ध्या हाँसिन् ।

"पूर्ण अधिकार छ नि ! विकासको अभिव्यक्ति पो गजबको छ, हगि ? साहित्यिक प्रतिभा भएको विकासलाई तैंले आशुकवि नै बनाउने भइस् । आफू त कथा, कविता भनेपछि हुरुक्क हुन्छु । तर निशितचाहिं पढ्न पनि मान्दैन ।"

"पख् ल, म चिया लिएर आउँछु ।"

सन्ध्या गइन् । सन्ध्याले चिया र बिस्कुट ल्याइन् । दुवैले खान थाले ।

"सन्ध्या ! तँ मेरो बिहेमा बस्ने गरेर आइज है ?", आशाले भनिन् ।

"बस्दै आउने कुरा त त्यस्तै हो । तर आउनचाहिं आउँछु नै ।", सन्ध्याले भनिन् ।

"तैंले गीत गाउनुपर्छ । विकासले मेरै निम्ति भनेर गीत लेखेको छ । तँ गाउँदिनस् ?"

"गाइहाल्छु नि... भन्नुपर्ने कुरा हो र ? बरू गीतचाहिं विकाससँग लिनुपर्छ ।"

"म घरमा जाऊ भनिदिन्छु नि... फोन गरेर !", सन्ध्याको मुख हेर्दै आशाले भनिन् ।

"हुन्छ ।", सन्ध्याले गम्भीर भएर भनिन् ।

"सन्ध्या, तँ कुरा गर्दागर्दै गम्भीर बन्छेस् । मलाई तेरो यस्तो बानीले दुःखी बनाउँछ । संसारमा त्यस्ता घटना त घटिरहन्छन् । एउटै मानिसका लागि जीवन बर्बाद गर्नु पनि त ठीक छैन नि ! संसारका सबै मानिस एकै प्रकारका हुँदैनन् । त्यसैले तँ तेरो अतीतलाई भुलिदे अनि आफ्नो वास्तविक वर्तमान र भविष्यबारे सोच् । अहिले म जान्छु पनि ।" आशा उठिन् ।

सन्ध्याले आशालाई आँगनसम्म पुऱ्याइदिइन् ।

***

छ

आशाको घरका प्रत्येक कुनाले मधुर मुस्कान छरिरहेका थिए । घरभरि लट्काइएका झिलिमिली बत्ती हावाले यताउता हल्लाइरहेका थिए । आशाको बिहेको खुशीमा यी बत्ती पनि निकै रमाईरमाई खुशी प्रकट गरिरहेका झैं लाग्थे । पहेंलो रङको तीनतले घर यसै त बाहिरबाट सानदार देखिन्थ्यो । पर्खालको छेउछेउमा धूपीको बोट, गुलाबका बोट... बगैंचामा दुबो मिलाएर काटिएको... बाहिर सिँढीमा गमलाको ताँती अनि बगैंचाको बीचमा सानो चिटिक्क परेको पोखरी थियो । बगैंचाको अलि छेउमा बेतका मेच, टेबल राखिएका थिए । घरको साजसज्जा पहिल्यैदेखि निकै हेर्नलायकको थियो । झिलिमिली बत्ती घरमा लट्काइएकाले घरको चहक झन् बढेको थियो । आशाको चहलपहलले त घर अझ चहकिलो देखिन्थ्यो ।

घरको पछाडि पट्टीको चौरमा खाना बन्दै थिए । अगाडि गेटको छेउमा कार र मोटरसाइकलका ताँती थिए । क्यासेटको आवाज झन् चर्किंदो थियो । एकअर्कासँग कुरा गर्न पनि कानसम्म मुख पुऱ्याउनुपर्ने जस्तो देखिन्थ्यो ।

"कत्रो ठूलो स्वरले क्यासेट बजाएकी ? सानो पार त !", आशाकी आमा जोडले कराउन थालिन् । "मैले होइन... सानी बहिनीले !", आशाले क्यासेटको आवाज सानो पारिन् ।

आशाले झ्यालबाट हेरिन् । गाडीहरूको ताँतीले उनको मन कताकता पुग्यो । तर सन्ध्याको अनुपस्थितिमा उनलाई निकै खल्लो लाग्यो ।

साँझ पऱ्यो । राम्राराम्रा पहिरनमा उपहार समात्दै पसेका मानिसहरूले खान पनि थालिसकेका थिए । आशालाई कोको आए भनेर ठम्याउन पनि गाह्रो भइरहेको थियो ।

"आशा, किन बाहिर बसिरहेकी ? भित्र सबजना तिम्रो अनुपस्थितिमा खल्लो अनुभव गरिरहेका छन् ।", आशाकी आमाले भनिन् ।

"बिहानै आउँछु भनेकी थिई । सन्ध्या अहिलेसम्म आइन । फोन पनि गरिन ।", आशाले अँध्यारो मुख लगाउँदै भनिन् ।

"काम पऱ्यो होला नि ! आइहाल्छे नि ! भित्र हिंड ।", आमाले आशाको हात समात्दै तानिन् ।

आशा केही नबोली सरासर भित्र गइन् । ढोका खोलेको आवाजले ऊनी झस्किइन् । सन्ध्या मधुर मुस्कान दिंदै चोकमा प्रवेश गरिन् । सन्ध्या आएको देखेर आशाको अनुहारमा असीम खुशी झल्कियो ।

"बधाई छ ।", आफ्ना दुःख आफूमै सीमित राखी सन्ध्याले उपहार आशाको हातमा दिइन् ।

"धन्यवाद ।", उपहार हातमा लिंदै आशाले भनिन् ।

"यो हो आउने समय ? कति नै टाढाबाट आउनुपर्ने जस्तो ।", निशाले पनि भनिन् ।

"होइन त... कोसौं टाढाबाट आउनुपर्ने पनि ।", रमिताले जिस्क्याइन् । सब जना गलल हाँसे ।

"थाहा छ... थाहा छ तेरो काम पनि । तैंले चाहिं कहिले खुवाउने त ?", रेश्माले हाँस्दै भनिन् ।

"दिन गन्दै गर् न ।", सन्ध्याले हाँसोमै कुरालाई टारिन् ।

"यसलाई हेर् न यसलाई । यिनीहरूको बिहेसम्म पुग्ला जस्तो थियो ?", आशालाई देखाउँदै समाले भनिन् ।

"यस्तै लेख्या रहेछ त !", आशाले लज्जालु परामा हाँस्दै भनिन् ।

"तिमीहरूलाई ढिला होला नि ! खान जाने होइन ?", आशाले सबै केटीहरूलाई हेर्दै प्रश्न गरिन् ।

"जाऔं... जाऔं ।", सब केटीहरू उठेर खान गए ।

हुन पनि आशा र निशितको प्रेम यसरी बिहेसम्म पुग्ला भनेर कसैले सोचेका थिएनन् । टेढो आँखाले पनि निशितलाई हेर्न नचाहने आशा कसरी पो फस्न पुगिन् कुन्नि ! निशितले विद्यालयमा चिठी दिंदा अगाडि नै च्यातेर फालेकी थिइन्... अनि चड्काउनसम्म पुगेकी थिइन् ।

सब केटीहरू हाँस्दै... ख्याल गर्दै खाना खान थाले । सन्ध्याको स्थिति त्यति राम्रो थिएन । खोकीले उनलाई बेलाबेला सताउँथ्यो । उनले आशाको बिहेमा गीत गाउने वचन दिएकी थिइन् । सन्ध्याले पनि खाना खाइन् । खाइसकेपछि उनी एक्लै बसिरहेकी थिइन् । विकास नआएकामा उनी निकै चिन्तित थिइन् । कतै बाटोमा केही भयो कि भनी उनी चिन्ता गर्न थालिन् । सन्ध्याले विकासलाई निकै चाहन थालिसकेकी थिइन् । विकास भने यस कुराबाट अनभिज्ञ थियो । उसले सन्ध्यालाई सधैं मित्रकै रूपमा हेर्थ्यो । तर पनि ऊ सन्ध्याको अन्त कतै बिहे भइहाल्ने डरले तर्सिन्थ्यो । समयसमयमा ऊ भावनाहरू पोख्न व्याकुल हुन्थ्यो । तर ऊ आफ्नो वचनको लाज राख्न आफ्ना भावनाहरूलाई कवितामा ढालेर शीतलताको अनुभव गर्थ्यो । केही समयपछि विकास आएर सन्ध्याको समीपमा बस्यो ।

"के छ मित्र ?", विकासले हाँस्दै सोध्यो ।

"सकुशल नै छु ।", सन्ध्याले हाँस्दै भनिन् ।

"गाउने विचारमा छौ कि छैनौ ?"

"नगाउँला र ? त्यो पनि आफ्नो परमसखीको बिहेमा ?"

"आशाको बिहेमा त तिमीले गाउँछौ, तिम्रो बिहेमा चाहिं कसले गाउने ?", विकासले व्यङ्ग्य गर्दै भन्यो ।

"कोही गायिका फेला पार्नुपर्ला नि !"

"गायक हुन्न र ?"

"भइहाल्छ ।", सन्ध्या हाँसिन् ।

"म गायक नभए पनि गाँउछु । कुनै आपत्ति छ ? कि बोलाउन्नौ ?", विकासले अलि व्यङ्ग्य गर्दै भन्यो । सन्ध्या चुप लागिन् ।

"के गीत सोद्धिनौ ? सफल होस् तिम्रो जिन्दगी... गाउने हो ।" यति भनेर विकास मौन भयो । सन्ध्याले अलि सङ्कोच मानिन् ।

"कस्तो खोकी आइरहन्छ । गीत पो कसरी गाउनु ?", सन्ध्याले कुरा मोडिन् ।

"जति सक्छ्यौ गाऊ... नपुगे म पूरा गरिदिन्छु ।", विकासले भन्यो ।

"धन्यवाद !", सन्ध्या हाँसिन् ।

यत्तिकैमा आशा आइन् । आशालाई सन्ध्याले उनका लागि गीत गाउने कुरा पार्टीमा भनिन् । सबले सन्ध्यालाई एकटक लगाएर हेरे । आशाले विकास र सन्ध्यालाई सँगै देखिन् । यी दुवै सँगै बस्दा निकै राम्रो देखिएको थियो । आशाले दुवैका आँखामा एकअर्काका लागि असीम प्रेम भेटिन् । आशाले सन्ध्यालाई गीत गाउन आग्रह गरिन् । सन्ध्याले गीत गाउन सुरू गरिन् ।

"जति नजिक छौ तिमी... त्यति नै टाढा बनिगयौ ।", सन्ध्याको मधुर कण्ठबाट निस्केको यो गीत निकै मार्मिक थियो ।

सबैले ध्यान दिएर गीत सुने । गीत सकिनेबित्तिकै वातावरण तालीले गुञ्जायमान भयो । आशा अगाडि विकासतिर आइन् र विकासतिर हेर्दै भनिन्, "अब तिमी कुनै एउटा कविता सुनाऊ न ।"

"छिः यो कुनै कविगोष्ठी हो र ? मलाई लज्जित नगर आशा ।", विकासले भन्यो ।

"मैले त सम्मानित पो गरेकी । तिमीले लेखेको गीत भनेर थाहा पाएपछि अरूले जिद्दी गरेपछि त म आएकी ।"

"ल ल ठीक छ । एक मुक्तक जरूर सुनाउँछु ।"

"हुन्छ ।"

आशा विकासका कुराले प्रफुल्ल भइन् । सन्ध्याले विकासलाई एकटक लगाएर हेरिरहिन् ।

फूल हौ तिमी मेरो फूलबारीको
टिप्न म चाहन्छु
सागर हौ तिमी मेरो भूमिको
डुब्न म चाहन्छु ।

सबले एकपल्ट पुनः ताली बजाए । सन्ध्या र विकासको उपस्थितिले पार्टीको चहक अझ बढेको थियो ।

"विकास तिमी महान् छौ ।", आशाले भनिन् ।

"सायद कसैको नजरमा गिरेको पनि हुन सक्छु ।"

सन्ध्यालाई विकासका यी शब्दले दुःखी तुल्यायो । सन्ध्या अलि पर गइन् र आशालाई बोलाइन् ।

"आशा जिन्दगीमा पहिलोपटक म मेरो रचनामा गाउन चाहन्छु ।", सन्ध्याले भनिन् ।

"जरूर ! आशा झन् दङ्ग परिन् । साथीहरूबाहेक अरू पार्टीमा आउनेहरू अन्ततिरै थिए । आशा भने आफ्नै साथीहरूको माझमा थिइन् ।

"कसरी भनूँ म तिमीलाई प्रेम गर्छु भनेर, जब म आफैं टाढिएँ ।"

सन्ध्याले ज्यादै भावुक भएर गीत गाइन् । विकासले सन्ध्याको यस गीतलाई ताली रोकिसकेपछि पनि बजाइरह्यो । सन्ध्याको अनुहारमा भएको भाव पढ्यो । सन्ध्याको अनुहारमा उदासीनता छाएको थियो । उनका आँखामा भएको आँसुलाई उनले भित्रभित्रै दबाएकी थिइन् । सबै जना आआफ्ना घरतिर लागे । सन्ध्यालाई भने आशाले सजिलै जान दिइनन् । सन्ध्याले आफ्नो घरको विवशता बताएर जान चाहिन् । तर आशाले मनाही गरिन् । रातको नौ बजिसकेको थियो । सन्ध्या भने अतालिन थालिन् ।

"आशा ! साह्रै ढिला भयो ।", सन्ध्याले पीर गर्दै भनिन् ।

"बुबाले पुऱ्याइदिहाल्नुहुन्छ नि !", आशाले सान्त्वना दिंदै भनिन् ।

"खै ! यत्रो मान्छेहरू अझै आइरहेका छन् । सकिने बेलामा १२ बज्ला जस्तो छ ।", सन्ध्याले अनुहार मलिन बनाउँदै भनिन् ।

"विकास तिमी पुऱ्याइदेऊ न ! मामा त यहीं बस्नुहुन्छ । रेवन्त त गइसक्यो । तिमीचाहिं यहीं फर्क न ल ?", आशाले विकासलाई आग्रह गरिन् ।

"हुन्छ ।", विकासले टाउको हल्लायो । आशाको अनुरोधलाई सहर्ष स्विकाऱ्यो ।

"हिंड सन्ध्या ।", विकास उठ्यो । सन्ध्या पनि सँगै उठिन् ।

"घर आउँदै गर ल ! बिहे गरेर बिर्सिने होइन नि !", सन्ध्याले आशातिर हेर्दै भनिन् ।

"धत् ! हाम्रो मित्रता त अर्को जन्मसम्म पनि यस्तै हुनेछ । बरू उताचाहिं आइज नि !"

"निशित दाइको घरमा ?", सन्ध्याले अबोध बन्दै सोधिन् ।

"मेरो घरमा नि !", आशाले हाँस्दै भनिन् ।

सन्ध्या र विकास दुवै जना एकक्षण हाँसे । दुवै जना बाहिर पुगे । विकासले मोटरसाइकल स्टार्ट गऱ्यो । सन्ध्याले हेरिरहिन् ।

"बस न ।", विकासले सन्ध्यातिर हेऱ्यो । सन्ध्या केही नबोली मोटरसाइकलमा विकासको पछाडि बसिन् । मोटरसाइकल त्रिपुरेश्वरबाट बानेश्वरतिर कुद्यो । सुनसान सडकमा विकास र सन्ध्या पनि चुप थिए । वातावरण मोटरसाइकलको आवाजले खलबलिंदै थियो ।

"सन्ध्या ! मलाई खुशी लाग्यो ।"

"किन र ?", सन्ध्याले छक्क पर्दै सोधिन् ।

"तिमी अब आफैं सक्षम भइसक्यौ । तिमीले होडबाजीमा जित्यौ । मैले त नभ्याउने भइसकें तिमीलाई ।", विकासले भन्दै गयो ।

"किन र ?", सन्ध्याले उत्सुकता देखाइन् ।

"तिम्रो आफ्नो रचना त्यति मार्मिक छ... । त्यो पनि पहिलो प्रयासमै । म यति धेरै लेख्छु र पनि अधुरो छु । तिमीमा अब ताल मात्र होइन... भाव पनि छ । तिमी आफैं एक पूरा गीत हौ ।", विकासले गम्भीर भएर भन्यो ।

"तिमी यो के भन्दै छौ, विकास ? म मेरो भावबाट कहिल्यै पूरा हुन सक्दिनँ । किनकि यो भावना पनि तिम्रै निम्ति उपज भएको हो । म तिम्रै भावमा मात्र पूरा हुन सक्छु । किनकि हामी एकअर्काका पूरक हौं । मलाई आफूमै पूर्ण नबनाऊ... म आफै पूर्ण हुन चाहन्नँ पनि ।"

सन्ध्याले बोल्दै गइन् । विकासलाई सन्ध्यामा आएको यो परिवर्तनले अचम्भित तुल्यायो । उसका आँखाबाट हर्षका आँसु झरे । विकास केही बोलेन ।

"विकास तिमी मसँग रिसाउन त रिसाएनौ ?", सन्ध्याले सोधिन् ।

"किन र ?"

"किनकि मैले मित्रताको सीमा नघाइदिएँ । म तिमीलाई सदाका लागि पाउन चाहन्छु विकास । म तिमीबाट टाढिन चाहन्नँ विकास । विकास, म शब्दहरूलाई घाँटीमुनि दबाउँदा-दबाउँदा थाकिसकें । त्यसैले आज मलाई बोल्न देऊ ।"

"तिमीले यो पाप गर्‍यौ । प्रेमको फूललाई फुल्नै दिइनौ ।"

"अब फूल्नेछ विकास... सुवास पनि छर्नेछ । हाम्रो प्रेम युगयुगसम्म अमर हुनेछ ।", सन्ध्याले आँसु पुछ्दै भनिन् ।

विकासलाई आफ्नो सपना पूरा भएकामा अचम्म लाग्यो । उसको त्यागले उसले सफलता पायो । विकास आज निकै खुशी देखिन्थ्यो । सायद ऊ यस संसारमा यति खुशी कहिल्यै भएको थिएन । सन्ध्याको प्रेमले उसको मनमा वसन्त ऋतु आएको थियो । मोटरसाइकलको आवाजले रातको शून्यतालाई भङ्ग गरिरहेको थियो । कुकुरहरू आफ्नै पारामा भुकिरहेका थिए । विकासले मोटरसाइकल बाटोमै रोक्यो ।

"किन राकेको ?", सन्ध्या छक्क परिन् ।

"कुरा गर्नै पुगेको छैन ।", हेल्मेट फुकाल्दै विकासले भन्यो ।

सन्ध्याले विकासको कुरालाई नकार्न सकिनन् । उनलाई पनि विकाससँग छुटिने मन थिएन । उनी त विकासकी भइसकेकी थिइन् । विकासको भावलाई ताल दिएर आफ्नो प्रतिभा देखाउने लक्ष्य बनाएकी थिइन् उनले । विकास गीत रच्थ्यो... अनि सन्ध्या गाउँथिन् । विकासको बाहेक अरू कसैको गीत नगाउने उनको वाचा थियो । किनकि त्यो अधिकार उनले विकासलाई मात्र दिएकी थिइन् । उनी विकासका लागि समर्पित थिइन् । विकासबिना उनको जीवन अधुरो थियो ।

विकास र सन्ध्या दुवै सन्ध्याको घरतिर हिंड्दै थिए । दुइटा भुस्याहा कुकुर भुक्दै अगाडि बढे । बाटोमा बत्तीले हिंड्न सकिने थियो । कुकुरले अचानकै विकासलाई टोक्यो ।

"ऐय्या !", विकास करायो अनि कुकुरलाई एक लाती हिर्कायो ।

"विकास ! सन्ध्याले कराउँदै विकासको नाम लिइन् । सन्ध्या भुइँमा थचक्क बसिन् । विकासलाई कुकुरले कुरकुच्चामाथि टोकेको थियो । सन्ध्याले विकासको खुट्टामा घाउ देखिन् । कुकुरको दाँतको डोब देखिन सकिन्थ्यो । सन्ध्याले आफूलाई टोकेको भए बरू हुने भनेर मनमनै सोचिरहिन् ।

"धन्न भगवान् ! सन्ध्यालाई टोकेको भए... बिचरी कलिलो छालामा... कति रूने थिइन् । म उनको आँखामा आँसु देख्न सक्दिनँ । विकासले सोच्दै थियो । सन्ध्या उठिन् । सन्ध्याको आँखाबाट आँसु झऱ्यो ।

"किन रोएकी ?", विकासले सोध्यो ।

"तिम्रो घाउ... मलाई असह्य हुन्छ विकास ।", सन्ध्याले भनिन् ।

"अरे पगली ! यतिलाई पनि घाउ भनिन्छ र ? भोलि सुई लिन जान्छु... । ठीक भइहाल्छ नि ! यी आँसुहरूलाई यति सानो घाउमा रोएर यसको मूल्य तुच्छ नबनाऊ सन्ध्या ।" विकासले सन्ध्याको आँसु पुछिदियो ।

घरको ढोकामा पुगेपछि विकास टक्क अड्यो । सन्ध्या पनि अडिन् । एकछिनसम्म मौन भई दुवैले एकअर्कालाई हेरिरहे । सन्ध्याको आँखा झुक्यो ।

"म जान्छु । भोलि त्यहीं आऊ जहाँ तिमीले मलाई कुर्थ्यौ ।", सन्ध्याले जाँदै भनिन् ।

"रत्नपार्क ?", विकास हाँस्यो ।

सन्ध्या खुशीले गद्गद भइन् । विकासको हर्षको सीमा नाघ्यो । उसले कुकुरले टोकेको पनि बिर्सियो ।

विकास फर्केर आशाकहाँ पुग्यो र प्रफुल्ल भएर एक कुनामा बसिरह्यो । झ्यालबाट आकाशमा हेऱ्यो । आकाशमा भएका ताराहरूले पनि उसलाई जिस्क्याइरहेको झैं भान हुन्थ्यो । विकासलाई आफ्नै खुशीका कारण खान इच्छा थिएन । आशालाई भने भोलिको मीठो कल्पनाले खाने इच्छा थिएन ।

विकासलाई आशाले कैयौं महिनासम्म यति खुशी देखेकी थिइनन् । आशाले आफ्नो कौतूहल रोक्न सकिनन् र सोधिन्, "किन यस्तो प्रसन्न मुद्रामा ?"

"मैले मेरो जीवन पाएँ... बस् ।", विकासले हाँस्दै भन्यो ।

"धन्य छौ तिमी । आफैं सफलता पायौ... खुशी लाग्यो । सन्ध्यालाई मैले भाउजूका रूपमा पाउने भएँ ।", आशा दङ्ग परिन् ।

आशाकी आमाले विकासका बाबुलाई भाइ बनाएकी थिइन् । आशा भाइटीका भने फुफूका छोराहरूलाई गर्थिन् । विकासलाई आफ्नो दाइका रूपमा पाउँदा उनी पनि खुशी थिइन् ।

विकास स्वाभिमानी थियो । उसमा मित्रतादेखि लिएर नातासम्मलाई कुन स्थानमा राख्ने भन्ने पूर्ण क्षमता थियो । विकासलाई आशा दाइ मात्र नभनेर साथीझैं व्यवहार गर्थिन् ।

"खानु नपर्नु कि कसो ?", विकास र आशा कुरा गरिरहेका बेला आशाका बुबा आएर भने ।

"मान्छेहरू देख्दादेख्दा पेट भरियो ।", विकासले भन्यो ।

"सन्ध्या गइन् ?", आशाका बुबाले सोधे ।

"हजुर ! विकासले घरसम्म पुऱ्याएर आएका ।", आशाले भनिन् ।

"राम्रो भयो । मलाई कुरेको भए हेर... १२ बजिसकेछ ।", आशाका बुबाले घडी हेर्दै भने । उनी आशासँगै बसे । घरमा भएका नातेदारहरू अहिलेसम्म भोकै थिए । आशाका बुबाले आफ्नो चारैतिर नजर दौडाए ।

"खै ! आशा... ।", आशाका बाबु बीचैमा अड्किए ।

"किन बुबा ?", आशाले उठ्दै सोधिन् ।

"थाकिस् होली... भइगो... हरिलाई भन् न खानको व्यवस्था गर्नलाई ।"

"हैन म ल्याइदिहाल्छु नि !"

प्लेटमा पुलाउ, मासु, अचार राखेर ल्याइन् अनि विकास र बुबालाई दिइन् । आफूलाई पनि ल्याइन् र सँगै बसेर खान थालिन् ।

खाइसकेर आशा आफ्नो कोठामा गइन् । विकास र अरू नातेदारहरू बैठक कोठामा सुते । आशाकी फुफू आशाकै कोठामा पल्टिरहेकी थिइन् । रातको एक बज्यो । आशालाई निद्रा भने पटक्कै लागेको थिएन । टेबलमाथिको निशितको फोटो देखेर उनको गहभरि आँसु आयो । उनलाई आफ्ना बाबुको घरमा बस्नु थिएन अब । हुर्केबढेको

ठाउँलाई बिदावारी गर्नु थियो । अनि पराई घरलाई अँगाल्नु थियो । आमाबाबुकी एक्ली छोरी आशालाई भविष्यको निकै चिन्ता थियो । तर निशितलाई आफ्नो जीवनसाथीका रूपमा पाउँदा उनी निकै गौरव गर्थिन् । आशा र निशितको प्रेम आपसी समझदारीले गर्दा निकै सफल देखिन्थ्यो । जीवनमा दुवै एकआपसबाट छुटेर बस्ने कल्पनासम्म पनि गर्न सक्दैनथे । आशाले यो रात पनि बिनानिद्रामै बिताइन् ।

कोठाको उज्यालोपन बढ्दै थियो... । भित्ते घडीले छ बजेको सङ्केत गऱ्यो । आशाका आँखा राता भएका थिए । आँखाहरू पोलिसके तर उनलाई निद्रा भने पटक्कै थिएन । आशाले निदाउने प्रयास गरिन् । तर निदाउनै सकिनन् । आशाका आँखा अनायासै रसाए । आँसु थाम्न खोज्दाखोज्दै पनि थामिएनन् । आशा सुँक्कसुँक्क गर्दै रून थालिन् । यस आवाजले आशाकी फुफू बिस्तारै उठिन् अनि आशातिर फर्कदै सोधिन्, "लौ किन रोएकी ?"

"त्यसै आँसु आयो ।"

"धत् । बिहे त एक दिन गर्नैपर्छ नि !", फूपूले आशालाई सम्झाइन् ।

"राति त्यस्तो ढिला सुतेर पनि यस्तो बिहानैदेखि गुनगुन गर्न भ्याइसक्यो । दिउँसो, भरे, भोलि आउन्न कि कसो ?", आशाकी आमा अर्को कोठाबाट कराइन् ।

दुवै जना सिरकभित्र गुट्टमुट्टु हुँदै छिरे ।

***

सात

विकास र सन्ध्याको प्रेमको पहाडले आकाश छुन थालिसकेको थियो । दुवैले एकअर्काकिना बाँच्ने सोच्न पनि सक्दैनथे । विकाससँगको छोटो अवधिमै सन्ध्याले अनेक सपना बुन्न थालिसकेकी थिइन् । सन्ध्या अब त विकासबाहेक अरूबारे सोच्न पनि चाहन्नथिन् । विकासबाहेक कसैलाई ठाडा आँखाले हेर्न पनि पाप सम्झिन्थिन् । उनी विकासकी भइसकेकी थिइन् ।

विकासलाई एक मित्रका रूपमा चाहना गर्ने र विकासको साहित्यसँग प्रेम गर्ने सन्ध्याको अब लक्ष्य नै विकास बनेको थियो । जीवनको उपलब्धि नै उनको र विकासको प्रेम थियो । जीवनको खुशी नै विकासको माया थियो । उनको उजाड मरूभूमि समान मुटुमा विकासले वसन्त ल्याइदिएको थियो । विकास सन्ध्याका लागि आफ्नो ज्यान अर्पण गर्न पनि तयार थियो ।

सन्ध्या विकासको प्रेममा हराउँथिन् । उनी हराइरहन नै चाहन्थिन् । विकासको मायाबाट टाढिएर रहन पनि चाहन्नथिन् । बल्ल सन्ध्याले प्रेममा पवित्रता अनि समर्पण हुन्छ भन्ने थाहा पाइन् । यो जवानीको आवेगमा आएर गरिने घृणित काम होइन भन्ने उनले जानिसकेकी थिइन् । उनले यो पनि जानिन् कि, पवित्र र चोखो प्रेमलाई एकदुई जनाले घृणाको रूप दिंदैमा प्रेम शब्द नै घृणित हुँदैन । किनकि प्रेमको परिभाषामा दुई आत्माको मिलन थियो । प्रेम स्वार्थको विपरीत थियो र कुनै चीजको आशामा दिइने वस्तु पनि थिएन ।

मान्छे कल्पनाको दुनियाँमा हराएपछि उसले पत्तै पाउँदैन, समय कति छिटो बित्छ ।

विकास र सन्ध्याको प्रेम पनि समय बढ्दै गए झैं गहिरिँदै गएको थियो । दुवैले भविष्यका लागि रङ्गीन सपना साँचेका थिए । दुवै जना आपासमा कुरा गर्दागर्दा कताकता हराउँथे । उनीहरूलाई समय बितेको चालै हुन्नथ्यो । यसैगरी दिन बित्दै थिए । सन्ध्या क्याम्पसबाट फर्किन्थिन् । बिहानको क्याम्पस हुँदा सन्ध्यालाई विकाससँग भेट्न त्यति गाह्रो हुँदैनथ्यो । विकास सन्ध्यालाई लिन बिहानै सन्ध्याको घरछेउ नै आइपुग्थ्यो । क्याम्पसबाट फर्कंदा दुवै जना आधा घण्टा घुमेर फर्किन्थे । सन्ध्याका काकाकाकी यस कुराबाट अनभिज्ञ थिए । जुन दिन यस कुराको पोल खुल्नेथ्यो... त्यस दिनको डर थियो सन्ध्यालाई । काकाकाकीका अनेक अपशब्द अनि कुटाइ खान तयार थिइन् सन्ध्या... विकास अनि पवित्र प्रेमका लागि ।

आज पनि विकास सन्ध्यालाई लिन क्याम्पसको गेटमा पुग्यो । सन्ध्या र विकास दुवै मोटरसाइकलमै सुन्दरीजल पुगे । सन्ध्याकी काकी सन्चो नभएका कारणले माइतमा थिइन् । काका अफिस अनि राहुल स्कुल । त्यसैले विकासको आग्रहमा कुनै सङ्कोच नै नमानी सन्ध्या विकाससँग सुन्दरीजल पुगिन् ।

"विकास ! तिमीलाई आज अचानक किन सुन्दरीजल आउने इच्छा लाग्यो ?", सन्ध्याले सोधिन् ।

"जहाँ हाम्रो भेट भयो... जुन ठाउँमा मैले तिमीलाई पाएँ... के त्यहाँ जाने इच्छा मलाई लाग्दैन होला र ? जाने इच्छा त पहिले नै थियो । तर तिम्रै फुर्सद नमिल्ने हुनाले मात्र हो । आज तिम्रो पनि घरमा फुर्सद भएकाले सोचें... यहींको वातावरणमा एकक्षण हराऊँ भनेर ।"

"तिमीले ठीक भन्यौ, विकास । पहिले त मैले सुन्दरीजलमाथिको माईकहाँ मेरो जीवनको खुशी मागेकी थिएँ तर अबचाहिं... ।", सन्ध्या बीचमै रोकिइन् ।

"अबचाहिं के ? किन रोकियौ ?", विकासले हाँस्दै भन्यो ।

"अब म तिमी, तिम्रो लामो आयु अनि तिम्रो माया माग्नेछु ।", सन्ध्याले अलि लजाउँदै भनिन् ।

"मचाहिं के मागूँ त ?"

"तिम्रो जे इच्छा ।", सन्ध्या मुसुक्क हाँसिन् ।

"म हाम्रो प्रेम युगयुगसम्म नटुटोस् भनेर माग्छु । हरेक जन्ममा म तिमीलाई नै माग्दछु ।"

"के तिमी पुनर्जन्ममा विश्वास गर्छौ र ?"

"विश्वास त्यति त लाग्दैन तर हाम्रो प्रेमका लागि पनि हुन्छ कि जस्तो चाहिं लाग्छ ।"

"तिमी पनि गजबको मान्छे... ।" सन्ध्या हाँसिन् ।

"तिमीलाई यो सब वकमफुसे कुरा झैं लागिरहेछ ? के तिमी हाम्रो प्रेममा विश्वास राख्दैनौ ?", विकासले भावुक भएर भन्यो ।

दुवैजना सुन्दरीजलमा आएर निकै खुशी थिए । यो त्यही स्थान थियो जहाँ दुवैले एकआपसलाई चिनेका थिए । तर मित्रता तीतो वार्तालापबाट सुरू भएको थियो । यही स्थानमा आज दुवैले एकआपसका लागि असीम प्रेम देखे । दुवैसँगै नदीको किनारमा बसे । नदीको पानीको कलकल आवाजले दुवैलाई मुग्ध पारेको थियो । आपसमा कुरा गर्दा यी दुई संसारलाई बिर्सन्थे । विकासले भनेको ठाउँमा नगएर सन्ध्या उसको चित्त दुखाउन चाहँदिनथिन् । सन्ध्यालाई भने बडो मुस्किलले मात्र समय मिल्थ्यो । घरमा काकाकाकीको कचकचले सन्ध्यालाई कैयौंपटक निस्किन पनि गाह्रो हुन्थ्यो ।

सन्ध्याको बोलीमै मिठास थियो । त्यो कुनै गीतभन्दा कम हुँदैनथ्यो । तर पनि विकास समय-समयमा गीत गाउने आग्रह गर्दथ्यो । सन्ध्या विकासका लागि आनो मधुर कण्ठबाट आवाज निकाल्थिन् । सन्ध्याको स्वरसँगै विकास हराउँथ्यो ।

सन्ध्या र विकास नदीको छेउमा बसिरहेका थिए । सन्ध्यालाई आठ महिना अगाडिको त्यहाँ बिताएको समयको याद आयो । सन्ध्याले त्यही कुरा उठाउँदै भनिन् ।

"याद छ तिमीलाई आठ महिनाअगाडिको विकास यहाँ... ।"

"त्यो पनि सोध्ने कुरा हो र ?", विकासले लामो श्वासमा हा...इ गर्‍यो । फेरि भन्न थाल्यो, "मैले तिमीलाई हेरिरहँदा मेरा साथीहरूले तिमीलाई सानो ढुङ्गाले हिर्काएका थिए ।" विकास हाँस्यो ।

"याद छ मलाई त्यो घटना । तिमी हेर्दा यति चञ्चल देखिन्छौ तर तिमी मान्छे साह्रै नै भावुक पर्‍यौ ।", सन्ध्याले भनिन् ।

सन्ध्याको यो वाक्य सुनेर विकासले अट्टहास लगायो । सन्ध्याले विकासलाई हेरिरहिन् । उसको हँसाइमा सन्ध्याले स्वर्गको आनन्द पाइन् । उसको आँखाको गहिराइमा आफ्नो लागि अपार माया भेट्टाइन् ।

"विकास !", सन्ध्याले विकासतिर हेर्दै भनिन् ।

"किन र ?"

"था छ, तिमीलाई तिम्रो आँखामा के छ ?"

"था छ । र यो पनि थाहा छ, तिम्रो आँखामा के छ ?"

"भन त !", सन्ध्याले बुझ पचाएर मुसुक्क हाँस्दै भनिन् ।

"भन्नुपर्ने कुरा हो र ?", विकासले भन्यो । दुवैजना एकक्षणसम्म चुप भए ।

"सन्ध्या ! एउटा गीत गाऊ न ।"

"छ्या ! मलाई लाज लाग्छ ।"

"किन र ? मेरो अगाडि पहिलोपटक गाउन थालेकी हौ र ?"

"होइन ।"

"अनि ?"

"यस्तो रमणीय वातावरण... । चराहरूको मधुर कण्ठलाई मैले माथ गर्न सकुँला र भनेर मात्र हो ।"

"धत् ! तिमी मेरो लागि एक क्षण चरै भइदेऊ न त !", विकासले हाँस्दै भन्यो ।

"त्यस्तो नबोल... फेरि तिमीलाई पनि चरा नै बन्नुपर्ला ।", सन्ध्याले जिस्क्याउने पारामा भनिन् ।

"झन् हुन्छ । कम से कम स्वछन्द हावामा हामी दुई खुला रूपमा उड्ने थियौं ।"

"ल भो उड्नेसुड्ने कुरा । बरू घर जाऊँ । काकीले मार्नुहुन्छ... ढिलो भो भने ।"

"मेरा लागि मर्न सक्दिनौ त ?"

"मर्न त सक्छु तर तिमी... । तिमी के गर्छौ ? डर लाग्छ त्यसैले... ।"

"म पनि मर्छु नि !", विकासले भन्यो ।

सन्ध्या यस कुराले गम्भीर भइन् । ख्यालठट्टै ख्यालठट्टामा सन्ध्या विकासबाट टाढिने कुरा सोच्दा मात्र पनि काँप्न थालिन् ।

"गीत गाउँदिनौ ?", विकासले सन्ध्याको कुममा हात राख्दै भन्यो ।

"कुन गाऊँ ?"

"जुन इच्छा छ, त्यही ।"

"नाइँ ! तिमी जुन भन्छौ, त्यहीचाहिँ गाउँछु ।"

"आशाको बिहेमा गाएकी थियौ नि... त्यै गाऊ ।", सन्ध्याले विकासको इच्छा टार्न सकिनन् । उनले *कसरी भनूँ कि म तिमीलाई प्रेम गर्छु भनेर, जब म आफैँ टाढिएँ* गीत गाइन् । विकासले ताली बजायो ।

"अब त नजिक छौ नि... भन्न सक्छ्यौ ।"

सन्ध्या अलि लजाएर निहुरेर बसिन् । विकास उठेर माथितिर गयो । सन्ध्याले विकासलाई हेरिरहिन् । विकासले एउटा गुलाबको फूल टिपेर ल्यायो अनि सन्ध्याको केशमा सजाइदियो । सन्ध्याका केशहरूले गुलाबको उपस्थितिमा जीवन पाए झैं देखियो ।

"सन्ध्या ! तिम्रो अगाडि यो गुलाबको सुन्दरता त तुच्छ छ ।", विकासले सन्ध्याको केशबाट झर्न आँटेको गुलाबलाई पुनः मिलाएर लगाउँदै भन्यो ।

"मलाई यसरी लज्जित नगर विकास... ।", सन्ध्याले लजाउँदै भनिन् ।

"राम्रोलाई राम्रो भन्दा लाज हुन्छ र ? ल ठीकै छ... तिमी त्यसो भए रावणकी बहिनी शूर्पणखा जस्ती... । तिम्रो स्वर घोडा हिनहिनाए जस्तो ।", विकासले जोडले भन्दै थियो । सन्ध्याले विकासलाई कुहिनाले एकचोटि हानिन् । विकास यस्तो देखेर मरीमरी हाँस्न थाल्यो । एकक्षणपछि सन्ध्या पनि मरीमरी हाँस्न थालिन् ।

"तिम्रो हँसाइमा मोहनी छ… । मलाई यस्तो लाग्छ, तिमी सधैं यत्तिकै हाँसिरहू ।"

"विकास मलाई डर लाग्छ, कतै मेरो खुशी नछिनियोस् । तिम्रा बाबाआमाले मलाई अस्वीकार गर्नुभयो भने ?", सन्ध्याले डराएको स्वरमा भनिन् ।

"आत्मालाई पनि कतै अलग गर्न सकिन्छ र ? हुन त मेरा बाबाआमा एकदम जाती हुनुहुन्छ । मेरो इच्छामा उहाँहरूले बाधा हाल्नुहुनेछैन… मलाई विश्वास छ ।"

"मलाई तिमीमा पूर्ण भरोसा छ र तिमीलाई तिम्रो बाबाआमाप्रति ! तर थाहा छ, विकास हामी दुईबीच धनी र गरिबको एक ठूलो पर्खाल छ… त्यसैले कहिलेकाहीं विचलित हुन थाल्छु ।"

"पैसा भन्ने त एक भौतिक वस्तु हो । त्यसलाई त्यति महत्त्व दिनु राम्रो होइन पनि ।"

"मैले महत्त्व दिएकी होइन विकास… यो एउटा वास्तविकता हो । समाजमा बस्ने हरेक मान्छेले आफ्नै स्तर खोज्दछन् । तिमी नहोलाऊ… सायद तिम्रा बाबाआमा… ।" सन्ध्याले भन्दै थिइन् । विकासले सन्ध्याको मुख आफ्नो हत्केलाले छोपिदियो ।

"म सङ्घर्ष गर्न सक्दिन भन्ठानेकी ? मप्रति विश्वास छैन ?"

"त्यस्तो होइन विकास… मलाई यस्ता लाञ्छनाहरू नलगाऊ ।", सन्ध्याका आँखा आँसुले भरिए ।

दुवै एकक्षण मौन भए । विकास उठेर नदीको नजिकैको तीखो ढुङ्गामा गएर आफ्नो दायाँ हातको बूढी औंलामा घाउ पार्‍यो । बायाँ हत्केलाले बूढीऔंलाबाट बहिरहेको रगत थाम्दै सन्ध्याको अगाडि आयो ।

सन्ध्या बसिरहेको ठाउँबाट उठिन् । विकासले केही नभनी सन्ध्याको निर्मल पानी जस्तो सिउँदो रगतले रङ्गाइदियो । सन्ध्याले अवाक् भएर विकासलाई एकक्षणसम्म टोलाएर हेरिरहिन् ।

"सन्ध्या ! यो मेरो कसम हो अनि यो मेरो सबुत हो… । यो हाम्रो प्रेमको चिह्न हो । यो रगतको सिन्दूरलाई कुर्नू, सन्ध्या ।"

"तिमी यो के गर्दै छौ, विकास ?"

सन्ध्याका आँखाबाट बलिन्द्र आँसु झरे । सन्ध्या नदीमा गइन् अनि आफ्नो सिउँदो पखालिन् । विकासले आवेशमा आएर सन्ध्याको सिउँदो रङ्गाइदियो । विकासलाई सन्ध्याले यसरी सिउँदो पखालेकामा अलि नमज्जा लाग्यो । विकासको रगतबाट रङ्गिएको सिउँदो सुन्दरीजलको पानीले पखालियो । सन्ध्या आँखाभरि आँसु राखी विकाससामु गइन् ।

"सन्ध्या ! मलाई माफ गर । तिमी सम्झिन्छौ होला कि मैले समाजमा सङ्घर्ष गर्न नसकी यो निर्जन स्थानमा तिमीलाई पत्नीका रूपमा पाउन सिउँदो रङ्गाइदिएको भनेर । तर यो गलत हो । यो रगतको सिन्दूरको लाज राख्नेछु । सम्पूर्ण समाजमा हाम्रो बिहे धुमधामले हुनेछ । तर जेहोस्, यो सिन्दूर हाम्रो प्रेमको साक्षी हो ।"

"विकास !" भन्दै सन्ध्याले विकासलाई अँगालो हालिन् । आँखाबाट बलिन्द्र आँसु झारेर रून थालिन् ।

"यो आँसुलाई साँचेर राख सन्ध्या । यसरी नबगाऊ । यो हृदयलाई दुःखी नबनाऊ । म चाँडै नै बाबाआमालाई तिमीलाई माग्न पठाउनेछु । तर आजको यस घटनालाई आफैंमा सीमित राख । किनकि म चाहन्नँ, हाम्रो यो पवित्र प्रेमलाई कसैले कलङ्कित बनाओस् ।"

"विकास !"

"हँ !"

"हिंड... माथि सुन्दरीजलकी माईकहाँ जाऔं... हामी आज त्यहाँ गएर प्रार्थना गरौं... कहिल्यै नछुट्टिने बाचा गरौं ।"

विकासले समर्थनमा टाउको हल्लायो । विकास र सन्ध्या दुवै माईकहाँ गएर कहिल्यै नछुट्टिने बाचा गरे । दुवैलाई माईको दर्शनले शान्ति मिल्यो । सन्ध्यालाई पहिलेकी बूढी महिलालाई भेट्ने इच्छा लाग्यो । उनले त्यहाँ ढुङ्गाको ओडार जस्तो घर कतै पाइनन् । बिचरी त्यस महिलालाई सन्ध्याले आमा भनेकी थिइन् । उनलाई ती महिलाको झलझल याद आयो अनि उनले भनेका वाक्य पनि– "गरिबको पनि कतै बस्ने ठेगान हुन्छ र ?"

सन्ध्या अलि निराश भइन् । सन्ध्या विकाससँग केही नबोली तलतिर झर्न थालिन् । सन्ध्याको अनुहारमा समयसमयमा केही डरको भावना जाग्थ्यो । तर उनी आफ्नो भित्री डरलाई आफूभित्रै लुकाउँथिन् । उनलाई उनीहरूले गरेको कसम टुट्ला भन्ने डर थियो । तर उनी विकासप्रति विश्वस्त थिइन् ।

**

आठ

समय बित्दै थियो । विकास आफ्ना बाबाआमाका अगाडि सन्ध्याबारे भन्न चाहन्थ्यो । तर ऊ बाबाको अगाडि आफ्नो मुख फोर्न अप्ठ्यारो मान्थ्यो । त्यसैले विकासले आफ्नी आमा निर्मलादेवीलाई सबै वृत्तान्त बताउने निधो गऱ्यो । सन्ध्या र विकासको बिहेको कुरालाई लिएर घरमा कैयौंपटक झगडा परिसकेको थियो । तर विकास सन्ध्यालाई यस कुराबाट टाढै राख्थ्यो ।

विकासको मोटरसाइकल बिग्रेको हुँदा ऊ आज हिंडेरै रत्नपार्कमा पुग्यो । सन्ध्यालाई त्यहीं भेटेपछि ऊ टक्क अडियो । सन्ध्याले विकासको अनुहारमा रहेका चिन्ताका रेखा सजिलैसँग केलाइन् । विकासले आफ्ना बाबाआमालाई सन्ध्याको घरमा लिएर आउँछु भनेको पनि एक महिनाभन्दा बढी भइसकेको थियो । विकासले यस कुरालाई त्यस दिनदेखि खासै निकालेन । त्यसैले पनि सन्ध्या चिन्तित थिइन् । आज उनले विकासलाई यसबारे स्पष्ट कुरा उठाउने निधो गरिन् । सुन्दरीजलबाट फर्केपछि टाइफाइडले थलिएको विकास आज बल्ल उठेर सन्ध्यालाई भेट्न आइरहेको थियो । सन्ध्यालाई कुरा उठाउन अलि अप्ठ्यारो अनुभव भयो ।

घाँटीसम्म आएका शब्दहरू त्यत्तिकै फर्केर गए । एक महिनाभित्र सन्ध्या विकासलाई भेट्न तीनचारचोटि उसको घर पुगिसकेकी थिइन् । घरमा आमाबाट कुनै रोकावट थिएन । तर विकासका बाबा कृष्णहरि खान्दानी बुहारी चाहन्थे । त्यसैले कुरा टाल्न छोरालाई बि.कम. नै

पहिला पास गर्ने सल्लाह दिएका थिए । तर विकास बिरामी हुँदा उसका बुबाले बिरामी निको भएपछि जाने आश्वासन पनि दिने गर्थे । विकास बाबुको बदलिरहने कुराबाट अनभिज्ञ थियो । त्यसैले सन्ध्यालाई अब एक वर्ष नै कुर्न आग्रह गर्न गएको थियो विकास आज ।

सन्ध्यालाई विकास भेट्दा हृदयदेखि खुशी लाग्यो । तर विकासको मौनतामाथि चाहिं उनलाई शङ्का लाग्यो । यसपटकको विकास र सन्ध्याको भेटमा अलि शून्यता देखापरेको थियो । सन्ध्याले विकासबाट नकारात्मक जबाफको आशा गरिसकेकी थिइन् ।

"विकास, तिमी आज किन यति गम्भीर छौ ?", सन्ध्याले अनुहार अँध्यारो बनाउँदै प्रश्न गरिन् ।

"समयले के भन्छ, त्यसमा भाव परिवर्तन हुन्छ नै... ।", विकासले सानो स्वरमा भन्यो । सन्ध्याले विकासलाई शङ्काका दृष्टिले हेरिन् । दुवै जना रत्नपार्क हुँदै पुतलीसडक पुगे ।

"सन्चो पनि त त्यति साह्रो छैन ।", विकासले गम्भीर कुरालाई हाँसोमा उडाउने उद्देश्यले भन्यो । तर सफल हुन सकेन ।

"खासमा तिमी नआएका भए पनि हुन्थ्यो । पूरा आराम लिनुपर्छ... । नत्र दोहरिन पनि सक्छ ।", सन्ध्याले चिन्तित स्वरमा भनिन् ।

"दोहोरिने चिन्ता छैन मलाई... । मलाई त केवल तिम्रो मुख हेर्ने रहर थियो, जुन अहिले पूरा भयो । आज तिमी घरमा नआएको कति दिन भो थाहा छ ?", विकासले भन्यो ।

"दश दिन ।"

"अनि... सम्झ त मेरो स्थिति ! १० दिनसम्म तिमीलाई नदेखी म कसरी बाँचे हुँला । आफैं विचार गर त ! म अब छिट्टै बाबालाई तिम्रो घरमा पठाउनेछु ।", सन्ध्याको मनस्थिति बुझेर विकासले भन्यो । र उनलाई एक वर्ष कुर्न भन्नबाट ऊ त्यहीं रोकियो ।

"साँच्ची विकास ?", सन्ध्याले रोमाञ्चित भएर भनिन् ।

"हो सन्ध्या ! म चाहन्नँ तिम्रो बिहे अन्त कतै होस् । मेरा बाबालाई पनि सब भनिदिएँ । यो बिरामी निको भएपछि जाने कुरा

गर्दै हुनुहुन्थ्यो । म तिम्रो बिहे अन्त भएको देख्न सक्छु र ?", आफ्ना बुबाको झुटो आश्वासनलाई विकासले साँचो सोच्दै भन्दै गयो ।

"सक्दैनौ ।", सन्ध्याले विकासतिर हेरेर मुसुक्क हाँस्दै भनिन् ।

"मेरा बाबाआमाले म यहाँ छु भनेर थाहा पाउनुभयो भने फेरि... ।", विकासले अलि तर्सिएझैं गरेर भन्यो ।

"थाहा छ मलाई... । तिम्रो बोली अनि हिंडाइले नै तिमी पूर्ण रूपमा स्वस्थ भइसकेका छैनौ भनेर । यति त पछि निको भइसकेपछि भन्दा पनि त हुन्थ्यो । तिमी अब ट्याक्सीमा जाऊ... । घाम चर्को भइसक्यो । म पुऱ्याइदिन्छु ।", सन्ध्याले अगाडि आइरहेको खाली ट्याक्सी रोकिन् । विकासलाई घरसम्म पुऱ्याइदिइन् अनि त्यही ट्याक्सीमा घर फर्किइन् ।

सन्ध्यालाई कुनै काम गर्ने इच्छा थिएन । घर आएर खाना खाइन् । छटपटी बढ्दो थियो । त्यस दिनको कल्पना गरिन्, जुन दिन विकासका बाबाआमा उनलाई माग्न उनको घरमा आउनेछन् । काका र काकीले उनको बिहेको कुरा अन्त कतै चलाइरहेको सुइँकोले उनी अझ चिन्तित थिइन् । त्यसैले उनी समयलाई निकै कठिनसँग पार गर्दै थिइन् । सन्ध्या बरन्डामा आएर ओहोरदोहोर गर्न थालिन् ।

"ए !", काकीले सन्ध्याको केशमा हात राखेर एकाएक जोडले तानिन् ।

"ऐय्या !", सन्ध्या चिच्याइन् ।

"लाजसरम भए पो... बरन्डामा बस्यो टोलभरिका गुन्डाहरू हेऱ्यो । खुब रमिता चल्छ हैन यहाँ ?", काकी कराउन थालिन् ।

सन्ध्याले रातो अनुहार लगाउँदै आफ्नो केश काकीको हातबाट छुटाइन् अनि दुखेको ठाउँमा मल्न थालिन् । सन्ध्या यसका लागि जबाफ दिन चाहन्थिन् । तर सक्दिनथिन् । किनकि उनलाई राम्ररी थाहा थियो, उनको एक बोलीसँग काकीका सय क्षुद्र वचन छुट्थे । त्यसैले बरन्डामा आफ्नो बदनामी सुन्न चाहिनन् । सन्ध्या कोठामा आएर खुब रोइन् ।

सन्ध्या तरकारी किन्ने निहुँ पारेर पसल गइन् । उनले भान्सामा दाल बसालेर गएकी थिइन् । पसलमा गएर सन्ध्याले फोन गर्ने उद्देश्यले फोन मागिन् । सन्ध्याको घरबाट पाँच मिनेट जति हिंडेपछि

मात्र आउने चामलको दोकानमा मात्र फोन थियो । सन्ध्यालाई फोन गर्न जान पनि निकै बहाना बनाउनुपर्थ्यो । विकासलाई घरमा छाडेर आए पनि उनको मनमा बेचैनीले छोएको थियो । साँझको समय काका अफिसबाट फर्किंदा फोन गरिरहेको देख्ने हुन् कि भन्ने उनलाई चिन्ता थियो । पसलमा दुई-तीन जना किन्न आउने मानिस खाली हुँदैनथे । टोलकै पसले... कति विकास भन्नेलाई फोन गर्न आउँछे भन्लान् भन्ने पनि डर थियो उनलाई । त्यसैले उनलाई अलि अप्ठ्यारो पनि महसुस भइरहेको थियो । तर विकासको हालखबर सोध्न उनी व्याकुल थिइन् ।

"दाइ ! एकचोटि फोन पाऊँ न !", सन्ध्याले आफ्ना मनका अनेक तर्कनाहरू भुलेर एकैचोटि फोन मागिन् ।

"लिनुस् बहिनी !", पसलेले दराजमाथि फोन राखिदियो । सन्ध्याले पसलेलाई अप्ठ्यारो मान्दै पुलुक्क हेरिन् । पसले अरू काममै व्यस्त भएका कारण सन्ध्याको अप्ठ्यारोपन कम भयो ।

"रेवन्त !", रेवन्तको स्वर सुन्नेबित्तिकै सन्ध्याले भनिहालिन् ।

"सन्ध्या दिदी !", रेवन्तलाई पनि सन्ध्याको स्वर चिन्न खासै गाह्रो भएन ।

"विकासलाई कस्तो छ ?", सन्ध्याले अतालिंदै सोधिन् ।

"विकास दाइलाई बाहिरबाट फर्केपछि अचानकै ज्वरो १०४ पुगेकाले अस्पताल लगेका छौं । म त भर्खरै फर्केको । बाबाआमा त उतै अस्पतालमै हुनुहुन्छ... हिंड्नै नहुने मान्छे... हिंड्नु भएर... !", रेवन्तले भन्यो ।

"कुन अस्पतालमा ?", सन्ध्याले विचलित स्वरमा सोधिन् ।

"शिक्षण अस्पतालमा... ।"

"बेड नं कति ?"

"एघार ।"

"ल, म भोलि जाउँला ।"

"हस् ।"

सन्ध्याको दिमागले ठीकसँग काम गर्न छाडेको थियो । उनको मन-मस्तिष्क विकासले नै भरिएको थियो । फलतः उनी आफ्नो

दिमागलाई अन्त कतै ध्यानाकर्षण गर्न असमर्थ थिइन् । तरकारी पनि नकिनी सरासर घर फर्किइन् । आँगनमा छिर्दा दाल डढेको गन्धले सन्ध्या थरर काँप्न थालिन् । उनले दाल बसालेको कुरा डढेको गन्ध पाएपछि मात्र थाहा पाइन् । भान्सामा गएर हेर्दा दाल डढेर गोल भइसकेको थियो । सन्ध्याले दालको कसौंडीलाई स्टोभबाट निकालिन् । यत्तिकैमा सन्ध्याकी काकी पूजाकोठाबाट पूजा सकेर निस्किइन् । पूजाकोठामा धूपको सुगन्धले सन्ध्याकी काकीले थाहा पाएकी थिइनन् । तर जब उनी भान्सा आइन्, दालको गन्ध थाहा पाएपछि सन्ध्याको कपाल तान्न थालिन् ।

"कस्तो छिल्या आइमाई रहिछ यो ! अब त के... पखेटा उम्रिगो... यता उडूँ कि उता उडूँ । डर भन्ने पाँच पैसाको छैन । भन् कसलाई भेटेर आइस् ?"

"ऐ...या !", सन्ध्या चिच्याइन् ।

"तरकारी किन्न गएकी होइन ? खै तरकारी ?"

"टाउको दुखेकाले त्यही पैसाले औषधि किनेर खाएँ ।", सन्ध्याले कपाल सुमसुम्याउँदै भनिन् ।

"हो ! सब थाहा छ मलाई... तेरा बहानाहरू । तेरो सिरानीमुनिको फोटो... चिठी सब देखिसकें मैले । तेरो यस्तो चाला थाहा पाएकी भए... । लाज नभएकी तँ । झन् पढोस् भनेर पो तँलाई यस घरमा राखेकी ।", काकी च्याँट्ठिएर कराउन थालिन् ।

सन्ध्याका काका झोलाभरी तरकारी बोकेर भान्सामा पसे । दुब्लो ३५ वर्षका कुलबहादुरले आफ्नी श्रीमती र भतिजीको हल्लालाई शान्त पार्ने उद्देश्यले सोधे, "केको गन्थन हो यो ?"

"के हुनु नि ? तपाईंकै बुद्धि बढी भएर भएको यो सब... छोरी मान्छेलाई हुर्केपछि खुरुक्क घरजम गर्न लगाएको भए... । अब नाक काटेको हेर्नू नि ! खुब पढाउँछु... दाजुको इच्छा पूरा गर्छु भन्ने भैखाएका नि !"

सन्ध्याकी काकीले चुलेंसी बजार्दै तरकारी काट्न थालिन् ।

"भोभो केही सुन्न चाहन्नँ म । दिनभरिको स्कुले लेखापाल... सबको कचकच अनि घरमा आयो... ११ वर्ष पुरानो च्याउँच्याउँ स्वर ।", कुलबहादुर भान्साबाट कोठातिर गए ।

सन्ध्या निराश अनुहार लिएर कोठामा आइन् । भित्ताहरू टोलाएर हेर्न थालिन् । सन्ध्याले आफ्नो गल्ती स्विकार्ने निधो गरेर काकाकाकीलाई साँचो कुरा बताउने अठोट लिइन् । जिन्दगीलाई कत्रो लक्ष्यमा पुऱ्याउने आशामा पढेकी थिइन् । तर अहिले उनलाई न पढ्न मन थियो, न काम गर्न नै । अतीत र वर्तमानलाई कोट्याउँदा सन्ध्या थाक्थिन् । खाना पनि नखाई कोठा अँध्यारो पारेर सन्ध्या पल्टिरहिन् ।

"सन्ध्या !", काकाको आवाजले उनको ध्यानाकर्षण भयो ।

"हजुर ।"

"खाना खान हिंड्... ।"

"खाने इच्छा नै छैन... ।", सन्ध्याले मलिन स्वरमा भनिन् ।

कुलबहादुरले बत्ती बाल्यो । सन्ध्यासँगै आएर एक क्षण आएर बसेका के थिए, आफ्नी श्रीमतीको आवाजले उठ्यो ।

"सुत्ने बेला भएन र ?"

"ल ल आएँ ।", कुलबहादुर कोठातिर लागे ।

कुलबहादुर त्यति खराब व्यक्ति थिएनन् । सन्ध्यालाई माया गर्थे पनि । तर उनी आफ्नी श्रीमतीसँग निकै डराउँथे । उनकै करबलले सन्ध्या आजसम्म घरमा टिकिरहेकी थिइन् । श्रीमतीले सन्ध्याको बिहेको कुरा गरी भने केही भनेर टार्ने गथे । दाजु भीमबहादुर आफ्नी छोरी सन्ध्यालाई धैरै पढाउने इच्छा राख्थे । र दाजुको त्यही रहर पूरा गर्ने धोको थियो कुलबहादुरको । सन्ध्याले खाना खान चाही नचाही दुईचार सिता भात मुखमा राखिन् । अनि त्यत्तिकै फालेर सुत्न कोठामा गइन् । खरायोलाई बाकसबाट झिकेर हातमा लिंदै खाटमा बसिन् ।

"मनु !", सन्ध्याले खरायोलाई सुमसुम्याइन् ।

काकाकाकीको कोठाबाट आइरहेको गुनगुन आवाजले सन्ध्याको मुटु नराम्ररी धड्कियो । उनका आँखा फर्फराउन थाले । डरले हात काँप्न थाले ।

"साँच्ची ! सन्ध्यालाई त्यही मान्छे परिदिऊँ न !", काकीले भनिन् ।

"होस्-होस् एक दुई वर्ष । अलि पढोस् । त्यति ढिला पनि त भएको छैन नि !", कुलबहादुर श्रीमतीका कुरा सजिलै मान्नेवाला थिएनन् ।

"आ… कतै भागिहाली भने नाक काटिन्छ । बुझ्नुभो ? यो जमानामा अरूको मात्र सोचेर पनि हुन्न ।", काकीले भनिन् ।

"सन्ध्याले त्यस्तो गर्दिन… मलाई विश्वास छ ।", कुलबहादुरले स्वरलाई अलि चर्काउँदै भने ।

"भो… हजुरको विश्वास । आकाशको फल… आँखा तरी मर् । सब देखिसकें मैले त्यसको चर्तिकला । यस्तै हो भने एक दिन नराम्ररी नाक काटिनेछ । अनि त्यतिखेर पुर्पुरोमा हात राखेर बस्नू नि !"

"कत्रो स्वरले कराएकी ?", कुलबहादुरले बत्ती निभाए ।

काकाकाकीको कोठाबाट आएको गुनगुन आवाजले पनि शून्यतासँग मीत लगाइसकेको थियो । काकाकाकीले कसका बारेमा कुरा गरेका हुन्, सन्ध्याले त्यो पत्ता पाइनन् । राहुल पनि गर्मीको छुट्टी हुँदा मामाघर गएको थियो । त्यसैले उनले आफ्नो दुःख पोख्न आफ्नो प्यारो खरायो मनु लिएर आएकी थिइन् । मनु यस दुःखमा सन्ध्यालाई साथ दिन सक्दैनथ्यो । ऊ एकटकले सन्ध्यालाई टोलाएर हेरिरहन्थ्यो । सन्ध्याले लामो श्वास फेरिन् । जगबाट गिलासमा पानी राखिन् । दुई गिलास पानी घुटघुट पिइन् । पसिना रूमालले पुछिन् । सन्ध्यालाई निद्रा भने पटक्कै लागेको थिएन । लामखुट्टेहरू भुनभुन गरिरहेका थिए । झुल हाल्न पनि सन्ध्यालाई अल्छी लाग्यो । सन्ध्याको दृष्टि वरिपरि विकास नै सलबलाउन थाल्यो । सन्ध्याले धेरै समयसम्म विकाससँग बिताएका सुखद क्षण सम्झिइन् । लामखुट्टेहरूले टोक्दा जुरुक्क उठी लाम्खुट्टे मार्न हात बढाइन् । टेबलको गिलासमा हात ठोकियो, सिसाको गिलास चकनाचुर भयो । सन्ध्याका कल्पना परिकल्पना पनि गिलाससँगै चकनाचुर भए ।

सन्ध्या पलङबाट पुनः उठिन् । विकासको फोटोलाई बत्ती बालेर पलङमै बसेर हेर्न थालिन् । सन्ध्यालाई भोलिको प्रतीक्षा थियो । उनले

सोचिन्– भोलि क्याम्पस गएर एकदुई पिरियड पढेपछि उनी विकासलाई भेट्न अस्पताल जानेछिन् । विकासलाई भेटेर बातचित गर्नेछिन् ।

विकास र सन्ध्याको बिहे छिट्टै हुने कुरा थियो । किनकि सन्ध्याको घरमा उनको बिहेको कुरा जोडतोडले चल्दै थियो ।

"उफ् ! विकास त अस्पतालमा छ । हाम्रो बिहे तुरुन्त कसरी हुन सक्छ र ? सुन्दरीजलको रगतको सिन्दूरलाई के बिहे मान्न सकिन्छ र ? होइन... होइन यो त आत्मीय बिहे हो । समाजले यसलाई स्वीकार गर्नेछैन । म आफूलाई समाजमा विकासको पत्नी घोषित गर्न सक्दिनँ । म एक नारी हुँ... मलाई समाजमा कलङ्कित ठहऱ्याउनेछ । हाम्रो पवित्र प्रेममा कालो धब्बा लाग्नेछ ।"

सन्ध्या छटपटाउन थालिन् । यस्तै कल्पना गर्दागर्दै सन्ध्या निदाइन् ।

***

बिहानको मिर्मिरसँगै सन्ध्याले क्याम्पसको धोती लगाइन् । भान्सामा चिया बनाउन जान के लागेकी थिइन्, काकीले अगाडि आउँदै भनिन्, "आज जानुपर्दैन... ।"

"केही खासै काम त छैन ।", सन्ध्याले सानो स्वरमा भनिन् ।

"कामसाम के नि... मलाई सन्चो छैन, कपाल दुखिराख्या छ । आज एक दिन नजाँदा के हुन्छ र ?"

"हवस् ।", सन्ध्याले टाउको हल्लाइन् । काकीको कुरालाई जोड गर्न सकिनन् ।

सन्ध्या आज विकासलाई भेट्न नपाउने भएकामा पीर मान्न थालिन् । आजको सट्टा भोलि जाने निधो गरिन् । सारा कामधन्दा सन्ध्याले एक्लै सकिन् ।

दिन एकएक गर्दै साता पनि बित्यो । सन्ध्यालाई घरबाट निस्किन पनि दिइएन । काकीको दिनप्रतिदिनको ज्वरो र बिरामी स्याहारेर अनि घरधन्दा गरेर नै सन्ध्या तड्पिरहिन् ।

विकास अस्पतालमा भर्ना भएको पनि एक साता भइसकेको थियो ।

सन्ध्या विकासलाई भेट्न नपाउँदा पागल झैं छटपटाउन थालिन् । बिहानको आठ बज्यो । सन्ध्या एक सातादेखि क्याम्पस पनि गएकी थिइनन् । सन्ध्याको मनमा अचानक ढ्याङ्ग्रो बज्यो । कुन बहानाले बाहिर जाने अब ? सन्ध्यालाई कताकता डर पनि लाग्यो । खाना पकाइरहेका बेलामा राहुल आएर पिर्कामा बस्यो ।

"सन्ध्या दिदी !", सन्ध्याको हातमा समाउँदै राहुलले भन्यो ।

"अरे यस्तो हिरो भएर कता नि ?", सन्ध्याले हाँस्दै सोधिन् ।

"आज हाम्रो विद्यालयमा अभिभावक दिवस... बुबाआमा पनि जानुहुन्छ ।"

"दिदी !", राहुलले सन्ध्यालाई कमिजको बाहुलाको टाँक देखाएर लगाइदिन भन्यो । सन्ध्याले राहुलको हात आफ्नो दुई हातले पक्रेर टाँक लगाइदिइन् ।

"सन्ध्या दिदी ! तपाईंलाई त कार्ड नै छैन ।", राहुलले सन्ध्यासँग लाडिएर बोल्यो ।

"यता आऊ म कपाल कोरिदिन्छु ।"

"काइँयो उतै छ ।", राहुल कोठामा गयो ।

सन्ध्या कोठातिर लागिन् । कोठामा काकी लुगा फेर्न लागेकाले उनी आनो कोठामा गइन् । कपाललाई रिबनले पछाडितिर बाँधिन् अनि एक क्षण ऐना हेरिन् । विकासको अनुहार देख्न र भेट्न पाउने इच्छा पूरा हुने समय आएकाले सन्ध्या निकै खुशी भइन् ।

राहुलले काइँयो लिएर आयो ।

"लेऊ !", सन्ध्याले काइँयो आफूले लिंदै भनिन् ।

"ल यो कचौरामा तेल लिएर आऊ ।", राहुल तेल लिन दौडियो ।

"ऐय्या !", राहुल चिच्यायो ।

"के भो ?", सन्ध्या दौडिइन् ।

सन्ध्याकी काकी पनि आफ्नो छोराको चित्कार सुनेर दौडिइन् । राहुल पानीमा चिप्लिएर लडेको रहेछ । अघिल्लो दिन सन्ध्याको हातमा ठोकिएर फुटेको गिलासमा हात पऱ्यो ।

"के भयो मेरो छोरालाई ? खै त बाबा खै ?", काकी दौडेर आएर राहुलको हात समाइन् । सन्ध्याले राहुलको हातबाट सिसा झिकिन् । झ्यालबाट औषधिको सिसी झिकेर ल्याइन् अनि लगाइदिइन् ।

"यो अलच्छिनको कोठामा पस्यो कि यस्तै हुन्छ । मैले तँलाई यहाँ पस्दै नपस् भनेकी होइन ?", काकीले छोराको हात तान्दै भनिन् ।

राहुलले मलिन अनुहार बनाएर सन्ध्यालाई फर्केर हेर्‍यो । सन्ध्याले पनि राहुललाई एकछिनसम्म टोलाएर हेरिरहिन् । कोठामा रहेका सिसाका टुक्रा फालिन् ।

"ल साँचो ! कतै हिंड्ने होइन नि !", काकीले सन्ध्यालाई साँचो दिंदै भनिन् ।

"जाँच कति दिन बाँकी छ ?", काकाले बाहिर जुत्ताको फिता बाँध्दै सोध्यो । सन्ध्याले प्रत्युत्तरमा केही बोलिनन् ।

"पढेर बस्नू ।"

काकाले राहुलको हातमा समाते । तीनै जना प्रसन्न मुद्रामा बाहिर गए । सन्ध्याले तीनै जना ओझेल नभएसम्म हेरिरहिन् ।

सन्ध्याले लुगा पनि फेरिनन् । हतारहतार चप्पल लगाइन् । घरमा ताला मारिन् अनि फटाफट बस स्टप पुगिन् । रत्नपार्कमा एकदुई जनाले छेडछाड गरे उनलाई । सन्ध्या बडो धैर्यसाथ हिंडिन् । अनि महाराजगन्जको बस चढिन् । महाराजगन्जमा शिक्षण अस्पताल अगाडि ओर्लिन् । विकासलाई देख्न नपाएर उनी व्याकुल भएकी थिइन् । उनी विकासबारे सोच्दै अघि बढ्दै थिइन् । रेवन्तले छेउमै आएर मोटरसाइकलको हर्न बजायो । सन्ध्या झस्किइन् ।

"रेवन्त तिमी ?", सन्ध्याको मुखबाट आत्तिएर शब्दहरू अनायासै प्रस्फुटन भए । रेवन्त अलि गम्भीर देखिन्थ्यो ।

"रेवन्त ! विकासलाई कस्तो छ ?", रेवन्तले यस प्रश्नको कुनै उत्तर नै दिएन ।

"तपाईसँग एउटा जरूरी कुरा गर्नु छ ।"

सन्ध्यालाई यस प्रश्नले अचम्मित तुल्यायो । कतै विकासका बाबाआमाले उनलाई अस्वीकार त गरेनन् वा टाढिन विवश गराइदिने त होइन ?", सन्ध्या विचलित हुन थालिन् ।

"के कुरा भन्छु भनेको, रेवन्त ?", सन्ध्याले डर मान्दै सोधिन् ।

"खास त के हुनु ? तपाईं एक सातासम्म पनि अस्पतालमा नआउनुभएकाले विकास दाइले चिठी दिनुभएको थियो मलाई हिजै मात्रै । आज घरमा पसुँला भन्ठानेको थिएँ... ।" रेवन्त यति भनेर चुप भयो । चिठी निकालेर सन्ध्यालाई दियो । सन्ध्याले तुरून्त चिठी खोलेर पढिन् :

प्रिय सन्ध्या

अगाध माया,

थाकिसकें म
अस्पतालका चार भित्ताहरूमाझ घेरिंदा
थाकिसके आँखाहरू
तिमी पनि निष्ठुरी बनिदिंदा
बढ्दै छ प्रतीक्षाको घडी
तर पनि आइनौ भेट्नसम्म पनि
मनमा नअटाउने माया छ
तिमी निष्ठुरी बनिदिए पनि
अतृप्त मेरा नयनहरूबीच
तिम्रो मुहार सलबलाइरहन्छ
बेचैन यी मुटुका ढुकढुकीहरूले
तिमीलाई स्पन्दन सुनाउन खोजिरहेछ ।

सन्ध्या हामीले गरेका प्रणहरूलाई पूरा गर्नु छ । तिम्रो उपस्थितिको आशा राख्दै

सदा तिम्रो,

विकास

"नाइँ विकास मलाई त्यस्तो नभन ।", सन्ध्याले आँखाबाट बरर आँसु झारिन् ।

"विकासलाई के भयो ? भन रेवन्त... ।", सन्ध्याले विचलित स्वरमा सोधिन् ।

"खास त केही होइन ।"

"तिमी मलाई ढाँट्दै छौ... साँचोसाँचो भन ।", सन्ध्या हिँड्दाहिँड्दै चिच्याइन् ।

"विकास दाइलाई ब्लड क्यान्सरको शङ्का गरिएको छ ।", रेवन्तले काँपेको स्वरमा भन्यो ।

"नाइँ ।", सन्ध्या थचक्क बसेर आँचलले मुख छोपेर रून थालिन् ।

"प्लिज सन्ध्या दिदी... । धैर्य गर्नुस् । घरमा आमाको हालत पनि खराब छ । तपाईं नै यसरी आत्तिनुहुन्छ भने विकास दाइको हालत के हुन्छ ? विकास दाइलाई यसको सुइँको पनि नदिनुहोस्" भन्दै रेवन्तले सन्ध्यालाई बिस्तारै उठायो । सन्ध्याले आँचलले आँसु पुछिन् । दुवै जना क्याबिनतिर लम्किए ।

"यो अचानक कसरी हुन गएको, रेवन्त ?"

"खै त्यो त म पनि जान्दिनँ । अस्पतालमा भर्ना गर्दा त टाइफाइड भनिएको थियो । तर अहिले खै... के भयो के ।"

रेवन्तले पनि आँसु झार्‍यो । सन्ध्याको मनमा चिसो पस्यो ।

विकास अकासे रङको नाइटसुटमा पल्टिरहेको थियो । बेडको सँगै टेबलमा हर्लिक्स अनि सुन्ताला राखिएका थिए । शरीर दुब्लो अनि शिथिल थियो । मुख पनि रस नभएको... दाह्री लामालामा भएका थिए । सन्ध्या क्याबिनमा पसिन् । अगाडिको मेचमा बसेर टोलाइरहिन् ।

"विकास !", सन्ध्याले बिस्तारै मधुरो आवाजले बोलाइन् ।

विकासले बिस्तारै आँखा खोल्यो । उसको अनुहारमा खुशीका लहर दौडिन थाले । एक सातासम्म नैराश्यमा बसेको विकास सन्ध्याको उपस्थितिमा निकै खुशी देखियो ।

"सन्ध्या !", सानो अनि मसिनो आवाज सन्ध्याको कानसम्म पुग्यो ।

"हजुर !", सन्ध्या विकाससँगै बसिन् । टाउको छामिन् । विकासलाई केही मात्रामा ज्वरो थियो । सन्ध्याले फूलको गुच्छा विकासको हातमा राखिदिइन् । विकासले फूललाई हातमा लिएर एक क्षण स्पर्श गऱ्यो । सन्ध्याले विकासलाई हेरिरहिन् । अनि पल्टन सहयोग गरिन् ।

"सन्ध्या ! म व्याकुल भएको थिएँ तिमीलाई हेर्न । म सदा तिम्रो समीप बस्न चाहन्छु । अब बढी प्रतीक्षा गर्न सक्दिनँ । यो अस्पताल त जेल जस्तै लागिसक्यो । कहिले उम्किऊँ जस्तो भैसक्यो ।"

"केही सातामै ठीक हुन्छ रे !", सन्ध्याले सान्त्वना दिंदै भनिन् ।

"त्यसपछि हामी फेरि सुन्दरीजल जाने... किन-किन मलाई त्यहाँ जाने पुनः इच्छा जाग्यो ।", विकासले भन्यो ।

"जाउँला नि !", सन्ध्याले दुःख लुकाएर मुसुक्क हाँस्दै भनिन् ।

विकासका बाबा केबिनमा प्रवेश गरे । विकासको समीप बसिरहेकी हुँदा सन्ध्यालाई अप्ठ्यारो अनुभव भयो । लाजले अनुहार अलि रातो बनाइन् । त्यसैले उनी पलङबाट उत्रिइन् ।

"नमस्ते !", सन्ध्याले विकासका बाबातिर हेर्दै भनिन् ।

"विकास ! अहिले म गएँ ।", भन्दै सन्ध्या बाहिर निस्किइन् ।

विकासले आफ्ना बाबाको उपस्थितिमा केही भन्न सकेन । रेवन्तले सन्ध्यालाई घरसम्म पुऱ्याइदियो । सन्ध्यालाई काकाकाकी घरमा आइपुगे कि भन्ने पीर पर्न थाल्यो । सन्ध्यालाई विकासबारे सोच्दा पनि रिंगटा लागेको अनुभव हुन्थ्यो । उनका मुटुका ढुकढुकीहरू बढ्न थाले । एक प्रकारको डर र त्रासले उनको अनुहारमा पसिना आयो । दैलोमा जीवनलाई देखेर त झन् आकाशबाट खसेझैं अनुभव गरिन् । उनको धैर्य यति बेला उनीबाट हराएर धेरै टाढा पुगिसकेको थियो ।

"तिमी ! तिमी यहाँ ?", सन्ध्याले आत्तिंदै सोध्न पुगिन् ।

"हो सन्ध्या... म कुलबहादुरजीसँग भेट्न आएको कामको सिलसिलामा... ।" यति भनेर जीवनका शब्द रोकिए ।

सन्ध्याको जीवनमाथिको रिस झन् बढ्यो । उनले जीवनबाट धोका पाएपछि विकाससँग जीवन बिताउने प्रण गरेकी थिइन् । विकास उनको

जिन्दगी बनेको थियो । तर जीवन… जीवनलाई उनी भित्री हृदयदेखि घृणा गर्थिन् । उनी जीवनको मुख पनि हेर्न चाहँदिनथिन् । विकाससँगको भेटघाटपछि उनले जीवनलाई पहिलोपटक देखेकी थिइन् । उनको आश्चर्यले पनि सीमा नाघ्यो यति बेला ।

"जीवन ! तिमी मेरो आँखाअगाडि नपर… म तिम्रो अनुहार पनि हेर्न चाहन्नँ । तिमी यहाँबाट जाऊ ।", सन्ध्याले अतालिंदै भनिन् ।

सन्ध्याको यस कुरामा जीवन एकचोटि खित्का छाडेर हाँस्यो ।

"खासमा म अहिले तिमीसँग भेट्न आएको होइन… । कुलबहादुरजीको कामको नै विषयमा आएको हुँ । तर पनि तिमीसँग सम्झौता गर्न चाहन्छु । मलाई माफ गरिदेऊ, सन्ध्या । मैले बाटो बिराएको थिएँ… । एक हीरालाई छाडेर ढुङ्गाहरूतिर लागें । थाहा छ, तिमी मलाई अझै प्रेम गछ्र्यौ भनेर । मलाई माफ गर ।", जीवनले अलि निराश भएर भन्यो ।

"माफी म कसैलाई दिन सक्छु । तर तिमी… तिमी त एक नालीको कीरा हौ ।", सन्ध्या आक्रोशित थिइन् ।

"ठीकै छ… नालीको कीरा थिएँ । तर सन्ध्या… म अहिले सुध्रिएको छु । पश्चात्तापको आगोमा जलेको छु । म अब तिमीबिना बाँच्न पनि चाहन्नँ, सन्ध्या ।"

"मलाई यस्ता कुराहरू नगर । म तिमीलाई घृणा गर्थें, गर्छु अनि जिन्दगीभर गरिरहनेछु ।"

सन्ध्याले घरको ताला खोलिन् । ढोकामा भित्रबाट चुकुल लगाइन् । आफ्नो कोठामा गएर एकक्षण खुब रोइन् ।

सुनसान कोठाका भित्ता पनि निराश देखिन्थे । सन्ध्याले ऐना हेरिन् । पलङमा बसिन् अनि अङ्ग्रेजीको किताब पल्टाइन् । आफ्ना दुःखहरूलाई अक्षरहरूको संसारमा हराउने असफल प्रयास गरिन् । एकछिन पढेपछि आफ्ना विचारहरूमा मग्न भइन् । अनेक तर्कनाहरू मनमा खेलाउँदा खेलाउँदै उनी भुसुक्क निदाइन् ।

अचानक मेघ गर्जियो । दर्केर पानी पर्न थाल्यो । झ्यालबाट पानीका छिटाहरू छिट्किन थाले । अनुहारमा चिसो अनुभव भएपछि सन्ध्या जुरुक्क उठिन् ।

"ओहो ! बिहान लुगा सुकाएकी... सब भिज्यो होला ।"

सन्ध्या खुलेको केशको जुरो बनाउँदै बाहिर निस्किइन् । जीवन ढोकामै लुत्रुक्क परेर बसिरहेको थियो । सन्ध्याले एक शब्द पनि नबोलीकन अगाडिको डोरीबाट लुगा झिकिन् । दर्केको पानीले सब लुगा भिजिसकेका थिए । सन्ध्या भान्सामा राखिएको डोरीमा लुगा सुकाउन थालिन् । पानी तुरुन्तै थामियो । सन्ध्या कोठामा गइन् । यत्तिकैमा राहुल दौडिंदै सन्ध्याको कोठामा आइपुग्यो ।

"तिमी आइपुग्यौ ?", सन्ध्याले राहुलको कपाल सुमसुम्याउँदै भनिन् । कोठामा गएर रूमाल झिकिन् ।

"आमाबुबा खै त ?", राहुलको भिजेको केश पुछ्दै सन्ध्याले सोधिन् ।

"ऊ आइपुग्नुभइसक्यो नि !", राहुलले हाँस्दै भन्यो ।

"ल लुगा फेर... भरे ज्वरो आउला नि फेरि ।"

"हवस् ।" राहुल बाबुआमाको कोठामा पस्यो ।

काका र काकीसँगै जीवनले पनि कोठामा प्रवेश गऱ्यो । सन्ध्याको अचम्मको सीमा नाघ्यो ।

"के कामले आएको होला ?", सन्ध्या सोच्दै थिइन् ।

"सन्ध्या ! ए सन्ध्या !", कुलबहादुरले जोडतोडले सन्ध्यालाई बोलाए । सन्ध्या दौडँदै ढोकामा पुगिन् । काकी च्याँट्टिएर कराउन थालिन्, "यही हो पाहुना सत्कार गर्ने तरिका ? एक वचन बोलेर भित्र त बस्न भन्नुपर्थ्यो । पढेलेखेका भन्न पनि नसुहाउने । ल हेर सब भिज्नुभएछ ।"

"होइन... ठीकै छ ।" जीवनले मुसुक्क हाँस्दै भन्यो ।

"भोभो... नकराऊ... अलि लजाउँछे... सायद त्यसैले होला ।", कुलबहादुरले सन्ध्याको गल्ती छोपछाप गर्ने उद्देश्यले भने ।

सन्ध्यालाई अलि अप्ठ्यारो लाग्यो । उनी आफ्नो कोठामा गइन् ।

"सन्ध्या !", कूलबहादुरले फेरि बोलाए ।

"हजुर ।", सन्ध्या पुनः त्यही स्थानमा आइपुगिन् ।

"भित्र आऊ ।", कुलबहादुरले नम्र स्वरमा बोलाए । सन्ध्या अलि अगाडि गइन् ।

"उहाँ जीवनजी ! वीरगन्जमा कपडा साहुको छोरा हुनुहुन्छ ।", कुलबहादुरले नाक फुलाउँदै भने ।

"नमस्ते !", सन्ध्याले सङ्कोच मान्दै भनिन् ।

"आज त काकाकाकी छिटो फर्किनुभो नि !", सन्ध्याले कुरा मोड्दै भनिन् ।

"पोहोर कार्यक्रम नै दुई बजे सुरु भएको... आज कहाँ दशै बजे... ।", कुलबहादुरले मुसुक्क हाँस्दै भने ।

"ल छोरी सर्बत बना त ! साह्रो गर्मी पो छ त !", कुलबहादुरले अगाडिको कापीले मुख हम्कियो । सन्ध्या भने भान्सातर्फ तर्कविर्कत गर्दै कागती निचोर्न थालिन् ।

"ल अन्डाहरू ! अम्लेट बना ।", काकीले झोलाबाट गोलभैंडा, अन्डा, धनियाँ र सुकेको प्याज निकालेर दिइन् ।

"ल पाउडर दूध पनि !", सन्ध्याकी काकीले दूधको प्याकेट सन्ध्यालाई दिंदै भनिन् ।

सन्ध्या ठूलो रिकापीमा अमलेट राखेर चिया पनि किस्तीमा राखिन् अनि कोठामा पुगिन् । जीवनले अघि लगेको सर्बत त्यत्तिकै राखेको थियो ।

"ल जीवनजी चिनी खानुहुन्न रैछ... अगि नै भन्नुभएन । यो फिर्ता लग । चिया पनि अर्को चिनी नराखी बनाउनू !", जीवनले नपिएको सर्बतको गिलास उठाउँदै कुलबहादुरले भने ।

"हस् ।"

सन्ध्याले सर्बतको गिलास हातमा लिइन् ।

सन्ध्याका आँखा आँसुले भिजे । आँखालाई हतपत छलेर भान्सामा गइन् । चिया बसालेपछि आफ्नो कोठामा गइन् । विकासको अघिको चिठी फेरि पढ्न थालिन् ।

जीवन कुलबहादुरलाई आफ्ना दुःख खोल्न थाल्यो । कुलबहादुर ध्यानमग्न भएर सुनिरहे । थोरै समयमै जीवनले कुलबहादुर र उनकी श्रीमतीको मन जित्न सफल भएको थियो । कुलबहादुरले जीवनलाई साथीमार्फत चिनेको थियो । जीवन कुलबहादुरलाई सन्ध्याको काका भनेर चिन्थ्यो । तर कुलबहादुर भने सन्ध्या र जीवनबीच चिनाजानी छ भन्ने कुराबाट अनभिज्ञ थिए ।

"कुलबहादुरजी । जागिरले के धान्नुहुन्छ तपाईं ? बिजनेस गर्नुपर्छ बिजनेस । मेरो बुबा पनि उही सुब्बा सरहको मान्छे त हनुहुन्थ्यो नि ! पछि जागिर छाडेर बिजनेस गरेर अहिले हेर्नुहोस् त वीरगन्जमा सेठ नरसिंहहरि शिवाकोटी भनेपछि घरघरका बच्चाहरूले चिन्छन् । कपडाको त्यत्रो दोकान वीरगन्जमा कसले भ्याउनु र ? आफ्नो पनि बानी गजबको छ बा । बुबाले उता नपढ्ने भएर यता पढ्न पठाउनुभएको ।"

"भाइ कतातिर पढ्नुहुन्छ नि ?"

"खै ! तीन वर्षअगाडि रत्नराज्य क्याम्पसमा भर्ना भएँ । पढ्न इच्छा नै लागेन । यतै बसेर उताबाट कपडा झिकेर सप्लाई गरेर बुबालाई सघाउन थालें । यताको हावाले यतै बसायो । अब त उताको गर्मी पनि पचाउन सक्दिनँ होला ।", जीवनले अलि गम्किँदै भन्यो ।

"सानै उमेरमा पनि बुद्धि पाको रहेछ । कति २५ जति होला नि हैन ?", काकीले जीवनलाई अझ उचाल्दै भनिन् ।

"२८ भयो । पढाइ तीन वर्ष उता छाडें । यता भर्ना भएर छाडेको पनि तीन वर्षै भयो ।", जीवनले भन्यो ।

"पढ्नु पनि किन पढ्नु । उही पैसा कमाउनुका लागि बुद्धि आर्जन गर्न त हो नि ! तर तपाईंमा दुवैको कमी छैन । पढ्नलेख्न नजान्ने पनि त होइन नि !", काकीले भनिन् ।

"खै ! मलाई त काठमाडौंमा अर्को घर बनाउने इच्छा छ । एक्लै यता हेर, उता गाह्रो पर्दो रहेछ ।", जीवनले अम्लेटलाई कुरासँग चपाउँदै भन्यो ।

"हो त नि ! एक्लै गाह्रो हुन्छ । दाजुभाइ त छैनन् ?", काकीले सोधिन् ।

"एक्लो छोरा... बाबुआमाको । बडो लाडप्यारले पालिएको मान्छे म । त्यसैले त तपाईंसँग एउटै खुशी माग्न आएँ । जिन्दगीमा चाहेको कुरा कमै मात्र नपाएको हुँला... । चोट भन्ने पनि थाहा छैन मलाई त ! निराश त सायद गर्नुहुन्न पनि ।", जीवनले अलिअलि निराश भएर भन्यो ।

"यसको त सवालै उठ्दैन नि ! सम्पूर्ण कुराले परिपूर्ण ज्वाइँ पाउनु अहोभाग्य होइन र ?", काकीले जीवनको मनसाय बुझेर भनिन् ।

"तर एकपल्ट सन्ध्यालाई पनि त सोध्नुपर्‍यो नि !"

"आ... आमाबाबुको झैं कर्तव्य गरेर पालेपछि सोध्नुपर्छ भन्ने के छ र ?", काकीले आँखा तन्काउँदै भनिन् ।

"तपाईं ढुक्क हुनुभए हुन्छ ।", काकीले जीवनतिर हेर्दै भनिन् ।

जीवन मक्ख पर्‍यो ।

"अनि बाबुको जग्गाचाहिं कतातिर पर्छ नि ?", काकीले सोधिन् ।

कुलबहादुरले आफ्नी श्रीमतीको लोभी आँखाहरूलाई छड्के नजरले हेरे । तर उनकी श्रीमतीलाई भने यस कुराको कुनै पश्चात्ताप भएन ।

"कुलेश्वरको त मेन सडकमै पर्छ । अर्कोचाहिं लाजिम्पाटमा । बिजनेसका लागि चाहिं कुलेश्वरमा घर बनाउने विचार गरें । लाजिम्पाटको जग्गामा चाहिं... आफु एक्लो छु । अब... यहाँहरूले नै घर बनाए पनि हुन्छ ।", जीवनले निकै आत्मीयता देखाएर भन्यो ।

"हामीसँग त घर बनाउने पैसासम्म छैन ।", काकीले भनिन् ।

"होइन... होइन त्यस्तो होइन । घर बनाउन पैसाको सहयोग त भैहाल्छ । तर तपाईंहरूको मिहिनेत लाग्नेछ पो भनेको त !", जीवनले मुसुक्क हाँस्दै भन्यो ।

"यसलाई पनि दुःख भन्न मिल्छ र ? तपाईंको हृदय विशाल रहेछ ।", काकीले भनिन् ।

"मलाई यसरी लज्जित नबनाउनुहोस् ।", जीवनले अलि लाज मानेझैं गरेर भन्यो । ऊ भने मनमनै काकाकाकीले आफूमाथिको यत्रो विश्वासप्रति कृतज्ञ थियो ।

"लाग्नुपर्‍यो क्यारे । कामकुरो चाहिं छिट्टै हुनुपर्छ है ? अर्को साता आउँदा कुरोको टुङ्गो लागोस् ।", जीवन चुरोट सल्काउँदै उठ्यो ।

"ल चिया नपिईकनै ?", कुलबहादुरले भने ।

सन्ध्याले चिया लिएर प्रवेश गरिसकेकी थिइन् । बिनाचिनीको चिया अगाडि राखेर सन्ध्या गइन् । जीवनले सन्ध्यालाई एकक्षण पक्क परेर हेर्‍यो । सन्ध्याको सौन्दर्य पहिलेको भन्दा अहिले अझ बढेको पायो जीवनले । विद्यालय जाँदाकी भर्खरकी सन्ध्या... उसमथि स्कुल ड्रेसमा सानी देखिन्थी । तर अहिले उनको बनावट र अनुहार झन् आकर्षक थियो । आँखामा बाक्लो गाजलले उनी झन् राम्री देखिएकी थिइन् । खास तवरमा शृङ्गार नगरे पनि उनमा कुनै कमी देखिंदैनथ्यो । जीवन सन्ध्यालाई हेरेर दङ्दास पर्‍यो । आफ्नी भावी पत्नीका रूपमा काकाकाकीले सन्ध्यालाई सुम्पनेछन् भनेर ऊ मक्ख थियो ।

साँझ झमक्क पर्न आँटिसकेको थियो । जीवनले चिया छिटोछिटो पियो अनि अलि हत्तारिंदै उठ्यो ।

"जान्छु... अब त ! चाबहिल पुग्नुपर्छ... । आज त खै बस चढ्नुपर्ने भयो ।", जीवनले भन्यो ।

"मोटरसाइकल खै त ?", कुलबहादुरले झटपट सोधे ।

"बिग्रको छ । खास चढ्ने इच्छा पनि छैन । वीरगन्जमा हुँदा कार चलाइरहेको बानी... अलि अप्ठ्यारो लाग्छ मोटरसाइकल चलाउन पनि । एकचोटि नराम्ररी दुर्घटनामा परेपछि बुबाले त्यसलाई थन्क्याइदिनुभयो । अहिले बुबा आफैं चलाउनुहुन्छ । मैले मोटरसाइकल आफ्नै सुनको सिक्री, औंठी इत्यादि बेचेर किनेको हुँ । मोटरसाइकल चढेको थाहा पाउनुभयो भने फेरि यही आइपुग्नुहुन्छ । एक्लो छोरा हुनु पनि... । यत्रो सम्पत्ति कहाँ राख्नु मैले... केही भयो भने... भन्नुहुन्थ्यो ।"

जीवन कुरा गर्दागर्दै बाहिर पुग्यो । कुलबहादुर र उनकी श्रीमतीले जीवनलाई बाहिरसम्म पुर्‍याइदिए ।

"हस् त बिदा भएँ ।", जीवनले बिदाइमा हात उठायो ।

सन्ध्याले झ्यालबाट जीवनलाई हेरिरहेकी थिइन् । सन्ध्याले आफ्नो र जीवनको प्रेम कहानी सम्झिइन् । भर्खरकी हुँदाको उनको त्यो प्रेम केवल आकर्षण थियो । जीवन पनि समयसँगै परिवर्तित देखिन्थ्यो । अहिले त उसले जुँगा पालेको थियो । लफङ्गाझैं लुगा लगाउने जीवनले एक भद्र भलादमी झैं लुगा लगाएको थियो । सन्ध्याले विकास र जीवनको तुलना गरिन् । उनका आँखा एकाएक रसाएर आए ।

विकाससँग मित्रता निभाउने प्रण गर्दागर्दै पनि उनी प्रेम गर्न पुगेकी थिइन् । यो एक भित्री भावना र सच्चा प्रेमको रूप थियो । विकासलाई भेटेपछि सन्ध्याले जीवनलाई बिर्सिसकेकी थिइन् । तर आज अचानक जीवनको आगमनले उनको अतीतको भेल वर्तमानमा उर्लियो । तर जब उनी विकासको अवस्था सम्झिन्थिन्, तब रून थाल्थिन् ।

सन्ध्याले जीवनबारे आशाले भनेका शब्दहरूलाई यथार्थमा पाइन्, "त्यो पश्चात्तापको आगोमा जल्नेछ... त्यति बेला त्यसले तँलाई टाउको फुटाए पनि पाउन सक्दैन ।" आशाको यो वाक्य उनको मस्तिष्कमा धरैपटक गुन्जिरह्यो ।

"हो... हो म आज विकासकी भइसकें । हाम्रो सिन्दूरलाई भगवान्ले जरूर साथ दिनेछन् । म भोलिदेखि विकासको प्राणको भिक्षा माग्न मन्दिर जानेछु । भगवान्ले हाम्रो बाचाको लाज जरूर राख्नेछन् । मलाई विवाहअगाडि नै विधवा बनाउने पाप भगवान्ले पनि गर्न सक्दैनन् । हाम्रो प्रेम अमर छ । एकअर्काबिना अधुरो हुनेछ ।"

सन्ध्या कोठामा बडबडाउन थालिन् । ढोकामा किरिरी आवाज आयो । राहुल बिस्तारै भित्र पस्यो ।

"सन्ध्या दिदी !", राहुलले सानो स्वरमा बोलायो ।

"स...स ! काकीले गाली गर्नुहोला नि यहाँ पस्यो भनेर !", सन्ध्याले चोर औंलाले राहुलको मुख बन्द गरिदिंदै भनिन् ।

"कोही पनि छैन त यहाँ । आमाबुबा त बाहिर आँगनमा हुनुहुन्छ ।"

"ल भन के भन्न आयौ ?", सन्ध्याले बिस्तारै भनिन् ।

"मैले तपाईंको बिहेमा सुट लगाउने... !", राहुल एकैचोटि उफ्रियो ।

"कसले भन्यो र मेरो बिहे भनेर ?", सन्ध्याले अचम्म मान्दै सोधिन् ।

"ल ! अगिनैको मान्छे के त ! तपाईंको दुलाहा... मेरो भिनाजु !", राहुलले लाडिंदै भन्यो ।

"सानो मान्छे भएर बढी बोल्नुहुन्न है ?", सन्ध्याले आँखा तर्दै भनिन् ।

सन्ध्याको मुटुको गति बढ्न थाल्यो । रिसले हात काँप्न थाले । आँखा फडफडाउन थाले । अब त उनको सहने क्षमता पनि नाघिसकेको थियो । उनी सरासर आँगनमा गइन् ।

चर्को न चर्को घाम लागेको थियो । अचानकै बर्सेको पानी अचानकै थामियो । सन्ध्याका काकाकाकी भने आँगनमा प्रसन्न मुद्रामा कुरा गर्दै थिए ।

"औंठी बनाउन त्यही राजकुमार बाँडाकहाँ दिनुपर्ला ।", काकीले भनिन् ।

"कति तोलाको ?", काकाले भने ।

"खै ! आधा तोला त बनाउनैपर्‍यो नि ! अहिले अलि कन्जुस्याइँले फेरि । पछिको पनि त बाटो खोल्नुपर्‍यो नि !", काकीले भनिन् ।

दुवै जना मुखामुख गरी हाँस्न थाले ।

कुलबहादुरले काठमाडौंमा घर एउटा बनाउन कैयौं मिहिनेत गरे पनि सक्दैनथे । लेखापालको तलबले घर धान्न पनि मुस्किल थियो । जग्गा र घरको कुरा त एकातिरै नै थियो । जीवनसँग सन्ध्याको बिहे अनि जीवनको सम्पत्तिमा सजिलै हात लगाउन सक्ने कल्पनाले बूढाबूढी दङ्ग थिए । राहुलको भविष्य पनि पैसाको अभावबिनै कट्ने देखेर काकी झन् मक्ख थिइन् । यस्तै सोचेर नै कुलबहादुरका पनि आँखा टालिएका थिए ।

बिहेको लगन मिलाउन जीवन एक सातापछि पुनः आउने कुरा भएको थियो । कुलबहादुर विकासका बारेमा जान्दाजान्दै पनि मौन थिए । विकास पनि धनसम्पत्ति कम भएको मान्छे त थिएन । विकाससँगको बिहे भए सन्ध्या मात्र बन्ने थिइन् । तर... जीवनले कुलबहादुरको पूरा परिवारलाई खुशी दिनेछ... यही सोचाइ थियो कुलबहादुरको । जीवन भने सम्पूर्ण परिवारका लागि एउटा चिट्ठा

बनेर आएको थियो । त्यसैले सन्ध्याको प्रेमको हत्या गर्न कुलबहादुर पछि हटेनन् । स्वास्नीको आवाज चर्केपछि आफू नरम भइहाल्ने कुलबहादुरले स्वास्नीको निर्णयलाई टाल्न सकेनन् ।

आफ्नो जिन्दगी देखेर सन्ध्यालाई वैराग लाग्न थालेको थियो । इच्छाविपरीत काकाकाकीले बिहेको कुरा गरेकामा उनलाई अझ दुःख लागेको थियो ।

"सायद मेरा बाबाआमा यस संसारमा हुँदा हुन् त !", सोच्दै सन्ध्या ढोकामा थचक्क बसिन् ।

"नाइँ ! म विकासलाई धोका दिन सक्दिनँ । मबिना ऊ पागल बन्नेछ । उसको बिमारी झन् बढ्नेछ । म आफ्नो लक्ष्यलाई यसरी टुट्न दिनेछैन । ममा साहस छ । म चिच्याँउछु... म रून्छु... पाउ पर्छु... मेरो जिन्दगीका लागि... मेरो प्रेमका लागि... हाम्रो भविष्यका लागि ।"

सन्ध्या घोप्टो परेर मनमनै चिच्याउन थालिन् । अचानकै काकीका पाइलाहरूको आभासले सन्ध्या उठिन् । उनको मस्तिष्क पुनः वास्तविकताको धरातलमा ओर्लिएर बडबडाउन थाल्यो ।

"तर... विकास... उसलाई त ब्लड क्यान्सर भएको छ ।", सन्ध्याले मुटुलाई केही भारी वस्तुले थिचे झैं अनुभव गरिन् ।

"ए ! के ढोकामा थ्याच्च बसेकी ? बस्ने ठाउँ पाइनस् ?", काकीले अगाडि आएर भनिन् । सन्ध्या झसङ्ग भइन् ।

"के भो छोरी ?", काकाले टाउकोमा हात राखेर भने ।

"मलाई छोरी भन्नुहुन्छ भने मलाई जिउँदै नमार्नुहोस्, काका !", सन्ध्या रोइन् ।

"कसले मार्न आटेको छ र ? के हामीले तँलाई खान अनि लाउनमा कुनै कमी गरिराखेका छौं र ?"

"खानु र लाउनु नै जीवन त होइन नि ! मलाई सोध्दै नसोधी बिहेको निर्णय दिनुभयो । तपाईंहरूले मेरो अधिकारको हत्या गर्नुभयो । मलाई जिउँदै मार्नुभयो । तपाईंहरूले जेसुकै भन्नुहोस्... म बिहे गर्दिनँ ।", सन्ध्याले भनिन् ।

काकीले फरक्क फर्केर सन्ध्याको बायाँ गालामा चड्कन दिइन् । सन्ध्याले यसभन्दा बढी बोलिनन् ।

"मुखामुख लाग्ने भइसकी । तपाईं नै हो यसलाई धुरीमा चढाउने ।", काकीले रिसाएर भनिन् ।

कुलबहादुर स्वास्नीका शब्दहरू ओइरिएपछि एक शब्द नबोली कोठामा गई पल्टिए । कुलबहादुरको मनमा सन्ध्याप्रति माया भए पनि जीवनको जग्गा दिने र घर बनाउन सहयोग गर्ने आश्वासनले उनलाई अन्धो बनाइदिएको थियो ।

"हुन पनि... छोरीलाई राम्रो घरमा दिएर आफूलाई अलि फाइदा हुन्छ भने यसमा अनैतिकता नै के र ?", कुलबहादुरले आफ्नी श्रीमतीलाई भने ।

"आ... तपाईं पनि घरी के घरी के सोचिरहनुहुन्छ ? हामीले निर्णय गरेपछि गऱ्यौं-गऱ्यौं । अब के बदल्न मिल्छ र ? उसमाथि जीवन त्यस्तो भलादमी मान्छे । मुखमै कति मिठास छ । बोली नै रहरलाग्दो । कति सुन्नु घरपेटीको किचकिच । यस्तो पुरानो माटोको घरमा पनि बहाल यस्तो चर्को । सिङ्गै घर लिएर आफ्नै गरेर बसिराख्या भएर न हो । अब घरपेटीले यहाँ पनि नयाँ सिमेन्टको घर बनाउने रे अनि कहाँ खोज्न जानु यो काठमाडौंमा पुरानो घर... । धोती न टोपी भएर भाग्नुपर्ला अनि त्यस समय विचार गर्नुहुन्छ । यसरी मौका फेरि फेरि आउँछ र ?", काकीले कुलबहादुरसँगै बसेर भनिन् ।

"तँ पनि बेलाबेलामा बुद्धिकै कुरा गर्छेस् ।", कुलबहादुरले स्वास्नीका कुरामा सहमति जनाउँदै चुरोट सल्काए । सन्ध्याले काका र काकीका यी सब वार्तालाप सुनिरहेकी थिइन् ।

बिहानको चिसो हावाले कोठामा प्रवेश गऱ्यो । सन्ध्यालाई उठ्न पनि मन थिएन । अघिल्लो दिन केही नखाएकी हुँदा शरीर शिथिल थियो । सन्ध्या रातभरि सुतेकी थिइनन् । घरबाट बिहेका लागि जबर्जस्ती र उता अस्पतालमा विकासको अवस्थाले उनलाई पिरोल्नु पिरोलेको थियो । उनी चाहेर पनि कुनै कदम नउठाउन विवश थिइन् । घरमा नचाही-नचाही बसिरहेकी थिइन् । सायद विकास स्वस्थ हुँदो हो

त उनलाई यस्तो विपत्ति हुने थिएन । तर विवशताले उनलाई आँसु सिवाय केही दिएन ।

धेरै पीर अनि रातको अनिद्राले सन्ध्यालाई जीउ भारी लागेको थियो । तर पनि आँखा मिचीमिची आँगनको धारामा मुख धोएर भान्सामा गइन् । गाग्री समातेर फेरि धारामा आइन् अनि पानी भरिन् ।

"भोभो केही गर्नुपर्दैन । जबसम्म तैंले बिहे गर्छु भन्दिनस्, काम पनि गर्नुपर्दैन, खानु पनि पर्दैन ।"

काकीले गाग्रीको पानी घटट खन्याइन् । रिसले मुर्मुरिंदै पुनः गाग्री पखालेर पानी भरिन् । सन्ध्याचाहिं ट्वाल्ल परेर हेरिरहिन् । सन्ध्यालाई काकीको यस्तो व्यवहारले झन् रिस उठ्यो । तर उनी केही बोलिनन् । प्रत्युत्तरमा आँसु झारिन् । कोठामा आएर बाबुआमाको फोटो च्यापेर खुब रोइन् ।

"सन्ध्या दिदी !", राहुलले ढोकाबाट चियायो । एक क्षण भए पनि राहुलको मधुर मुस्कानले उनको मन शीतल भयो ।

*रेडियो नेपाल*बाट समाचार आइरहेको थियो । सन्ध्या पलङमा कोल्टो परेर सुतिरहेकी थिइन् ।

"टा...टा !", राहुलले ढोकाबाट भित्रतिर चियाउँदै भन्यो । राहुल विद्यालय गयो । सन्ध्याकी काकी राक्षस्नीको जस्तो रूप बनाएर कुचो बोकेर कोठामा पसिन् ।

"ल भन् गर्छेस् कि गर्दिनस् ?"

"गर्दिनँ ।"

"ल खा त्यसो भए" भन्दै कुचोको डाँठले सन्ध्यामाथि निर्मम प्रहार गरिन् ।

काकीको चुटाइ चलिरहेको थियो । सन्ध्याका काका कोठामा बसेर *गोरखापत्र* पढ्दै थिए । उनी आफ्नी श्रीमतीलाई नपिट् भन्न पनि असमर्थ थिए । स्वास्नीको हेराइदेखि नै तर्सिने मान्छे कालीको रूप धारण गर्दा त झन् उनले बोल्न त के देखा पर्न पनि साहस गर्न सकेनन् ।

"एकदुई पल्ट कुटाइ खाली । ठेगानमा आइहाल्छे । आ... ।" काका सरासर अफिसतिर लम्किए ।

काकी सन्ध्यालाई कुट्दाकुट्दा थाकिन् । सन्ध्याको कोमल हातखुट्टाबाट टिलपिल रगत बहन थाल्यो । उनको पीडा असह्य थियो । सन्ध्या रूँदै बिस्तारै उठिन् । झ्यालमा राखेको औषधि झिकेर लगाइन् । भोको पेटमा कुटाइ खाएर सन्ध्या झन् शिथिल बन्न पुगिन् । उनको कपाल तातो भएर आयो । पीडाले ज्वरो आयो । उनी उठ्न पनि असमर्थ भइन् ।

दिउँसोको ठीक १२ बजेको थियो । सडकमा गाडीहरू आफ्नै तालमा हुइँकिरहेका थिए । सडकबाट छसात घरपछाडि भए पनि सन्ध्याको घरको कोठाको झ्यालबाट सडकमा हिंड्नेहरू स्पष्ट देखिन्थे । अचानकै रोकिएको रातो गाडीबाट आशा ओर्लिइन् । गाडी चलाउने निशित हो वा अरू कोही उनले ठम्याउन सकिनन् । रातो साडी, रातो ब्लाउज, निधारमा रातो टीका र सिउँदोमा सिन्दूर... आशाको मुहार निकै उज्यालो देखिन्थ्यो । सन्ध्याको भोको पेटमा पनि आशा जाग्यो ।

"सन्ध्या घरमा छिन् ?", आँगनमा लुगा धोइरहेकी काकीलाई आशाले सोधिन् ।

"छे, आशा नानी । बिरामी छे । खान पनि मान्दिन । बिहानदेखि दूधबाहेक अरू केही पनि खाएकी छैन । यसो बिस्कुट खाए त हुन्थ्यो नि ! मैले भनेको मान्दिनँ । नानीले भन्नू... केही खाली कि !", काकीले मुसुक्क हाँस्दै भनिन् ।

आशाले भऱ्याङ चढ्दै गरेको आवाज सन्ध्याको कानसम्म पुगिसकेको थियो । ढोकाको ढकढक आवाजभन्दा आशाको गोरो हातमा भएका नौरङ्गी चुरीहरूको आवाज झन् ठूलो थियो ।

"खुलै छ ।", सन्ध्याले भनिन् । बसिरहेको ठाउँबाट उठ्ने उनको हिम्मत भने थिएन ।

सन्ध्याले आशालाई हेरिरहिन् । आशा सन्ध्यासँगै मेचमा बसिन् ।

"कस्ती अभागी म, यो मेरो बाँझो सिउँदोमा विकासको नामको सिन्दूर राखेर हिंड्न पनि सक्दिन ।", सन्ध्याले मनमनै सोचिन् ।

"ज्वरो आएको छ भन्नुहुन्थ्यो काकीले... । कस्तो छ ?", आशाले सन्ध्याको निधार छाम्दै सोधिन् ।

"त्यस्तो त खास केही होइन । खाना नखाएकीले मात्र ।"

"ज्वरो आउँदा त भात नखाएकै राम्रो नि ! केही हल्का... बिस्कुट-सिस्कुट खाए भैहाल्थ्यो नि !"

"खान मनै छैन ।"

"विकासलाई कस्तो छ अहिले ?"

"उही त हो... ब्लड क्यान्सर कन्फर्म भइसक्यो ।"

"अरे ! यी घाउहरू ... नीला डोबहरू कसरी ?", आशाले सन्ध्याका हातका घाउ देखेर सोधिन् ।

"खै ! यता बिहे छिनिसकियो । उता विकासको हालत त्यस्तो छ । के गर्ने के... मर्न पनि सक्दिनँ ।"

"धत् ! कायरहरू मात्र आत्महत्या गर्छन् । सङ्घर्ष गर्न नसकेर । बिहे छिनिसकेको भए त गरे नै राम्रो ।"

"के भनेकी आशा तैँले ? म विकासलाई धोका दिऊँ ? म धोका खान जरूर जान्दछु । पीडाहरू सहन जान्दछु । तर धोका दिन सक्दिनँ ।"

"तैँले जानीजानी दिने धोका होइन यो, सन्ध्या । यो त परिस्थितिले ल्याएको हो ।"

"कति कुट्लान र ? हद भए मरूँला... अन्तिम श्वाससम्म विकासकै नाम जपेर । मैले विकासलाई यो जुनीमा नपाएमा अर्को जन्मसम्म पर्खिरहनेछु । तर बिहे भने गर्दिनँ ।"

"त्यसो नभन्, सन्ध्या । मान्छेले प्रत्येक परिस्थितिसँग जुध्नुपर्छ । जिन्दगीसँग हार खानु त मूर्खता हो... मूर्खता ।"

"तँ एउटी थिइस्... दुःख पोख्नका लागि । तैँले पनि यसो भन्लिस् भन्ने सोचेकीसम्म थिइनँ ।", सन्ध्याले अलि रिसाउँदै भनिन् ।

"सन्ध्या ! खासमा तँलाई यही सल्लाह दिन आएकी म ।"

"सल्लाह दिन ? बिहे गर् भनेर ?", सन्ध्या जोडले कराइन् ।

"हो सन्ध्या । किनकि अब विकासलाई कुर्नु व्यर्थ छ । विकासलाई तैँले यो जीवनमा पाउँदिनस् किनकि... ।"

"के भन् न ?"

"विकास अब तीन साताभन्दा बढी बाँच्नेछैन ।"

सन्ध्याका नसाहरूमा जोडतोडले रगतको हलचल हुन थाल्यो । उनको अनुहार भयले रातो भयो । हातखुट्टा लगलग काँप्न थाले । आशा मौन थिइन् । तर सन्ध्या भने आँट गर्दागर्दै पनि पुनः प्रश्न गर्न असमर्थ थिइन् । सन्ध्याका आँखाबाट आँसु झरे... । आँसु कैयौं बेरसम्म निरन्तर बहिरहे ।

"हेर् सन्ध्या ! यो त समयको खेल हो ।", आशाले सन्ध्यालाई सान्त्वना दिंदै भनिन् ।

"म समय र परिस्थितिलाई मान्दिनँ । यदि यस संसारमा भगवान् छन् त उनले मेरो प्रेमको लाज राख्नेछन् । मेरो बिहे विकाससँग नै हुनेछ । आशा ! के यस संसारमा चमत्कार हुन सक्दैन र ?", सन्ध्याले दुःखी स्वरमा भनिन् ।

आशा केही बोलिनन् । मौन भाषामा टाउको हल्लाइन् अनि लामो श्वास लिंदै भनिन्, "भगवान्को भरोसा राख्... । म पनि प्रार्थना गर्दछु तिमीहरूको प्रेमको सफलताका लागि ।"

सन्ध्या पलङबाट बिस्तारै उठिन् । टोलाएर सडकतिर हेर्न थालिन् । आशा पनि चिन्तित मुहारले सन्ध्यासँगै बसिन् । केही क्षण कोठाको वातावरण शून्य भयो । आशाले सन्ध्यालाई घचघच्याइन् । सन्ध्या केही बोलिनन् । आशाले सन्ध्याका दुवै कुममा हात राखेर आफूतिर तानिन् । सन्ध्या एक निर्जीव वस्तु सरह आशाको बाहुमा खसिन् ।

"सन्ध्या !", आशा तसिईन् ।

आशाले आफ्नो हातबाट सन्ध्यालाई बिस्तारै भुइँमा लेटाइन् । सन्ध्या अचेत थिइन् । आशाले गहभरि आँसु पारेर टेबलमाथिको जगबाट एक अँजुली पानी लिएर मुखमा छ्यापिदिइन् । लुगाहरू खुकुलो गरिदिइन् ।

"सन्ध्या !", आशाले सन्ध्याको कपाल सुमसुम्याउदै भनिन् ।

सन्ध्या धेरै बेरसम्म बडबडाइरहिन् । सन्ध्याले आँखा खोलेपछि बल्ल आशाले लामो श्वास लिइन् । आफ्नी साथीको दुःखमा आफ्नो मुटु जलेको अनुभव गरिन् ।

"विकास ! विकास ‼ म यस संसारमा तिमीबिना बाँच्न चाहन्नँ ।"

सन्ध्या बिस्तारै उठिन् ।

आशालाई सन्ध्याको अवस्था देखेर दया लागेर आयो । आशाले सन्ध्यालाई अँगालो हालिन् । दुवै बेस्सरी रोए । आशा सन्ध्यालाई बल्लबल्ल तीनचारवटा बिस्कुट खुवाउन सफल भइन् । सन्ध्याले आशाको मन राख्न मात्र खाइन् । पेटमा भोक भए पनि पीडाले उनको घाँटीबाट खानेकुरा छिर्दैनथ्यो ।

"सन्ध्या ! आफ्नो शरीरलाई क्षति पुऱ्याउने कामचाहिँ नगरेस् । भगवान्को भरोसा राख् । संसारमा चमत्कार पनि हुन सक्छ" भन्दै आशा उठिन् ।

"अहिले म जान्छु । निशितले पाँच बजे लिन आउँछु भन्थ्यो । सवा पाँच हुन लागिसक्यो ।", आशाले अतालिंदै भनिन् ।

"निशित दाइचाहिँ किन नआउनुभएको नि ?"

"उही त हो अफिसको काम... जिन्दगी घर बस्ने भए पो । जहिले पनि बिजी... दिक्क भइसकें म त !"

आशा तल ओर्लिन् । सन्ध्याले आशाको सुख र खुशीसँग तुलना गर्दै आफ्नो कर्मलाई धिक्कारिन् ।

***

नौ

दिनको दुई बजे । सन्ध्या आँगनमा हावा खाइरहेकी थिइन् । विकासलाई भेट्न नगएको पनि १० दिन भइसकेको थियो । दिनभरि घरमा काकीको निगरानी चल्थ्यो । त्यसैले सन्ध्यालाई घरबाट बाहिर जान पनि मुस्किल पर्थ्यो । मधुरो घाम... हल्का बतास... वातावरण निकै शान्त थियो । सन्ध्याको अगाडिको तुलसीको बोटले पनि उनलाई सान्त्वना दिइरहेझैं लाग्थ्यो । हल्का बतासले तुलसीको बोटलाई कहिले यता, कहिले उता हल्लाइरहेको थियो । तुलसीको बोटले सन्ध्यालाई अतीततिर डोऱ्यायो । नित्य पानी दिएर विकासको मङ्गल स्वास्थ्यको कामना गर्ने गरेकी सध्यालाई आज त्यही बोट देखेर पनि रिस उठिरहेको थियो । विकाससँगको उनको भेट, उसको हँसाइ, मिजासिलो अनि रहरलाग्दो व्यक्तित्व, लगनशीलता सब उनका दुई आँखाअगाडि सिनेमा झैं छर्लङ्ग भइरहेका थिए ।

राहुल फुटबल खेल्दै थियो । बल अचानकै तुलसीको बोटमाथि गएर बजारियो । सन्ध्याले चाहेर पनि बल रोक्न सकिनन् ।

"त्यसरी हान्ने हो ? ल जा चड्याम्म... !", सन्ध्याले राहुलको गालामा एक चड्कन दिइन् ।

सन्ध्याले राहुललाई यसरी पहिलोपटक हात उठाएकी थिइन् । चड्कन हानिसकेपछि उनका हात काँप्न थाले । हातका दुई पन्जाले आफ्नो अनुहार छोपेर उनी आफैं रून थालिन् । राहुल आँगनमा थचक्क बसेर घोप्टिरहेको थियो । सन्ध्याले राहुलको टाउको समातेर

बिस्तारै उठाइन् । राहुलका आँखा भिजेका थिए । सन्ध्या राहुललाई च्यापेर खुब रोइन् ।

"राहुल, मलाई माफ गर्दैनौ ?", सन्ध्याले राहुलको हात पक्रिँदै सोधिन् ।

"गल्ती मेरो अनि माफी तपाईं माग्ने ?", राहुलले उल्टो प्रश्न गऱ्यो ।

"ल जाऊ त खेल्न ।"

"हस् !", राहुल बल समातेर दौडियो । सन्ध्याले भाँचिएको तुलसीको बोटलाई बिस्तारै उठाइन् ।

तुलसीको बोट पुनः लत्र्याकलुत्रुक भयो । सन्ध्याले तुलसीको बोटलाई उठाउन दुई-तीनचोटि असफल प्रयास गरिरहिन् ।

ढोकामा किरिरी आवाज आयो । सन्ध्याले ढोकातिर फर्केर हेरिन् । जीवनलाई देखेर तर्सिइन् । जीवन सन्ध्याको समीप आउँदै थियो । सन्ध्या अलि पर गइन् ।

"सन्ध्या !", जीवन सन्ध्याको अलि नजिक आयो । सन्ध्याले केही बोलिनन् ।

"सन्ध्या मलाई तिमीले अझै माफ गरिनौ ? के म यति सुध्रँदा पनि तिम्रो लायक भइनँ र ? आफूलाई चिनाउने एक मौका पनि दिन्नौ ?", जीवन बोलिरह्यो । सन्ध्याले उसका शब्दहरूको अर्थ नै लगाइनन् ।

"प्लिज जीवन ! मलाई तिमीबाट यस्ता शब्दहरूको आशा थिएन । तिमी मेरो जीवनबाट टाढा भइदेऊ । मलाई विवश नगर । बिहे समझदारीमा हुन्छ । जबर्जस्तीको सीपले मलाई अपनाउन नखोज ।"

"सन्ध्या ! अनि त्यो हाम्रो प्रेम ? हाम्रो प्रेमको हत्या गर्दै छौ तिमी ।"

"प्रेम ! हँ...हँ... !", सन्ध्या व्यङ्ग्यात्मक तवरले खित्का छोडेर हाँसिन् ।

"छिः घृणा छ त्यो समयलाई । सायद तिमी मेरो जीवनमा नआउँदा हौ त राम्रो हुन्थ्यो । त्यो प्रेम हैन, जीवन... ।"

"मैले मतलब बुझिनँ ?", जीवनले सन्ध्यालाई छड्के आँखाले हेर्दै भन्यो ।

"हैन तिमी आखिर मेरो पिछा किन पर्दै छौ ? तिमीले के एक जनासँग मात्र प्रेम गरेका हौ र ? तिम्रो त हप्ता, महिनामा प्रेम भइरहन्छ । कहाँ गए ति सब ? किन जाँदैनौ बिहे रच्न ?"

"त्यै त म पश्चात्तापमा जल्दै छु । मैले हीरालाई चिन्न सकिनँ । सन्ध्या ! मलाई यस्तो कठोर सजाय नदेऊ । म पहिलेको जीवन होइन । ममा अब आकाश र जमिनको फरक भैसकेको छ ।"

"प्लिज ! तिमी यहाँबाट जाऊ ।"

"नाइँ सन्ध्या ! म तिमीलाई आनो जिन्दगीमा जसरी भए पनि प्राप्त गर्नेछु ।"

"त्यै त तिमीले पैसाको साथ लियौ । तिमीले सन्ध्याको प्रेम पाउन्नौ । तिमीले त एक नारीलाई पैसामा सौदा गर्न आँटेका हौ ।"

"सन्ध्या ! त्यसो नभन... म तिमीलाई पाउन सकिनँ भने आत्महत्या गर्नेछु । तिम्रै नाम जपेर अन्तिम श्वास लिनेछु । सन्ध्या ! मलाई माफ गर । अतीतलाई सम्झेर हाम्रो भविष्य नबिगार ।"

जीवन सन्ध्यालाई जोडतोडले आनो बनाउने प्रयत्न गरिरकेको थियो । बाहिरको आवाजले कोठामा सुतिरहेकी काकी तल ओर्लिइन् ।

"अरे तपाईं ? आउनुहोस् न भित्रै !", काकीले निकै चेपारे घसेर भनिन् ।

जीवन काकीसँगै कोठामा गयो । सन्ध्या पनि रौँकिएको अनुहार लिएर आफ्नो कोठामा गइन् । कोठामा चुकुल लगाएर पल्टिइन् ।

राहुलले सन्ध्याको ढोकामा ढकढकायो । सन्ध्याले ढोका खोलिनन् । राहुलले ढोकाबाहिरको बाकसबाट खरायोलाई झिकेर सुमसुम्याउन थाल्यो । बिचरो आठ वर्षको कलिलो हृदयमा पनि आमाबाबुप्रति घृणा उत्पन्न भइसकेको थियो । सन्ध्यालाई बिहेका विषयमा कैयौंपटक कुचोले हान्दा उसलाई आनै बाबुआमालाई नै कुटिदिऊँ जस्तो लाग्थ्यो । तर राहुल यस मैदानमा सङ्घर्ष गर्न सक्दैनथ्यो । "दिदीलाई नकुट्नू" भनी रूँदा राहुललाई अर्को कोठामा लगेर थुनिन्थ्यो । साँच्ची ! राहुलबाहेक सन्ध्याको वेदनामा आँसु खसाल्ने कोही थिएनन् ।

सन्ध्या कल्पनाको संसारमा मग्न थिइन् । विकासलाई उपचारका लागि अमेरिका लगिएको हुँदा उनको मनमा केही आशा पलाएको थियो । विकास र उसका बाबुआमा विकाससँगै अमेरिका गएका थिए । दुई दिनअगाडि मात्र रेवन्तले उनलाई यसको खबर दिएको थियो । विकासको शरीरमा रगत फेरिरहनुपर्थ्यो । त्यसैले पनि विकास शिथिल भइसकेको थियो । तर सन्ध्याले भगवान्को भरमा आफ्नो प्रेमलाई छाडिदिएकी थिइन् । सन्ध्याले सोच्दासोच्दा आँखा चिम्लिइन् ।

विकासको जन्ती उनको घरतिर बढ्दै थियो । सन्ध्या पूर्ण शृङ्गारमा थिइन् । उनका आँखामा हर्षका आँसु थिए । सन्ध्याले कल्पनामै आँखा मिचिन् । बिस्तारै उठेर ढोका खोलिन् । कोठाहरू सुनसान थिए । जीवन घरबाट कतिबेला हिंडेछ, उनले पत्तै पाइनन् । चिया बनाउन भान्सामा गइन् । चिया बसालेर निस्किइन् । कोठामा आशालाई बसिरहेको पाएर सन्ध्या तीनछक परिन् । उनको अनुहारमा प्रसन्नता देखापऱ्यो । तर आशा भने निकै गम्भीर थिइन् ।

"के भो, आशा ?", आशाले बिस्तारै आना आँखा उठाएर हेरिन् । उनको उदास अनुहारमा सन्ध्याले शङ्का गरिन् । सन्ध्या एकक्षणपछि आशासँगै बसिन् ।

"सन्ध्या ! धैर्य गर्नू", आशाले मलिन अनुहार लगाउँदै भनिन् ।

"धैर्य त मैले गरिरहेकी नै छु त !"

आशाले बिस्तारै उठेर ढोकामा चुकुल लगाइन् । सन्ध्यालाई अचम्म लाग्यो ।

"किन चुकुल लगाएकी ?"

"यसै हाम्रो वार्तालाप कसैले नसुनून् भनेर ।"

"किन र ?"

आशा चुप भइन् ।

"आशा ! तँ आज किन मौन छेस् ? सधैं तँ आउनेबित्तिकै विकासका बारेमा भन्थिस् । भन् न आशा... विकासलाई कस्तो छ ? अझै कति दिन बस्नुपर्छ अमेरिकामा ?", सन्ध्याले व्याकुल भएर सोधिन् ।

"सन्ध्या ! अब विकासलाई अमेरिका बस्नुपर्दैन । विकास काठमाडौंमा साँझ चार बजे आइपुग्नेछ ।", आशाले भनिन् ।

सन्ध्याको उदास अनुहारमा आशाका किरण देखापरे । अनुहार अस्ताउन आँटेको सूर्यबाट एकाएक उदाउन आँटेको सूर्यमा परणित भएको झैं भान भयो । आँखाभरि खुशीका आँसु छचल्किए ।

सन्ध्याले राहुलको बलबाट घाइते भएको तुलसीलाई कोठामा ल्याएर पातलो डोरीले अल्झाएर ठड्याएर राखेकी थिइन् । आशाले तुलसीको बोटलाई हेरिन् । तुलसीको बोट मरेर कक्रक्क परिसकेको थियो । आशाले अचम्मित भएर हेरिरहिन् ।

"आशा ! हेर् यो तुलसीलाई !", तुलसीको बोटलाई देखाउँदै सन्ध्याले भनिन्, "यो तुलसीलाई मैले बचाएँ कि बचाइनँ ? भगवान्ले हाम्रो प्रेमको लाज राख्यो । विकास चाँडै नै फर्कियो... मेरो यो सेतो सिउँदो रङ्ग्याउन ।"

"सन्ध्या !", आशा एकाएक चिच्याइन् । सन्ध्या झसङ्ग भएर फर्किन् । आशा सुकसुकाएर रून थालिन् ।

"आशा ! भन् न तँलाई के भयो ?"

"मलाई होइन... मलाई होइन... विकास भोलि आउनेछ... । तर उसको पार्थिव शरीर मात्र आउनेछ ।

"नाइँ... !", सन्ध्या चिच्याइन् ।

आवेशमा आएर टेबलमाथि आफ्ना हातका चुराहरू बजारेर फुटाउन थालिन् । आशाको काखमा घोप्टिएर रोइन् । चुराका टुक्रा छङ्छङ् गर्दै भुइँमा बज्रिन थाले । आशाले सन्ध्याको स्वर लुकाउन रेडियो ठूलो आवाजमा बजाइन् । आशाका आँखाबाट बरर आँसु झर्दै थिए । सन्ध्या जोडतोडले रून थालिन् । आँखा राता भए । आँसु पुछिन् ।

आशाले सन्ध्याको हातमा एउटा चिठी थमाइदिइन् ।

"यो चिठी आजै मात्र विकासका मामाको छोराको हातबाट आइपुग्यो । उहाँ पढाइ सकेर फर्किंदै हुनुहुन्थ्यो । विकासले तिम्रा लागि लेखेको जरूरी चिठी भनेकाले मैले आजै पाएँ अनि तुरून्तै दौडिएँ ।

विकासको मृत्युको खबर पनि उहाँले नै दिनुभएको । ट्रङ्कलमा भन्दा भाइहरूलाई र अरूलाई बढी चोट पर्ला भनेर उहाँ हिजैको फ्लाइटमा आउनुभएको । विकासको हजुरआमा त अचेत हुनुभएछ… । बल्लबल्ल अहिले होस आएको छ रे !", आशाले सन्ध्यातिर हेर्दै भनिन् ।

सन्ध्या चुपचाप आफ्नो सिउँदो पखालिएको अनुभव गर्दै थिइन् । सुन्दरीजलले बगाएको विकासको रगतको सिन्दूर कहिल्यै फर्किएर उनको सिउँदोमा बस्ने भएन ।

सन्ध्याले चिठी पढिन् :

प्रिय सन्ध्या, !
जीवनभरिको माया

के लेखूँ ? खुशीको कुरा त छैन नै । म आफ्नो अन्तिम श्वासको समय गन्दै छु । आफ्नो जीवनलीला समाप्त नहोस्… तिम्रो समीप रहूँ भन्दा पनि नपाइने भइयो । मैले आफ्नो रोगबारे थाहा पाइसकें । भगवान्को भरोसा राख भनेर सान्त्वना दिने पनि इच्छा लागेन मलाई । सन्ध्या ! तिमी र मबीचको प्रेमलाई एक सपना सम्झेर भुल्ने कोसिस गर । तर आफ्नो शरीरलाई क्षति पुर्‍याउने कुनै त्यस्तो काम नगर्नू, जसले मेरो आत्मालाई पनि शान्ति नहोस् ।

म तिम्रो आँसु होइन, खुशी देख्न चाहन्थें र सदा चाहन्छु पनि । मलाई थाहा छ, मेरो मृत्युमा तिमी नराम्ररी विलाप गर्नेछ्यौ । तर मेरो आत्माको शान्तिका लागि पनि गलत कदम नउठाउनू । म मरे पनि मेरो प्रेम सदा तिम्रो साथ रहनेछ । थाहा छ, सन्ध्या ? आत्मादेखिको प्रेम कहिल्यै मर्दैन । तर तिमीले मेरो रगतको सिन्दूरलाई बन्धन नसम्झ । तिमी मेरो मृत्युको दिनदेखि नै यो सिन्दूरबाट फुक्का हुनेछ्यौ । सन्ध्या, त्यो सिन्दूर बिहे थिएन, आवेश र भावनाको कदर मात्र थियो । समाजले यसलाई मान्यता दिनेछैन पनि । तिमी आज पनि आकाश झैं निश्चल अनि गङ्गाझैं पवित्र छ्यौ । इच्छाएको ठाउँमा बिहे गरेर सफल जिन्दगी बिताउनू ।

सबैले एकदिन जानैपर्छ... एक्लै-एक्लै । ढिलोचाँडो मात्र हो । अर्को जन्ममा तिमीलाई कुरिरहनेछु । रगतको सिन्दूरको बाचालाई निभाउन सकिएन भनेर विलाप नगर्नू । तिम्रो उज्ज्वल भविष्य र खुशीको कामना गर्छु ।

- विकास

सन्ध्या डङ्ग्रङ्ङ खाटमा पल्टिइन् । टोलाएर माथि सिलिङमा हेर्न थालिन् । उनका आँखाबाट एक थोपा पनि आँसु झरेनन् । उनी आँखाबाट सचेत थिइन्... । अगाडिको देख्थिन् । तर मस्तिष्क उनको पर हराएको थियो । आशाले निकै बेरसम्म सान्त्वना दिइरहिन् ।

"सन्ध्या ! तँ अब जीवनसँग बिहे गर् । आखिर उसले गल्ती स्विकारेको छ । बिहे गरेपछि तेरो अवस्था पनि ठीक हुनेछ । बिस्तारै भुल्ने कोसिस गर्नु । थाहा छ यो तेरो वशको कुरा होइन । तर सन्ध्या तैंले गलत कदम नउठा । भोलि एयरपोर्टमा विकासलाई लिन हामी जानेछौं । तँ पनि सँगै हिंड् । म काकीलाई भनेर जान्छु कि तँ जीवनसँग बिहे गर्न राजी छेस् भनेर... !", आशाले भनिन् ।

यो कुरा सुनेपछि सन्ध्याको मस्तिष्कमा असर पऱ्यो । उनले पागल झैं चिच्याएर भनिन्, "म आज विधवा भएँ, जसलाई मैले हृदयदेखि पति स्विकारेकी छु... । उसको मृत्युमा म आज अर्को बिहे गरूँ ? असम्भव ! म कुमारीमै विधवा भएँ ।"

उनी फेरि रोइन् ।

"सन्ध्या ! एक दिन सबैलाई मर्नु नै छ । यसरी रोइस् भने विकासको आत्माले शान्ति पाउनेछैन । तँ किन सम्झिन्नस् ?", आशाले सन्ध्याको कपाल सुमसुम्याउँदै भनिन् ।

"आशा ! मेरो जीवनमा मैले चाहेको कुरा सायदै पाउँछु होला । मलाई बाँच्न मन छैन । म कुमारीमै सती जानेछु एक प्रेमको नाममा । विकासको लाससैंगै जलेर जानेछु । मलाई अब बाँच्ने रहर छैन ।", सन्ध्याले आँसु पुछ्दै भनिन् ।

सन्ध्याको ढाडमा आशाले धैर्यको धाप दिइन् । सन्ध्या मौन भएर बसिरहिन् । विकासको बिदाइ उनी आँसु नबगाई गर्नेछिन् । जिन्दगीमा उनले बगाउनु आँसु बगाइन् । अब उप्रान्त आँसु बगाउने रहर उनमा छैन । हृदयमा खपिनसक्नु चोट थियो । बढी चोटले गर्दा उनी बोल्नसम्म असमर्थ थिइन् । सन्ध्या भित्ता हेरेरै रात बिताउँथिन् । ज्वरोले शिथिल शरीर भएको हुँदा काकाले पनि भात खान कर गरेनन् । सन्ध्या त्यत्तिकै सुतिन् ।

बिहान र दिउँसो पनि त्यसै बित्यो । तीन बजेपछि सन्ध्या घरकै लुगामा चप्पल लगाएर आशाकहाँ पुगिन् । आशाकहाँबाट सन्ध्या र निशित पनि आशासँगै एयरपोर्ट गए । सन्ध्या चोटले ग्रस्त भएकी थिइन् । त्यसैले उनी एक निर्जीव वस्तु सरह अगाडि गइरहिन् । उनलाई कुनै चीजको ज्ञान थिएन । केवल टोलाइ मात्र रहन्थिन् । एयरपोर्टमा विकासकी हजुरआमाको चर्को रूवावासी, आशाका बाबुआमाका आँखामा आँसु अनि रेवन्त विरहले छटपटाइरहेको थियो । आएका नातागोताहरू पनि सब छटपटाइरहेका थिए । आशा र निशितका पनि निराश आँखा आँसुले भरिएका थिए । तर सन्ध्याका आँखामा कुनै किसिमको भाव नै देखापरेको थिएन । उनका दुई आँखा आश्चर्यचकित भई प्लेनको बाटो कुर्दै थिए ।

सन्ध्यालाई विकासको मृत्युको भान पनि थिएन । कुनै चटक हेर्ने ठाँउमा गएर चकित भएको झैं दुःखी आँखाहरूले एकएक पीडित परिवारहरूलाई हेर्दै थिइन् । २१ वर्षको अल्पायुमै यसरी एक्कासि मृत्यु... त्यो पनि ब्लड क्यान्सरबाट । देशको कर्णधार... । एक उज्ज्वल भविष्यको बाटो देख्ने साहित्यकारको मृत्यु । आँसु नझार्ने कमै थिए । तर सन्ध्याका आँखाबाट भने आँसु झरेन । पौने चार बजिसकेको थियो । सब जना व्याकुल थिए । विकासको लासलाई हेर्न पनि सब जना तड्पिरहेका थिए । निशितले रेवन्तलाई सहानुभूति प्रकट गरिरहेको थियो भने आशा सन्ध्या सँगसँगै मौन थिइन् ।

चार पनि बज्यो । हवाईजहाजको आवाजले सबैको कानलाई उतैतिर आकर्षित गरायो । अरू मानिस खुशी र उमङ्गका साथ

उत्रिए । लिन आउनेहरू पनि आफ्ना मानिसलाई देखेर प्रसन्न थिए । तर विकासलाई लिन आएकाहरू समयसँगै छटपटाइरहेका थिए । विकासका बाबाआमा त झन् निर्जीवझैं लाग्थे । छोराको लास बोकेर आएका बाबुआमा... दृश्य... सहानुभूति प्रकट गर्न पनि गाह्रो देखिन्थ्यो । आमा रुमालले आँसु पुछ्दै झरिन् । बाबु निकै गम्भीर थिए ।

केही समयपछि विकासको लास निकालियो । लास हेर्नेहरूको ताँती थियो । सन्ध्याले पनि विकासको लासलाई एकटक लगाएर हेरिरहिन् । सन्ध्यालाई विकास सुतिरहेको झैं भान भयो । उनलाई केही कुराको चेतना नै थिएन । शारीरिक रूपमा उनी सब गर्दथिन् । तर उनको मस्तिष्क यस दुनियाँभन्दा पर अर्को दुनियाँमा विकाससँग मीठो बात मारिरहेको थियो । साँझपख नै विकासको लासलाई आर्यघाट लगियो । चितामा विकासको लासलाई राख्दासम्म पनि उनमा चेतना थिएन । जब विकासको लासमा आगो लगाइयो... उनको पीडा बढ्न थाल्यो । बसिरहेको ठाउँबाट एक्कासि उठेर सन्ध्या आगोतिर लम्किइन् । आशा पनि सन्ध्या सँगसँगै दौडिइन् अनि सन्ध्यालाई एक चड्कन लगाइन् ।

"होसमा त छेस् तँ ? के गर्न जान आँटेकी ?", आशाले चर्को स्वरमा भनिन् ।

"के म पनि जल्न जान आँटेकी भन्ठानेकी ? म त विकाससँग कुरा गर्न जान लागेकी ।", सन्ध्या मुसुक्क हाँसिन् ।

आशालाई सन्ध्याको अवस्था देखेर डर लाग्यो । उनले सन्ध्यालाई बिस्तारै तानेर आफ्नो समीप राखिन् अनि अँगालो हालेर सोधिन्, "सन्ध्या ! तँलाई विकासको माया लाग्दैन ?"

"लाग्छ ।", सन्ध्याले भनिन् ।

"त्यसो भए यस्तो हत्या नगर् । संसारमा सबै कुरा आफूले चाहे जस्तो कहाँ हुन्छ र ? यो त प्रकृतिको नियम नै हो । दैवको यस्तै इच्छा थियो त हामीले के गर्न सक्छौं र ? बरु घर हिंड् । तैंले यस्तो अवस्था देखाएमा विकासको आत्माले तँलाई कहिल्यै माफी दिनेछैन ।"

"हो आशा, म जरूर बिहे गर्नेछु । विकासको खुशीका लागि र आत्मा शान्तिका लागि ।"

सन्ध्या के बोल्दै थिइन्, उनी आफैंलाई होस थिएन ।

"मैले काकीलाई भनिसकें तँ जीवनसँग बिहे गर्नेछेस् भनेर । थाहा छ तेरो बिहे कहिले हुँदैछ भनेर ? तेरो बिहे अर्को साता हुँदै छ । जिन्दगी यस्तै हो... कहिले घाम त कहिले छाया ।"

विकासको लास खरानी भयो । आशा र निशित मिलेर सन्ध्यालाई घरसम्म पुऱ्याइदिए । पलङमा सन्ध्यालाई लेटाएपछि निशित र आशा बाहिर निस्किए । काकीचाहिं आँगनमा चामल निफन्दै थिइन् ।

"के भयो नानी सन्ध्यालाई ? म त कतातिर भागी होली भन्ठानेर विलाप गर्दै थिएँ । मेरो त नानीहरूले उपकारै गर्नुभयो । नत्र मेरो त जहाजै डुब्ने थियो । भागेकी भए कतातिर राखेर हिंड्नु ल नाक ?"

"भागेकी होइन र भाग्दिन पनि । यस्ता अपशब्द नबोल्नुहोला । सन्ध्याले जीवनसँग बिहे गर्ने निर्णय गरिसकेकी छिन् । त्यो पनि आफ्नो खुशीका लागि होइन... तपाईंहरूको इच्छाका लागि ।"

निशित र आशा दुवै घर फर्किए ।

सन्ध्याकी काकीका लोभी आँखामा पैसा सलबलाउन थालेका थिए ।

"बल्ल ऋणमुक्त हुने भइयो । बाबु मर्न लाग्दा गरेको औषधि खर्चसमेत असुल हुने भयो । घर बनेपछि बल्ल शान्तिसँग बाँच्न पाइन्छ ।", काकी बडबडाउँदै उठिन् । कुलबहादुर पनि आइपुगे ।

"के एक्लै एक्लै बडबडाइरहेकी ?", कुलबहादुरले सोधे ।

"किन नकराउनु त ? बरू जग्गाका लालपुर्जाहरूचाहिं कहिले पास गरिदिन्छन् रे नि ?"

"तँ पनि तैं होस् । सन्ध्याको बिहेपछि बिस्तारै कुरा फुकाउँला नि ! अहिल्यै जग्गा पास गरिदे अनि मात्र बिहे गरिदिनेछु भन्ने र ? के सन्ध्यालाई हामीले बेच्न आँटेका हौं र ?"

"मैले पनि त्यस्तो भन्न कहाँ खोजेकी हुँ र ? पछि फेरि गडबड होला भनेर सतर्क पो गराएकी ।"

"यसरी विश्वास नगरेर पनि कहाँ हुन्छ र ? संसारै त विश्वासमा अडेको छ ।"

"ल ल हिंड्नुस् । बाहिरै रात बिताउने विचार छ कि क्या हो ?"

कुलबहादुरले आनी श्रीमतीलाई अँगालो हाल्दै भित्र लगे । दुवै निकै खुशी थिए । उनीहरूका आँखा पैसाको पट्टीले बाँधिएका थिए । थोरै समयमा जीवनले गर्दा उनीहरू ऋणमुक्त हुनेवाला थिए ।

सन्ध्याको बिहे दिनप्रतिदिन नजिकिँदो थियो । सन्ध्यालाई आफ्नो बिहे हुन आँटेको जस्तो पटक्कै लागेको थिएन । उनको अनुहार दिनप्रतिदिन उदासिँदै थियो । खाना राम्ररी नखाएको हुँदा शरीर शिथिल र कमजोर थियो । विकाससँगको बिछोडको पीडा सहन नसकेर सन्ध्याले विष खानेसमेत प्रयास गरिन् । र खानै लाग्दा राहुल अगाडि देखेर औषधिको सिसी फालेर राहुललाई च्याप्दै रोएकी थिइन् । उनको मनमा विकासप्रति चोखो प्रेम थियो... । त्यो प्रेम नराम्ररी घाइते भएको थियो ।

घरमा कोही नहुने हुँदा काकीले ताला मारेर गइन् । सन्ध्या भने भित्र एक्लै छटपटाइरहेकी थिइन् । सन्ध्याको कोठामा ताला मारिएको पाएर आशा फर्कने विचारमा थिइन् । जब उनले भित्रबाट सुकसुकाइरहेको आवाज सुनिन्, कौतूहलसाथ ढोकाको प्वालबाट चियाएर हेरिन् ।

"तिमी गयौ विकास... मलाई एक्लै बनाएर ! अनाथको सहारा यस संसारमा कोही हुँदैन रहेछ । भगवान् तिमी एकदम निष्ठुरी रहेछौ । मेरो सिन्दूरको लाज राखेनौ तिमीले । सिउँदो रङ्गिनुअगाडि नै पखालिदियौ । मेरा चुरा लगाउनुअगाडि नै फुटाालिदियौ । मेरा खुशी छिनेर लग्यौ ।", सन्ध्या सुकसुकाउँदै ऐनाअगाडि बसिन् ।

सन्ध्याले रातो अबिरको बट्टाबाट एक मुठी अबिर झिकेर आफ्नो बाँझो सिउँदोमा लतपत गरेर लगाइन् । विकासको फोटोलाई तकिया मुनिबाट झिकेर छातीमा राखेर खुब रोइन् । एकछिनपछि जगको पानीले ऐना हेर्दाहेर्दै सिन्दूर पखालिन् ।

"मलाई शान्तिसँग मर्न पनि दिएनौ तिमीले... ।", सन्ध्या फेरि रोइन् ।

काकी झोलामा सामान बोक्दै माथि उक्लिइन् । आशा र निशितलाई देखेर काकीले झोला बिसाउँदै साँचो दिइन् ।

"अहो ! नानीहरू बाहिरै ? भित्र बस्नुहोस् न ! ।", आशा र निशित मन्द मुस्काए ।

"के गर्नु भोलिका लागि किनमेल गर्न गयौं । एक्लै छाडेर हिंड्दा केही गर्ली कि भन्ने डरले ताला मारेर हिंड्नुपऱ्यो ।", काकीले भनिन् ।

"अनि काकाचाहिं कता लाग्नुभयो नि ?", आशाले सोधिन् ।

"सामान किन्दै हुनुहुन्छ । साँझ पऱ्यो । चुलोधन्दा बाँकी नै छ । त्यसैले आइहालें । नानीहरू चिया पिएर जानुहोला है !", काकी भान्सामा गइन् । राहुल पनि सँगै भान्सामा गयो ।

आशालाई कोठामा पसेको देख्दा नुन खाएको कुखुरा झैं भएकी सन्ध्यामा खुशीका लहर छाउन थाले । सन्ध्याले दौडेर आशालाई अँगालो हालिन् । उनका आँखा अचानक प्रकाशमान भएर आए ।

आशाले आफ्नो बाहुपासबाट सन्ध्यालाई हटाइन् । आशा र निशित दुवै पलङमा बसे ।

"सन्ध्या ! के रूप बनाएकी तैंले ?", आशाले भनिन् ।

"म के गरूँ त ? म विवश छु ।", सन्ध्याले भनिन् ।

"तँ किन यस्ती पागल झैं भएकी ? तेरो बिहे त भएकै छैन नि !", आशाले भनिन् ।

"सामाजिक तवरले भएन । तर मैले विकाससँग बिहे गर्ने प्रण गरेकी थिएँ ।", सन्ध्या सुकसुकाइन् ।

"जब विकास यस संसारमै छैन त... । आत्महत्या यसको विकल्प पनि त होइन नि ! तिमी पटक-पटक यही नै बाटो समाउँछ्यौ । माया, मोह, आवेश र भावुकतामा आएर गलत कदम उठाउनु राम्रो होइन । तिमी बिहे गर... बोझ हल्का हुनेछ । प्रेम त दुई आत्माको सम्बन्ध हो । चाहे संसारमा शरीर होस् या नहोस्... आत्मा अमर छ । तिमी विकासको आत्मासँग जन्मजन्मान्तर प्रेम गर्न सक्छ्यौ । यो मायाजालरूपी संसारमा त केही गर्नु छ । सबले धिक्कार्नेछन्

आत्माहत्या गर्नेहरूलाई । केही गर केही छोड... त्यही नै अमर हुनेछ ।", निशितले गम्भीर मुद्रामा भन्यो ।

सन्ध्यालाई यतिखेर आफूमुनिको जमिन खसेको र आकाशले थिचेको अनुभव भयो । गाह्रो तवरले सन्ध्याले आफूलाई सम्हालिरहेकी थिइन् । सन्ध्यालाई काकीको पिटाइको कारण प्रत्येक अङ्गमा पीडाको अनुभव भइरहेको थियो । काकीले तीन कप चिया ल्याएर राखिदिइन् । चिया सेलाउन थालिसकेको थियो ।

"निशित ! चिया लेऊ न !", आशाले भनिन् ।

"तिमीहरू पनि लेओ !", निशितले चियाको घुट्को लिंदै भन्यो ।

"होस्... चिसै पिउँछु ।", आशाले भनिन् ।

"तँ पनि खा न !", आशाले सन्ध्यातिर हेर्दै भनिन् ।

"मलाई भोकै छैन... ! इच्छा नै छैन !"

"भोक छैन ? म उस बेला खाजा खाएर आएकीलाई भोक लागिसक्यो । बरू म पिलाइदिन्छु ।"

आशाले अगाडिको चम्चाले चिया निकालेर पल्टिरहेकी सन्ध्यालाई पिलाउन थालिन् । आशाको सन्ध्याप्रतिको प्रेम र लगाव देखेर निशित छक्क पऱ्यो ।

"किन एकटक लगाएर हेरिरहेको ?", आशाले निशितलाई हेर्दै भनिन् ।

"मलाई पनि बिरामी हुन मन लाग्यो ।", निशितले हाँस्दै भन्यो ।

"किन र ?", आशाले छक्क परेर सोधिन् ।

"तिम्रो हातबाट खान ।"

"धत् ! के शब्द निकालेको त्यस्तो, बिरामी हुन मन लाग्यो ? तिमी बिरामी हुनुपर्छ र ? म खुवाउन सक्दिनँ र बिरामी नभए पनि ।", आशाले भनिन् ।

"भो भो तिमीलाई कुराले जित्न नसकिने भयो ।", निशित हाँस्यो ।

सन्ध्या पनि कैयौं दिनपछि मुसुक्क हाँसिन् ।

"हामी अब बिहेमा आउँछौं... । रूनेधुने कामचाहिं बन्द ।"

आशा र निशित दुवै उठे ।

"एकक्षण बस न ! तिमीहरू बस्दा मलाई बाँच्ने प्रेरणा मिल्छ ।", सन्ध्याले बिस्तारै उठेर भनिन् ।

"ल ! पूरा अँध्यारो भइसकेछ । मेरो ममी त थाहा नै छ हगि ? अहिले केके डायलग सुन्नुपर्ने हो फेरि । नौ बज्न आँटिसक्यो । पीर मानिरहनुहुन्छ ।", निशितले ढोकातिर जाँदै भन्यो ।

"त्यै त ढिला भयो भनेकी । अहिले घर पुगेपछि के भन्नुहुन्छ भनूँ ?", आशाले हाँस्दै भनिन् ।

"गर गर ममीको एक्टिङ । तिमी त पर्फेक्ट छौ नि !", निशित हाँस्यो ।

"मेरो छोरा... एक्लो छोरा । किन मलाई सताउँछस् । मलाई तँबिना एक क्षण पनि बाँच्न मुस्किल छ । म झ्यालमा बसेको कति घण्टा भो ?"

निशितले ताली बजायो । दुवै जना भऱ्याङबाट उत्रिए । सन्ध्या सकी-नसकी झ्यालमा आइन् अनि कारलाई आँखाबाट आझेल नभएसम्म हेरिरहिन् ।

सन्ध्याले केही खाइनन् । सोच्दासोच्दै निदाइन् । विकासले झ्यालबाट बिस्तारै चियायो ।

"तिमी मलाई एक्लै छाडेर नजाऊ । म यो संसारमा एक्लै बाँच्न सक्दिनँ । म... म तिमी बिना बाँच्न सक्दिनँ । हामीसँगै बाँच्नेछौं अनि सँगै मर्नेछौं । तिम्रो सिउँदो मैले सिन्दूरले रङ्ग्याउनु छ... तिम्रो सिउँदो ।"

"विकास ! सन्ध्या मधुरो स्वरमा कराइन् । बिस्तारै आँखा खोलिन् । चारैतिर अन्धकार । बाहिर सिमसिम वर्षा... झ्याल खुलै । सन्ध्याले बिस्तारै झ्याल लगाइन् ।

"उफ् ! कस्तो सपना ? विकास ! हाम्रो मिलन सपनामा पनि भएन ।" सन्ध्या घोप्टिएर वर्षाझैं आँसु खसाल्न थालिन् ।

बिहानको चार बज्यो । वातावरण सुनसान थियो । सुनसान एक उदासीको प्रतीक समान थियो । हावाको हल्का झोकाले वातावरणलाई अलि हलचल बनाइरहेको थियो । सन्ध्याको छटपटाहट पनि समयसँगै बढ्दो थियो । झ्यालमा बसेर उनले अनेक सोच्न थालिन् ।

सन्ध्याको अनुहार मलिन थियो । सन्ध्याको बिहेको दिन आज । आशा र निशितलाई बाहेक अरूलाई यसबारे ज्ञातसम्म छैन । सन्ध्याको बिहे गुह्येश्वरीको मन्दिरमा हुँदै थियो ।

सम्पूर्ण बिहेका सामग्री ट्याक्सीमा राखियो । सन्ध्यालाई काकीले समातेर भित्र राखिन् । उनलाई राम्ररी सन्चो भइसकेको थिएन । एक हप्तापछि बल्ल उनी सडकमा पुग्दै थिइन् ।

ट्याक्सी गुह्येश्वरीको अगाडि रोकियो । जीवनको घरपट्टिका मान्छे खासै देखिन्नथे । एकदुई जना जीवनकै साथी उपस्थित थिए । पहिलोपटक पूर्ण रूपमा शृङ्गार गरिएकी सन्ध्याको रूपको प्रशंसा नगर्ने कोही थिएनन् । रातो दुपट्टाको साडी र चोलो उनको शिथिल अनुहारलाई प्रकाशमान तुल्याउन सफल देखिन्थ्यो । जीवनले गुह्येश्वरीको भऱ्याङबाट हेऱ्यो । कल्पनामै ऊ कताकता बिलायो... क्षितिजपारि । उसको श्वास तीव्र गतिमा चल्न थाल्यो । उसको मनमा प्रलय मच्चिन थाल्यो... सन्ध्याको रूप देखेर ।

विवाह सम्पन्न हुन थाल्यो । सन्ध्याले विवाह मण्डपमा प्रवेश गरिन् । बाहुन बाजे मन्त्र पढ्दै थिए । जीवनले सन्ध्यालाई पुलुक्क हेऱ्यो । घुम्टोबाट उनको अनुहार आकाशबाट भर्खर झरेकी परीको भन्दा कम देखिँदैनथ्यो । सन्ध्याको सिउँदो रङ्गियो... जीवनको हातबाट । तर उनले यस सिन्दूरलाई कुनै महत्त्व दिइनन् । सन्ध्या आशा र निशितको अगाडि खुब रोइन् । एक कुनामा लगेर आशा र निशितले उनलाई निकै सम्झाए ।

"एक न एक दिन कोहीसँग विवाह त गर्नैपर्छ नि !", आशाले भनिन् ।

सन्ध्याका प्रश्नसूचक आँखाबाट आँसु बहिरहे ।

"थाहा छ मलाई तेरो मजबुरी । तर तँ किन अतीतलाई मात्र कोट्याउँछेस् ? भविष्यबारे पनि सोच्न जरूरी छ ।", आशाले पुनः भनिन् ।

"हेर सन्ध्या ! एउटा कुरा... । भूत त बितिसक्यो, वर्तमान तिम्रो हातमा छ । त्यसैले भविष्य जस्तो चाहन्छ्यौ, त्यस्तै बनाउन सक्छ्यौ ।", कटु सत्यलाई अगाडि सार्दै निशितले भन्यो ।

हुन पनि निशितको यस वाक्यले सन्ध्यालाई एकक्षण अवाक् बनायो । आफूलाई केही मात्रामा शीतलताको अनुभव भयो ।

मन्दिरमै सब जना खानपिन गर्न थाले । सन्ध्यालाई बिदावारी गर्ने समयमा काकीका आँखामा आँसु थिए ।

"मेरी फूल जस्ती छोरीलाई... ।", काकीले आँसु झारिन् ।

"सुर्ता गर्नुपर्दैन । म सन्ध्यालाई कुनै कष्ट दिनेछैन । बुबा बिरामी हुनुहुँदा आउन सक्नुभएन । हामी वीरगन्ज पुगेर केही दिन बस्नेछौं । त्यसपछि त तपाईंका लागि हाजिर हुन आउने नै छौं ।"

"हो... मलाई थाहा छ... तपाईं जरूर आउनुहुनेछ ।", काकीले भनिन् । आँखाभरि आँसु बोकेर सन्ध्याले राहुलको निधारमा चुमिन् ।

"मनुलाई राम्ररी हरेविचार गर्नू ।", सन्ध्याले राहुललाई सुमसुम्याउँदै भनिन् ।

"हवस् ! दिदी एक महिनामा आउनुहुँदा हेर्नुस् न... मनु त मोटाइराखेको हुनेछ ।", राहुलले भन्यो ।

सन्ध्या मुसुक्क हाँसिन् ।

धेरै दुःखपछि सन्ध्या बिहे गर्ने निर्णयसम्म पुगेकी थिइन् । काकाकाकीको जोड, काकीको चुटाइ, विकासको मृत्यु, जीवनको उनको जिन्दगीमा पुनः आगमन सबै एकैपल्ट आइपर्दा के ठीक, के बेठीक भन्ने पनि छुट्याउन नसक्ने अवस्था थियो । तर यस नतिजामा पुग्नुमा उनको भन्दा समय र परिस्थितको बढी हात थियो । सन्ध्याको आत्मामा शान्ति पटक्कै थिएन । उनको रङ्गीन सिउँदोले उनको बाटो रोकिदिएको थियो । घाँटीमा लट्काइएको तिलहरी उनलाई कुनै फाँसीको फन्दाभन्दा कम लागिरहेको थिएन । उनी जीवनले लगाइदिएको सिन्दूरको जालमा फसिसकेको अनुभव गर्थिन् ।

"सन्ध्या हिंड ।", जीवनले भन्यो ।

दुवै जना जीवनको डेरामा गए । उसको डेरा अहिले कोटेश्वरमा थियो । जीवनको डेरा फोहोर र कसिङ्गरको थुप्रोले भरिएको थियो । त्यहाँ सामानको नाममा खासै केही थिएन । सन्ध्यालाई जीवनसँग

बोल्ने इच्छा पनि थिएन तर जीवन सामाजिक तवरमा उनको पति भइसकेको थियो ।

"सन्ध्या, तिमी किन यस्तो अँध्यारो अनुहारमा ?", जीवनले अगाडि आएर सन्ध्याको चिउँडो उठाउँदै भन्यो ।

सन्ध्याले प्रत्युत्तरमा दुई थोपा आँसु झारिन् र मनमा अनेक तर्कना खेलाउन थालिन् ।

"मेरो मनोदशा पनि गजबको छ । म जे चाहन्छु... त्यो पाउँदिनँ । जे चाहन्नँ... त्यही मात्र पाउँछु । विकासको मृत्युले मेरो जिन्दगीलाई घरको न घाटको बनाइदिएको छ । अनि परिस्थितिले मलाई कहाँबाट कहाँ पुऱ्याइदिएको छ । म विकासलाई कहिल्यै आफ्नो आँखाबाट हटाउन सक्दिनँ । म हर दिन... हर रात तड्पिनेछु... उसको यादमा... म पागल बन्नेछु । तर जीवन, जीवनले मसँग माफी मागेको छ । ऊ मलाई आफूभन्दा बढी चाहन्छ । म आफू उसको नजरमा गिरूँ ? विकासका लागि म... ?" भन्ने सोच्दै सन्ध्या भित्रभित्रै तड्पिइन् । सन्ध्याले तीतो सत्यलाई हृदयबाट झिकेर फाल्न पनि सक्दिनन् ।

"मेरो विवाह... म एक हिन्दू नारी ! चाहे जस्तोसुकै होऊन्, पतिपत्नीको सम्बन्धलाई राम्रो बाटोतर्फ लैजानु नै मेरो धर्म हो । जीवनसँग मेरो बिहे भएको छ । म जीवनलाई सम्पूर्ण खुशी दिनेछु । विकासको आत्माको शान्तिका लागि मैले बिहे गरें । म... म... !", सन्ध्याले सोचिरहिन् ।

"सन्ध्या !", जीवनले पिठ्युँमा हात राख्दै सम्बोधन गऱ्यो । सन्ध्याले बिस्तारै टाउको उठाएर हेरिन् । केही बोलिनन् ।

"सन्ध्या हामी भोलि बिहानै बसमा वीरगन्ज जानेछौं । त्यहाँबाट हामी मुम्बई घुम्नका लागि जानेछौं ।", जीवनले भन्यो ।

जीवन सन्ध्याको चालचलन जान्दथ्यो । उनबाट विश्वास जित्नु उसको बायाँ हातको खेल थियो । जीवन अनाथ थियो । उसका बाबुआमा कोही थिएनन् । पैसाका लागि उसले सम्पूर्ण मानव हृदयलाई बेचिसकेको थियो । सन्ध्या भने जीवनको सक्कली रूपदेखि अनभिज्ञ

थिइन् । जीवनले वीरगन्जमा एक दिन पनि बस्ने कुरा नगरेकामा सन्ध्या अलि अचम्मित भइन् ।

"जीवन, हाम्रो बिहेमा तिम्रा बाबा आउनुभएन । के हामीले बाबासँग आशीर्वाद लिनुपर्दैन र ?", सन्ध्याले कौतूहलसाथ सोधिन् ।

"अँ... के भन्ने खै ?", जीवन अकमकायो ।

"सन्ध्या ! मैले मेरो प्रेम प्राप्त गर्न यसो गरेँ... । मेरा बुबा यो बिहेमा खुशी हुनुहुन्न । त्यसैले केही महिनामा घर जानेछौँ । त्यति बेलासम्म बुबाको रिस मरिसकेको पनि हुनेछ ।"

सन्ध्या केही बोलिनन् । अनि एकछिनपछि भनिन्, "जीवन !"

"हँ !"

"मलाई खुशी लागेको छ, तिमी तिम्रो प्रेम किन्न सफल भयौ ।", सन्ध्याले मुसुक्क हाँस्दै भनिन् ।

"त्यस्तो नसोच सन्ध्या । मेरो रामायण तिम्रा काकालाई सब थाहा छ । म तिम्रो गलत धारणालाई कसरी हटाऊँ ? मेरो हृदयमा तिम्रा लागि चोखो माया अनि इज्जत छ ।"

"जीवन !", सन्ध्याले जीवनको कुममा आफ्नो टाउको राखेर आँसु पुछिन् ।

***

१०

कल्पनामा मात्र रानी बनाएकी आशालाई आफ्नो जीवनसाथीका रूपमा पाउँदा निशित आफूलाई निकै भाग्यमानी ठान्थ्यो । उसका कल्पना सब साक्षात् भएका थिए । उनीहरूको भविष्यमा एउटा रङ्गीन सपना थियो । माया... चोखो माया जुनभन्दा संसारमा केही चीज चोखो छैन, त्यस्तो माया निशित र आशा दुवैले आपसमा पाएका थिए । दुवै जना कुरा गर्दागर्दा कताकता हराउँथे । निशितलाई आशाको एक गृहणीको रूप झन् मनपर्‍यो । निशित सोच्न थाल्यो, कसरी आशाले उनलाई बिहान सबेरै चिया ल्याउँथिन्, घरको सफाइ गर्थिन्... । घरमा सहयोगी कामदारहरूको कमी नभए पनि ।

"रूटिङ निस्केछ त !", आशाले ड्रेसिङ टेबलअगाडि बसेर कपाल कोर्दै भनिन् ।

"किन र ? जाँच दिने ? काम नगर, बरू पढ भन्दा मान्दिनौ । अब के एबिसिडी लेखेर आउने ?", निशितले ठट्टा गर्‍यो । आशाले आँखा तरिन् ।

"के मलाई एबिसिडीबाहेक अरू केही आउँदैन भन्ठानेको ?"

"त्यसै जिस्केको पो त !", निशित हाँस्यो ।

"बिहेपछि पनि पढ्न सकिन्छ । मलाई बिहेलाई धेरै कुर्नु छैन । तिमी तिम्रा आमाबासँग साँचोसाँचो बताइदेऊ... । आखिर यो झुटो बहाना कहिलेसम्म चल्छ र ? याद छ... तिमीले भनेका कुराहरू ?", आशाले भनिन् ।

"के त नि ? मेरो बिहे यहाँ अरूसँग गरिदिने भइसकेका थिए । अरूसँग गरिदिएको भए नि ?"

"गरिदिएको भए बधाई दिन्थें ।"

"बस् ?"

"अँ !", आशा हाँस्दै उठिन् अनि निशितसँगै बसिन् ।

"तिमी त केटी भएर पनि आँटिली... । साँच्ची कसरी भन्यौ बुबालाई त्यतिखेर ?"

"अहिले पो सोध्न थाल्यौ ?"

"अनि के त... तिमीलाई पाएपछि पुगिगो । किन सोध्नुपरेको थियो त ?"

"अहिले चाहिं पाएका छेनौ र ?"

"हँ ! सुन्न मन लाग्यो... त्यत्ति हो ।", निशितले पलङमा कोल्टो परेर भन्यो ।

"मैले... मैले भनें– बुबा ! मलाई निशितसँग बिहे गरिदिनुस् ।"

"पत्याएँ, बाबा पत्याएँ ।", निशितले बस्दै भन्यो ।

"आमासँग त बोल्ने हिम्मतै थिएन । बोल्नै डर लाग्थ्यो... । आमाबाबाले कुन उद्देश्य बोक्नुभएको छ भन्ने सोचाइ आइरहन्थ्यो । जुन दिन कुरा चलाऊँ भनेर म सोच्थें, त्यही दिन मलाई सावधान गरेको पाउँथें । डर लाग्थ्यो ।"

"कस्तो डर ?", निशितले सोध्यो ।

"एक त बुबाआमाको, अर्को त तिम्रो... । किनकि म नारी हुँ । स्वभावैले नारीको मन शङ्कालु हुन्छ । डर लाग्थ्यो... हामीबीच केही बाधा खडा होला भनेर । तिमीबाट बिछोडिनुपर्ला भनेर ।", आशाले गम्भीर हुँदै भनिन् ।

"ल ! अतीतको कुरा गरेर केही क्षण हाँसूँ भनेको उल्टै सेन्टिमेन्टल पो भएकी ।", निशितले हाँस्दै भन्यो ।

"यो सत्य हो निशित !"

"मलाई थाहा छ । म त तिमीलाई तिमीलेभन्दा बढी चाहन्थें ।"

"हैन, म चाहन्थें ।"

"हैन म ।"

दुवै जना मरीमरी हाँसे ।

***

सिमसिम पानी परिरहेको थियो । चिसो हावामा आशालाई बाहिर निस्किन निकै रहर लाग्यो । ठूलठूला झ्यालमा लट्काइएका पर्दा सारेर आशा झ्यालमा बसिन् । बाहिरका मनमोहक दृश्यले उनलाई बैङ्गलोरको याद आयो ।

"आशा ! के हेरिरहेकी ?", निशित पनि झ्यालमा आशासँगै बस्यो ।

"बैङ्गलोर पढ्दाको याद आयो । यस्तै पानी परिरहेको थियो, हामी पिकनिक जाँदा । म पानीमा भिज्दै नाचेकी थिएँ । चिप्लेर कस्तरी लडेकी... मुखमा हिलैहिलो ।" आशा हाँसिन् ।

निशितले आशाको कुरालाई बीचैमा काटेर भन्यो, "साँच्ची ! विकासको उपन्यास लेख्ने कत्रो धोको थियो । लेख्दालेख्दै अधुरो भएछ ।"

निशितले अचानकै विकासको कुरा ल्याएकामा आशालाई अचम्म लाग्यो ।

"किन निशित अहिले अचानकै तिमीले विकासको नाम लियौ ?"

"याद आउँछ नि बेलाबेलामा ।"

"विकास निकै प्रतिभावान् थियो । ऊ फोटोग्राफीदेखि लिएर आर्टसम्म भ्याउँथ्यो । तर विडम्बना ! सन्ध्याको यादले पो सताउँछ त ! बिचरी ! इच्छाले भएको बिहे पनि होइन ।"

"भगवान्‌को भरोसा राख । सन्ध्याले बिस्तारै विकासलाई भुल्नेछिन् । उनको जिन्दगी सुध्रिनेछ ।"

"अँ ! तिमीले भगवान्‌को भरोसा कहिलेदेखि गर्न थाल्यौ ?"

"जब मैले तिमीलाई जीवनभरका लागि पाएँ ।"

"साँच्ची ?"

"अँ !", आशाले निशितलाई हेरिरहिन् । निशित, आमाबुबाका एक्लो छोरा । उसको जिद्दी पूरा गर्न आमाबाबुबाट आशासँग विवाहका लागि स्वीकृति प्राप्त भएको थियो ।

आशा सम्पूर्ण कुराबाट सन्तुष्ट थिइन् । तर निशितकी आमाको व्यवहारबाट अलि चिढिन्थिन् । तर पनि उनी सासूबाट ममता प्राप्त गर्ने प्रयास जारी नै राख्थिन् । प्रेम गर्नु उनको भूल थिएन । तर निशितकी आमाले छोरालाई फसाइस् भन्ने शब्दहरू प्रयोग गर्दा उनको मुटु बिझाउँथ्यो । आशा तैपनि मौन थिइन् । उनमा सहनशीलता र धैर्यको कुनै कमी थिएन । उनलाई निशितको चोखो मायामा भरोसा थियो । प्रेम-विवाह कुनै पाप होइन... उनको धारणा अटल थियो । सासूको टेढो मन कसरी सोझ्याउने भन्ने प्रयासमै घरमा काम गर्ने सहयोगीहरू भए पनि आफैं काममा तल्लीन् हुन्थिन् ।

निशितकी आमाका तीखा वचन सुन्दासुन्दा आशाको घाँटीमा शब्दहरू दौडिएर मुखसम्म आइपुग्थे तर ती आफैं बिलाएर जान्थे ।

आशा र निशित दुवै कोठामा थिए । कोठाका झ्यालहरूमा पर्दा खोलिएका थिए ।

"आशा ! फ्यान खोल न ! साह्रो गर्मी भइरहेछ ।", निशितले भन्यो ।

"झ्यालबाट हावा आइहालेको छ नि ! मलाई त अप्राकृतिक हावा मनै छैन बरू... !"

"मैले थाहा पाएँ... ! अब प्राकृतिक हावा खाने निहुँले पानीमा भिज्न जाने होइन नि !"

"होइन, होइन !", आशा हाँसिन् । ढोकामा टकटक आवाजले उनको मन उतातिरै आकर्षित भयो ।

"खुलै छ ।", निशितले भन्यो ।

यत्तिकैमा रामे कोठामा प्रवेश गऱ्यो । पुरी र तरकारी राखिएका दुई रिकापी अगाडिको ठूलो टेबलमाथि राखेर गयो । आशाले आश्चर्यचकित भएर पुरी-तरकारी हेरिरहिन् । काम गर्नेहरूले पकाउने

काम गर्दैनथे । आज सासूले खाजा बनाएर पठाइदिएकामा आशा निकै अचम्म भएकी थिइन् ।

"आज त अचम्म भएछ त !", चम्चाले आशाले आलुको एक टुक्रा लिएर मुखमा राख्दै भनिन् ।

"किन र ?", निशितले रिकापी तान्दै सोध्यो ।

"आमाले खाजा बनाएर पठाइदिनुभएको..., बाफ रे !", आशाले आँखा तन्काएर, निधार खुम्चाउँदै भनिन् ।

"ढुङ्गा त पग्लिन्छ । नारीको मन हो... पग्लियो होला ।", निशित हाँस्यो । आशा पनि हाँसिन् ।

आशाका आँखा ढोकामा परे । ढोकामा सासूलाई देखेर हाँसेको मुख बन्द भयो । निशितकी आमा अजिब अनुहार लिएर उभिइरहिन् । आशाले सासूलाई भित्र आउनुहोस्सम्म पनि भन्न सकिनन् ।

आमाले कतै वार्तालाप त सुनिनन् ?

आशाको ढुकढुकी बढ्न थाल्यो । उनको अनुहार डरले रातो भयो । निशितकी आमा कोठामा पसिन् । निशितलाई यस कुराको ज्ञान थिएन । ऊ आफ्नै सुरमा पुरी टोक्दै थियो । आशालाई भने अब आमाबाट सुन्नुपर्ने अपशब्दहरूको डर थियो ।

"आशा !", आमा अगाडिको मेचमा बसिन् । झ्यालबाट बाहिर अवलोकन गर्न मग्न निशित पनि पछाडि फर्कियो ।

"आजदेखि तिमीले यस घरमा केही काम गर्नुपर्दैन । काम गर्नेहरू छन् नि ! अरू त म पनि छँदै छु ।", निशितकी आमाले नम्र भएर भनिन् ।

"हजुर !", आशाले मधुर मुस्कान छरिन् । मानौं, त्यो मुस्कानले कोठालाई निकै प्रकाशमान तुल्याएको थियो ।

"बुहारी ! अब केही महिनापछि म पनि हजुरआमा बन्ने भएँ । भनिन्छ- नातिनातिनीको मुख देख्न पाएपछि स्वर्ग पुगिन्छ भनेर । तर जेहोस् पाउनचाहिँ छोरै पाउनुपर्छ... कुल थाम्न ।"

आशाकी सासू उठिन् । अनि माथितिर लागिन् । आशाले छक्क परेर हेरिरहिन् । केही क्षणअगाडि मात्र आशाको मन्द मुस्कानले प्रकाशमान भएको कोठामा पुनः नैराश्य छायो ।

"कतै छोरी जन्मिन् भने ?", आशा डराउन थालिन् ।

निशितको बिदाको दिन आज । उसलाई फुर्सद कमै मिल्थ्यो । बल्लबल्ल एक सातापछि आउने शनिबारमा आशाले निशितलाई दुःखी बनाउन चाहिनन् । त्यसैले आफ्ना सम्पूर्ण डरलाई आफूभित्रै सीमित राखिन् । आशा सासूको वचनलाई पोको पारेर पनि निशितको पोल्टामा संसारको खुशी राखिदिन चाहन्थिन् ।

निशित पलङ्मा एउटा तकियाको सहाराले आरामसँग बसिरहेको थियो । कोठा रमणीय थियो । पल्लो घरमा बच्चाहरू खेलिरहेको हेर्न उसलाई अझ रमाइलो लाग्यो । आशाको भने छोरा हुने हो वा छोरी भनी मुटु काँपिरहेको थियो । यस्तो प्रतीत भइरहेको थियो । मानौं, आशा बसेको ठाउँबाट बेसुरमा झर्नेछिन् ।

"आशा ! के सोचिरहेकी ?", यति भनेर निशितले हाई गर्‍यो । हातहरू तन्कायो ।

आशाले आफ्ना झुकाएका परेला उठाइन् अनि निशितलाई हेरिन् । उनी आफैलाई किनकिन सङ्कोचको अनुभव भयो । त्यसैले आँखा जुध्नेबित्तिकै उनी काँप्न थालिन् । अतीतको एउटा चित्र उनको मस्तिष्कमा घुम्यो । उनी कताकता शून्यतामा हराउन थालिन् ।

"निशित ! तिमी आजकाल ज्यादै बिजी हुन थाल्यौ । घुम्न त कमै पाइन्छ । अफिसप्रति तिम्रो लगाव बढ्दो छ ।", आशाले अलि निराश भएर भनिन् ।

"कामप्रति लगाव हुनु त राम्रो हो नि, होइन र ? तर आजचाहिँ हामी घुम्न जानेछौं ।"

"पानी त रोकिइसकेछ ।", आशा झ्यालतिर गइन् । झ्याल लगाइन् ।

"भर्खर चाल पाएको ? पानी रोकिएको एक घण्टा भइसक्यो ।"

"होला ।", आशा हाँसिन् ।

"ल भन, घुम्न कतातिर जाने ?"

"खै !"

"म्युजियम जाऔं । गएकी छ्यौ कहिल्यै ?"

"अहँ ! त्यहीं जाऔं । कहिलेदेखि जाने इच्छा लागिरहेको थियो ।"

"एक घण्टापछि जाऔंला नि हुन्न ?", निशित पल्टियो ।

"आशा ! झ्याल खुलै छाडिदेऊ न ! गर्मी छ ।"

"तर मलाई यी बच्चाहरूको हो हल्ला मनै पर्दैन ।", आशाले भनिन् ।

"मलाई चाहिं मनपर्छ । अलि सानो भए त आफू पनि खेल्न जान्थें ।"

"त्यसको मतलब... दुईचार जना बोलाइदिऊँ ?", आशाको मुखबाट वाक्य फुटेको मात्र के थियो, बियो झ्यालको सिसामा लागेर फुट्यो । साथै बच्चाहरूको होहल्ला पनि सामसुम भयो ।

आशाले बियो उठाइन् । रिसले मुर्मुरिंदै बाहिर जान थालिन् । निशितले उनको हात समातेर रोक्यो । उत्तापट्टि चौरमा एक जना बच्चा डराइरहेको थियो । बच्चा सरासर आशाको अगाडि आँखा झिमझिम गर्दै आइपुग्यो ।

"आऊ... आऊ, डराउनुपर्दैन ।"

बच्चा दौडेर कोठामा गयो । बियो लिएर आशाको अगाडि आयो ।

"सरी, आन्टी ।"

आशाले मुसुक्क हाँसेर बच्चालाई माफी दिइन् । आशा कोठामा आइन् ।

"कस्तो असभ्य... सिसै फुटाइदियो ।"

"यसमा असभ्यता के छ र ? बच्चा हो... सिसा फुटायो, मन त तोडेन । उसको आगमनले मलाई कैयौं खुशी बटुलिदियो । म भन्नै सक्दिनँ ।", निशितले भन्यो ।

"किन र ? तिमीलाई बच्चाहरू एकदम मनपर्छ कि कसो ?", आशाले हाँस्दै सोधिन् ।

"आज बल्ल थाहा पायौ ? मलाई अरूको बच्चाभन्दा आफ्नो बच्चा झन् प्यारो हुनेछ । मलाई छिटोभन्दा छिटो... !", निशितले भन्दै थियो । आशाले बीचमा कुरा काटिन् ।

"छोरा चाहिन्छ। होइन र ?", आशाले केही व्यङ्ग्य गरेर भनिन्।

"होइन आशा... मलाई त छोरा या छोरी कुनै भेदभाव छैन। केवल सन्तान चाहिएको छ। केही महिनामै म पनि बुबा हुनेछु...। मेरो सन्तानको अनि तिमी त्यसकी आमा !", निशितले आशाको चिउँडो उठाएर भन्यो।

"छिः तिमी पनि !", आशा अलि लजाइन्।

"तथ्य कुरा त हो नि !", दुवै जना एकछिन हाँसे। रोकिएको पानी पुनः सिमसिम परिरहेको थियो।

निशितले केही बेर सोचिरह्यो। बियो लिन आउने बच्चालाई खेल्दै गरेको हेरिरह्यो। आशाको चुरीका छनछन आवाजले निशित झस्कियो अनि आशातिर फर्कियो।

"अहो ! तयार भइसकेकी !"

"अनि के त ?"

"साँच्ची कति बज्यो ?"

"तीन।"

"बाफ रे। मैले त विचारै नगरेको। म लुगा लगाउँछु... तिमी यी टुक्रा काँच बिस्तारै टिप।"

"हस् !", आशाले सिसाका टुक्रा टिप्न थालिन्।

"ऐय्या !", आशा कराइन्।

"सिसाले घोच्यो हैन र ? राम्ररी विचार गरेर टिप्नुपर्दैन ? म्युजियम जानुअगाडि नै त्यहाँको याद आयो कि कसो ?", निशितले सिसा औंलाबाट झिकिदिंदै भन्यो।

आशाले मुख निन्याउरो बनाएर छड्के नजरले हेरिन्। कोस पारेर गाजल लगाएकी आशा यतिखेर निकै राम्री देखिन्थिन्।

"तिमी आँखा तर्नलाई सधैं कोस पारेर गाजल लगाउने गर... राम्री देखिन्छ्यौ।"

निशितका कुरा सुनेर आशा खित्का छाडेर हाँस्न थालिन्। सिसाका टुक्रा प्लास्टिकको झोलामा जम्मा पारेर डस्टबिनमा राखिन्।

"अब हिंड, ढिला भइसक्यो ।", निशितले भन्यो ।

"आमासँग सोधेर त आऊ ।", आशाले कोठाको ढोकामा ताल्चा लगाउँदै भनिन् ।

"ल ल म सोधेर आउँछु । छाता नि छाता... ।", निशित भऱ्याङमा उक्लिँदै करायो ।

"मैले लिइसकें ।", आशाले भनिन् ।

मोटरसाइकलमा जाने दुवै जनाको विचार थियो । तर पानी परेका कारण निशितले ग्यारेजबाट कार झिक्यो । दुवै जना टेकु, कालीमाटी हुँदै छाउनी पुगे । म्युजियममा रमाईरमाई खुब हेरे । त्यहाँबाट सरासर घरै फर्किए ।

आशाले कलबेल बजाइन् ।

"आज चाँडै आयौ त !", निशितकी आमाले भनिन् ।

"पानी परिरहेछ... त्यसैले फर्किहाल्यौं ।"

निशित पनि आइपुग्यो । दुवै जना कोठामा गए । निशित फिल्म हेर्न थाल्यो । आशा लुगा फेरिसकेपछि माथि जान लागिन् ।

"बस न ! आमाले काम गर्नुपर्दैन भन्नुभएको होइन र ?", निशितले आशाको हात तान्दै भन्यो ।

"हैन, काम अह्राएर आइहाल्छु । बाथरूममा लुगा त्यसै छन् ।"

"ल ल, तर पानीमा चाहिं नभिज नि !"

"हुन्छ ।"

आशा भऱ्याङ उक्लिइन् ।

पानी परिरहेको समय । आशाले आफूलाई थाम्नै सकिनन् । कौसीमा गएर पानीमा खुब रूझिन् । यत्तिकैमा निशित पनि माथि आइपुग्यो ।

"यही हो चाला ? भन्दाभन्दा आखिर रूझिहाल्यौ ?", आशा डरले काँपेर त्यसै त्यसै चुप भइन् ।

"यस्तो बेला पनि रूझ्ने हो ? भरे ज्वरो आयो... रूघा लाग्यो भने पेटको बच्चालाई समेत असर पर्छ ।"

"सरी, निशित !"

आशा कोठामा गइन् । निशितले रूमालले आशाको केश पुछिदियो अनि उनलाई अँगालो हाल्दै सोध्यो, "दूध ल्याइदिऊँ ?"

"पर्दैन । म आफैं ल्याउन सक्दिनँ भन्ठान्या छौ कि कसो ?"

"मैले सक्दिनँ भनेको हुँ र ? तिमी आराम गर । म आज आफ्नै हातबाट खुवाँउछु ।"

"हुन्छ ।"

आशा आफ्ना चटक्क मिलेका दाँत देखाउँदै हाँसिन् ।

आशा सिरकभित्र गुटुमुटु गर्दै छिरिन् । जाडो न गर्मी, उनी सिरक नओढी सुत्नै सक्दिनन् । आशा भुसुक्कै निदाइन् । एकक्षणमा निशित दूध लिएर कोठामा आइपुग्यो ।

"आशा !"

"किन ? कस्तो मीठो निद्रा आएको थियो ।", आशाले लाडिंदै भनिन् ।

"साँझमा पनि सुत्ने हो र ?", निशितले चुरोटको धूवाँ फुक्दै भन्यो ।

"निशित ! पहिले चुरोट फाल अनि मात्र म दूध पिउँछु ।", आशाले घुर्की लगाइन् ।

निशितले टेबलमाथिको सिसाको एस्ट्रेमा चुरोट निभायो अनि आशासँगै बस्यो ।

"निशित !"

"हँ !", निशितले आशालाई हेर्‍यो ।

"तिमी किन मान्दैनौ... तिमीले चुरोट तान्दा मेरो छाती पोल्छ भनेर ? मेरो माया तिमीलाई पटक्कै छैन । जति भने पनि मान्दैनौ ।", आशाले निराश भएर भनिन् ।

"ल बाबा, ल । तिम्रो कसम... आजदेखि खान्नँ ।", निशितले आशाको दायाँ हात समात्दै भन्यो । आशा निशितसँग निकै खुशी भइन् ।

"साँझको आरती दिएर आउँछु म ।", आशा उठिन् । निशितले नरमाइलो अनुभव गरेर नाक खुम्च्यायो । आशा जाँदा आशाका पाउजूको झङ्कारले वातावरणलाई नै मुग्ध तुल्याइदियो । आशाले पूजाकोठामा गएर शिवजीको मूर्तिमा आरती दिइन् अनि घण्टी बजाइन् ।

"हे भगवान् ! निशितले लामो आयु पाऊन् । हाम्रो जीवनमा कुनै किसिमको आँच नआओस् ।"

आशाले घोप्टो परेर मूर्तिमा ढोगिन् । निशितले पूजाकोठामा बिस्तारै चियायो अनि आशाले चालै नपाउने गरी भित्र पसेर आशाको ढाडमा धाप दिंदै भन्यो, "ठीक छ... वरदान पायौ ।"

आशा फरक्क फर्किइन् । आफ्नो आँखाको छड्के नजर वर्षा गरेर मुसुक्क हाँसिन् । आफ्ना दुवै हात निशितको कुममा राखेर हेरिरहिन् ।

"मेरो आयु कति लामो माग्यौ ?", निशितले हाँस्दै सोध्यो ।

आशाले चुप लागेर निशितलाई हेरिरहिन् । आफ्नो कुमबाट आशाका दुवै हात झिकेर शिवजीको मूर्तिअगाडि बस्दै निशितले प्रणाम गऱ्यो ।

निशितले आँखा खोलेर पुनः आशालाई सोध्यो ।

"भन त कति लामो आयु माग्यौ ?"

"अनन्त लामो ।", आशाले हाँस्दै भनिन् ।

"आनो पनि माग । नत्र म एक्लै त बाँच्न सक्दिनँ । कि म मागिदिऊँ ?", निशितले अलि घोप्टिएर भन्यो ।

"हुन्छ ।", आशाले एकचोटि फेरि घण्टी बजाइन् ।

"हे भगवान् ! आशालाई अनन्तभन्दा लामो । नत्र मेरोभन्दा चाहिं लामो उमेर मिलोस् ।", निशितले आँखा चिम्लिएर भन्यो ।

"नाइँ ! नाइँ ! बराबरै !", आशाले भनिन् ।

दुवै जनाले हाँस्दै सँगै घण्टी बजाए । यी दुवैको जोडी भगवान्को वरदान पाए झैं देखिन्थे । असीम प्रेम र समझदारीले दुवैको दाम्पत्य जीवन सुखमय थियो ।

***

११

सन्ध्याको बिहेको पाँचौं दिन । जीवनले वीरगन्जका लागि टिकट किनेर ल्याइसकेको थियो । जीवन धाकधक्कु लगाउन खप्पिस थियो । मोटरसाइकल चढ्ने उसको पुरानो आदत थियो । साथीसँग मागेर होस् वा भाडामा ल्याएर... मोटरसाइकल चढेर उसले पोज देखाएकै हुन्थ्यो । सन्ध्याको जीवनमा जीवन पहिलो व्यक्ति थियो, जसलाई उनी चाहन्थिन् । तर त्यो चाहना समयसँगै भत्किएको थियो । सन्ध्या विकासको प्रेममा यति डुबेकी थिइन् कि उनी जीवनलाई पाउँदा पनि खिन्न भइन् । उनलाई अझै पनि याद छ, ती दिन जब विद्यालय जाँदा जीवनलाई हेर्न उनका दुई आँखा व्याकुल हुन्थे । जीवनलाई चिन्ने अवसर उनले पाइन् । उसको चालचलनप्रति घृणा गरेर उनी आफैं टाढा भइन् ।

जिन्दगीमा उनको दोस्रो प्रेमको सुरूवात अनौठो तालले भयो र अन्त्य पनि । तर जीवनले भविष्यमा कहिल्यै फेरि पाइला टेक्ला भनेर उनले सोचेकी भने थिइनन् । जीवनलाई उनको विवशताले पतिको रूप दिएको थियो । आखिर जीवन पनि त उनको प्रेमको एक अंश थियो । तर उनी यस कुरालाई आफैं पनि मान्न तयार थिइनन् । जीवनप्रति त सन्ध्या केवल आकर्षित मात्र थिइन् । उनी जीवनलाई देख्न रूचाउँथिन्... बोल्न चाहन्थिन् । तर केही समयमै अझ भनौं प्रेमको सुरूवात पनि नहुँदै जीवनसँगको प्रेम अन्त्य भएको थियो, जसलाई उनले प्रेमको संज्ञा दिएर गल्ती गरेकी थिइन् ।

जीवनले सुटकेसमा लुगा मिलाउँदै थियो । सन्ध्याले पनि पतिको आग्रहमा वीरगन्ज प्रस्थानको तयारी गरेकी थिइन् । काकाकाकीले ऋण गरेर भए पनि उनलाई सम्पूर्ण गहना जुटाएकै थिए ।

"सन्ध्या ! गहना पनि फुकाले हुन्छ ।"

"किन र ?", सन्ध्या छक्क परिन् ।

"बसमा यसरी बिहेको सम्पूर्ण गहना जोडी लगाएर हिंड्नु... मलाई उचित लाग्दैन । बरू उतै पुगेर लगाए भैहाल्यो नि ! सुटकेसमै राख्ने त हो ।"

"हुन्छ ।"

सन्ध्याले आफ्ना सम्पूर्ण गहना फुकालेर जीवनलाई दिइन् । जीवनले मुसुक्क हाँस्दै सुटकेसमा राख्यो ।

सन्ध्या र जीवन बसबाटै वीरगन्ज पुगे । मजफ्फरपुर पुगेर त्यहाँबाट ट्रेन पक्रिए । दुवै जना मुम्बई पुग्ने धोकोमा थिए । सन्ध्याले यस यात्रालाई जीवनको रहर र हनिमुन सम्झिइन् । जीवनले भने आफ्नो स्वार्थपूर्ति गर्न बिहे रचायो । तर जीवनको सान्त्वना र माया प्रकट गर्ने तरिका पनि बेग्लै किसिमको थियो । सन्ध्या जीवनलाई अब बिस्तारै विश्वास गर्न थालेकी थिइन्... । आखिर जीवन अब उनको सिन्दूर बनेको थियो ।

सन्ध्यालाई कुन समय स्टेसन पुगिने हो भन्ने पनि पत्तो थिएन । उनी कुनै कठपुतली समान सब गरिरहेकी थिइन् । ट्रेनमा बस्दा सोचिरहेकी सन्ध्या निद्राले गर्दा आँखा झिमझिम गर्न थालिन् । निद्राकै सुरमा उनको अचेतन मस्तिष्कले सपना देखायो । उनी त्यही सपनामा हराउन थालिन् । स्वभावैले कम बोल्ने सन्ध्या विकासको मृत्युपछि त झन् बोल्नै छाडेकी थिइन् । जीवनलाई भने कहिले मुम्बई पुगिएला जस्तो भइसकेको थियो । सन्ध्याले बिस्तारै आँखा खोलिन् । जीवन उनको काँधमा टाउको राखेर आँखा चिम्लिरहेको थियो । सन्ध्याले कुनै विरोध जनाइनन् ।

"साँच्ची ! जीवनमा ठूलो परिवर्तन आएछ ।", सन्ध्याले मनमनै सोच्दै थिइन् ।

"बाटो बिराएको यात्रीले पनि बाटो भेटाएछ । म मेरो सम्पूर्ण भविष्य जीवनकै सेवामा बिताउनेछु ।", सन्ध्याले जीवनतिर हेरेर कल्पिरहिन् ।

जीवनले आँखा खोलेर सन्ध्यालाई पुलुक्क हेऱ्यो ।

"जीवन तिमी मलाई केही भन्न खोज्दै छौ कि ?", सन्ध्याले सोधिन् ।

"हँ ! खास केही होइन ।", जीवनले बाहिरतिर आँखा लगायो ।

"भन न ।", सन्ध्याले अँध्यारो अनुहार लगाएर भनिन् ।

सन्ध्या भोलिको भविष्यसँग अनजान थिइन् । उनलाई जीवनको प्रेममा भरोसा थियो । उनलाई यस कुराको ज्ञात थिएन कि जीवनले उनको जिन्दगीमा पुनः प्रवेश गरेर उथलपुथल मच्चाउनेछ । उनलाई ट्रेनमा जाँदाजाँदा जीवनले विवाहअगाडि गरेका उसका बाचा याद आइरहेको थियो । जीवन नै अब सन्ध्याको जिन्दगी भएको थियो । सोच्दासोच्दा सन्ध्यालाई कति स्टेसन गए भन्ने पनि ज्ञान थिएन । अनि उनलाई कति सफर गर्नु छ, त्यो पनि मतलब थिएन । ट्रेनबाट ओर्लेर दुवै जना आधा घण्टा जति हिँडिसके । सन्ध्यालाई जीवनले कतातिर लान आँटेको हो, त्यो पनि पत्तो थिएन ।

"जीवन ! हामी कहाँ जाँदै छौं ?", सन्ध्याले सोधिन् ।

"यही घरमा मेरी दिदी बस्छिन् । तिम्रो सुरक्षाका लागि पनि यहीं ठीक छ । यो ठाउँ त निकै खतरनाक पो छ त !", जीवनले अगाडिको घर देखाउँदै भन्यो ।

"तिम्री दिदी ?", सन्ध्या छक्क परिन् ।

"मेरो मतलब... दिदी बनाएकी । सानोमा म यहीं पढ्दा राखी बाँधिदिएकी थिइन् ।"

"अहो !", सन्ध्या मुसुक्क हाँसिन् ।

सन्ध्याले लामो श्वास फेरिन् । तेस्रो तलामा स्वाँस्वाँ गर्दै दुवै उक्लिए । एक अधबैंसे महिलाले दुवैलाई आरती दिइन् । ढोकामा पुग्दा यस्तो गरेकामा सन्ध्या छक्क परिन् ।

बिहानीको चिसो हावाले वातावरण रमाइलो थियो । सन्ध्याले उठ्नेबित्तिकै वरिपरि हेरिन् । तर जीवनलाई देखिनन् । यताउता

खोजिन् । उनले जीवनलाई कतै भेटाइनन् । सन्ध्या दौडेर बाहिर आइन् । जीवनले दिदी सम्बोधन गरेकी महिलासँग ठोकिन पुगिन् ।

"अरे रे... किधर जा रही हो ?", ती महिलाले हात पक्रिँदै भनिन् ।

"दिदी !", सन्ध्याले अतालिंदै भनिन् ।

"एक जरूरी काम पर गया था । तुम कल से थकी थकी सी लगती हो । पहले हातमुँह धो कर खाना खालो... फिर बातें करेगें !", सन्ध्यालाई ती महिलाको वार्तालापले कताकता चिसो पस्यो ।

बिहान सबेरैदेखि जीवन गायब हुनुको रहस्य जान्न उनी व्याकुल भइन् । तर पनि सन्ध्या कोठामा एक्लै बसिरहिन् । अघि देखापरेकी महिलाले शृङ्गारका थुप्रै सामान लिएर आइन् । हिजो र अहिलेको उनको अनुहारमा आकाश र जमिनको अन्तर थियो । ढोकामा उनलाई आरती दिंदा उनले साक्षात् देवीका रूपमा देखेकी थिइन् । तर अहिले उनले मुख बङ्ग्याई-बङ्ग्याई पान चपाइरहेकी थिइन् । सन्ध्याका आँखा उत्तेजित हुन थाले । उनी डरले पछाडि-पछाडि हटिन् । उनलाई अझैसम्म पनि ज्ञान थिएन कि, उनी कोठीमा थिइन् । अनि ती महिला कोठीकी बाई ।

"घबराओ नही... मै तुम्हे शृङ्गार इसलिए करा रही हुँ, ता कि तुम्हे अपना रूपका पूर्ण एहसास हो । आज तक मैने अपनी जिन्दगी में तुम्हारी तरह खुबसुरत औरत नहीं देखी !", बाईले मुस्काउँदै भनिन् ।

सन्ध्याको शृङ्गार चलिरहेको थियो । उनको हातमा मेहेन्दी लगाइयो । उनका खुट्टामा जबर्जस्ती घुङरू बाँधियो । उनी कुनै दुलही होइन, नर्तकीका रूपमा देखापर्न गइरहेकी थिइन्, जहाँ धेरै मानिस उनको सौन्दर्यका लागि मरिमेट्ने थिए । उनको शृङ्गार पूरा भयो । सन्ध्याले उनलाई कुन काममा सहभागी गराउन लागेको भन्ने चाल पाइसकेकी थिइन् । बाईका आँखाहरूले सन्ध्यालाई डरलाग्दो किसिमले घुरिरहेका थिए । सन्ध्या उत्तेजित भइन् । जुन महिलालाई दिदी भनेर सम्बोधन गरेकी थिइन्, जसबाट आफ्नोपन महसुस गरेकी थिइन्, परिणाम के हुने हो, सन्ध्याले आँखाबाट बरर आँसु झारिन् । उनी भाग्न असमर्थ थिइन् ।

"अरे वाह, तुम तो बिलकुल अप्सरा जैसी लग रही हो ।", बाईले पान छिट्छिटो चपाउन थालिन् ।

"दिदी म तपाईंलाई हात जोड्छु… पाउ पर्छु… मलाई यस्तो काममा नलगाउनुहोस् । भगवान्का लागि दया गर्नुहोस् । हैन भने म कालो पानीमा डुब्नेछु ।", सन्ध्याले आँसुका बलिन्द्रधारा चुहाउँदै बाईका खुट्टा पक्रिइन् ।

बाई पछाडि हटिन् । उनका आँखामा क्रूरता थियो । बाईले सन्ध्यालाई घिसार्दै बाहिर लगिन् । कोठामा अनेक रूपका मानिस सन्ध्यालाई हेरिरहेका थिए । कसैका हातमा रक्सीको खुला बोतल थियो । कोही लामोलामो श्वास फेरेर उनलाई हेरिरहेका थिए । त्यसमध्ये एक जनाले सन्ध्याको कुममा हात राख्दै भन्यो, "ए बुलबुल कितनी खुबसुरत है ।"

"छिः !", सन्ध्याले त्यस व्यक्तिको हात आफ्नो कुमबाट हटाइन् ।

"इज्जतले कुरा गर् । के भन्ठान्या छस् तैंले ? तेरो सामान होइन म बुझिस् ?", सन्ध्या बेस्सरी चिच्याइन् ।

बाईले सन्ध्याको गालामा जोडदार चड्कन दिइन् ।

"दया गरेर मलाई छाडिदेओ । म… एक विवाहिता नारी । यसरी यस भरिएको समाजमा मेरो इज्जतको लिलामी नगर ।", बाईको खुट्टा समाउँदै सन्ध्या गिडगिडाइन् ।

"हँ ! विवाहिता नारी ? अरे मूर्ख ! तुम जिस के लिए भीख मागरही हो, जानती हो ? उसी ने तुम्हे ३० हजार मे बेचकर यहाँ से नौ दो ग्यारह हो चुका है । मिटा दो इस सिन्दूरको ।", बाईले सन्ध्याको सिन्दूर मेटाइदिइन् ।

सन्ध्या अवाक् भइन् । जिन्दगीमा ठूलो भुइँचालो आएको अनुभव भयो उनलाई । सन्ध्या डरले थरथर काँप्न थालिन् । उनको भविष्य उजाडियो । डरले हातका रौं ठाड्ठाडा हुनथाले । अनुहार नीलो भइरहेको थियो र आँखा फड्फाइरहेका थिए ।

"आज से तुम जितनी बार भी शादी करोगी तो भी कुँवारी ही लगोगी । किसीको भी इस सिन्दूर से ताल्लुकात नही होंगे !", बाईले हाँस्दै सिगरेट तानिन् । सिगरेटको धूवाँ सन्ध्याको अनुहारमा फुकिन् ।

सब जना सन्ध्यालाई ट्वाल्ल परेर हेरिरहेका थिए । सन्ध्याको मनमा विद्रोहको भावना पैदा भयो । तर तर उनी यसलाई सम्भव तुल्याउन सक्दिनथिन् ।

"जीवन । म तँलाई सजाय अवश्यै दिनेछु । तँ मानिस होइनस्... राक्षस होस्...दानव होस् ।", सन्ध्या विचलित भएर कराइन् । बाई मन्द मुस्काइन् ।

"नाइँ... नाइँ... मलाई नछोऊ ।", सन्ध्या भित्तामा घिस्रीघिस्री भाग्न थालिन् ।

"यसमा लाज र अपमानको कुरै उठ्दैन । यहाँ जे हुन्छ, यहीं नै सीमित हुन्छ । म पनि २० वर्षअगाडि नेपालबाटै आएकी थिएँ । आफ्नै मामाबाट बेचिएकी थिएँ । मेरो पेसा नै पछि यही बन्यो । यहाँको सङ्गतमा यहीको झैं बनिसकें ।", बाईले भन्दै थिइन् ।

सन्ध्याले बाईको अनुहार राम्ररी हेरिन् । उनमा नेपालीपन पटक्कै थिएन । उनले नेपाली बोल्दा सन्ध्यालाई छक्क लाग्यो र सहानुभूतिको आशा पनि गरिन् ।

"के तपाईं एक नारी, उसमाथि नेपाली भएर मेरो पुकार किन सुन्नुहुन्न ? दिदी ! प्लिज मलाई जान दिनुहोस् । म तपाईंको उपकार जिन्दगीभर भुल्नेछैन ।", सन्ध्याले आँसु पुछ्दै भनिन् ।

"तीस हजारको मामला हो । पेसा नै यही भएपछि कसको कसले सुन्छ र ? आज जे छ, पैसै छ । यही पेसाबाट म माथि उठें । जब तिमीलाई माथि उठ्नु छ त तिमीलाई तल नगिरी हुन्न । जो तल गिर्न सक्दछ, उही माथि पुग्नेछ । जसले आदर्शको कुरा गर्दछ, त्यो सधैं यस संसारमा पिछा पर्दछ ।", अर्को सिगरेट सल्काउँदै बाईले भनिन् ।

सन्ध्या उदास भइन् । उनको दुःखलाई बाईले बुझ्ने चेष्टा गरिनन् । घरका झ्यालहरूमा ग्रिल लगाइएका थिए । अग्लाअग्ला पर्खाल अनि गेटमा पाले । सन्ध्या भाग्न पनि असमर्थ थिइन् । उनी एक्लै चिच्याउँथिन्,

तड्पिन्थिन् । तर उनको चिच्याहट र तड्पनमा कसैले सहयोग गरेनन् । सन्ध्या भाग्न खोजिन् । तर गेटमा अग्लो पालेलाई देखेपछि उनको सातोपुत्लो उड्यो । पिंजडाको सुगा समान दिनभरि सन्ध्या छटपटाइरहिन् । सन्ध्या जस्ता कैयौं केटी त्यहाँ छटपटिन्थे । तर उनीहरूलाई बानी परेको थियो त्यहाँ बस्ने । सन्ध्यालाई भने यस ठाउँको हावापानी अपच थियो ।

जब-जब मानिसलाई बढीभन्दा बढी दुःख पर्दछ, तबतब उसलाई दुःख सहने बानी पर्दछ । सन्ध्या पनि यस्तै दुःखसँगै जिन्दगीलाई डोऱ्याउन विवश भइन् । समय यति निष्ठुरी बनिदियो, सन्ध्याले बिहे गरिन् काकाकाकी खुशी पार्न । आफ्नो दुःख भुल्न अनि विकासको आत्माका शान्तिका लागि । तर जीवनले भने उनलाई घर न घाटको बनाइदियो ।

सन्ध्यालाई कोठीको वातावरणदेखि घृणा लाग्छ । बाईले कैयौंपटक उनका कुरा मान्ने सल्लाह दिंदा पनि सन्ध्याले मानिनन् । सन्ध्या लाचार भएर सुकसुकाइरहेकी थिइन् । केही समयमै बाई कोठामा प्रवेश गरिन् । साँझको समय कोठीमा ग्राहकहरू बढ्दै थिए । बाईले कोठामा कोर्रालाई दुई-तीन पल्ट हावामा हल्लाइन् । एउटा अग्लो जुँगा भएको व्यक्ति बाईको पछिपछि कोठामा आएको थियो ।

"सिधी अङ्गुली से घी निकल्ने वाला नहीं है । जरा ठीक करो इसे ।", बाईले भनिन् । त्यस व्यक्तिले बाईलाई कोठाबाट बाहिर जान इसारा गऱ्यो ।

बाईको हातबाट कोर्रा लिएपछि त्यस व्यक्तिले कोठामा चुकुल लगायो । अनि कैयौं पल्ट कोर्रा हावामा हल्लायो । सन्ध्याले डराउँदै बिस्तारै हेरिन् । कोर्राको आवाजले सन्ध्या निकै भयभीत भइन् । डरले उनी आक्रोशित हुन थालिन् । चिच्याउन चाहन्थिन् । तर मुखबाट बोली फुट्दैनथ्यो । कोर्राको पहिलो प्रहार सन्ध्याको ढाडमा पऱ्यो ।

"आह ! सन्ध्याले आँखा चिम्लेर लामो श्वास फेरिन् ।

"मानती हो या नहीं ?"

"नाइँ ! तँ मलाई पिटीपिटी मार् । तर म आफ्नो इज्जत बेच्नेछैन ।", सन्ध्या चिच्याइन् । रिसले राताराता आँखा पार्दै त्यो व्यक्ति झन्झन्

अगाडि बढ्यो । सन्ध्याको कोमल शरीरमा कोर्राले घाउघाउ बनायो । जबजब कोर्रा उनको शरीरमा पर्थ्यो, उनी सहन सक्दिनथिन् ।

"सा...ली !", त्यो अग्लो डरलाग्दो मान्छेले कोर्रा कोठामै फाल्यो । सन्ध्याको चिच्याहट बन्द भएपछि बाई उत्तेजित भइन् ।

"दरबाजा खोलो ।", दुवै हत्केलाले ढोकामा पिट्दै बाईले भनिन् ।

ढोका खोलियो । बाई दौडँदै सन्ध्याको अगाडि गइन् । अतालिंदै सन्ध्यालाई घचघच्याइन् । सन्ध्या लम्पसार परेर पछारिएकी थिइन् । हातखुट्टाबाट टिलपिल रगत बगेको थियो । ओठ फुलेको अनि कपाल जिङ्ग्रिङ्ङ परेको थियो । बाईले सन्ध्याको नाडीको ढुकढुकी छामिन् । केही चाल पाइनन् । बाई आक्रोशित भइन् ।

"मर गई साली" भन्दै त्यो व्यक्ति उठ्यो ।

"मदन ! सब मामला गडबड कर दिया तुमने । मैने तो मनाने के लिए कही थी, मारने के लिए नहीं । मेरी तो ३० हजार पानी मे डुब गया ।"

बाई छाती पिटीपिटी रून थालिन् ।

"लो ! हिसाब बराबर । मेरे तनख्वाहसे १५ हजार काटलेना । लेकिन इस लासको कैसे ठिकाने लगाऊँ ?", मदनले आत्तिंदै भन्यो ।

"हाँ ! अगर पुलिसको पता चल गया तो मामला काफी सङ्गीन हो जाएगा । रातका समय है, गाडी मे रखकर नदीमें फेंक देना ।"

"ठीक है !", मदनले सन्ध्यालाई उठायो ।

सन्ध्यामा चेतना थिएन । उनी कुनै लासभन्दा कम देखिन्नथिन् । उनको शरीर लत्र्याकलुत्रुक परेको थियो । मदनले सन्ध्यालाई गाडीमा राखेर नदीमा जाँदा कसैले देख्ला कि भन्ने पनि डरै थियो ।

मदन बाईकहाँ १० वर्षदेखि यही काममा थियो । ऊ तलब कमै लिन्थ्यो । खानाको सम्पूर्ण प्रबन्ध त्यहीं हुने हुँदा मदनको तलब बाईकै खातामा जम्मा भएको थियो । जीवन भने भर्खरै मात्र बाईसँग परिचित भएको थियो । १४ महिनाको अवधिमा उसले सन्ध्यासमेत गरी तीन जनालाई बेच्न सफल भइसकेको थियो । सिन्धुपाल्चोककी

एक जना सुन्तली कर्मलाई दिनहुँ धिक्कार्दै सन्ध्या बेचिएकै कोठीमा रोइरहन्थिन् ।

साँझ झमक्क पर्दा मदनको गाडीलाई नदीको परैबाट एउटा गरिब किसानले देखिरहेको थियो । गाडी रोक्दा ऊ छेवैको आफ्नो बारीमा काम गरिरहेको थियो । मदनले स्वाँस्वाँ गर्दै सन्ध्यालाई बोक्दै ल्याएको उसले देखेको थियो । किसानलाई केही फालेको भन्ने थाहा थियो । तर उसले मदनले के फालेको भन्ने ठम्याउन सकेको थिएन । मदनले सन्ध्यालाई फालेर गाडी अघि बढाउनेबित्तिकै किसान कोदालो फालेर दौडियो । उसले ठूलै वस्तु देख्यो । एकछिन नियालेर हेऱ्यो अनि हतपत पानीमा हाम्फाल्यो ।

नदी त्यति गहिरो थिएन । किसानले पौडी खेलेर सन्ध्याको कपाल समात्दै उनलाई किनारमा पुऱ्यायो । ऊ एक्लै सकीनसकी सन्ध्याको पेटमा थिचेर पानी निकाल्दै थियो । नदी किनारमा रहेको सानो देवीको मन्दिरमा जानकी देवी घण्टी बजाउँदै बाहिर आइन् । घण्टीको स्वरले त्यस किसानको कान आकर्षित भयो । डर र त्रास बोकेको उसका आँखाले रातको धमिलो प्रकाशमा जानकी देवीलाई देख्न पुग्यो । किसानले दौडँदै जानकी देवीलाई सन्ध्याको हालत भन्यो । जानकी देवी त्यहाँ दौडेर आइपुगिन् । झोलाबाट टर्चलाइट झिकेर सन्ध्याको अनुहारमा हेरिन् । जानकी देवीको मनमा ममता उत्पन्न भयो । उनले आफ्नो ड्राइभरलाई बोलाइन् । किसान र ड्राइभरले बोकेर सन्ध्यालाई गाडीमा राखिदिए ।

जानकी देवीको आज्ञाअनुसार ड्राइभरले तेज गतिमा गाडी मुम्बईकै अस्पताल पुऱ्यायो । सन्ध्यालाई इमर्जेन्सी वार्डमा लगियो । उनलाई सन्ध्या बाँचिहाल्लिन् कि भन्ने आशा थियो । किनकि उनले नदी किनारामा सन्ध्याको नाडी छाम्दा मलिन ढुकढुकी सुनेको अनुभव भएको थियो ।

***

१२

साँझपखको समय थियो । आज आशाको घरका कोठा निकै सजाइएका थिए । आशाले व्याकुल भई झ्यालबाट हेरिन्... । बाटोको देखिने कुनासम्म । निशितको आगमनको नामोनिसान थिएन । आशाले छटपटाउँदै घडी हेरिन् । छ बजिसकेको थियो । आशालाई एकछिन त झनक्क रिस पनि उठ्यो ।

"जहिले नि काम... मिटिङ... दिक्दार भैसकें म त !"

आशाले टाउकोमा हात राखिन् । घरी खाटमा लेट्थिन् त घरी झ्यालमा बसेर बाटको कुनासम्म आँखा तेर्स्याउँथिन् ।

"बुहारी ! मैले आफ्नै हातबाट तिम्रा लागि खीर बनाएर पठादिएकी थिएँ । दुई घण्टा भइसक्यो... अझै खाइनौ ?"

आशा झस्किँदै पछाडि फर्किइन् । सासूसँग मुसुक्क हाँसिन् ।

"त्यस्तो होइन, आमा... निशितलाई कुरेकी थिएँ । आउँदै आएनन् ।", आशाले भनिन् ।

"आइहाल्छ नि ! त्यो स्वाँठ त्यस्तै हो । कुराउने त त्यसको बानी नै त हो नि ! तिमी यसरी भोकभोकै बस्न थाल्यौ भने बिरामी भइहाल्छ्यौ फेरि ।", निशितकी आमा आशाको अगाडितिर आइन् । खीरको रिकापी उठाइन् र भनिन्, "ल म तताएर ल्याउँछु । अबचाहिं त्यस्तो गर्ने होइन नि !"

निशितकी आमा पाँच मिनेट जति पछि आफैं खीर बोकेर फर्किइन् ।

"ल ! मेरै अगाडि खाऊ... विश्वास पनि लाग्दैन खान्छ्यौ भन्ने ।"

"हस्... अहिले खान्छु ।", आशाले पुनः झ्यालमा गएर हेरिन् ।

"हैन... अहिल्यै मेरै अगाडि खानुपर्छ ।"

"हस् ।"

आशाले बिस्तारै रिकापी उठाइन् । एक चम्चा खीर मुखमा राखिन् । निशितले गाडीको हर्न बजायो । आशा रिकापीलाई टेबलमा राखेर झ्यालमा पुगिन् । उनको बादल परेको जस्तो अनुहारमा इन्द्रेणीका सातै रङ देखापरे । आशा खुशीले गद्गद भइन् । सासूको उपस्थितिलाई कुनै महत्त्व नै नदिई उनी तल दौडिएर गेट खोल्न गइन् । काम गर्नेहरू गेट खोल्न भनी आएका थिए... छक्क परे ।

"सवारी होस् ।" आशाले गेट खोलिदिइन् । निशितले आफ्नो गाडीको छेउको ढोका खोलिदियो ।

"तिमी पनि बस ।", निशितले हाँस्दै भन्यो ।

"होस् ! बस्दिनँ । बोल्दा पनि बोल्दिनँ ।", आशा ठुस्स परिन् ।

"उफ् ! बस त सही... । म सब प्रोब्लम बताउँछु ।"

आशा केही नबोली गाडीमा बसिन् । ढोका जोडले लगाइन् । उनले रिस ढोकालाई पोखिन् । गाडी ग्यारेजमा रोकियो । आशा बोल्दै नबोली गाडीबाट ओर्लेर सरासर हिंड्न थालिन् ।

"किन ढिला गरेको नि ?", आशाले केही आँखा तरेझैं गरेर सोधिन् ।

"काम थियो ।"

"तिम्रो काम नभएको दिनै कहिल्यै छ र ? कहिल्यै मलाई सम्झिने गरेका छौ र ?", आशाले रिसाएझैं गरेर भनिन् ।

"ए ! तिमी को ?... चिन्दै चिनिनँ ।", निशितले आशालाई अँगालो हाल्यो ।

दुवै जना एकै क्षण खुब हाँसे । हाँस्दाहाँस्दा निशितका आँखा झ्यालबाट बाहिर हेरिरहेकी आमामा पर्छ । उसले अप्ठ्यारो अनुभव गर्दै आनो हात आशाको कुमबाट झिक्यो ।

"ल ! *गोरखापत्र* गाडीमै छाडेर आएछु ।", निशित फर्कियो ।

उसलाई घरको वरिपरिको चहकमहकप्रति कुनै चाखै थिएन । निशित गाडीबाट *गोरखापत्र* लिएर फर्कियो । आशा पर्खिरहेकी थिइन् । दुवै जना केही कुरा नै नगरी कोठामा पसे ।

"गोरखापत्र त केवल समवेदनाले नै भरिएको छ ।"

निशितले *गोरखापत्र* टेबलमाथि राख्यो । आशाले खाटमा लेटिरहेको निशितको छेउमा बसेर केही भन्न खोजे झैं गरिन् ।

"के भो तिमीलाई ? तिम्रो चञ्चलता अनि हँसाइ सब कसले लग्यो ? कागले ?", निशितले हाँस्दै सोध्यो ।

"छ एउटा ठूलो गहुँगोरो काग, जो मेरै अगाडि बसिरहेको छ ।", आशाले गमक्क पर्दै भनिन् ।

निशित जुरूक्क उठ्यो । आशा पनि हाँस्दै उठिन् । कोठाको ढोकाबाट बाहिर कुद्दा सासूसँग ठोकिन पुगिन् ।

"अरे किन यस्तरी कुदेकी ? यस्तो बेलामा पनि बच्चा जस्तो कुद्ने हो ? चोटसोट लाग्यो भने मैले नातिको अनुहार हेर्नुपर्दैन ?", निशितकी आमाले आशालाई समात्दै भनिन् ।

आशालाई अप्ठ्यारो अनुभव भयो । रातो मुहार लिएर पुनः कोठामा पसिन् । निशित खाटमा पल्टिरहेको थियो । आशा केही नभनी झ्यालमा बसेर टोलाइरहिन् । निशित बिस्तारै उठ्यो । आफ्नो पाउचालको कुनै आभास नै नदिई ऊ आशाको छेउमा पुग्यो । आशाको एकनासले टोलाइरहेको आँखाअगाडि आनो बायाँ हात हल्लायो । आशाले आँखा झिमिक्क पनि गरिनन् । निशितले आशाको कुममा आफ्ना दुई हात राखेर उनलाई फरक्क फर्कायो । आशाका आँखाबाट बरर आँसु झरे ।

"किन ? किन यस्तो मोतीका दाना जस्ता आँसु व्यर्थमा खसालेकी ?", निशितले आशाका आँखाबाट झरिरहेका आँसु आफ्ना दुई हातले पुछिदिँदै भन्यो ।

कालुले ढोकामा खटखटायो । निशित सरासर ढोकामा पुग्यो ।

"किन कालु ?", निशितले ढोका खोल्दै सोध्यो ।

"हजुरलाई पनि खीर ल्याऊँ ?"

"खीर ? खीर ल्याउन पनि मलाई सोध्नुपर्छ र ? कसले भनेर खीर बनाएको ?", निशितले फर्केर आशालाई हेऱ्यो । आशाले एकचोटि आँखा तरिन् । कालु सरासर माथि गयो ।

"ए ! कोठा किन यस्तो झकमक ? मैले त यादै गरेको थिइनँ ।", निशितले कोठाको चारैतिर आँखा दौडायो ।

"अझै थाहा छैन ?", आशाले गम्किँदै सोधिन् ।

"अहँ !", निशितले छक्क पर्दै सोध्यो ।

"हाम्रो बिहेको वर्ष दिन भोलि । त्यसको तयारी गरेकी ?"

"ओहो ! मैले त बिर्सिराख्या ।"

"के मात्र सम्झिने क्षमता छ र ? काम... काम... ।"

"दुई-तीन दिनअगाडि नै सम्झाउनुपर्दैन ? कस्तो धुमधामले मनाउने रहर थियो आनो ।"

"मनायौं... मनायौं... राम्ररी नै ! मैले त आफैं सम्झिन्छौ कि भन्ठानेर पो नभनेकी । आखिरमा नभनी करै लागेन ।", आशा बरन्डामा गइन् ।

निशितलाई आफूले वर्ष दिन गएको पनि चाल नपाएको देख्दा अचम्म लाग्यो । साँझको बत्ती बल्यो । आशाले पूजाकोठामा आरती दिइन्... । घण्टी बजाइन् । धूपको बासनाले घर सुगन्धित भयो । निशितले पनि मौका पारेर चुरोट सल्कायो अनि धूवाँ फुक्यो । आशाको चञ्चलता उसका आँखाअगाडि सलबलाउन थाल्यो । उसलाई विद्यालयमा आशाले हानेको थप्पडसम्मको याद आयो ।

आशा चियाको किस्ती बोकेर भित्र पसिन् । निशितलाई हेरिरहिन् ।

"खाऊ पनि भन्दिनौ ?", निशितले सोध्यो । आशा वर्तमानतिर ओर्लिइन् ।

"आशा ! तिमी जस्ती जीवनसाथी पाउनु... म कति भाग्यमानी । लागेकै थिएन तिम्रो र मेरो जीवन यसरी जोडिएला भन्ने । याद छ तिम्रो थप्पड ?", निशितको वाक्यले आशा पुनः झस्किइन् । आशा निशितसँगै आएर बसिन् । दुवै जना खुब हाँसे ।

"आशा ! आज तिमी कैयौं दिनपछि यसरी दिल खोलेर हाँस्दै छ्यौ । सधैं यसरी नै हाँस्ने गर... हेर यो कोठा तिम्रो मुस्कानले स्वर्गसमान लागिरहेको छ ।"

"पुग्यो-पुग्यो... उल्टोबाट रूख चढाउनुपर्दैन ।"

"साँच्ची त भन्दै छु । खै तिम्रो हात देऊ त !", निशितले आशाको दायाँ हात तान्यो अनि उनको हात हेर्न थाल्यो ।

"किन र ?", आशाले प्रसन्न मुद्रामै सोधिन् ।

"भनिन्छ... समयसँगै हातका रेखा पनि परिवर्तन हुन्छन् । त्यसैले हेर्न लाग्या... तिमीले छोरा पाउँछ्यौ कि छोरी भनेर... !", निशित हाँस्यो ।

"कस्तो बढीबढी कुरा गर्नुपर्ने । जे भए पनि आखिर हाम्रै सन्तान त हुनेछ नि ! मलाई त पहिलो छोरी नै होस् ।"

"चाहना त मेरो पनि त्यही हो ।"

"भोलि मनाउने विचार छ कि छैन ?", निशितले सोध्यो ।

"नमनाउने भए यस्तरी कोठा सिँगार्थें त ? बैठक कोठामा गएर हेर त !", आशाले भनिन् । निशित जुरुक्क उठेर गयो ।

बैठक कोठा निकै उज्यालो थियो । सिलिङमा कागजका झल्लर हल्लिरहेका थिए । अगाडिको भित्तोमा 'ह्याप्पी फस्ट एनिभर्सरी' भनेर रङ्गीन कागजले लेखिएको थियो । तिहारमा घरबाहिर बालिने बत्ती कोठामा टिलपिल गर्दै बल्दै थिए । निशित कोठाको रोमाञ्चकारी वातावरण देखेर छक्क पर्‍यो । सोकेसमाथिको रङ्गीन कागजको प्याकेट उठाउँदै सोध्यो ।

"यो के नि ?"

"केही होइन... !", आशा हाँसिन् ।

"थाहा पाएँ... सरप्राइज दिन लागेकी ?"

विवाहअगाडिको आशाको चञ्चलता एकाएक विवाहपछाडि हराएर गएको थियो । सासू अलि पुरानो विचारधाराकी भएकी हुनाले प्रायः किचकिच भइरहन्थ्यो । बेलाबेलामा उनलाई इच्छाएको लुगा लगाउन, बोल्न र हाँस्नसमेत बन्देज गरिए जस्तो भान हुन्थ्यो । तर आफूलाई निकै माया गर्ने र समझदार जीवनसाथी पाएकामा भने उनी आफूलाई भाग्यमानी ठान्थिन् । आशाले आफ्नो सम्पूर्ण जीवन नै निशितका लागि समर्पण गरिसकेकी थिइन् । उनी निशितकै खुशीमा आफ्नो खुशी देख्थिन् ।

"मलाई अरू कुरा थाहा छैन, तिमी भोलि अफिस जान पाउँदैनौ ।", आशाले भनिन् ।

"एकछिन त जानैपर्छ, भोलि दिउँसो त झन् अर्जेन्ट मिटिङ छ ।"

"गोली मार मिटिङसिटिङ । मज्जाले इटिङ गरेर बस्ने नि !"

"तुरुन्त आइहाल्छु नि ! रिसानी माफ होस् ।", निशितले दुई हात जोडेर हाँस्दै भन्यो ।

"ल ल जाऊ अनि किनमेल गर्न चाहिं कहिले जाने त ?"

"भोलि बिहान सबेरै । हुन्न र ?"

"हुन त भइहाल्छ । उता आमाकहाँ र एकदुई जना साथीकहाँ खबर गर्नुपर्ने ।"

"फोन गरे त भइगो नि !"

"अरू कहाँ त गरूँला । सन्ध्याको भने अत्तोपत्तो छैन ।", आशाले खिस्रिक्क पर्दै भनिन् ।

"वीरगन्ज । खबर पनि कसरी गर्नु ?"

"सन्ध्यालाई नदेखेको पनि कत्ति भइसक्यो... के गरिरहेकी होली बिचरी... ।"

"तिमी मात्र सन्ध्याको याद गरी बस्छ्यौ । खै तिम्रो साथीले फोनसम्म गरिनन् । बिहे गरेको कति भयो ?"

आशाले आफ्नो माइती र एकदुई जना अरू साथीकहाँ फोन गरिन् अनि बरन्डामा आइन् । निशित चुप लागेर सडकमा गुडिरहेका गाडी हेर्दै थियो ।

"के भयो निशित ? किन यस्तो चिसोमा ?", आशाले बाहिर बरन्डामा जाँदै सोधिन् ।

"केही होइन । हाम्रो छोरा भएमा के नाम राख्ने र छोरी भएमा के नाम राख्ने भनेर सोचिरहेको ।"

"छिः त्यति सोच्न पनि सेन्टिमेन्टल हुनुपर्छ त ?"

"आशा ।"

"हँ ।"

"हेर त त्यो गुलाबको फूल !", निशितले बत्तीको मधुरो प्रकाशमा हल्लिरहेको गुलाबलाई देखायो ।

"अनि के त ?", आशाले छक्क पर्दै सोधिन् ।

"सुन, त्यो फूल प्रेमको रूप हो । प्रेम भनेको भावनाबाट उदय हुन्छ । त्यसैले छोरी भएमा भावना अनि छोरा भए उदय । कसो ?"

"वाह ! वाह !", आशाले ताली बजाइन् ।

"विकासको साहित्य तिमीमा सरे जस्तो छ नि !"

"सायद !", निशितले रिसिभर उठायो अनि साथीहरूकहाँ डायल गर्न थाल्यो ।

उदाएको सूर्य पर पहाडबाट ङिच्च हाँसिरहेको थियो । मानौं, आशा र निशितको जोडी देखेर रमाइरहेको थियो । आज आशा र निशितको विवाहको वर्ष दिन ! दुवैका आँखामा असीम खुशी अटाएको थियो । दुवै जना एकअर्कादेखि मरिमेट्थे । अगाध माया गर्थे । मानौं, संसारको कुनै प्राणी या वस्तुले यिनीहरूको जोडी अलग्याउन सक्दैन । निशितका आँखामा सप्तरङ्गी सपना नाच्न थाले । आज फेरि निशितलाई आशाको दुलहीको रूप देख्ने इच्छा बढिरहको थियो ।

हावाको हल्का झोकाले आशाको केश र साडीको आँचल बिस्तारै उडाइरहेको थियो । आशाले कौशीबाट तल बगैंचामा हेर्दै थिइन् । आशाको केशबाट एक मधुर बास्ना वातावरणमा फैलियो । यस्तो खुशीको दिनमा पनि उनको अनुहारमा भने केही उदासीनता देखापर्‍यो । कौशीमा बिहान सबेरै निकै मौनता छाएको थियो । क्षितिजमा हेर्दा पहाडको बीचको सूर्यसँग उनी केही मुस्काइन् । निशित सोच्दै थियो, विवाहपछि किन उनी यसरी एकाएक उदास देखिन थालिन् । कुन कुराले उनको मन जलिरहेको थियो अनि उनी मुखसम्म ल्याउन सक्दिनथिन् । आशाचाहिं कताकता गहिराइ नाप्दै थिइन् । निशितले धेरै बेरदेखि आशालाई हेर्दै थियो । ऊ सोच्दै थियो, किन आशाले यस्तो परिस्थिति देखाउँछिन् । कहिले खुशी हुन्थिन् त कहिले छिनमै दुःखी भएर कताकता हराउँथिन् ।

कौशीबाट देखिने यस्तो मधुर दृश्यमा निशित आशासँग कुरा गर्न चाहन्थ्यो । तर जब ऊ अगाडि बढ्न खोज्थ्यो, उसका खुट्टा त्यहीं रोकिन्थे । आशालाई त निशित अगाडि परेको आभास पनि थिएन । निशितले आशालाई शिरदेखि पाउसम्म हेऱ्यो । आशाको सुन्दरतामा कुनै कमी थिएन । निधारको रातो टीकाले उनको मुहार उज्यालो देखिन्थ्यो । हातमा एक अँजुली पानी लिएर आशाको मुखमा छ्यापिदियो । आशा हडबडाएर उठिन् । उनले निशितलाई आश्चर्यचकित भएर हेरिन् । निशित मुसुमुसु हाँसिरहेको थियो ।

"यो के गरेको ?", उनी एकाएक सोध्न पुगिन् ।

"सोचें ... तिमीलाई ब्युँझाइदिऊँ भनेर ।"

"म निदाइरहेकी थिएँ र ?"

"अँ ! आँखा त खुलै तर वरिपरि के... कसो ज्ञातै थिएन ।"

"ओह !"

"आशा !"

"किन ?"

"तिमी के सोच्छ्यौ समयसमयमा... तिमी यस्तो उदास हुन्छ्यौ ।"

"केही होइन ।"

"मलाई कुरा नलुकाऊ । साँचो भन... सके मद्दत गरूँला ।"

"त्यस्तो खास केही होइन ।"

"के त भन न ।"

"मलाई आमादेखि डर लाग्छ निशित !", आशाले निशितको छातीमा टाउको राखेर भनिन् ।

"केको ? आमासँग किन डर ?", निशितले आफ्ना दुई हातले आशाको टाउको समातेर हटायो अनि सोध्यो ।

"कुल थाम्न छोरै पाउनुपर्छ भनेर । निशित मेरो एक्लो छोरा । वंश थाम्न... कतै छोरी भई भने ? आमाको यो वाक्य मेरो मस्तिष्कमा प्रायः गुन्जिरहन्छ ।", आशाले निराश भएर भनिन् ।

"धत् ! तिमी जस्ती शिक्षित नारीले पनि यस्तो भन्न सुहाँउछ र ? पहिलो छोरी नै भए पनि दोस्रो छोरा... । दुवै छोरी भए पनि ठीक ।", निशितले भन्यो ।

आशाको अनुहारमा आशाका किरण देखापरे । सब जना नास्ताका लागि डाइनिङ हलमा बसे । आशाको मेच निशितको ठीक अगाडि थियो । निशितकी आमा पनि प्रसन्न मुद्रामा थिइन् । उनी मेचबाट उठेर रामुलाई बोलाउँदै बाहिर गइन् ।

"किन चुपचाप ?", निशितले आशालाई हेरेर हाँस्दै सोध्यो ।

"खै के कुरा गर्नु त ?", आशाले बलपूर्वक हाँसो मुखमा ल्याउँदै भनिन् ।

"आशा ! म आज तिमीलाई पुनः दुलहीको रूपमा देख्न चाहन्छु ।", निशितले कफीको एक घुट्का मुखमा राख्दै भन्यो । आशाले मुस्कुराउँदै टाउको हल्लाएर समर्थन जनाइन् ।

"तर पुरानो लुगामा होइन... आज म तिम्रा लागि सम्पूर्ण सामान किनेर ल्याउनेछु ।", निशितले भन्यो ।

"मान्छे पुरानो भए पनि लुगा नयाँ नै ?", आशाले कफीको ग्लास टेबलमा राख्दै भनिन् ।

"स...स !", निशितले आफ्नो ओठमा चोरऔंला राखेर इसारा गऱ्यो । दुवै जना हाँस्न थाले ।

"के भो ?", निशितकी आमाले मेचमा बस्दै भनिन् ।

"केही होइन", निशित फेरि हाँस्यो ।

"आमाले बनाउनुभएको कफी एकदम मीठो छ भन्दै थियो ।", आशाले भनिन् ।

"बस् ? यति कुराका लागि हाँस्नुपर्थ्यो त ?", आशाकी सासूले भनिन् ।

निशित कोठाको मेचमा बसेर पत्रिका पढिरहेको थियो । उसका आँखा पत्रिकामा थिए । तर मन अन्त कतै... अशान्त र अस्थिर । आशा पनि पलङमा आनै विचारमा मग्न थिइन् । एकाएक दुवैले टाउको

उठाएर अगाडिको खुलेको ढोकामा हेर्न थाले । सायद कोही आएको हो । तर केही नदेख्दा दुवैले आँखा तल पारे ।

टेबल घडीको टिकटिक आवाजले समय बढ्दै गरेको सङ्केत गर्दै थियो । बाहिर आकाशमा घना बादलले वृष्टिको सङ्केत दिइरहेको थियो । बादलको बीचबाट भने सूर्यले झुल्किने असफल प्रयास गर्दै थियो । यस्तैमा घोर वृष्टि भयो । पानी परे पनि निशित गाडी लिएर बजार गयो । आशा भने निशितको आगमनलाई बेचैनीसँग पर्खंदै थिइन् ।

वृष्टि थामिएपछि बादल हट्यो । सूर्यले फेरि मुस्काउँदै आशाको पूर्वपट्टिको झ्यालबाट कोठामा प्रवेश गऱ्यो । आशाले झ्यालका पर्दा खोलिन् । कोठा पहिलेको भन्दा झन् प्रकाशमान भयो । वृष्टि रोकिएपछि वातावरण सुनसान थियो । उनले आनो प्रेम कहानीलाई सुरूदेखि सम्झिइन् । यस्तै कल्पनामा हराउँदै पलङको ठीक अगाडि टाँगिएको निशितको फोटो स्पर्श गरिन् । तस्बिर भुइँमा खसेर चकनाचुर भयो । आशाका मीठा कल्पनाहरू सिसा फुटेको आवाजसँगै बिलाए । आवाज सुनेर निशितकी आमा हतासिँदै कोठामा प्रवेश गरिन् । आशा हातले अनुहार छोपेर तस्बिरको अगाडि भुइँमा थचक्क बसी रोइरहेकी थिइन् ।

"के भो ?", निशितकी आमाले सोधिन् ।

"... ।"

"किन चुप लागेकी ?"

आशाले फुटेको तस्बिरलाई रूँदै उठाइन् ।

"ए ! तस्बिर फुटेको ? यस्तरी रूनुपर्छ र ? भोलि नै सिसा फेरूँला नि" भन्दै आशाकी सासू गइन् ।

"कतै यो दुर्भाग्यको लक्षण त होइन ?", आशाले आशङ्का गरिन् ।

आशाकी सासू फरक्क फर्किइन् । कसोकसो उनको मन बिझायो । तर उनले सान्त्वना दिँदै भनिन्, "तिमीहरू झैं पढेलेखेकालाई त्यस्तो भन्न सुहाउन्न । पीर गर्ने होइन, घरधन्दातिर लाग । पछि ढिला होला नि... ।"

आशाकी सासू माथि गईन् । आशाले तस्बिरलाई उठाएर त्यही स्थानमा झुन्ड्याइन् । सिसाका टुक्रा टिपेर फालिन् ।

बिहानदेखि नै काम गर्नेहरू आआफ्नो धुनमा व्यस्त थिए । कोही खान पकाउन त कोही साजसज्जामा । फाट्टफुट्ट छिमेकी साथीहरू र माइतीहरू आउन थाले । सबका हातमा रङ्गीचङ्गी कागजले बेरिएका उपहार थिए । बच्चाहरू दौडादौड गरिरहेका थिए । आशा भने निराश थिइन् । कहिले उनलाई निशितदेखि रिस उठ्थ्यो त कहिले लगत्तै डर पनि ।

"निशित खोइ त ?", सबैको मुखमा यही प्रश्न थियो ।

"अर्जेन्ट भनेर अफिस गएको... आउँदै होला ।"

यो वाक्य दोहोऱ्याउँदा दोहोऱ्याउँदा आशा दिक्क भइसकेकी थिइन् । सबको मनमा केही खिन्नता देखापऱ्यो । तर आशाको मुटु भने नराम्ररी धड्किरहेको थियो । आँखाका परेला फडफडाइरहेका थिए । बिस्तारै अरूको नजरबाट बच्दै आशा बरन्डामा आइन् । परपरसम्म आफ्नो नजर दौडाइन् । निशितको भने अत्तोपत्तो थिएन ।

"ट्रिङ...ट्रिङ... !", फोनको घण्टी बज्यो । आशाको मनमा उत्साहका लहर छाउन थाले । मन्द मुस्कुराइन् । उनको खुशीको सीमा रहेन ।

बत्तीस दाँत देखाएर भीड छिचोल्दै अनि एकै सासमा फोन उठाइन् । उनका नसानसामा रोकिएको रगतमा हलचल भयो ।

"हेलो ! यो निशितको घर हो ?", उताबाट एकैचोटि आवाज आयो ।

"हजुर !", आशाले भनिन् ।

"म इन्स्पेक्टर हरि बोल्दै छु । तपाई उहाँको... ?"

"म... म उसकी श्रीमती... हजुर के कामले ?", आशा आत्तिन थालिन् ।

"उहाँको गाडी सहिदगेटमा एउटा बच्चालाई बचाउन लाग्दा ट्रकसँग जुधेकाले दुर्घटना हुँदा उहाँको स्थिति खराब छ । वीर अस्पताल पुऱ्याइएको छ ।"

"ह... हस् !", आशाका आँखाबाट आँसुको बलिन्द्रधारा बग्यो । आशा ढलमलिंदै भुइँमा थचक्क बसिन् । बलजफती उठिन् अनि कसैलाई केही नभनी बेसुरमा बाहिरतिर दौडिन् ।

"आशा ! के भो आशा !", निशितकी आमाले आशालाई समात्दै भनिन् । आशा झसङ्ग भइन् ।

आशाकी आमाले पनि उनलाई अँगालो हालिन् अनि सोधिन्, "के भयो !"

"दुर्घटना !! वीर अस्पतालमा छ ।"

आशा छाती पिटीपिटी रून थालिन् ।

"सब ठीक हुन्छ... ल हिंड ।"

आशाका बुबाले ढाडमा धाप दिए । अनि बाहिर गएर ठूलो भ्यानमा सबलाई बस्ने आग्रह गरे । आशा अगाडि बुबासँग बसिन् । आशाकी सासू, ससुरा र आशाकी आमा विचलित भई पछाडि बसेका थिए । निशितकी आमा अचानकै डाँको छाडेर रून थालिन् ।

"मेरो एक्लो छोरा... मेरो प्राणभन्दा प्यारो छोरा ... ।"

"सबै ठीक भइहाल्छ । धैर्य गर्नुहोस् ।", आशाकी आमाले भनिन् । आशाका ससुराले पनि आफ्नी श्रीमतीलाई विलाप नगर्न आग्रह गरे ।

भ्यान बिस्तारै वीर अस्पतालको अगाडि रोकियो । आशा कसैको पनि वास्ता नगरी निशितको क्याबिनतिर दौडिइन् । निशितको निधारमा ठूलो टाँका थियो । उसलाई स्लाइन पानी दिइँदै थियो । उसको अवस्था ज्यादै नाजुक देखिन्थ्यो । आशा आफ्नी आमाको जीउमा लपक्क टाँसिई रून थालिन् ।

"हल्ला नगर्नुहोला । एकछिन बाहिर आउनुहोस् त !", डाक्टरले आशालाई बाहिर बोलाउँदै भने ।

आशा क्याबिनबाट बाहिर निस्किइन् ।

"तपाई उहाँको मिसेस ?", डाक्टरले गम्भीर भएर प्रश्न गरे ।

"हजुर !"

"हेर्नुस्, एक्सिडेन्टमा रगत निकै बगेको छ । रगत दिनुपर्छ... छिटो बन्दोबस्त गर्नुहोस् ।"

"डाक्साब ! मेरो शरीरमा एकएक थोपा रगत भएसम्म लिनुहोस् । तर मेरो निशितलाई बचाइदिनुहोस्... ।", आशाले आफ्ना दुई हात जोडिन् ।

"झट्ट गर्नुहोस्... यो रूने समय होइन । आफ्नो मन सम्हालेर धैर्यले काम गर्नुहोस् । सक्दो प्रयास त जारी नै छ ।"

डाक्टर क्याबिनमा पसे । आशाले आँसु पुछिन् । आशा दुई जीउकी हुँदा निशितका बुबाको रगतको परीक्षण गराइयो । रगतको ग्रुप नमिल्ने हुँदा आशा झन्झन् अतालिन थालिन् । तर कसैको पनि रगत नमिल्दा डाक्टरले निराश हुँदै भने, "हेर्नुस् ! यो ग्रुपको रगत स्टकमा छ । तर दुई पिन्टको बदलामा तपाईंको कुनै ग्रुप भए पनि दिनुपर्नेछ ।"

"डाक्साब ! मेरो रगत लिनुहोस् । मेरो रगतको अन्तिम थोपासम्म लिन सक्नुहुन्छ ।", आशाले आवेशमा आएर भनिन् ।

"हामीलाई अन्तिम थोपाको जरूरत छैन । दुई पिन्टको बदलामा दुई पिन्ट भए पुग्छ ।"

निशितलाई स्टकको रगत दिइयो । निशितका बुबाको दुई पिन्ट रगत झिकियो । आशाको रूने क्रम भने रोकिएको थिएन । उनी पुनः डाक्टरको अगाडि गइन् अनि मेरो निशितलाई बचाइदिनुहोस् भनेर खुट्टा समाउन लागिन् ।

"आइ विल ट्राई माइ बेस्ट !", डाक्टरले भने ।

आशा क्याबिनमा पसिन् । निशितको अनुहार पहिलेको भन्दा उज्यालो देखिन्थ्यो । निशितले बिस्तारै आँखा खोल्यो । निशितलाई होस आएकाले आशाले खुशीका आँसु बरर झारिन् ।

"आशा !", निशितको स्वर मधुरो थियो ।

"आराम गर ।", आशाले भनिन् ।

"आशा ! तिम्रो गर्भमा रहेको मेरो निसानीलाई कहिल्यै मेरो कमी महसुस हुन नदिनू अनि अनि... !", निशितले टाउको लुत्रुक्क पाऱ्यो ।

"निशित !", आशाले घचघच्याइन् । निशित केही बोलेन । लाग्थ्यो, ऊ निकै थकित थियो । र गहिरो निद्रामा जान चाहन्थ्यो । तर गहिरो निद्रा मात्र होइन, निशितले सदाका लागि संसार त्याग्यो । आशाले आँसुका बलिन्द्रधारा बगाएर वचन पालना गर्ने कसम खाइन् ।

"नि...शि...त !", आशाको चिच्याहाटले आकाश-पाताल थर्कियो । आशा पागल झैं चिच्याइरहिन् ।

"भगवान् मैले तिमीसँग निशितको लामो आयु मागेकी थिएँ, मृत्यु होइन । के अनर्थ गरिदियौ तिमीले ?", आशाले पागल झैं आँसु बगाइरहिन् ।

आशाको मस्तिष्कमा अनेक कल्पनाले घेर्न थाले । कल्पनाको संसार उनले सजाएकी थिइन् । शृङ्गारका सामान उनका वरिपरि थिए । साथीहरू हाँस्दै थिए । घर सम्पूर्ण सिँगारिएको थियो । उनले निशितलाई वरमाला लगाइदिइन्... । निशितकी आमाले अचानक हात समाउँदा आशा झसङ्ग झस्किइन् । वास्तविकताले उनलाई पिरोल्नु पिरोल्यो ।

आशा अजिब अनुहार लिएर मूर्ति समान बसिरहिन् । आशाकी सासूले रूँदै आशाको सिउँदोबाट सिन्दूर पखालिदिइन् । आशाको श्वासको गति अस्वाभाविक हुन थाल्यो ।

"मेरो बुढेसकालको सहारा छिनिस् । आफ्नो छोरा बनाएर यति ठूलो बनाएँ । तर... तर तँ अलच्छिनीले खाइदिइस् ।", आशाकी सासू निकै आक्रामक भई बोल्दै थिइन् ।

"आमा ! भगवान्का लागि यस्ता शब्दहरू नबोल्नुस्... म अपराधी होइन । तर तपाईं आफ्नो छोरालाई के... !", आशा रोकिइन् ।

"हो, यो सत्य हो । निशित मेरो गर्भबाट जन्मेको बच्चा थिएन । तर ऊ मेरा लागि गर्भबाट जन्मेको भन्दा एक रौं पनि सानो थिएन ।"

आशाले आँसु पुछिन् । आजसम्म उनलाई यस कुराको ज्ञान पनि थिएन । आशाकी आमाले पनि छक्क पर्दै सुनिरहिन् ।

"यस्तै छ मेरो जिन्दगी... बिछोड र तिरस्कार सिवाय ममा केही छैन ।", आशाकी सासूले भन्दै गइन् । दुःखी अतीत कोट्याउँदै गइन् ।

"जीवन यस्तै रहेछ । बिहेको छैटौं वर्षमा पनि बच्चा नहुँदा घरमा कलह... झगडा... । यस्तै हुँदा घरबाट निस्किनुपऱ्यो । वर्षौं डेरामा बसियो । खान, लाउन पनि गाह्रो हुन थाल्दा मैले एउटा जुक्ति सोचें । अनाथालयबाट भर्खर जन्मिएको र जन्मिनेबितिकै आमा मरेको बच्चालाई आफ्नो काखमा राखेर घर गएँ । आफूले जन्माएको भनेर

भन्दा सासूको खुशीको सीमा रहेन । यो रहस्य, रहस्य नै रह्यो । तर आज । आज मेरो निशित... । नाइँ !", फेरि रून थालिन् ।

"आमा ! तपाईं महान् हुनुहुन्छ । एक अनाथ बच्चालाई आफ्नो छोरा बनाएर पाल्नुभयो, जिन्दगी दिनुभयो... दुर्घटना कसैको दोष हैन ।", आशाले भनिन् ।

कोठामा सब चुपचाप थिए । निशितको लास जलाएर घरमा आएका सब जना घरको चहकमहक हेर्दै थिए । धुमधामले बिहेको वर्षगाँठ मनाउने उद्देश्य राखेका आशा र निशित सदाका लागि बिछोडिए ।

"आमा ! के मेरो यो पखालिएको सिउँदोसँगै हाम्रो सम्बन्ध पनि तोडियो र ? निशितको मृत्युपछि आखिर मेरो यस घरमा आफ्नो नै को छ र ? तपाईंले जुन कलङ्किनी भन्ने शब्दको टीका मेरो निधारमा लगाइदिनुभयो... म यस घरमा रहनेछैन । म भए तपाईंलाई झन् बढी पीडा हुनेछ, निशितको यादमा... । दुःखी त म पनि छुँ... । तर म त उसकी श्रीमती हुँ । मेरो गर्भमा रहेको बच्चा उसको निसानी हो ।"

आशाले हत्केलाले मुख छोपिन् अनि रून थालिन् ।

"आशा !", आशाकी सासूले आशाको हत्केला हटाएर उनलाई अँगालो हालिन् ।

"आशा ! आजदेखि तिमी बुहारी मात्र होइन... मेरो छोरा निशित पनि हौ । मलाई छाडेर दण्ड नदेऊ । म आफ्ना शब्दहरूदेखि लज्जित छु ।", आशाकी सासूले भनिन् ।

"हो आशा, तिमी यस घरको छोरा पनि हौ । यो घरमा जे छ, सब तिम्रै हो । तिम्रो गर्भमा मेरो निशित छ... सानो निशित ! तिमी नै हाम्रो बुढेसकालको सहारा हो ।", निशितका बाबुले भने ।

"बुबा !", आशाले बुबालाई हेर्दै आँसु झारिन् । आशाले सासू र ससुरा दुवैमा आफ्नो बाबुआमाको रूप देखिन् ।

"यो घर नै मेरो घर हो । म निशितको कर्तव्य अनि उसको यस घरले दिएको ऋण चुक्ता गरेर म आफ्नो उजाड सिउँदोमा कर्तव्यको

सिन्दूर लगाउनेछु । आफ्नो सम्पूर्ण जीवन निशितकै बुबाआमाको सेवामा बिताउनेछु ।", आशाले आँखा चिम्लिएर मनमनै कसम खाइन् ।

आशा कोठामा आएर अनायासै टोलाइरहिन् । उनलाई निशितले दिएको वचन र आफूले खाएको कसम याद आयो । आशाले आफ्नो शरीर सेतो साडीले बेरिन् । उनको विवशता उनी मात्र जान्दथिन् । निशितसँग विद्यालयदेखिको प्रेम टुट्यो । उनलाई अब समाजमा सङ्घर्ष गर्नु थियो ।

आशा कोठामा एक्लैएक्लै तड्पिन्थिन् । उनको पीडा असह्य थियो । तर सासू-ससुराका अगाडि रोएर उनीहरूको आत्मालाई अझ रूवाउन चाहँदिनथिन् । पोल्टाभरि दुःख पोका पारेर पनि सासू-ससुराका अगाडि आँसु झार्दिनथिन् ।

आशाका हातखुट्टा निशितको मृत्युबारे सोच्दा पनि लगलग काँप्न थाल्थे । आशा बेचैन थिइन् । उनले कहिल्यै सोचेकी थिइनन् कि उनको जिन्दगीमा पनि सन्ध्याको जिन्दगीमा झैं भूकम्प आउनेछ । अनि उनीहरूको बेजोड प्रेमलाई पनि हुरीले उडाउनेछ । आशाले बल्ल सन्ध्याको पीडालाई अनुभव गरिन् । विकासको मृत्युमा आफू र निशितले सन्ध्यालाई सम्झाएका कुरा आफैंले ग्रहण गरिन् । आशा यही सोच्थिन् कि सन्ध्याले त सिन्दूरको बदला सिन्दूर पाइन् । उनको विकाससँग बिहे भएन । तर जीवनलाई पाइन् ।

तर आशा सन्ध्याको अवस्थाबारे बेखबर थिइन् ।

आशा र निशित वैवाहिक बन्धनमा बाँधिएका थिए । आशाको गर्भमा निशितको निसानी थियो । उनलाई आनो सन्तानका लागि पनि बाँच्नुपर्ने थियो । त्यसैले जति पीडा भए पनि उनी आफू आफैंलाई सम्हाल्थिन् ।

निशितको मृत्युसँगै आशाको चञ्चलता समाप्त भयो । बाबुआमाकी एक्ली छोरी... आशा कति हाँस्ने गर्थिन् । तर आजकाल उनी एकान्तमा एक्लै आफ्ना समस्याहरूसँग जुध्थिन् । गीत सुन्न पनि उनलाई त्यति इच्छा लाग्दैनथ्यो । एक्लै उराठउराठ हुन्थिन् । काममा व्यस्त हुन चाहन्थिन् । तर सासूले काम गर्न दिंदिनथिन् । त्यसैले उनको समय प्रायः भित्ता हेर्दै बित्थ्यो । सासू कामधन्दा सकेपछि आशासँग

सुखदु:खका बात मार्थिन् । सासू आशालाई बढी चाहना गर्थिन् । आशाको खुशीमै निशितको आत्माले शान्ति पाउँछ भन्ने उनको अटल धारणा थियो । आशा कोठामा बसेर रेडियोमा बजिरहेको गम्भीर गीत सुनिरहेकी थिइन् । सासूलाई ढोकामा देखेर उठिन् ।

"भित्रै आउनुहोस् न !", आशाले भनिन् ।

"काम थुप्रो छ । तिम्री आमा आउनुभएको छ... यही खबर गर्न आएकी ।"

"खै त आमा ?", आशा खुशीले गद्‌गद भइन् ।

"गेटमा देखेकी थिएँ... आउँदै हुनुहुन्छ होला ।"

आशाले बडो बेचैनीका साथ ढोकामा हेरिन् । आमालाई आफ्नो अगाडि देखेर प्रसन्न भइन् ।

चिया-नास्ता पनि सकियो ।

"म मेरो छोरी लिन आएकी ।", आशाकी आमाले उनकी सासूलाई अलि हिचकिचाउँदै भनिन् ।

"यहीं आरामसँग बसेकी छे... । मैले त कष्ट दिएकी छैन खासमा... ।", आशाकी सासूले भनिन् ।

"हैन-हैन... त्यस्तो कुरा होइन । माइतीघरमा केही मन बहलिएला भन्नेसम्म हो ।"

"केही महिना हो । बच्चा भएपछि त दिन कटिहाल्छ नि !"

"तपाईंको कुरा पनि मुनासिबै छ... । अहिले लाग्नुपर्‍यो क्यार !", आशाकी आमा उठिन् ।

"बस्नुस् न, आमा... !", आशाले आमाको हात तान्दै भनिन् ।

"पर्सि सत्यनारायणको पूजा छ... । सामान ठीक पार्नु छ ।"

आशाको जीवनबाट लोग्नेको माया मात्र होइन, सम्पूर्ण खुशी लुटिएका थिए । आशालाई उनको गर्भमा रहेको निशितको निसानीलाई संसार देखाउनु थियो । आशा गहिरो सोचमा डुब्न थालिन् ।

***

१३

अस्पतालमा सन्ध्याले बिस्तारै आँखा खोलिन् । एक क्षण त उनको मस्तिष्कमा अतीतको एउटा चित्र घुम्यो । उनले आफ्नो अगाडि मदन मुसुमुसु हाँसेर भित्तामा अडेस लागिरहेको देखिन् । टाढाटाढाबाट उनलाई आफ्नो चीत्कार कानमै गुन्जिरहे झैं भान पऱ्यो । जानकी देवी सन्ध्याको अगाडि आएर बसिन् ।

"नाइँ !", सन्ध्याले आफ्ना दुई हातले कान थुनेर आँखा बन्द गरिन् ।

"डाक्टर ! डाक्टर !", नर्सहरूले करिडोरमा हिँडिरहेका डाक्टरतिर हेरे ।

"डाक्साब ! सात नम्बर बेडको मरिजको होस तो आगई, लेकिन पता नहीं, फिर बेहोस होगई ।"

डाक्टर हतासिँदै कोठामा पसे । मुम्बईको अस्पतालमा जानकी देवीले सन्ध्यालाई ल्याइपुऱ्याएकी थिइन् । डाक्टरले सन्ध्यालाई जाँचे । जानकी देवीतिर हेर्दै डाक्टरले निराश अनुहारमा भने, "लगता हे इन्हे काफी सद्मा पहुँचा है । जिसे भी देखती है तो चिल्ला पड्ती है ।"

"नहीं डाक्टर इन्हे बचा लें । ऐ बच तो जाएगी ना ?", हतासिँदै, उराठ भएर जानकी देवीले भनिन् । जानकी देवीले सन्ध्याको टाउको छामिन् । सन्ध्याले पीडित मसिनो स्वर निकाल्दै आँखा खोलिन् ।

"बेटी !", जानकी देवीले सन्ध्याको गालामा हात राख्दै भनिन् ।

सन्ध्याले उनको हातको स्पर्शले डर कम गरिन् । आफ्नो अगाडि एक अधबैंसे महिलालाई देखेर एकटक लाएर हेरिरहिन् । डाक्टर र नर्स पनि खुशी भए । जानकी देवीले आफूले कसैको प्राण बचाइदिएँ भनेर आत्मसन्तुष्टि लिइन् ।

"म कहाँ छु अहिले ?", सन्ध्याले सोधिन् ।

"बेटी अभी तुम्हे आराम की जरूरत है । नदी से बेहोसी की हालत मे मैं तुम्हे यहाँ लेकर आयी हुँ । इस समय तुम अस्पताल में हो । घबराने की कोई बात नहीं !", जानकी देवीले सान्त्वना दिंदै भनिन् ।

जानकी देवीले आफ्नो कथा सुनाउन थालिन् । सन्ध्याले पनि कौतूहलसाथ सुन्न थालिन् ।

"कल शाम को मैं ने तुम्हे नदीके किनारे देखी तो उठा लिया । हर शाम की तरह मैं माता देवीके दर्शन करनेके लिए मन्दिर गई थी । एक गरिब किसान जो तुम्हारे पेट से पानी निकालता हुआ देखकर मैं कौतूहलवश देखने चली गई । मेरे लिए तो पता लगाना काफी जरूरी हो गया था कि तुम जिन्दा भी हो या नहीं । फिर भी एक दिल के कोने में आशाकी किरण सी दिखाई दी कि सायद परमात्मा ने चाहा तो जरूर बच जाओगी । तुमें यही सोचकर उसी बख्त मैं ने अपनी गाडी में बैठाकर अस्पताल ले आई । भगवान्का लाखलाख शुक्र है कि तुम बच गई... । मै तो तुम्हारी स्थिति देखकर घबरा गई थी । बार-बार मुझे देखकर बेहोस हो जाती थी । मुझे लगता है कि तुम किसी से डर गई हो । किस ने तुम्हे आत्माहत्या करने के लिए मजबुर कर दिया ?", जानकी देवीले आफ्नोपन जनाउँदै सन्ध्यालाई सोधिन् । सन्ध्याले आफ्नो मजबुरीको सम्पूर्ण वृत्तान्त बताइन् ।

जानकी देवीलाई सन्ध्याको अवस्था र उनको कथाले निकै दुःखी तुल्यायो । त्यसैले उनले सन्ध्यालाई आफ्नो घर कोलकाता लैजाने निर्णय गरिन् । जानकी देवी एक सङ्घर्षशील महिला थिइन् । पाँच वर्षको छोरालाई आनो सङ्घर्ष र दुःखको कमाइले पढाउँदा पढाउँदा उनले उच्च शिक्षाका लागि अमेरिका पठाएकी थिइन् ।

अस्पतालमा सन्ध्याले आफू बाँचेकीमा निकै अफसोस गरिन् । उनी मरेर पनि बाँचिन् । उनी अचम्मित थिइन् । कुटाइले ग्रस्त पारेपछि मदनले पानीमा बगाइदिएको थियो । दैवसंयोगले सन्ध्या बाँच्न पुगेकी थिइन् ।

जानकी देवी भगवान्मा निकै आस्था राख्थिन् । कोलकातामा हुँदा पनि उनी साँझबिहान जसरी भए पनि फुर्सद निकालेर देवीदेवताको दर्शन गर्न निस्किन्थिन् । जानकी देवीको कपडाको मिल थियो । आफ्नो लोग्ने २० वर्षअगाडि मरेपछि उनको इच्छा पूरा गर्न आफ्ना सम्पूर्ण गरगहना बेचेर सानो घरेलु कपडा उद्योग विस्तार गरेकी थिइन् । एक्ली महिलाको सङ्घर्षले घरेलु उद्योग कपडाको मिल बन्यो । तर उनको धोको पनि अचम्मको थियो । भारतको सबभन्दा ठूलो कपडा मिल बनाउने उनको विचार थियो । आफ्नो छोरालाई पनि यसै विषयमा पढ्न अमेरिका पठाएकी थिइन् । उनी अहिले बिजनेसको सिलसिलामा मुम्बई आएकी थिइन् । त्यही बेला सन्ध्यालाई नदी किनारमा देखेर उनको ममता जागेको थियो ।

सन्ध्यालाई जानकी देवीले निकै सान्त्वना दिइन् । आफ्नो जीवनको वृतान्त सुनाइन् । सन्ध्यालाई एक सङ्घर्षशील नारी बन्ने प्रेरणा दिइन् । जानकी देवीले सन्ध्यालाई अस्पतालबाट डिस्चार्ज गरिन् । सन्ध्यालाई कताकता भित्र डर पनि लाग्यो । कतै उनले पनि बेइमानी गर्ने त होइनन् ! तर सन्ध्या आँट गरेर जानकी देवीको गाडीमा बसिन् । उनले जानकी देवीलाई आफ्नो सम्पूर्ण वृत्तान्त अङ्ग्रेजीमा सुनाइन् । जानकी देवी अङ्ग्रेजी बुझ्थिन् । तर बोल्न त्यति राम्रो सक्दिनथिन् । त्यस्तै सन्ध्या हिन्दी जान्दथिन् र बुझ्दथिन् । तर बोल्न अकमकाउँथिन् ।

कालो फियट कारमा एक जुँगे ड्राइभरले गाडी चलायो । सन्ध्या र जानकी देवी दुवै पछाडि बसे । सन्ध्याले जानकी देवीलाई हेरिन् । उनलाई जानकी देवी आफ्नी आमा झैं लाग्यो । जोकोही पाको उमेरकी महिलाले सहानुभूति र माया दिए उनलाई आफ्नी आमाको याद आउँथ्यो । आमालाई सम्झिन खोज्थिन् । उनका आँखामा आमाको धमिलो हँसाइबाहेक केही हुँदैनथ्यो । उनी कल्पनामै दुःखी हुन्थिन् ।

कार मुम्बईबाट कोलकाता प्रस्थान भयो । बाटैमा रोकियो । जानकी देवीले सन्ध्यालाई उत्रिनका लागि भनिन् ।

"मेरी एक सहेली हे इधर । मुझे कुछ सामान लेने है !", जानकी देवीले भनिन् । दुवै जना हिंडे ।

"तुम अङ्ग्रजी अच्छी बोल लेती हो । हिन्दी बालेने की कोसिस करो, सिख जाओगी । मेरी मिल में तुमको हमारे कर्मचारीयों से हिन्दी में ही बोलना होगा !", जानकी देवीले भनिन् ।

सन्ध्याले मुस्कुराएर टाउको हल्लाइन् । समर्थन जनाइन् ।

"अरे बोलो ना । तुम तो सिर्फ सर हिला लेती हो !", जानकी देवीले भनिन् । सन्ध्या चुप लागेर हाँसी मात्र रहिन् ।

"समर्थन दिखाने के लिए जी अच्छा बोला करो । धीरे धीरे तुम बोलने लगोगी ।"

"जी अच्छा !", सन्ध्याले भनिन् । दुवै जना एकआपसलाई हेरेर हाँस्न थाले ।

कुरा गर्दागर्दै दुवै जना उर्मिला सिंहको घर पुगे । त्यहाँ खानपिनको राम्रो व्यवस्था थियो । मुम्बईको कोठीमा बाई र मदन सम्झिँदा सन्ध्याले त्यस ठाउँलाई नै घृणा गरेकी थिइन् । तर उनले जानकी देवी, उर्मिला सिंह जस्ता महिला पनि भेटाइन् । देश न परदेश, राम्रा र नराम्रा मानिस जहाँ पनि हुने कुरालाई एक क्षण सोचिरहिन् ।

"अरे जानकी ! अभी तक तुमने मुझे यह नहीं बताई की ऐ लडकी कौन है… !", उर्मिला सिंहले जानकीसँगै बसेर सोधिन् ।

"कौन लगती है ?… कल ही तो जन्म दिया था- बेटी है अपनी… !", जानकी देवीले नाक फुलाउँदै भनिन् ।

"एक दिन में ही इतनी बडी हो गई ?", उर्मिला सिंहले हाँस्दै भनिन् ।

"अरे, ये तो भाग्यका खेल है ।"

"बहुत खुबसुरत है !", उर्मिला सिंहले सन्ध्याको कपाल हल्लाउँदै भनिन् । सन्ध्याले लाजले अनुहार रातो बनाइन् ।

"आखिर बेटी है जो हमारी ।", जानकी देवीले ठट्टा गर्दै भनिन् । तीनै जना अट्टहास लगाउँदै हाँसे ।

कोठामा एक क्षण मौनता छायो । जानकी देवीले मेचबाट उठ्दै भनिन्, "मैने तुम्हे जो स्याम्पल्स दिए थे, उसे देदो । हमे जरा सी

जल्दी है । मैने अपने कर्मचारियों को आने की सूचना कल ही दे दिथी ।", जानकी देवीले भनिन् ।

उर्मिला सिंहले कपडाका टुक्राटुक्रा स्याम्पलहरूलाई पोकाबाट निकाल्दै थिइन् । जानकी देवीले आनो ब्यागमा राखिन् ।

जानकी देवी हेर्दै उच्च व्यक्तित्वकी देखिन्थिन् । मोटीमोटी अनि पावरवाला चस्मा लगाउने जानकी देवीले साधारण कपडाको फूलबुट्टे सारी लगाएकी थिइन् । खुट्टामा कालो छालाको स्यान्डिल थियो । तर पनि उनको व्यक्तित्व राम्रो देखिन्थ्यो । उनको लवाइ र बोली हेर्दा मिलकी मालिक्नी भन्न सुहाउँथ्यो ।

सन्ध्या र जानकी देवीले त्यति नै बेला कोलकाता प्रस्थान गरे । मुम्बई छाडेपछि बल्ल सन्ध्याले शान्तिको श्वास फेरिन् । मुम्बईभर उनका आँखामा बाई र मदन घुमिरहेका थिए ।

कोलकाता सहर... घरैघर, बङ्गलै बङ्गला । जताततै कारखाना र बजार । मान्छेको चहलपहल सन्ध्या हेर्दै थिइन् । सन्ध्यालाई कारैभित्र बस्दा पनि केही केटाले हात हल्लाएर, कसैले आँखा झिम्क्याएर जिस्क्याउँथे । उनलाई एकक्षण सोच्न विवश गरिदिन्छ, यो दृष्यले कि के महिलाहरू जिस्क्याइने वस्तु हुन् ? के सुन्दर हुनु पनि अभिशाप हो ?

हुन त यी सब कुरा उनका लागि नौला थिएनन् । काठमाडौंमै पनि उनले यी सब भोगेकी थिइन् ।

सन्ध्या जानकी देवीको घर पुगेपछि चकित भइन् । उनको सोचेकोभन्दा ठूलो घर अनि ठूलै मिल थियो जानकी देवीको । घरको रोगन र सजावट आकर्षक थियो । घरका कोठाहरूको सजावट पनि राम्रो थियो । कोठाहरूमा सामान भरिए तापनि त्यहाँ मानिसहरूको चहलपहल थिएन । त्यसमध्ये एउटा कोठाचाहिँ बन्दै थियो । जानकी देवीले सन्ध्यालाई खुला भएका सबै कोठा देखाइन् । तर बन्द कोठा भने खोलेर देखाइनन् । उनी बन्द कोठाअगाडि रोकिइन् अनि भन्न थालिन्, "यह मेरे पूजा करने की कमरा है । मै इसे सुबह और शामको ही खोलती हुँ ।"

जानकी देवीले बैठकमा पुगेर आफ्नो छोराको तस्बिर देखाउँदै भनिन्, "ऐ है मेरा इकलौटा बेटा महिन्दर । अमेरिका में टेक्सटाइल विषय में डिग्री ले रहे है । इस के आजाने के बाद मेरे बोझ हल्का होजाएगा । बहुत ही समझदार है । हिन्दुस्तानकी सब से बडी फैक्ट्री बनाने की अभिलाषा है मुझे । सफल हो पाउँगी या नही, ये तो भगवान् पर है ।", जानकी देवीले हात उठाउँदै माथि देखाएर भनिन् ।

सन्ध्या जानकी देवीको सङ्घर्ष र हिम्मतलाई एकएक गर्दै सुन्दै थिइन् । उनी जानकी देवीको कथाप्रति समर्थन देखाएर बेलाबेलामा हाँस्थिन् ।

जानकी देवीले सन्ध्यालाई आफ्नो कोठामा लगिन् । घर आधुनिक तरिकाबाट बनाइएको भए पनि जानकी देवीका कोठामा राम, सीता, कृष्ण, लक्ष्मी, सरस्वती जस्ता देवीदेवताका तस्बिर टाँगिएका थिए । जानकी देवीले आफ्नो दराजबाट सेतोमा कालो बोर्डर भएको सारी झिकिन् । सन्ध्यालाई एकचोटि हेरिन् र भनिन्, "नहाकर साडी बदलो । ब्लाउज वही लगाना होगा । देखो ना... तुम तो इतनी पतली हो की मेरी आधा भी नहीं ।"

जानकी देवीले साडी सन्ध्याको हातमा राखिदिइन् । फेरि के विचार आएछ कुन्नि सन्ध्याको हातबाट सारी तानिन् । पलङमा फालिन् ।

"सुरेश ! ओ सुरेश !!", जानकी देवीले ढोकामा गएर बोलाउन थालिन् ।

भरखर १५/१६ वर्षको ठिटो अगाडि आयो । जानकी देवीले पाँच सयको नोट ब्यागबाट झिक्दै सुरेशलाई दिइन् अनि भन्न थालिन्, "देखो ! बाजार से एक सलवार-कुर्ता सेट लाना । ओ... रामु चाचाका दुकान है ना ?"

"जी !", सुरेशले पैसा खल्तीमा राख्यो ।

"हाँ... वहीं से लाना । अच्छीवाली... !"

सुरेश बाहिर गयो । जानकी देवीले सन्ध्यालाई भान्सामा लगिन् ।

"यह किचन और डाइनिङ हल है ।" जानकी देवीले देखाउँदै भनिन् । भान्सा सफा र स्वस्थ थियो ।

"एक्लै छिन रे… यत्रा सामान, यत्रो बङ्गला… ।", सन्ध्या छक्क परेर सोचिरहिन् ।

कौसीमा गएर दुवै जनाले कोलकाता सहरको रमझम हेर्न थाले ।

"तुम हैरान हो गई होगी… इसलिए कि मे इस बङ्गले मैं अकेली रहती हुँ… ।", जानकी देवीले जुस पिउँदै भनिन् । सन्ध्याले पनि सुन्तलाको जुस पिइरहेकी थिइन् ।

"जी !", सन्ध्याले आफ्नो सम्पूर्ण कौतूहललाई एकैचोटि बाहिर निकालिन्।

"अपने एकलौटे बेटे के लिए है ये सब । एक छोटासा घर और हमारा छोटासा घरेलु कारखाना यहीं पर चलता था । मेरे बेटेको बङ्गला बनानेका बचपन से सौख था । इसिलिए उसकी इच्छा की मुताबिक बङ्गला बनाई । अभी तो तीन बरस बाँकी है उसे लौटने में । लौटते ही शादी करवा दुँगी । हमने तो लडकी भी पसन्द कर ली है । कल तुम्हे भी मिला दुँगी । अब तो इस घरमे तुम भी रहोगी । एक अच्छासा वर ढुँडकर… ।", जानकी देवीले भनिन् ।

"नहीं… नहीं ।", सन्ध्याले मुख निन्याउरो बनाइन् ।

जानकी देवीले सन्ध्याले अस्पतालमा भनेको याद गरिन् । उनले यसपछि सन्ध्यासँग यसबारे कहिल्यै नबोल्ने सोचिन् ।

सन्ध्या नुहाएर सलवार-कुर्तामा निस्किइन् । जानकी देवी भने उनको रूप हेरेर मुग्ध भइन् ।

"बहुत छोटी-सी उम्रकी लगरही हो । साडी में तो… ।", जानकी देवीले हाँस्दै भनिन् । दुवै जना एकक्षण हाँसे ।

सन्ध्या र जानकी देवी दुवै जना कपडाको मिल आइपुगे । जानकी देवीको बङ्गलाभन्दा आधा घण्टा पर उनको मिल थियो । ठूलो मिलमा कामदार काम गर्नमा व्यस्त थिए । मेसिनहरू चलेको आवाजले सन्ध्यालाई एकक्षण नरमाइलो लाग्यो । जानकी देवी मिलमा पुग्नेबित्तिकै सब कामदारले नमस्कार गरे अनि सन्ध्यालाई घुरेर हेर्न थाले । जानकी देवीले सन्ध्यालाई देखाउँदै भनिन्, "आज से तुम

लोगोंका हिसाब-किताब सन्ध्या रखेगी । आज से इन्हे मैने पर्सनल असिस्टेन्ट रखा है । ए मेरी बेटी समान है ।"

जानकी देवीले यति भन्दा सन्ध्याका आँखामा आँसु आए । उनले दोस्रो जन्ममा आमा पाएको अनुभव गरिन् । आँसुलाई भित्रभित्रै दबाइन् । कामदारहरूले एकचोटि सन्ध्यालाई पनि नमस्कार गरे ।

सन्ध्या मिहिनेती र विश्वासिली थिइन् । कसैलाई पनि विश्वासघात गर्ने उनको उद्देश्य थिएन । सन्ध्या जीवनको खोजमा निस्किन चाहन्थिन् । तर जानकी देवीले उनलाई सम्झाइबुझाइ गर्थिन् । दिन बित्दै थिए । सन्ध्याले बिस्तारै हिन्दी बोल्न पनि सिकिन् । उनलाई जानकी देवीको घरमा सम्पूर्ण कुराको सुविधा थियो । उनको आफ्नो भन्नु नै जानकी देवी भएकी थिइन् । समयसमयमा उनलाई मिलका मान्छेहरूले आँखा उठाएर हेर्थे । तर जानकी देवीको डरले उनीहरू चुप हुन्थे । उसमाथि सन्ध्याको गम्भीर अनुहार र स्वभावले हतपत कसैले आँखा उठाउन सक्दैनथे ।

सन्ध्यालाई सम्पूर्ण कुराको खुशी थियो । नेपाल फर्कने इच्छाले उनलाई बेलाबेला सताउँथ्यो । आशालाई चिठी लेख्ने पनि गर्थिन् । तर उत्तर पाउन्नथिन् । सन्ध्या त्यसैले निराश हुन्थिन् । नेपाल गएर उनी गर्न पनि के सक्थिन् र ? उनलाई जीवनसँग बदला लिनु थियो... । तर उनी जीवनलाई भेटाउन सफल हुन्थिन् वा हुन्नथिन्, उनलाई डर नै थियो । सन्ध्याले मिलमा लगनशीलतासाथ काम गरिन् । जानकी देवी सन्ध्यासँग निकै सन्तुष्ट थिइन् । त्यसैले पनि उनी सन्ध्यालाई कुनै पनि मूल्यमा जान दिन चाहँदिनथिन् । जाने कुरा गरिन् भने आनो ममताले सन्ध्यालाई भुलाइदिन्थिन् । सन्ध्याले जानकी देवीलाई माँ नै भनेर बोलाउँथिन् ।

भाइटीकाको दिन... । सन्ध्या उराठ भई राहुललाई सम्झिरहेकी थिइन् । उनी आजकाल मेकअप गर्दिनथिन् । कोलकातामा उनले सरवाल-कुर्तालाई आफ्नो पहिरन बनाइन् । बाईले कोठीमा मेटाइदिएको सिन्दूर जीवनका नाममा कहिल्यै लगाइनन् । आफूलाई एक विधवाबाहेक केही

सम्झिनन् । जीवनभर उनी जानकी देवीकी छोरी भएर रहन चाहन्थिन् । सन्ध्याले नेपालको कमै याद गर्थिन् । जानकी देवीले सन्ध्यालाई ममताको आँचलमा छोपेर राखेकी थिइन् । यस्तै गरेर समय बितिरहेको थियो ।

"आज कुछ उदास सी दिख रही हो बेटी… क्या तम्हे किसी चीजकी कमी हो गई ?", जानकी देवीले सन्ध्याको केशमा हात राखेर मायालु भाकामा भनिन् ।

"नहीं माँ । मुझे अपना छोटा भाइ याद आ गया । नन्ही सा था… जब मेरी सादी हुई थी । बहुत प्यार करता था मुझे । देखने के लिए दिल तडपता है ।", सन्ध्याले उदास भएर भनिन् ।

"देखो, दो-तीन बरस की ही बात है । महिन्दर आएगा तो तुम उसी को राखी बाँध देना । ओ मेरा अपना बेटा है । और मैने तुम्हे अपनी बेटी मानली है । याद तो अपनों का ही आता है । लेकिन देखो, मैं तुम्हे खोना नहीं चाहती ।", जानकी देवीले अगाडि बस्दै भनिन् ।

सन्ध्याले जानकी देवीका कुरामा सहमति जनाइन् । महिन्दर आएपछि उनी आफ्नो दाजुका रूपमा स्विकार्ने थिइन् । उनी नेपाल जान पनि सक्दिनथिन्… । यस्ती ममताकी देवीको मायालाई भुलेर… । आशाबाट उनी चिठी पाउँदिनथिन् । काकाकाकीले उनलाई अत्याचार गरेका थिए । विकास यस संसारमा थिएन । र जीवनले विश्वासघात गरेको थियो । त्यसैले एक्लो राहुलको माया प्राप्त गर्न आफ्नो उज्ज्वल भविष्यलाई छाड्न पनि चाहँदिनथिन् ।

***

१४

आशाको अफिसका झ्याल खुला थिए । अफिसमा बसेर उनी न्युरोडमा ओहोरदोहोर गरेका गाडी हेरिरहन्थिन् । निशितको मृत्युलगत्तै निशितका बाबुको पनि बिजनेसमा कराडौं घाटा भएर घर लिलामीमा जानु, आमाबाबुबाट माइतीमा बोलावट... आदि घटनालाई उनी एकएक गर्दै सम्झिँदै थिइन् । आमाबाबुकी एक्ली छोरी भए पनि उनले बाबुआमाबाट पैसाको सहयोग लिन चाहिनन् ।

आशाले निशितकी श्रीमतीका नाताले निशितका बाबुआमालाई निशित बनेर नै पाल्ने अठोट गरेकी थिइन् । एक प्राइभेट फर्मको रिसेप्सनमा आशा काम गर्थिन् । बुहारीको मन अफिस गएपछि बदलिएला भनेर निशितकी आमाले पनि रोकतोक गरिनन् । अर्कोतिर आशाको घरको बिग्रँदो आर्थिक अवस्थाले पनि उनलाई काम गर्नु जरूरी भइसकेको थियो । आशाको मैत्रीपूर्ण व्यवहारबाट अफिसका सबै जना खुशी थिए । तर डाइरेक्टर रमेशका आँखा भने आशामाथि थियो । रमेश आशालाई सच्चाइ सम्झोस् भन्ने चाहना गर्थ्यो । तर ऊ असफल थियो ।

अफिस-टेबलमा टाउको घोप्टो पारेर आशा बसेकी थिइन् । न्युरोडको एक भवनको दोस्रो तलामा अवस्थित अफिसमा फोनको घण्टी बजेको बज्यै थियो । रमेश फोन उठाउन अघि बढ्यो । तर फोनको घण्टी रोकियो ।

"आशाजी ! आशाजी !!", रमेशले बोलायो । आशाले बिस्तारै टाउको उठाइन् । उनको शरीर निकै शिथिल थियो ।

"के भयो ?", रमेशले सोध्यो ।

"रिंगटा लाग्यो ।", आशा पुनः घोप्टो परिन् ।

"हिड्नुहोस्, म घरसम्म ड्रप गरिदिन्छु ।", रमेशले अगाडि बढ्दै भन्यो ।

बिस्तारै आड दिंदै रमेशले आशालाई अफिसको गाडीमा राख्यो र बालाजुसम्म पुऱ्याइदियो । बालाजुमा एउटा भुइँतले घर किनेर सासूससुरासहित आशा बसेका थिए । सम्पूर्ण सम्पत्ति ऋणमा डुबेको थियो । ऋण बढेपछि काम गर्नेहरू पनि निकालिए । आशाले घर, बङ्गला, गाडी सबको चैन गुमाइन् ।

"आशा ! के भयो ?", शकुन्तलाले भनिन् ।

"रिंगटा लाग्यो भन्दै थिइन् । त्यसैले पुऱ्याइदिएँ । म गएँ त अहिले... नमस्ते ।"

"बस्नुहोस् न ! केही पिएर जानुहोस् ।", शकुन्तलाले भनिन् ।

"केही छैन । पछिपछि आउँला नि ! आशालाई आराम गर्न दिनुहोस् ।"

रमेश बाहिर आयो । आशाको व्यवहार अनि भावनालाई ऊ भित्रैदेखि सम्मान गर्थ्यो ।

आशालाई अस्पताल लगियो । डाक्टरले डेलिभरीको समय बताएपछि हजुरआमा बन्ने रहरमा शकुन्तला दङ्ग परिन् ।

आशा अस्पतालको बेडमा छटपटाइरहेकी थिइन् । आफ्नो पीडा उनलाई असह्य थियो । तर पनि एक सुनौलो फलको आशामा शीतल अनुभव गर्थिन् । फेरि पीडाले छटपटाउँथिन् । निशितको चिह्नलाई आज उनी संसार देखाउने थिइन् । निशितको बिछोडमा भएको मायाको अभावलाई सन्तानले पूरा गर्ने दृढता उनमा थियो । शकुन्तला र रामप्रसाद बाहिर आशाको सपना साकार हुने क्षणलाई व्याकुलतासाथ कुरिरहेका थिए । आशाका बाबुआमा पनि हजुरबा हजुरआमा बन्ने रहरमा हर्षित थिए ।

"तपाईंकी नातिनी भई । बधाई छ ।", नर्सले बाहिर आएर भनिन् । आशाका बाबुआमा दुवै हर्षले रोमाञ्चित भएर भित्र पसे ।

"निशितको छाँट आएको छ ।", आशाकी आमाले भनिन् । आशाले आफ्नो दायाँतिर रोइरहेकी बच्चीलाई हेरिन् । उनले छोरीको अनुहार हेर्दा निशितले भनेको वाक्यलाई मस्तिष्कमा दोहऱ्याइन् ।

""ऊ त्यो गुलाब हेर । त्यो प्रेमको रूप हो । जहाँबाट भावनाको उदय हुन्छ । छोरी भए भावना र छोरा भए उदय ।", अतीतको यो वाक्यले उनका आँखा रसाएर आए ।

"भावना !", आशाले आफ्नी छोरीलाई पलङबाट उठाएर च्यापिन् ।

"ओहो ! आजै नाम राखिदिएकी ?", आशाकी आमाले छक्क पर्दै सोधिन् ।

"हो आमा यो नामले निशितले... ।"

आशा वाक्यलाई बीचमै रोकेर सुँक्कसुँक्क गर्दै रून थालिन् ।

आशाका आमाबाबु छेवैमा बसेका थिए । आमाबाबुको अनुहारमा खुशी थियो । तर शकुन्तला र रामप्रसादको अनुहारमा खुशीका साथै दुःख पनि थियो । उनीहरूले निशितको बदलामा सानो निशित खोजेका थिए । तर त्यो पाएनन् । तर पनि शकुन्तला र रामप्रसाद खुशी देखाउन तत्पर थिए । आशालाई भने भावनाको जन्मले आफ्नो जीवनमा सार्थकता पाउन खोजे जस्तै अनुभव भइरहेको थियो । हुन पनि नारीको जीवन ! जताततै ठक्कर खाएर पनि उनी आफ्ना सन्तानलाई कर्मठ बनाउने दृढतामा थिइन् । आफ्नो आँचल मैलो पारेर पनि सन्तानलाई मैलिनबाट जोगाउने अठोटमा थिइन् ।

आशालाई शकुन्तला र रामप्रसादले घर ल्याए । बालाजुको भुइँतले सिमेन्टको घर भावनाको जन्मसँगै उज्यालो भएको थियो । शकुन्तला र रामप्रसाद उनीहरूले अनुहार अँध्यारो बनाए भने आशाले दुःख मान्छिन् भन्ने पीर गर्थे ।

कुल थाम्न छोरै पाउनुपर्छ भनेकामा शकुन्तलालाई अलि अफसोस पनि लाग्यो । समय र परिस्थितिसँगै शकुन्तलाको सोचाइमा पनि परिवर्तन आउन थालेको थियो । आशा भने खुशी हुने कोसिस गर्थिन् । आफ्नो माइतीमा कमै दुःख पोख्थिन् । उनी दुःखहरूलाई समेटेर हाँस्थिन्

अनि शकुन्तला र रामप्रसादको सहरा बनेकी थिइन् । परिश्रमको कमाइले उनी सासूससुरा पाल्न चाहन्थिन् ।

लामो समयपछि आशा अफिस आइन् । रमेशलाई आशाको आगमनमा निकै हर्ष लाग्यो । ऊ आशालाई मद्दत गर्न चाहन्थ्यो । तर आशा भने स्वाभिमानपूर्वक उसको प्रस्तावलाई टुक्राउँथिन् । रमेश आशाको नजिक आउन चाहन्थ्यो । तर आशा सतर्क भई टाढिन्थिन् ।

रमेशको जीवन पनि आशासँग मिल्दोजुल्दो थियो । त्यसैले आशामाथि उसको सहानुभूति बढ्दो थियो । विवाहको केही वर्षमै श्रीमती परलोक भएपछि उसको जीवन उदाङ्गो बनेको थियो । ऊ आशालाई अपनाउन चाहन्थ्यो । आफ्नो र आशाको जीवनमा हरियाली छाएको देख्न चाहन्थ्यो । भावनालाई पनि साथमै छोरीका रूपमा अपनाउन चाहन्थ्यो ।

लामो समयपछि आशा अफिसमा आएकी हुँदा उनलाई केही अप्ठ्यारो अनुभव भयो । आशा भावनाको जन्मपछि पहिलेभन्दा अलि मोटाएकी थिइन् । उनका निराशाका रेखा केही कम भएका थिए । तर पारिवारिक बोझ बढ्दो थियो । घरमै लुगा सिउने मेसिन हुँदा शकुन्तला बाहिरबाट अर्डर लिएर काम गर्थिन् । रामप्रसाद पनि टाक्कटुक्क काम गर्थे । आशाको गाडीको सोख, नोकरचाकर सबै ऋणसँगै डुबे । आशाको बिहेताकै रामप्रसाद ऋणमा डुब्नु डुबिसकेका थिए । तर इज्जतका लागि पनि उनले बिहेसम्म घर बेचेनन् । घर र गाडी बेचेर पनि ऋण तिर्न असमर्थ थिए । तर पनि उनले बालाजुमा सानो घर किनेका थिए । रामप्रसादको ऋण त अझै बाँकी नै थियो । शकुन्तला र रामप्रसाद ऋणमुक्त हुन कमाउँथे । आशा भने घर धान्न कमाउँथिन् ।

रामप्रसाद र शकुन्तला आजकाल आशालाई छोरी नै भनेर बोलाउँथे । उनीहरूले आशा र उनको स्वाभिमान बुझ्ने मौका पाएका थिए । आशामा आँट र हिम्मत थियो । ऋणमा डुबेर सम्पूर्ण सम्पत्ति बेच्नुपर्दा पनि उनी कत्ति विचलित भइनन् । आफ्नो बिहेका सम्पूर्ण गहना पनि शकुन्तला र रामप्रसादको हातमा थमाइदिएपछि उनीहरूका आँखामा ममताको आँसु छचल्किएको थियो । आशा अझै सङ्घर्ष गर्न पछाडि हट्नेवाला

थिइनन् । सुखले बसेकी आशामाथि यत्रो पारिवारिक बोझ आइपर्दा पनि उनले खुशीसाथ स्विकारेकी थिइन् । दुःख र सुख त सिक्काका दुई पाटा सम्झने गर्थिन् । समयसमयमा उनलाई निशितको यादले भने सताउँथ्यो । तर उनी भावनालाई आफ्नो बाहुपासमा कसेर पीडा कम गर्थिन् । भावनालाई उनले बाँच्ने आधार बनाएकी थिइन् ।

आशाले अफिसका कोठाका झ्यालढोका आफैंले खोलिन् । पर्दा हटाइन् । मेचमा बसेर झ्याल बाहिर हेरिरहिन् । आशा चाँडै पुगेकीले अफिसमा चहलपहल त्यति थिएन । बाहिर सडकमा भने गाडीहरू लस्कर लागेका थिए । आशाले न्युरोडको कुनासम्म आफ्ना आँखा तन्काइन् । उनलाई आफ्नो बिहेको वर्ष दिनको याद आयो । उनी त्यस दिन पनि निशितको बाटो हेरिरहेकी थिइन्... । उनी बाटो हेरेको हेऱ्यै भइन् । निशित उनको जीवनमा आउन सक्षम भएन । उनको जीवनमा डढेलो लाग्यो । टेबलमाथिको आफ्नो ब्यागबाट रूमाल झिकेर भिजेका आँखा पुछिन् ।

उनलाई कुन बेला रमेशले प्रवेश गऱ्यो, पत्तै भएन । उनी घोप्टिइरहेकी थिइन् । आफ्नो कुममा तातो अनुभव भएपछि हतपत उठिन् । आफ्नो सामु रमेशलाई देखेर उनका आँखा राँकिएर आए । आशाले जुरुक्क उठेर आनो पर्स बोकिन् । रमेशले आशाको हात तान्यो । आशाले रमेशलाई एक चड्कन लगाइन् । रमेशले आशा जान लागेकी हुँदा हात तानेको थियो । तर उनले यसको गलत अर्थ लगाइन् ।

"आशाजी ! तपाई यो के गर्दै हुनुहुन्छ ?", रमेशले हातले आफ्नो गाला सुमसुम्याउँदै भन्यो ।

"यो तपाईंको गराइको फल हो । लामो समयदेखि मैले तपाईंबाट यस्तै व्यवहारको अपेक्षा गरिसकेकी थिएँ । मान्छेको चालचलन आँखाबाटै थाहा हुन्छ... बुझ्नुभो ?", आशा भऱ्याङबाट ओर्लिइन् ।

"तपाईं मलाई गलत सम्झँदै हुनुहुन्छ । प्लिज मलाई बुझ्ने चेष्टा गर्नुहोस् !", रमेश पनि ओर्लंदै थियो । आशाले तल ओर्लिनेबित्तिकै खाली ट्याक्सी भेटाइन् । रमेशको एक शब्द पनि नसुनी उनी बालाजु पुगिन् ।

आशा निराश थिइन् र पलङमा लेटिरहेकी थिइन् ।

"छोरी ! के भो ?", शकुन्तलाले आशासँगै बसेर सोधिन् ।

"केही होइन, आमा ।"

"केही त बोल । सन्चो भएन कि ? छिट्टै फर्क्यौ नि त !"

"खास केही होइन, आमा । टाउको दुख्यो ... त्यसैले ।"

"आराम गर । म कागतीपानी ल्याइदिन्छु ।", शकुन्तला उठिन् । ढोकामा पुगेपछि फर्कंदै भनिन्, "औषधि खान्छ्यौ कि ? ज्यादा साह्रो त छैन ?"

"छैन आमा ।", आशा घोप्टो परिन् ।

निशितको अभावमा निकै एक्लो अनुभव गरिन् । विधवा भएर बाँच्दा मानिसहरू उनमा आँखा लगाउँथे । सजिलै फसाउने दाउ गर्थे । तर आशा निशितकै लागि समर्पित थिइन् । उनी निशितलाई न भुल्न सक्थिन्, न भुलाउन चाहन्थिन् । आशा अनेक कुरा सोच्दै थिइन्, भावनाको रूवाइले झसङ्ग झस्किइन् । आशा दौडँदै अर्को कोठामा पुगिन् ।

"भावना !", आशाले भावनालाई उठाएर च्यापिन् र म्वाइँ खाइन् । आनन्दको श्वास फेरिन् । उनलाई निशितको आभास भयो । "ल म उता गएकी त यता पो रहिछौ । ल यो खाऊ... ठीक भइहाल्छ ।", शकुन्तलाले आशाको हातमा कागतीपानीको सर्बतको गिलास राखिदिइन् । शकुन्तलाले भावनालाई बोकिन् अनि सँगै बसिन् ।

"छोरी !", शकुन्तलाले नम्र स्वरमा भनिन् ।

"हजुर !"

"छोरी मलाई तिम्रो पीडा र दुःख देखेर निकै पीर लाग्छ । तिमीले यसरी हाम्रो सेवा कति दिन गर्ने ?"

"जबसम्म म यस पृथ्वीमा रहन्छु ।", आशाले मुसुक्क हाँसेर भनिन् ।

"छोरी ! हामीले तिमीलाई बुहारीका रूपमा हैन... छोरीको रूप सम्झेका छौं । छोरीको भविष्य सम्झिनु आमाबाबुको कर्तव्य हुन्छ कि हुँदैन भन त ?"

"त्यो त भइहाल्छ ।"

"त्यसैले त हामी... ।", शकुन्तलाले लामो श्वास फेरिन् अनि फेरि भन्न थालिन्, "हामी तिम्रो घर बसेको हेर्न चाहन्छौं ।"

"के म वनमा बसेकी छु र, आमा ? यो घर मात्र होइन... मलाई यहाँ स्वर्गको आनन्द मिल्छ । भगवान् जस्ता आमाबाबु पाएकी छु मैले ।"

"वन र घरको सवाल हैन । कुरा टार्ने कोसिस नगर... हामी तिम्रो बिहेबारे सोच्दै छौं । यस्तो उमेरमा विधवा भएर... बाँच्नका लागि सहारा पनि त चाहिन्छ ।

"आमा मैले आफूलाई सहाराहीन कहाँ सम्झेकी छु र ? तपाईंहरूको मायामा कुनै कमी नै छैन त !"

"त्यस्तो होइन छोरी, हामी बूढाबूढी कति नै बाँच्छौं र ? भावनाको बिहेपछि तिमी पनि एक्ली हुन्छ्यौ ।"

"त्यो त लामो समय बाँकी छ ।"

"रमेशले मकहाँ आएर तिम्रोबारेमा सोध्दै थियो । हामीले त हामी राजी भएको बतायौं । तिम्रो विचार र भाव जान्न चाहेका हौं ।"

"उफ् ! आमा तपाईं किन बुझ्नुहुन्न ? मैले भनिहालें नि म यस जन्ममा निशितको बाहेक कसैको हुनै सक्दिनँ भनेर । फेरि यसबारे तपाईंहरूले सोच्नु नै बेकार छ । म पुनर्जन्ममा पनि निशितलाई नै पाउनेछु । यो मेरो तपस्या हो आमा... तपस्या ।"

"छोरी, मैले त तिम्रो खुशीका लागि नै भनेकी हुँ । तिमीलाई यस्तै जीवनमा खुशी छ भने मेरो भन्नु केही छैन । हामी मरेपछि तिमी एक्लीले के गरौली भन्ने मात्र हो ।"

"आमा, तपाईंहरूले मेरा लागि जति गर्नुभएको छ, त्यही नै मेरो सहरा हो ।"

"हामीले के नै गर्न सकेका छौं र ? सुखमा हुर्केकीलाई दुःखमा पेल्यौं ।"

"म दुःखमा तपाईंहरूद्वारा पेलिएकी कहाँ हुँ र ? यो त मेरो आफ्नै खुशीका लागि हो । तपाईंहरूले त माइती जान पनि सक्छ्यौ

भन्नुभएको हो नि... । तर मलाई तपाईंहरूसित बस्दा निशितबाट टाढिएको अनुभव हुन्न ।"

"हामीलाई पनि त तिमी हुँदा घर जस्तो लाग्छ नि ! तिमीले त अझ निशितको काम गरेर ऋण लगाएकी छ्यौ ।"

"यो ऋण होइन आमा... यो त कर्तव्य हो एउटी बुहारीको । सुखमा बस्दा खुशी हुनु र दुःख पर्दा माइती भाग्नु बुहारीको कर्तव्य होइन । मान्छेले त जीवनमा सङ्घर्ष गर्नुपर्छ, जुन घरलाई मैले अपनाएर आएँ... त्यहाँ दुःख पर्दा म भाग्नु उचित होइन पनि । उसमाथि तपाईंहरूले मलाई छोरा र बुहारीको एउटै रूपमा मात्र होइन, छोरीका रूपमा स्विकार्नुभएको छ ।", आशाले भनिन् ।

आशाको स्वाभिमानप्रति शकुन्तलाका आँखा रसाए ।

"हैन, यी आमाछोरीको के को गन्थन हँ ?", रामप्रसादले कोठामा पस्दै भने ।

"यसै, बिहेको कुरा गरेकी... मान्दिनँ ।", शकुन्तलाले रामप्रसादलाई हेर्दै भनिन् ।

"बुबा मलाई इच्छा नै छैन ।", आशाले उदास भएर भनिन् ।

"ठीकै छ त ! कसले पो कर गरेको छ ? सल्लाह पो हो त ! निर्णय त होइन नि ! कसो शकुन्तला ?", रामप्रसादले भन्यो ।

"भन्न खोजेकी मैले पनि त्यही नै हो । तर यसले नबुझेकी हो वा मैले भन्न नजानेकी हुँ, खै !", शकुन्तलाले गिलासहरू उठाएर किस्तीमा राखिन् । भान्सामा लान उठिन् ।

"भो आमा म लान्छु ।", आशाले भनिन् ।

"पर्दैन बा । तिमीलाई सन्चो छैन । आराम गर ।", शकुन्तलाले आफैं गिलास लगिन् ।

"छोरी, यो तिम्रो निर्णय नै हो त ? रमेश मान्छे निकै बेस छ ।", टेबलबाट एउटा सिन्का उठाएर रामप्रसाद दाँत कोट्याउँदै मेचमा बसे ।

आशाले ठूलो स्वरमा भनिन्, "रमेश वा समेश... म कसैको बारेमा एक शब्द पनि सुन्न चाहन्नँ । तपाईंहरूले यस्तो कुरा गर्नुहुँदा मेरो मुटु

छियाछिया हुन्छ । कतै यहाँहरूले घरबाट गलहत्याउन खोज्नुभएको हो कि जस्तो पनि लाग्छ । मलाई आफ्नो कर्तव्यबाट वञ्चित नगर्नुस्, बुबा ।"

"छोरी, हाम्रो मतलब त्यस्तो होइन । तिम्रो पहिलेको चञ्चलता फर्कोस्... बस् यति चाहेका हौं । तिम्रो उदासीनताले हामीलाई पनि उदास बनाइदिन्छ । तिम्रो जीवनमा पुनः खुशीयाली छाओस्... यत्ति सोचेका हौं । हामीले हाम्रो एक्लो सन्तान गुमायौं । तिमीलाई सन्तानको दोस्रो रूपमा पाएका छौं । के हामी हाम्रो सन्तानको दोस्रो रूपलाई गुमाउन चाहन्छौं होला र ? हामीले तिमीलाई बोझ सम्झेका होइनौं । छोरी भने पनि बुहारी भने पनि तिमी हाम्रै छोरीका रूपमा छ्यौ ।"

"बुबा !", आशाले रामप्रसादको कुममा टाउको हालिन् र आँसु झारिन् । अब भने तपाईंको कुरा चित्त बुझ्यो ।", आशाले भावनालाई सुताउँदै भनिन् । आशाले रामप्रसादको मुख हेरिन् । दुवै जना हाँसे ।

"हो ! यस्तै हाँस्ने गर । अब त मलाई दुई वर्षअगाडिकी आशाको याद आयो । त्यही चिन्तामा सदा डुब्नु औचित्य छैन । आफ्ना लागि नहोस् । तर भावनाका लागि हाँस्ने गर । आज त यस घरमा वर्षौंपछि उज्यालो छाए झैं भयो ।"

"ल तपाईंलाई चिया ल्याइदिएकी छु ।", शकुन्तलाले चिया अगाडि राखिदिइन् ।

"बुबा साँच्ची मान्छे भनेको त तपाईं जस्तो हुनुपर्छ । यस्तो पारिवारिक बोझ... । त्यसमाथि बिजनेसमा कराडौं घाटा लाग्दा पनि तपाईंको अनुहारमा निराशाको एक रेखा पनि देखिँदैन ।"

"मान्छेको मनमा त चोट भइहाल्छ । वास्तविकताको ज्ञान दिएर सबैलाई आफूसँगै किन दुःखी बनाउनु ? बिजनेसमा नाफा-घाटा भन्ने त भइहाल्छ । कहिले नाफा, कहिले घाटा ।"

"बुबा, मलाई त डर लागिरहेछ । ऋण बढ्दो छ । हाम्रो घर डुब्नेछ... हामी बर्बाद हुनेछौं... डेरामा बस्नुपर्‍यो भने त !"

"धन्दा नमान... बिजनेसका लागि सामान पनि आइपुगे । हेरूँ... कहाँसम्म सफल भइन्छ । त्यति बूढो पनि त भइसक्या छुइनँ नि,

छु र ?", रामप्रसादले पछाडि ऐनातिर हेर्दै भने । दुवैजना अट्टहास लगाएर हाँसे ।

आशालाई रमेशको अनुहारसम्म हेर्न मन थिएन । आशा अफिसमा आउँथिन, जान्थिन् । उनलाई कसैको जीवनसँग सरोकार थिएन । उनी काममै व्यस्त हुन्थिन् । रमेश आशासँग बोल्न कैयौं चेष्टा गर्थ्यो । तर कामको कुराबाहेक आशा अरू केही कुराको जबाफ दिन्नथिन् । आशालाई यस अफिसमा काम गर्ने इच्छा पनि थिएन । उनले अरू कैयौं ठाउँमा कामको खोजी पनि गरिन् । अरू कतै जागिर पाउनेबित्तिकै यता छाड्ने निर्णय गरेकी थिइन् ।

दिनहरू एकपछि अर्को अनि ऋतुहरू पनि एकपछि अर्को गर्दै बितिरहेका थिए । आशा अफिसबाट हतारहतार घर फर्किरहेकी थिइन् । शकुन्तला गेटमा बसेर यताउता हेर्दै थिइन् । आशाको मनको त्रास बढ्यो र मन अतालिन थाल्यो, "कतै भावना घरबाट त हराइनन् ?"

"के भो आमा ?", आशा बेचैनीका साथ शकुन्तलाको अगाडि पुगिन् ।

"केही होइन । एउटा कुकुर पसेको थियो, त्यही लेखेट्न हिंडेकी... कतै वरपर छ कि भनेर हेरेकी ।"

"ओहो !", आशाले निधार छामिन् । पसिना पुछिन् ।

भावनाको चकचक गर्ने बानीले आशाको मन कतै स्थिर हुँदैनथ्यो । अफिसमा बस्दा त झन पीर गर्थिन् । चकचक गर्ने बानी भए पनि भावनाको दिमाग र स्मरणशक्ति तेजिलो थियो ।

शकुन्तला खाटमा पलेंटी कसेर बत्ती कातिरहेकी थिइन् । साँझपख झिसमिस अँध्यारो हुन थाल्दै थियो । आशाले लुगा धोइरहेकी थिइन् । घर पनि ऋणमा थियो । आशाका ससुराले घर धितो राखेर बिजनेसका लागि फेरि सामान किनेका थिए । समयले साथ दिएन । घर लिलामीमा जाने अवस्था थियो । रामप्रसाद यही पीरले महिना दिनदेखि थलिएका थिए । पीरै-पीरले उनी मृत्युको मुखतिर लम्किँदै थिए । शकुन्तलापनि कमजोर भएकी थिइन् ।

***

१५

निष्पट्ट अँधेरी रातमा झिलिमिली बत्तीहरू सिरिरी आएको हावासँगै लहलहाए । अँधेरी रात बत्तीको प्रकाशले रमाइरहेको थियो । सन्ध्या कोलकाता बसेको पनि तीन वर्ष पूरा भइसकेको थियो । जानकी देवीले सन्ध्यालाई नयाँ जीवन दिएर लगाउनु ऋण लगाएकी थिइन् । कोठाको सरसफाइ तीन दिन अघिदेखि गरिएको थियो । कोठामा मगमग बास्ना चल्ने गरी अत्तर छरिएको थियो भने पूजाकोठा धूपको बास्नाले झन् मुग्ध थियो । घर पनि एक महिनादेखि बाहिरभित्रै रोगन गरिएको थियो । सन्ध्या मिलमा काम गर्नुका साथै घरको काममा पनि व्यस्त रहन्थिन् । सन्ध्यालाई दुःखको याद कमै हुन्थ्यो । उनले उदास रहने मौकै पाउन्नथिन् । जबजब उनी एकान्तमा बसेर सोच्थिन्, जानकी देवी सन्ध्यालाई आफ्नो कथा भनेर होस् या अर्काको जीवनचर्या सुनाएर होस्, भुलाउन सफल हुन्थिन् ।

जानकी देवीको ठूलो बङ्गलामा सन्ध्या खाना पकाउन सघाउँथिन् । प्रायः उनी आफैं पकाउँथिन् । सन्ध्यालाई कुनै कामको आवश्यकतामा सुरेशले सघाउँथ्यो । किनमेल गर्ने र बजार जाने सुरेश नै गर्थ्यो । नपुगेको जानकी देवी गर्थिन् । ठीक समयमा जानकी देवीको ड्राइभरले सन्ध्यालाई मिलमा लिन जाने र ल्याउने गर्थ्यो । जानकी देवीको समीपमा उनलाई कत्ति पनि तकलिफ थिएन । व्यापारको सिलसिलामा आउनेहरूमध्ये सन्ध्यालाई कसैकसैले आँखा ठाडो पारेर हेर्थे । तर जानकी देवीले एकपल्ट मेरी छोरी समान हुन् यिनी भनेर परिचय दिएपछि पछिल्लोपटक बोल्ने साहस गर्दैनथे ।

महिन्दर जानकी देवीको एक मात्र छोरो । अनेक सपना सोचेर उनले छोरालाई अमेरिका पढ्न पठाएकी थिइन् । कोलकाताको सानो घरेलु उद्योगलाई लोग्नेको मृत्युपछि उसको इच्छा साकार पार्न रातदिन नभनी सङ्घर्ष गरेर आखिर एक ठूलो मिल बनाइन् । छोरालाई अमेरिका पठाउन पनि उनले निकै दुःख झेलिन् । आफ्नै लगनले उनले सानो पुरानो घरलाई त्यही ठाउँमा आधुनिक बङ्गला बनाइन् । छोराको बिहेका लागि पुनम उनले चुनिसकेकी थिइन् । सन्ध्या र पुनमको परिचय जानकी देवीले पहिल्यै गराएकी थिइन् । त्यसैले पुनम र सन्ध्याको मित्रता राम्रो थियो । जानकी देवीबाहेक सन्ध्याको दर्दनाक कथाबाट पुनम पनि अनभिज्ञ थिइन् । जानकी देवीले अस्पतालमा सन्ध्याबाट सुनेको कथालाई आफूभित्रै सीमित राखेकी थिइन् । पुनम सन्ध्यालाई तीन वर्षको अवधिमा कैयौंपल्ट बिहेको वा उनको जिन्दगीबारे कुरा खोतल्ने कोसिस गर्थिन् । तर सन्ध्या आलटाल गर्थिन् ।

जानकी देवी खुशीमा पागल थिइन् । उनी पुनमसँग गाडीमा बसेर एयरपोर्ट पुगेका थिए । पाँच वर्षपछि उनले आफ्नो छोरा आफ्नो अगाडि पाउन आँटेकी थिइन् । खुशी हुनु स्वाभाविकै थियो । सन्ध्या भने घरमा एक्लै थिइन् । उनले महिन्दर आउने खुशीमा मीठामीठा पकवान पकाएर राखेकी थिइन् । यसपालिको भाइटीका पनि यसै बित्यो । तर राखी बन्धनमा भने उनको महिन्दरलाई राखी बाँधेर दाइ बनाउने इच्छा थियो । पुनमलाई पनि त्यति बेलासम्म उनले भाउजूका रूपमा देख्ने थिइन् । सन्ध्याको उमेर पनि बढ्दो थियो ।

"कतै महिन्दरले घरमा बसेको चाहेन भने ? उनलाई कतै बिहे गरिदिने प्रस्ताव राख्यो भने ?", सन्ध्या पुरी पकाउँदा-पकाउँदै छटपटाउन थालिन् ।

"म आफूलाई विवाहिता भनूँ या विवाहअगाडिकी विधवा । नाइँ...नाइँ म कसैलाई केही भन्ने छुइनँ । मेरो वास्तविकता थोरैले बुझ्छन् । म गलत थिइनँ । मेरो परिस्थितिले मलाई कोठी पुर्‍यायो । म त्यहाँबाट उम्किएँ... नारकीय जिन्दगी भोग्नुअगाडि नै । यी सब कुरा मैले भने

मान्छे मेरो पीडामा हाँस्नेछन् । भो म भन्दिनँ । म आफूलाई अविवाहिता नै भन्नेछु र विवाहको कुरा निकालेमा जिन्दगीभर विवाह नगर्ने भनिदिनेछु । तर... कतै महिन्दरले मलाई बोझ सम्झे भने ? हैन... हैन... म उनलाई दाजुका रूपमा पाएर उनको मन जित्नेछु, ता कि मलाई यस घरबाट निस्किन नपरोस् । जानकी देवीको सेवा गरेर नै म उनले गरेको मायाको ऋण चुकाउनेछु ।", सन्ध्याले पुरी झिक्दै सोचिरहिन् ।

सन्ध्या तेल त्यत्तिकै डढाएर दौडेर कोठामा आएर क्यालेन्डर हेर्न थालिन्, राखी बन्धन कहिले पर्दछ भनेर ।

"पर्सि नै !", सन्ध्या पनिउँ लिएरै उफ्रिन् । हातबाट भुइँमा पुनिउँ टङग्रङ्ङ खस्यो । सन्ध्याले पुनिउँ उठाइन् । फेरि भान्सामा गएर पुरी पकाउनमै व्यस्त भइन् । जानकी देवीले उनलाई भनेको याद गरिन्, "महिन्दरको पुरी और आलु बहुत पसन्द है ।" यही गुनगुनाउँदै सन्ध्याले पुरीलाई सानो स्टिलको बाटाले छोपेर जाली भएको दराजमा राखिन् । दराजबाट आठनौ ओटा आलु झिकेर पखालिन् । आलु काटेर तेलमा भुट्न थालिन् । आलु हेर्दै रहरलाग्दो थियो । साथमा उनले केही किन्न पठाउने विचार गरिन् अनि सुरेशलाई बोलाइन् ।

"सुरेश ! ओ सुरेश !!", सन्ध्या कराउँदै गेटबाहिरसम्म गइन् । कसैलाई देखिनन् ।

"कहाँ जान्छ यो ?", सन्ध्या फर्कैर आइन् । सुरेशलाई सिँढीबाट उत्रँदै गरेको देखेर भनिन्, "कहाँ चला गया था ?"

"जी ! मै उपर कमरा साफ कर रहा था ।"

"ए पैसा ले लो । जल्दी से कुछ मिठाई लेकर आ ।"

"जी अच्छा !", सुरेश गयो ।

सन्ध्याले आलुका बोक्रा उठाएर टिनमा राखिन् । हातमुख धोएर पूजाकोठामा साँझको आरती दिइन् । पूजा पनि गरिन् । घण्टी बजाइन् । एकैछिनमा सुरेश पनि आइपुग्यो ।

"लिजिये !", सुरेशले मिठाईको पोको दियो ।

सन्ध्याले मिठाईको प्याकेट खोलिन् । सानो प्लास्टिबाट १५ ओटा रसबरी, अर्कोबाट १० ओटा लड्डु अनि निमकिन झिकेर रिकापी र किस्तीमा मिलाएर राखिन् । हातमा लागेको रसबरीको रस पुछ्दै थिइन्, जानकी देवीको हँसाइले उनी सतर्क भइन् ।

सन्ध्याले रातो सलवार-कमिज लगाएकी थिइन् । निधारमा एउटा सानो रातो टीका र आँखामा लगाएको गाजलले उनको सम्पूर्ण सुन्दरता झल्किएको थियो । सन्ध्या चुरीहरू लगाउँदिनथिन्, न सिन्दूर नै । विवाहिता नारीको कुनै लक्षण उनमा देखिँदैनथ्यो । जीवनलाई उनले न त हृदयदेखि पति मानेकी थिइन्, न अब उनमा जीवनलाई पति सम्झिने इच्छा नै थियो । उनले विकासलाई नै पति मानेकी थिइन् । त्यसैले त उनको हृदयले कहिल्यै सिन्दूर लगाउने इच्छा जगाएन । किनभने विकास यस संसारमा थिएन ।

सन्ध्या बाहिर नपुग्दै महिन्दर, पुनम र जानकी देवीले घरमा प्रवेश गरे । महिन्दरलाई उनले फोटोमा देखेकोभन्दा बेग्लै पाइन् । फोटोमा दुब्लो देखिने महिन्दर टन्न मोटाएको थियो । उसको पहिरन पनि विदेशी नै थियो । जिन्सको पाइन्ट र युएसए लेखेको टिसर्ट लगाएकको झन्डै छ फुट अग्लो महिन्दरलाई सन्ध्याले हेर्न टाउको उठाइन् । महिन्दरले पनि सन्ध्यालाई देख्यो । एकचोटि उसले पुनमलाई हेऱ्यो । सन्ध्याका अगाडि पूर्ण रूपमा मेकअप गरे तापनि पुनम फिक्का देखिन्थी । महिन्दरले हतपत आफ्नो आँखा सन्ध्याको मुहारबाट हटायो । ठूलठूला सुटकेसलाई बैठक कोठामा लग्यो । सन्ध्या दौडिंदै पूजाकोठामा गइन् । पूजाको थाली उठाइन् । बैठक कोठामा पस्दै जानकी देवीतिर हेर्दै भनिन्, "माँ भगवान्का पर्साद ।"

"तुमने पूजा करली ?"

"जी माँ !"

"ठीक ही हुआ । देखो ना कितना देर हो गया हमें ?", जानकी देवीले पूजाथाली लिइन् । महिन्दरको अगाडि गइन् । उसले टाउको

निहुऱ्यायो । जानकी देवीले निधारमा रातो टीका लगाइदिइन् । पुनमलाई पनि लगाइदिएर आफूले पनि लगाइन् ।

"माँ ए कौन ?", महिन्दरले सन्ध्यालाई देखाउँदै भन्यो ।

"मैने तुम्हे लेटर में जिक्र किया था ना... वही है सन्ध्या... तुम्हारी बहन ।"

"ओह ! मैं समझ तो गया था... फिर भी पुछने को दिल आ गया... वैसी नहीं है, जैसा मैने सोचा था... ।", महिन्दरले सोफामा बस्दै भन्यो ।

"बहुत भोलीभाली है ।", जानकी देवीले सन्ध्यालाई पूजाको थाली दिंदै भनिन् । सन्ध्या बाहिर निस्किन थालेकी थिइन्, महिन्दरले भन्यो, "खुबसुरत भी ।"

सन्ध्या अलि लजाएर बाहिर गइन् । पुनमले महिन्दरलाई आँखा तरी । महिन्दरले यस्को वास्तै गरेन । जानकी देवी भने हाँसिरहिन् । रातको खानामा सन्ध्याले बनाएको पुरी, आलु र मिठाई थियो । सबैले मीठो मानेर खाए । महिन्दरले आँपको अचारको त चर्को वर्णन गऱ्यो । आलु तरकारीको पनि कम बयान गरेन ।

महिन्दरले सन्ध्याका हरेक कुरामा प्रशंसा गर्दा पुनम भित्रभित्रै चिढिन्थिन् । उनी भित्रभित्रै चिढिए पनि बाहिर देखाउँदिनथिन् । सन्ध्यालाई महिन्दरबाट टाढा राख्न चाहन्थिन् । तर सन्ध्या महिन्दरको आँखाको तारो भइसकेकी थिइन् ।

भोलिको दिन पुनमले महिन्दरसँग घुम्ने प्लान बनाइन् । दुवै दिनभरि घुमे । महिन्दर रातमा ढिलो आयो । पुनम आफ्नै घरमा गइन् ।

जनै पूर्णिमाको दिन... । सन्ध्या खुशीले पागल भएकी थिइन् । उनले महिन्दरलाई राखी बाँध्ने सोचेकी थिइन् । यसै खुशीमा उनी दङ्ग परेकी थिइन् । जानकी देवीले सन्ध्यालाई वरिपरि खोजिन् । कतै भेटाइनन् ।

"सुबह-सुबह कहाँ चली गई होगी ।", जानकी देवी महिन्दर कोठामा पुगिन् ।

"गुड मर्निङ माँ" भन्दै महिन्दरले हा...ई गऱ्यो । जानकी देवी महिन्दरसँग बसिन् । केही बोलिनन् ।

"माँ ! लगता है तुम नाराज हो गई हो ।", महिन्दरले भन्यो । जानकी देवी ठुस्स परेर बसिरहिन् ।

"लेकिन क्यों ?", महिन्दरले जुरूक्क उठ्दै भन्यो ।

"अब तो तुम्ने सराब पिना भी सुरू कर दिया ? मैनें तुम से कितनी अरमानें देखी थी... पर तुम ने सब धुल में मिला दिया । कल रात तुम नशे में थे ।", जानकी देवीले भनिन् ।

"अमेरिका मे रहकर जो आया हुँ ।", महिन्दरले हाँस्दै भन्यो ।

सन्ध्याका पाउजुको छङछङ आवाजले घर थर्केपछि जानकी देवी महिन्दरको कोठाबाट निस्किइन् । सन्ध्यालाई देखेर अलि रिसाए झैं गरेर भनिन्, "कहाँ चली गई थी ?"

"बाजार में ।", सन्ध्याले झोला देखाउँदै भनिन् ।

"मैने तुम्हे मना किया था अकेले चलने के लिए । बाहर खतरा हो सकता है । फिर भी... क्या लेने गई थी ?", जानकी देवीले सोधिन् ।

"राखी !", सन्ध्याले हाँस्दै भनिन् ।

"आज रक्षाबन्धन है क्या ?"

"जी !"

"तो मुझे क्यों नहीं बताई ?"

"सरप्राइज देने के लिए... महिन्दर भैयाको ।"

"अपना तो सत्यनाश हो गया... मेरा भी भाइ है न... बिमार है... उधर ही जाना होगा ।", जानकी देवीले भनिन् ।

जानकी देवी पनि आफ्नो भाइकहाँ जान तयारी गर्न थालिन् । जानकी देवीले सन्ध्यालाई नयाँ लुगा लगाउन भनिन् । सन्ध्याले पहेंलोमा रातो पहेंलो जरी भएको सलवार कुर्ता लगाइन् । सन्ध्याको अनुहारमा जरीको झैं चमक थियो । महिन्दर मुख पुछ्दै कोठाबाहिर आयो । जानकी देवीले सन्ध्यालाई बैठकमा लगिन् । सन्ध्याले महिन्दरलाई भगवान्को प्रसाद दिएपछि राखी बाँधिदिइन् । महिन्दरले सन्ध्यालाई हेरिरह्यो । यत्तिकैमा जानकी देवीले भनिन्, "देखो महिन्दर । आज से तुम दोनो भाइबहन हो गए । फर्क इतना है कि सन्ध्याको मैनें जन्म

नहीं दिया । आज से तुम दोनो इस राखीके साथसाथ बँध गए । अपनेअपने कर्तव्यको निभाना ।"

जानकी देवीले ब्याग बोकिन् ।

महिन्दर केही बोलेन । केवल हाँसिरह्यो । सन्ध्यालाई उपहारस्वरूप अमेरिकन अत्तर दियो । सन्ध्याले प्रफुल्ल भएर आफ्नो शरीरभरि अत्तर छरिन् । अत्तरको बास्नाले कोठा पनि सुगन्धित भयो । जानकी देवी बाहिर गइन् । सुरेश पनि किनमेल गर्न गयो ।

कोलकाता सहरको बङ्गलामा सन्ध्या र महिन्दरबाहेक कोही थिएनन् । सुनसान बङ्गला… महिन्दरको कोठामा अङ्ग्रेजी गीत बजिरहेको थियो । सन्ध्याले चिया पकाइन् अनि नास्ता तयार पारिन् । डाइनिङ टेबलमा राखेर महिन्दरलाई बोलाउन कोठामा गइन् ।

"महिन्दर भैया ।", सन्ध्याले भनिन् ।

महिन्दर क्यासेटको चक्का फेर्दै थियो । नयाँ अङ्ग्रेजी गीत बजाएर उठ्यो, "क्या बात है ?"

"चलो नास्ता तैयार है ।"

"ओ तो खालेगें । लैकिन इस अमेरिकन पर्युम से तो तुम्हारे खुबसुरती में चार चाँद लग गए ।"

सन्ध्याले केही बोलिनन् । महिन्दरलाई हेरेर फेरि भनिन्, "चलो ना । ठन्डा हो जाएगा ।"

महिन्दरले सन्ध्यालाई तलदेखि माथिसम्म हेर्यो । सन्ध्याको आँखामा आफ्नो आँखा परेपछि एकटक लगाएर हेरिरह्यो । दुवै नास्ता खान टेबलमा बसे । महिन्दरले अमेरिकाको खुब बयान गर्यो । सन्ध्या भने उत्सुकतापूर्वक सुनिरहिन् । महिन्दर बेलाबेलामा सन्ध्यालाई हेर्दथ्यो । सन्ध्या नास्ता खान व्यस्त थिइन्, महिन्दरले नास्तामा चियाबाहेक केही खाएन । कोठामा गएर ठूलो स्वरमा अङ्ग्रेजी गीत बजायो । सन्ध्या भने खाना बनाउनमै व्यस्त थिइन् । अङ्ग्रेजी गीतको चर्कंदो स्वर बिस्तारै सानो भयो ।

सन्ध्यालाई महिन्दरले बोलाए झैं भान पऱ्यो । उनी फटाफट महिन्दरको कोठामा पुगिन् र सोधिन्, "क्या बात है भैया ?"

"मेरे लिए पानी ला सकोगी ?", महिन्दरले भन्यो ।

"जी !", सन्ध्या पानी लिन भान्सातिर गइन् ।

महिन्दरले नास्ता खान टेबलमा बसेर आएपछि बिहानै एक सिसी अमेरिकन ह्विस्की झिकेर रित्याएको थियो । रक्सीको प्रभाव खाली पेटमा पर्दा छिट्टै असर पर्न थाल्यो । सन्ध्याले महिन्दरका लागि पानी लिएर आइन् । महिन्दरमा नशा चढेको र अगाडि पुग्दा गन्धको कारण अचम्मित भइन् ।

"आपने सुबह सुबह से सराब पी लिया ? अगर माँ को पता चल गया तो बहुत नाराज हो जाएगी ।", सन्ध्याले पछि अलि निराश हुँदै भनिन् । यति बेलासम्म महिन्दर रक्सीको प्रभावले जनावर झैं भइसकेको थियो । यत्तिकैमा महिन्दर उठ्यो अनि बलजफ्ती तानेर चुकुल लगायो ।

"भैया... ऐ तुम... !", सन्ध्याका शब्दहरू बीचैमा रोकिए । महिन्दर एकपल्ट कुटिलतापूर्वक हाँस्यो । साधारण देखिने उसका आँखा हिंस्रक बन्न पुगे ।

"देखो आज ही मैने तुम्हे राखी बाँधी थी । तुम क्या करने जारहे हो ?", सन्ध्याले पछाडि हट्दै भनिन् ।

"मै नहीं मानता इस छोटे से धागेको ।"

"नहीं भैया... नहीं ।"

"भैया मत कहना मुझे... लो टुट गया हमारा बन्धन ।", महिन्दरले हातले राखीलाई चुँडाएर फालिदियो । राखी सन्ध्याको हातमा परेर खस्यो ।

कोठामा अङ्ग्रेजी गीत घन्किँदै थियो । चर्कंदो आवाजले कोठामा सन्ध्या र महिन्दरको वार्तालाप एकअर्कामा मुस्किलले मात्र सुनिन्थ्यो । सन्ध्या डरले थरथर काँप्न थालिन् । अनुहार रातो र नीलो हुन थाल्यो । सन्ध्याका आँखाको हेराइले महिन्दरसँग दयाको भीख मागे झैं देखिन्थ्यो ।

"भगवानके लिए मुझे छोड दो... देखो तुम नहीं चाहते तो मै इस घरको छोडकर चली जाउँगी, लेकिन ऐसा मत करना ।", सन्ध्याले रूँदै भनिन् ।

महिन्दर निकै डरलाग्दो तवरबाट अगाडि बढ्दै थियो । सन्ध्याले झ्यालमा भएको कैंचीलाई उठाएर महिन्दरलाई हान्न ठीक परिन्, "देखो मुझे छोड दो । मुझे मजबुर मत करना ।" सन्ध्याले दाहिने हातमा कैंची लिंदै पछाडि-पछाडि हटिन् । महिन्दरले हात मात्र बलजफ्ती के तानेको थियो, सन्ध्याले कैंचीले हानेकी थिइन् । महिन्दरको पाखुरामा बेसरी रोपियो र करायो, "आ... ह !"

महिन्दरले कैंची निकाल्दै थियो, सन्ध्याले दौडेर चुकुल खोलिन् अनि एकचोटि पनि नफर्कीकन सहरमा दौडिन थालिन् । महिन्दरले बाहिर गेटसम्म लखेट्यो । बाहिर पुनमलाई भेटेर दाँत किट्दै फर्कियो । सन्ध्या भने डर र त्रासले पछाडि फर्कंदै दौडिरहेकी थिइन् ।

उनलाई कहाँ जाने र कता लाग्ने भन्ने होसहवास थिएन । बाटोमा अग्लो कदको मान्छे देख्दा पनि महिन्दर नै सम्झेर दौडेको दौड्यै गर्थिन् । सन्ध्या झन्झन् तीव्र गतिमा दौडिन थालिन् । कुद्दाकुद्दा एक जना महिलासँग ठोकिइन् । त्यस महिलाको झोला खसेर सामानहरू तितरबितर हुन थाले । सन्ध्या पछाडि पनि फर्किनन् । उनी कुद्दाकुद्दा कुन बेला रेलवे प्लेटफर्म पुगिन् र ट्रेन चढिन् भन्ने उनले पत्तो पाइनन् ।

छिक...छिक गर्दै गइरहको ट्रेनबाट टाढासम्म हेरिन् । महिन्दरलाई नदेखेपछि लामो श्वास फेरिन् । ट्रेन अगाडि बढ्यो ।

"अरे कहाँ से घुस आई ? टिकट-टिकट ।", टिटीले सन्ध्यातिर नजर दौडाउँदै भन्यो । सन्ध्याको साथमा पैसाको नाममा एक पैसा पनि थिएन । त्यसैले उनले तुरुन्त जबाफ दिइन्, "रास्ते में आतेआते मेरा मनिपर्स गुम हो गया ।"

"देख्ने मे तो आप अमीर और सरिफ लगती है । जो कोही भी हो... ड्युटीके कारण हम मजबुर है । इसलिए आप अगली स्टेसन पर उतर जाइए ।", टिटीले अरूसँग टिकट चेक गर्न थाल्यो ।

सन्ध्या मौन भइन् । हतारमा उनले ब्याग पनि ल्याइनन् । उनी जानकी देवीको बङ्गला छोड्न मजबुर भइन् । ट्रेनमा यात्रीहरू कोही मुन्टो लुत्रुक्क पारेर बसिरहेका थिए । कोही पूर्ण निद्रामा, कोही अर्ध निद्रामा त कोही पत्रिका पढ्दै थिए । एक जना नवयुवक पत्रिका पढिरहेको थियो । सन्ध्या र टिटीको वार्तालाप त्यस युवकले पनि सुनिरहेको थियो । उसले पत्रिका पढिरहेको हुँदा सन्ध्याको अनुहार भने देखेको थिएन । सन्ध्या त्यस नवयुवकको अगाडि बसेकी थिइन् । नवयुवकले बिस्तारै पत्रिका हटायो ।

"सन्ध्या दिदी !", अगाडि सन्ध्यालाई देखेर ऊ तीनछक पऱ्यो । त्यस युवक अरू कोही नभएर रेवन्त थियो । सन्ध्यालाई एकाएक एक्लै यसरी ट्रेनमा अचानक भेट्दा उसको खुशी र हैरानीको सीमा नाघ्यो । रेवन्तले तुरून्तै दायाँतिर हेरेर टिटीलाई चुट्की बजाउँदै बोलायो र भन्यो, "पैसा हम देंगे ।" रेवन्तले यति भनेपछि सन्ध्यातिर आउँदै सोध्यो, "दिदी तपाईं कहाँ जान लाग्नुभएको ?"

"अरू कुरा त पछि बिस्तार लगाउँछु । तिमी कहाँ जाँदै छौ ?"

"म त नेपाल फर्किन आँटेको ।"

सन्ध्याले अवाक् भएर रेवन्तलाई हेरिरहिन् । सन्ध्यालाई वर्षौंपछि आफ्नोपनको अनुभव भयो ।

"तिमी कहाँबाट ?", सन्ध्याले सोधिन् ।

"आफ्नो त व्यापार नै कोलकाता, दिल्ली धाइरहनुपर्ने खालको छ । आइरहिन्छ.. गइरहिन्छ । त्यही न हो । यसै सिलसिलामा फर्कन आँटेको ।"

"तपाईं यस्तो ठाउँमा... एक्लो... अनि यस्तो आतिएको अवस्थामा ?", रेवन्तले एकक्षणपछि फेरि सोध्यो ।

"हो भाइ... यो सब भाग्यले पुऱ्याएको बाटो हो । म त एक लक्ष्यविहीन यात्री हुँ । लक्ष्यको खोजीमा कता पुग्छु कता... । तर जतातते ठक्कर र धोका सिवाय केही पाउँदिनँ ।", सन्ध्याले निराश भएर भनिन् ।

"मैले बुझिनँ, दिदी !"

"बस् सम्झ... मेरो लक्ष्य नै छैन । बिरानो बाटोमा हराएँ । बाटै पाइनँ । जसले जता भन्यो, उतै बाटो भेटाउने आशामा खाडलमा पुगें । उम्किन सकिनँ । आज अचानक ज्वालामुखी फुट्यो । म पनि सँगै निस्कें अनि यो ट्रेनमा अचानक सफर गर्न पुगें ।"

"तपाईंको कुराचाहिं अलि कम्प्लिकेटेड रहेछ । खैर, मैले केही अनुमान लगाएँ । तर कोट्याउने प्रयासचाहिं गर्दिनँ । अनि भिनाजु काठमाडौंमै ?"

"हैन ।", सन्ध्या मौन भइन् ।

सन्ध्याले विकासको मृत्युपछि जीवनसँगको जबर्जस्तीको विवाह, मुम्बईको कोठी, मरणासन्न अवस्थापछिको सुनौलो जीवन, कोलकातामा जानकी देवीको ममता र महिन्दरको हमला सब एकपछि अर्को वृत्तान्त बताइन् । रेवन्तले कौतूहलका साथ सुनिरह्यो । सन्ध्याको दर्दले भरिएको कथा सुनेपछि उसले दुःखी भएर लामो श्वास फेऱ्यो र सन्ध्यातिर हेर्दै भन्यो, "सरी दिदी ! मैले तपाईंको सुकेको घाउ कोट्याएँ ।"

"घाउ सुकेको छैन । जतिजति समय लम्बिन्छ, यो घाउ त्यतित्यति ताजा भइरहेछ । तिमी मलाई केही मद्दत गर्न सक्छौ ?"

"सक्ने त गरिहाल्छु नि ! एक भाइका नाताले कर्तव्य पनि त रहन्छ ।"

"मसँग पैसाका नाममा केही छैन । छ भन्नु नै यही सुनको टप र औंठी दुइटा छन् । मलाई केही सापटी... ।"

"त्यो त भइहाल्छ, दिदी । गहनाको जरूरत छैन । सम्झनू, भाइले मद्दत गरेको भनेर ।"

"म काठमाडौं गएर एकपल्ट राहुलको मुख हेर्न चाहन्छु । कैयौं छटपटाएँ कोलकातामा... उसको यादले । म काठमाडौंमा कलङ्कको टीका लगाउने प्रयास गर्नेहरूलाई देख्न पनि चाहन्नँ । मलाई त्यहाँ एक वेश्याका रूपमा हेर्नेछन् । मानिसहरू मेरो स्वाभिमानलाई कलङ्क ठहऱ्याउनेछन् । त्यसैले रेवन्त, तिमी पनि मलाई पटक-पटक दिदीको

संज्ञा दिएर यस शब्दको अवहेलना नगर ।"

"उफ् ! म तपाईंलाई दिदी भन्थें, भन्छु र भनि नै रहनेछु । यसमा आपत्ति नै के छ ? तपाईं किन यस्तो हीन भावनाले ग्रसित हुनुभएको ? कोठीसम्म पुग्नु... यो विवशता हो । यसमा बिग्रिएकै के छ र ? तपाईं आखिर त्यहाँ बस्नु पनि त भएन । तर किन यस्तो अपशब्द आफूले आफैलाई प्रयोग गर्नु ?"

"हो रेवन्त म यसै कर्मलाई ३० हजारमा बिक्री भएकी थिएँ । समयले त्यस बेला साथ दियो । म जान्दछु, आफ्नो कथा । तर म तीन वर्ष वेश्यालयमा होइन, देवीको घरमा थिएँ । आज अचानक दानवको सृष्टि भएकाले म विवशतापूर्वक घर छाडेर आएँ ।"

"होइन दिदी ! तपाईं सच्चा हुनुहुन्छ... एक आदर्श नारी... । त्यसैले यसबारे सोच्नु व्यर्थ छ । यो पनि त हुन सक्छ कि काठमाडौंमा तपाईंको बारे कसैलाई थाहै नहोस् ।"

"हुन सक्दैन म भन्दिनँ । तर सम्भावना नभएको पनि होइन । मैले सच्चाइका लागि ज्यान अर्पण गरे पनि कसैले कलङ्कित ठहऱ्याउलान् भन्ने डर छ ।"

"जबसम्म आफूमा आत्मबल हुन्छ, कसैको झुटले गलहत्याउन सक्नैन । बरू जीवनलाई सजाय दिलाउन प्रयास गर्नुहोस् । म पनि सक्दो मद्दत गर्नेछु ।"

"धन्यवाद ! साँच्ची तिम्रो पढाइ सकियो ?", सन्ध्याले अचानकै कुरालाई मोडेर सोधिन् ।

"सकें भन्नुपऱ्यो ।", रेवन्तले लामो श्वास फेर्दै भन्यो ।

सन्ध्यालाई थकाइका कारण हाई आउन थाल्यो । उनी पछाडि टाउको अडेस लगाएर आँखा चिम्लिन थालिन् । ट्रेनमा रेवन्तलाई भेटाउँदा उनलाई ढुङ्गा खोज्दा देवता मिलेझैं भयो । बिचरी भित्तामा टाउको बाङ्गो पारेर निदाइन् । केशहरू हावाले उडाएर अगाडि आइपुगे । सन्ध्याको मुहारमा पीडाहरू लुकेका थिए । तर पनि उनी रेवन्तसँग कुरा गर्दा बेलाबेलामा मुसुक्क हाँस्थिन्, आफ्ना सम्पूर्ण पीडा

र दुःखहरू लुकाएर ।

सन्ध्या एकक्षण निदाइन् । बिस्तारै आँखा खोलिन् । रेवन्तलाई आफ्नो अगाडि पाउँदा खुशीले गद्गद भइन् । सन्ध्याले रेवन्तलाई एकटक लगाएर हेरिरहिन् । रेवन्तले पनि हेऱ्यो र एकचोटि लामो सुस्केरामा हाई गरेपछि एकचोटि उठेर थचक्क बस्यो । सन्ध्यालाई किनकिन सङ्कोच अनुभव भयो । झ्यालबाट आएको तेज हावा उनको मुहारमा ठोकिएर फर्कियो । उनले विकासलाई सम्झिइन् । दुईथोपा आँसु तपक्क झारिन् । विकाससँग बिहे भएको भए रेवन्तले सन्ध्यालाई भाउजू भन्ने थियो । सधैं दिदी भन्ने भए तापनि बेलाबेलामा जिस्क्याएर भाउजू भन्दा सन्ध्या लाजले राती हुन्थिन् । सन्ध्याले आफ्नो नजर फेरिन् । ट्रेनको डिब्बाको चारैतिर नजर दौडाइन् । कुन बेला कुन स्टेसन पुग्यो भन्ने दुवैलाई अत्तोपत्तो थिएन ।

एउटा स्टेसनमा एक ठिटोको आवाज आयो, "बाबुजी चाय लेंगे ।"

"इधर दो कप देदो ।", रेवन्तले दुइटा औंला देखाएर ठिटोलाई भन्यो ।

ठिटोले दुई कप चिया प्लास्टिकको कपमा दियो । दुवै जनाले चिया लिए । सन्ध्याले भोकाएको सुरमा सुरूपसुरूप चिया तानिन् । रेवन्तले त्यस ठिटोलाई फेरि बोलायो, "लडका ! इस में तो मक्खी पडी हुई है । और देदो ।"

"अच्छा जी !", एक कप अर्को चिया दियो । रेवन्तले पैसा झिकेर दियो ।

"अरे ! ए तो दो कपका हुआ ।"

"तो क्या मक्खीवालाका भी चुका दुँ ?", रेवन्तले भन्यो । ठिटो हाँस्दै गयो । रेवन्तले चिया पियो ।

"ओहो ! तपाईंको त सकिसकेछ । कस्तो सुपरफास्ट ।"

"अँ यस्तै हो । तात्तातै खाने बानी छ ।", सन्ध्याले मुसुक्क हाँस्दै भनिन् ।

"धेरै तातोले त हानि गर्छ नि !"

"केही छैन । शरीर नै पत्थर समान भैसकेको छ ।"

ट्रेन फेरि गुड्न थाल्यो ।

"तपाईंलाई म एउटा उपहार दिन्छु । घरमै गएर पढ्नुहोस् ।", रेवन्तले भन्यो ।

"घर ? घर नै छैन ।", सन्ध्याले मनमनै सोचिन् । अनि भनिन्, "बरू भन... उपहारचाहिं के हो ?"

"सरप्राइज !", रेवन्त हाँस्यो ।

रेवन्तले सानो किताबलाई अघि पढिरहेको पत्रिकाले बेर्‍यो र भन्यो, "म यो तपाईंलाई छुट्टिने बेलामा दिन्छु ।"

"ठीकै छ नि ! एउटा कुरा रेवन्त... मेरो यो एक्लो संसारमा तिम्रो आफ्नोपन र महानताको ऋण सायद चुकाउन सक्दिनँ होला ।", सन्ध्याले भनिन् ।

"दिदी ! मेरो जीवनको लक्ष्य नै अरूको भलाइ गर्नु हो । यी मेरा दुई आँखाले न त कसैमाथिको अत्याचार देख्न सक्छन्, न त कानहरूले कसैको रोदन सुन्न सक्छन्, त्यसैले म जे बोल्दै छु ... साँचो र सत्य बोल्दै छु ।"

"मैले यसलाई झुटो थोरै भनेकी हुँ र ?"

"त्यो झुट्टो हैन भन्ने त मलाई पनि थाहा छ ।"

"जेसुकै भन... यो पापी संसारमा तिम्रो हृदयचाहिं हृदय नै रहेछ । तिम्रो सहयोग म कदापि भुल्न सक्ने छुइनँ ।"

"खासमा म समाजसेवी त्यतिसाह्रो होइन । तर केही रकम हामीले चन्दास्वरूप बाल विकासलाई र नारी आश्रमलाई दिएका छौं । तपाईंको कोही छैन त के भयो ? नारी आश्रममा बस्नुहोस् । तपाईं जस्ता कैयौं नारी आफ्ना हातपाखुरा खियाएर बसेका छन् । उसमाथि तपाईं त एक शिक्षित मान्छे । आफ्नो जीविका चलाउन कुनै गाह्रो पर्दैन ।"

"म तिमीलाई कतिचोटि धन्यवाद दिऊँ ? मलाई थाहा नै छैन ।"

"यसको जरूरी नै के छ र ?", रेवन्तले हाँस्दै भन्यो ।

"अनाथको पनि कोही हुँदो रहेछ । त्यो त मैले आजै थाहा पाएँ ।"

"भाइ छँदाछँदै पनि कोही अनाथ हुन्छ र ? बरू तिहारमा मलाई टीका लगाइदिनुहोस् । मेरो आफ्नी दिदी भन्ने छैन । एक जना मामाकी छोरीको हातबाट टीका लगाइन्थ्यो । उहाँ पनि विवाहपछि अमेरिकामै रहन थाल्नुभयो ।"

सन्ध्याले बाहिरको हरियालीपूर्ण वातावरणलाई एकपल्ट अवलोकन गरिन् अनि बाहिरी सोचमा डुब्न थालिन् ।

"के सोचिरहनुभएको, दिदी ?"

"यही सोच्दै थिएँ कि, वर्षौंपछि आज तिमीलाई भेटेर हर्षित भएँ । सायद अब भाग्यले कता पुऱ्याएर हाँस्न पाइने हो या होइन ! तिमीलाई भेटेपछि त झन् नेपालको मायाले सताउन थाल्यो ।"

"अब तपाईंको चिन्ताका, निराशा अनि अनिश्चयका दिन गए । तपाईं आफ्नो मिहिनेत, पाखुराले आफूमा उभिनुहुनेछ ।"

"तिमी काठमाडौं कति दिन बस्छौ ?"

"यसै १५ दिन... कामले फेरि यताउता भइहाल्छ । तर तपाईंको राम्रो सेटल भएपछि मात्र जान्छु ।"

सन्ध्या निहुररहिन् । केही बोलिनन् ।

"सन्ध्या दिदी ! तपाईंले गीत गाउन छाड्नुभयो कि ?"

"त्यसै भन्नुपऱ्यो ।"

"तपाईंको स्वर त तारिफ गर्न नसकिँदो छ ।"

"भोभो यो नाक कता राखूँ ?", सन्ध्या हाँसिन् ।

"अनुहारमै सुहाएको छ ।", रेवन्त अट्टाहास लगाएर हाँस्यो । सन्ध्याले आँखा तरे झैं गरिन् ।

"गीत बन्दचाहिं किन नि ?", रेवन्तले अलि अकमकाएर सोध्यो ।

"हो भाइ... जब विकासका भाव गए, यो तालले के गर्नु ? मैले विकासकै रचनामा मात्र गाउने प्रण गरेकी थिएँ । उसको भाव यस संसारमा रहेन, मेरो स्वर पनि बस्यो । मैले त्यस दिनदेखि आजसम्म कुनै गीत सुसेलीसम्म हालेकी छैन ।", सन्ध्याले निराश भएर भनिन् ।

"दिदी ! निराश नहुनुहोस् । परिस्थितिको सामना त गर्नैपर्छ नि !"

"सामना गर्न अगाडि बढ्दा फर्काइदिन्छ र पो ।"

"सत्यतालाई अँगाल्नुपर्दछ... । परिस्थितिलाई कुल्चेर हाँस्न पनि सकिन्छ । सत्य डग्दैन, असत्य टिक्दैन कसो, दिदी ?"

"ठीक भन्यौ । तर मलाई त परिस्थितिले नै कुल्चिराख्छ । म तिम्रा प्रत्येक भावनालाई कदर गर्दछु । उमेरमा मभन्दा सानो भए पनि विचारमा महान् छौ ।"

"भो ! मचाहिँ नाक कहाँ राखूँ त ?", रेवन्तले नाक दायाँ हातले समात्दै हाँस्दै भन्यो ।

"जहाँ छ, त्यहीं ठीक छ ।", सन्ध्याले हाँस्दै भनिन् । सन्ध्याको हँसिलो अनुहारमा हर्षको आँसु छचल्कियो ।

"ट्रेनको यत्रो लामो सफर... । कति आउनु-जानु तिमीलाई ?", सन्ध्याले कुरालाई एक्कासि मोडेर भनिन् ।

"खासमा दिदी म बेवाँकमा पैसा खर्च गर्न चाहन्नँ । प्लेन चढेर पनि के गर्नु ? कति आवतजावत गरिहनुपर्छ । सादा जीवन उच्च विचार । कसो, दिदी ?"

"हो त नि !", सन्ध्याले टाउको हल्लाउँदै भनिन् ।

ट्रेन रोकियो । मजफरपुरमा पुग्दा ट्रेनका प्रत्येक डिब्बाबाट यात्रीहरू तछाडमछाड गर्दै आआफ्ना डिब्बाबाट निस्किए । रेवन्त र सन्ध्या पनि ओर्लिए । दुवै जना एउटा रेस्टुराँमा पसेर चियानास्ता खाए । त्यहाँबाट चुपचाप हिंडे । यत्तिकैमा रेवन्तले भन्यो, "दिदी अनि तपाईंको अरू हालखबर ?"

"रातभरि करायो... दक्षिणा हरायो । सुनाइहालें नि ! कति सुनाउनु ? तिमी भन, बरू बिहे गर्‍यौ कि गरेनौ ? छोराछोरी छन् कि छैनन् ? भए कति छन् ? कत्रा भए ?", सन्ध्याले हाँस्दै भनिन् ।

"बाफ रे बाफ ! कतिका प्रश्न एकैपल्ट ? सब बिर्सिसकें के-के सोध्नुभएको भनेर पनि ।"

"मलाई ठग्न खोजेको ?"

"होइन दिदी । बच्चा कति जनाको कुरा... बिहे गर्ने विचार त अहिले गरेको पनि छैन ।"

"ठीकै हो नि ! उमेर कति पो गएको छ र ?"

"त्यै त भन्या ।", रेवन्त हाँस्यो ।

हिंड्दा-हिंड्दै दुवै जना फोहोरको कन्टेनरअगाडि पुगे । रेवन्तका पाइला एक्कासि अडिए ।

"किन रोकियौ ?", सन्ध्याले अचम्म मान्दै सोधिन् ।

"बल्ल सम्झें ।", रेवन्तले झोला खोल्दै भन्यो ।

"के र ?"

"चिया पिएपछि ट्रेनमा प्लास्टिकको गिलास झोलामै हालेको थिएँ । रद्दीको टोकरीमा या त फोहोरको कन्टेनरमै फाल्नुपर्छ मलाई त ! जहाँ गए पनि यस्तै हो । आफ्नै झोलामा फोहोर थुपिरहन्छ बरू... ।", रेवन्तले भन्यो ।

"राम्रो हो... ।", सन्ध्याले भनिन् ।

"हो त ! हामी जस्ता एकदुई गर्दै सबैले यस्तै बानी बसालेको भए वातावरण कति स्वस्थ हुन्थ्यो । जहाँतहाँ फोहोर नै फोहोर । काठमाडौंमै भन्नुहोस् न... नाक थुनेर हिंड्नुपर्ने कैयौं ठाउँ छन् ।"

"त्यो त हो भाइ... । हामी जस्ता दुईचार अक्षर जान्नेहरूले त यस्तो अभद्रता देखाउँछौं भने अशिक्षितको कुरै छाडौं ।"

घाम चर्किरहेको थियो । सन्ध्या र रेवन्त गर्मीमा पसिनापसिना हुँदै हिँडिरहेका थिए । बाटोमा रिक्सा, टमटमहरू ओहोरदोहोर गर्दै थिए । एकातिर सिने पत्रिका र दैनिक पत्रिका बेच्न १२–१३ वर्षका ठिटा कुदिरहेका थिए ।

"आज की ताजा समाचार... आज की ताजा समाचार... । दो महिलाओं ने एकसाथ आत्महत्या की ।", पत्रिका बेच्ने ठिटो रेवन्त र सन्ध्याकै अगाडिबाट गयो ।

"कति हो सुसाइड र मर्डर पनि बा...बा ।"

"मजबुरी हुन्छ नि भाइ आआफ्नो । कैयौं नेपाली चेलीबेटी विदेशमा आफ्नो अस्तित्व गुमाएर बसेका छन् । मान्छेले बरू हत्या सहन्छन् । तर इज्जत बेचेर बस्दैनन् नि... मर्न चाहेर पनि । आफ्नो कुनै अस्तित्व नभएपछि... आत्महत्या कुनै नौलो होइन ।"

"हो, दिदी । तपाईं त आज संजोगले उम्किनुभयो । सोच्नुहोस् त तिनीहरूको हबिगत... जो दशौं वर्ष नाचेर, बिकेर पछि बुढेसकालमा निर्ममतापूर्वक निकालिन्छन् । कस्तो अवस्था होला, हाम्रा दिदीबहिनीको त्यहाँ ? दिदी तपाईं चाहनुहुन्छ भने धेरै गर्न सक्नुहुन्छ ।"

"म मा केही थिएन र छैन पनि । मैले भनिनँ, म त एक लक्ष्यविहीन यात्री हुँ ।"

"तपाईंले आफ्नो जिन्दगीमा धेरै सङ्घर्ष गरिसक्नुभयो । यस सङ्घर्षलाई आधार बनाएर तपाईं विकास दाइको अधुरो सपना पूरा गर्न सक्नुहुनेछ ।"

"विकासको अधुरो सपना ?"

"हो दिदी, तपाईं दाइको उपन्यास लेख्ने धोको पूरा गरिदिनुहोस् ।"

"मलाई लेख्नै कहाँ आउँछ र ?"

"प्रयास गर्नुहोस् । म सहयोग गर्नेछु ।"

सन्ध्याले गम्भीर भएर सोचिरहिन् ।

"तपाईं कैयौं दिदीबहिनीका लागि मार्गदर्शक बन्न सक्नुहुनेछ । यसैलाई माध्यम बनाएर नेपाली चेलीहरूलाई पाठ पढाउनुहुनेछ । यसैमा तपाईंको मनलाई शान्ति मिल्नेछ । यो तपाईंको महानता हुनेछ, दिदी ।"

सन्ध्याले लामो श्वास फेरिन् । मौन भइन् । रातो र मलिन अनुहार लिएर हिँडिरहिन् । उनले यसपटक केही जबाफ दिइनन् । दुवै जनाले बसस्टप जान रिक्सा पक्रिए । सन्ध्या र रेवन्त अगाडि सिटमा बसेका थिए । एउटा मान्छे चुरोट तान्दै माथि उक्लियो । सन्ध्याको मुख अगाडि धूवाँ फ्याँकेर पछाडितिर गयो ।

"कस्तो छिल्या मान्छे रहेछ । मान्छेहरू जति बूढा भए, उत्ति मात्तिने ।", सन्ध्या बडबडाउन थालिन् ।

"के भन्नुभएको दिदी ?", रेवन्तले सोध्यो ।

"केही होइन । मलाई चुरोटको धूवाँ मन पर्दैन । भर्खर एक जना मान्छे यहीं छेउबाट चुरोट सल्काउँदै गयो । कस्तो घाँटी खसखसायो ।"

"चुराटदेखि तपाईंलाई त्यस्तो घृणा ?"

"घृणा त खै के भन्ने, मनपर्दैन ।"

"आफू खान कि कसैले खाएको पनि ?"

"दुवै !", सन्ध्या मुसुक्क हाँसिन् । रेवन्त पनि सँगसँगै हाँस्यो ।

"तिमीले त यत्रो लामो यात्रामा चुरोट सल्काएनौ त ! छाडिदियौ कि कसो ?"

"अहिले हो र ? तीन वर्ष भइसक्यो ।"

"चेन स्मोकर थियौ... होइन र ?"

"जमानामा ! भर्खरभर्खर क्याम्पस पुग्दा । साथीसङ्गत... उही न हो । विकास दाइ मैले चुरोट खाँदा सधैं गाली गर्नुहुन्थ्यो । विकास दाइ स्वर्ग भएपछि बल्ल महसुस गरें । दाइको बाटो अपनाउने प्रण गरें । पढाइमा त्यति राम्रो थिइनँ । बुबाको व्यापारमा लागें । कारखाना बुबाले हेर्नुहुन्छ । म बाहिरतिर यसरी सामानका लागि आउनेजाने गर्छु ।"

"साह्रै गर्मी भो" सन्ध्याले भनिन् ।

रेवन्तले झ्याल खोलिदियो अनि बाहिर हेरिरह्यो । विकासको यादले उसको मन कटक्क दुख्यो । गह्रौं अनुभव गरेर अगाडि फर्केर आँखा चिम्लियो । उसका आँखा केही भिजेका थिए ।

"रेवन्त !", सन्ध्याले रेवन्तको बायाँ कुममा हात राख्दै घचघच्याइन् । रेवन्त केही बोलेन ।

"के भयो भन त !", सन्ध्याले गम्भीर भएर सोधिन् ।

"अतीतको याद आयो ।"

"कस्तो अतीत ? तिम्रो अतीतमा पनि कतै दुःख थियो र ?"

"त्यो अतीत... तपाईंको बिहेको दिन । मैले तपाईंलाई भाउजूका रूपमा पाउन सकिनँ । तर... तर दिदी अब तपाईं मलाई भाइका रूपमा स्विकार्नुहोस्... । भाइटीकामा टीका लगाइदिएर । आखिर हाम्रो नाता पवित्र छ । ...मैले कुनै गलत त बोलिनँ, दिदी ?"

"रेवन्त !", सन्ध्याले रेवन्तको हात पक्रिइन् ।

"आज मैले आफ्नो भेटाएँ । म तिम्रो बाटोमा हिंड्नेछु... । समाजसेवा गर्नेछु । तर... त्यस पापीलाई... ।"

"सजाय त दिनैपर्छ ।", रेवन्तले भन्यो ।

"मेरा लक्ष्यहरू टुट्दै जानु... समयको दोष हो । तर विकासको मृत्यु... मेरो बाटै उल्टियो । तर रेवन्त म समाजसेवा गर्नेछु । यो दिदीको कसम !", सन्ध्याले भनिन् ।

दुवै जना बसबाट रक्सौलमा उत्रिए । सन्ध्याले अचानकै भनिन्, "मलाई त साह्रो प्यास लाग्यो ।

"एकक्षण यही पसलमा जाऔं न त !"

रेवन्त खुद्रा पसलअगाडि रोकियो । पानी माग्यो । सन्ध्या एक्लैले एक लोटा पानी पिइन् । रेवन्तले एउटा फिल्मी पत्रिका किन्यो अनि पत्रिकालाई पट्टाउँदै सोध्यो, "केही किन्नु छ कि, दिदी ?"

"खास त केही छैन । स्याउ र सुन्तला किनेको भए हुन्थ्यो नि !"

"साँझ पर्न आँटिसक्यो । वीरगन्ज पुग्न रिक्सा नपाइएला नि फेरि ।"

"छिटो गर त !"

साँझको समय... रक्सौलको बजारमा कालामैला धोती लगाएकाहरू कोही चानाचपाटी, कोही फलफूल बेच्नमा व्यस्त थिए । कतै फिल्मी पत्रिकाहरू र लुगाहरू बेच्न राखिएका थिए । ससाना चिया पसलमा मानिस टनाटन थिए । रेवन्तले स्याउ अनि अर्को पत्रिका पनि किनेर ल्यायो । यतिखेर पल्लो होटलबाट एक जनाले सन्ध्यालाई घुरिरहेको थियो । सन्ध्यालाई डर लाग्न थालेको थियो । तर रेवन्त समीप आएपछि उनको डर कम भयो ।

"अगि भर्खर किनेको होइन र ?", सन्ध्याले भनिन् ।

"हो त ! अर्को किन्न मन लाग्यो ।"

"तिमीलाई पत्रिका अनि किताब पढ्ने त्यत्रो सोख ?"

"हो... त्यसैले त मैले विकास दाइको नयाँ सङ्ग्रह पनि बोकर हिंडेको छु । बेलाबेलामा अतीत उर्लिएर आँखामा आउँछन् ...।"

"विकासको अर्को सङ्ग्रह ?"

"हो, दिदी ! यो दोस्रो सङ्ग्रह मैले विकास दाइको दराजमा भेटाएका सम्पूर्ण कविता समेटर प्रकाशन गरेको हुँ । विकास दाइ यस संसारमा नभए पनि उहाँका साहित्यिक कृति अमर भएका छन् । मैले तपाईंलाई उपहारका रूपमा दिन चाहेको पनि त्यही हो ।"

"देऊ न... म व्याकुल भइसकें पढ्नका लागि ।"

किताबलाई सन्ध्याले अगाडि-पछाडि पल्टाएर हेरिन् । पछाडि विकासको तस्बिर देखेर सन्ध्यालाई मुटुभित्र कताकता घोचेको अनुभव भयो । सन्ध्याले कवितासङ्ग्रहको पहिलो पृष्ठ पल्टाएर हेरिन् र कविता पढिन् :

जहाँबाट प्रेम उदायो, त्यहीं अस्तायो
निष्ठुरी दैवले मेरी प्रेमिकालाई लुकायो
दिनभरि झोक्रिन्छु, रातमा कलम चल्छ
सफल होस् सबैको जोडी, यही मेरो कामना छ ।

"दिदी, तपाईं काठमाडौं पुगेपछि नै पढ्नुहोस् । बाटैमा रून थाल्नुहोला फेरि ।"

"रूँदारूँदा आँसु नै सुकिसके । कहाँबाट आँसु आउनु नि ?"

सन्ध्या एकक्षण हाँसिन् । त्यसपछि कवितासङ्ग्रह पल्टाइन् । आँखामा आएका आँसुलाई भित्रभित्रै दबाइन् । उनलाई सम्पूर्ण धैर्य हराएको झैं भान भयो ।

रेवन्त अर्को फिल्मी पत्रिका किन्न अघि बढ्यो । सन्ध्या परै बसिरहिन् । पत्रिका पसलेलाई पैसा दिएपछि रेवन्तले पाइन्टको पछाडिको खल्तीमा पर्स राख्यो । यत्तिकैमा एक जना ठिटोले पर्स चोरेर दौड्यो । रेवन्तले तुरून्तै चाल पाइहाल्यो । त्यहाँ किन्ने र बेच्नेहरूको निकै भीड थियो । रेवन्तले तुरून्तै वरिपरि नजर दौडायो । सन्ध्यातिर अतालिंदै हेऱ्यो ।

"के भयो, रेवन्त ?"

"पर्स चोरी भो । एक जना भर्खरको ठिटो... पर्स चोरेर दौडिहाल्यो । यो सुटकेस हेर्नुस् है... म समातिहाल्छु... ऊ दौडँदै छ ।" रेवन्त सुट्केस हतारहतार छाडेर दौड्यो ।

सन्ध्या सकी-नसकी सुटकेस बोकेर भीडमा हिंड्दै थिइन् । रेवन्तलाई आफ्नो छेउमा देखेर ठिटो झन् दौडियो । रेवन्तले उसलाई बल्लबल्ल समातेर एक थप्पड लगायो ।

"चोरी करता है ?", रेवन्तले ठिटोको कमिजको कलर समातेर उचाल्यो ।

सन्ध्या पनि त्यहाँ आइपुगिन् । सन्ध्याका आँखाले कतै धोका त खाएनन् भनी सन्ध्या छक्क परिन् । उनको मुखबाट हल्का शब्द निस्कियो, "राहुल ।"

"के तपाईं यसलाई जान्नुहुन्छ ?", रेवन्तले राहुलको कलर छाड्दै भन्यो । सन्ध्याले केही बोलिनन् । उनले अनुहार रातो बनाइन् । एक चोरलाई आफ्नो भाइ भन्न पनि सकिनन् । सन्ध्याका दुवै आँखा रसाए । राहुलले केही नबोली सन्ध्यालाई हेरिरह्यो । रक्सौल बजारमा यसै गरी भीड बढ्यो । हल्लाखल्ला गर्दै केही नेपाली र भारतीयहरू हुलमा देखापरे । त्यसमध्ये एक जनाले अगाडि बढ्दै सोध्यो, "क्या हुआ, भाइ ?"

"कुछ भी तो नही ।", सन्ध्याले भनिन् । रेवन्तचाहिँ सन्ध्याका क्रियाकलापले दङ्दास थियो ।

"दिदी ! यस्ताहरूलाई दया गरेर केही पाइन्न । सजाय दिनुपर्छ... । पुलिस स्टेसन पुर्‍याउनुपर्छ ।", रेवन्तले फुर्तीसाथ भन्यो ।

एक जना मोटो मानिसले भीडबाट अगाडि बढेर राहुललाई एक लात हिर्कायो । राहुल डरले ग्रसित थियो । उसका आँखा भयले फर्फराइरहेका थिए ।

सन्ध्याले राहुललाई तलदेखि माथिसम्म हेरिन् । फाटेको अनि पुरानो कटराइजको पाइन्ट, काखीमा उध्रिएको टिसर्ट, मैलो अनि डराएको अनुहार थियो उसको । राहुलका पीडित आँखाले सन्ध्यासँग

कृपाको भीख माग्दै थिए । तर सन्ध्याले एक सामाजिक अपराधीलाई आफ्नो भाइ भन्न सकिरहेकी थिइनन् । भीडका तीन जना अगाडि बढेर राहुललाई लात्तैलात्तले हिर्काउन थाले । राहुल पीडाले छटपटायो । सन्ध्याका दुई आँखाले राहुलको पीडा देख्न सकेनन् । सन्ध्याले राहुलको हात दौडिंदै पक्रिएर रेवन्ततिर हेरिन्, "रेवन्त ! बन्द गराऊ यो पिटाइलाई । ऊ मेरो भाइ हो ।"

"भाइ ? यहाँ ?", रेवन्त छक्क पऱ्यो ।

"त्यो कसरी हो म जान्दिनँ । तर ऊ मेरो राहुल हो । मेरो भाइ... !"

रेवन्तले सन्ध्याको करूणामयी अनुहारबाट निस्केका शब्द सकिन नपाउँदै दौडेर कुटिरहेको हात छिचोल्दै राहुलाई उठायो । राहुलले पनि अचम्म मान्दै सन्ध्यालाई हेरिरह्यो । राहुल कुटाइले अशक्त भइसकेको थियो । भीडमा मान्छेहरू छक्क पर्दै मुखामुख गर्न थाले । एक जनाले भन्यो, "अजिब हे भाइ !"

"चलो चलो... आपनों के ही लोगों के झगडे में बेचारे ने मार खाया ।", अर्काले भन्यो ।

भीडका मानिसहरू एकपछि अर्को गर्दै आआफ्नो बाटो लागे । रक्सौलको एउटा रस्टुराँमा तीनै जना पसे । राहुलले केही नहेरी चुपचाप सन्ध्यालाई हेरिह्यो

"राहुल तिमी यहाँ ? यस्तो काममा ?"

"हो, दिदी । बाबुआमाको मृत्युपछि म अनाथ भएँ । पेट पाल्ने कुनै बाटै देखिनँ... । तर त्यही पेसाले मैले आफ्नी दिदी पाएँ ।"

"राहुल, तिमी यो के भन्दै छौ ? काकाकाकीको यति छोटो अवधिमै मृत्यु ? यो कसरी हुन सक्छ ?", सन्ध्याले विचलित हुँदै भनिन् ।

"हो दिदी । ... यो सत्य हो ।"

राहुलले अनुहार अँध्यारो बनायो । उसका आँखाबाट दुई थोपा आँसु तपक्क झरे । राहुल बोल्दै गयो, "दिदी ! तपाई एक निर्दोष मानिसलाई मेरा बाबुआमाले अत्याचार गर्नुभयो । सायद त्यसैको फल थियो । मेरा बाबुआमा दुवैलाई जीवनले हत्या गरिदियो... । हामी अनाथ भयौं, दिदी... । हामी अब अनाथ भयौं ।"

"जीवनले ?", सन्ध्याले अनुहार रातो बनाउँदै सोधिन् ।

"लामो कथा छ यसको ।", राहुलले लामो श्वास तान्दै भन्यो ।

"मैले आफूलाई यस्तो घोर अपराध गर्दा पनि सहेको थिएँ । म पनि त्यस अपराधीको हत्या गरिदिनेछु । मेरो लक्ष्य नै जीवनको मृत्यु हुनेछ ।", सन्ध्या आवेशमा आएर चिच्याइन् ।

"दिदी, बदला नै आत्मसन्तुष्टि होइन ।", रेवन्तले सान्त्वना दिने उद्देश्यले भन्यो ।

"यस्तो अपमान र दुःखका घाउ बोकेर माफ गर्नु त… ।"

"दिदी, उसलाई सजाय हामीले दिनैपर्दैन । ऊ आजीवन कारावासमा छ ।", राहुलले भन्यो ।

"हे भगवान्, काकाकाकीको आत्माहरूलाई शान्ति दे ।", सन्ध्याले आफ्ना काकाकाकीको याद गरेर आँखा चिम्ली आँसु झारिन् ।

"मेरा काकाकाकी जस्तै भए पनि मेरा बाबुआमापछिका बाबुआमा हुन् । मैले उहाँहरूको अन्तिम समयमा अनुहारसम्म देख्न पाइनँ ।", सन्ध्याले निराश भएर भनिन् । सन्ध्याका आँखाबाट झरेको आँसुले काकाकाकीप्रतिको ममता झल्किन्थ्यो ।

राहुल र सन्ध्या आपसमा भेट्दा निकै खुशी थिए । राहुल र सन्ध्याबीचको प्रेम तीन वर्षअगाडि पनि त्यत्तिकै गाढा थियो । ऊ सन्ध्यालाई आफ्नी आमाले कुटेको सहन सक्दैनथ्यो । त्यति बेला राहुल असमर्थतालाई अँगाल्न विवश थियो ।

"साहब ! क्या लाऊँ ?", रेस्टुराँमा काम गर्ने ठिटोले अगाडि आएर सोध्यो ।

"के खान्छौ राहुल ? भोकाएको हौला ।", रेवन्तले सोध्यो ।

"तपाईंहरूसँगको भेटमै भोक हरायो ।", राहुलको बोली फुट्यो ।

"क्या चाहिए साहब ?", रेस्टुराँको ठिटोले फेरि सोध्यो ।

"तीन चाय और पुरी लाना !", रेवन्तले भन्यो ।

"राहुल मलाई माफ गर । मैले चाहँदाचाहँदै पनि आफ्नो भाइ भन्न सकिनँ ।", सन्ध्याले अप्ठ्यारो स्वरमा भनिन् । राहुल केही बोलेन ।

"तपाईंलाई त दुई दिनमा दुई जना भाइहरू !", रेवन्तले मधुर मुस्कानमा भन्यो ।

"ठीक भन्यौ । म भाग्यमानी रहिछु ।", सन्ध्या हाँसिन् ।

"राहुल ! मलाई पनि माफ गर ।", रेवन्तले राहुलको कुममा आफ्ना दुई हात राखेर भन्यो ।

राहुल रेवन्ततिर फर्कियो । कोमल, स्वच्छ दुई आँखाले रेवन्तलाई केही क्षण हेरेपछि राहुल मुसुक्क हाँस्यो ।

ठिटोले पुरी र तीन कप चिया ल्याइपुर्‍यायो । रेवन्त र सन्ध्याले खानका लागि हात बढाए । तर राहुल एकक्षण हिचकिचायो ।

"राहुल, लिऊ न ।", सन्ध्याले मसिनो स्वरमा भनिन् ।

"दिदी यही हातले चोरी गरें तपाईंहरूमाथि ।", राहुल तलतिर हेर्दै सुकसुकाउन थाल्यो ।

"राहुल, म तिम्रो भित्री भावनालाई जान्दछु । परिस्थितिले मानिसलाई कताबाट कता पुर्‍याउँछ… त्यो तिमी र म दुवैमा लागु छ ।", सन्ध्याले भनिन् ।

"त्यसैले त म भन्दै छु… पहिले खाऊ ।"

रेवन्तले पुरी र चियाको गिलास टेबलमा राहुलको अगाडि सारिदियो ।

राहुलले हात बढाउँदा पहिले त एकक्षण उसका हात काँपे । तर उसले पछि धक नमानी खान थाल्यो । दुई-तीन दिनदेखि भोकाएको राहुलले पुरी र चिया एकैक्षणमा सकायो ।

"दिदी, पहिले वीरगन्ज जाऔं… अनि उहीं गएर खाना खाऔंला नि, हुन्न ?", रेवन्तले भन्यो ।

"हुन्छ । तीन वर्षपछि आफ्नो मातृभूमिमा पाइला टेक्न आँटेकी… मलाई त आतुर लागिसक्यो ।", सन्ध्याले भनिन् ।

"त्यसैले त छिटो जाऔं भन्या ।", रेवन्तले भन्यो ।

"ल हेर… अँधेरो भइसकेछ ।", सन्ध्याले राहुलतिर हेर्दै भनिन् । राहुललाई खुट्टाको घाउले गर्दा हिंड्न केही तकलिफ भइरहेको थियो ।

आफ्नो पीडा सन्ध्या र रेवन्तका कारण भएको भन्ठान्लान् र उनीहरू बढी अप्ठ्यारो मान्लान् भनेर सहेर नै भए पनि हिँडिरह्यो ।

बाटोमा एउटा खाली रिक्सा परबाट आएको देखेर तीनै जना त्यहाँ अडिए ।

"ओ रिक्सा !", रेवन्तले हात हल्लायो ।

रिक्सा उनीहरूको ठीक अगाडि आएर रोकियो । तीनै जना रिक्सामा चढे । राहुललाई भने रेवन्तले काखमा राखेको थियो । तीनै जनाले बल्ल शीतलताको अनुभव गरे । सन्ध्याले राहुलको खुट्टामा बाँध्न आफ्नो चुन्नी च्यातेकी थिइन् । त्यही चुन्नी हावामा लहलहाइरहेको थियो स्वच्छन्द भएर । रक्सौलबाट वीरगन्जतर्फ आउनेहरू कोही ट्याम्पो त कोही टाँगा अनि कोही रिक्सा चढेका थिए । तर पनि वीरगन्जतर्फ आउनेहरूमा रिक्साको सङ्ख्या बढी थियो ।

"दिदी ! मलाई एक्लो छाडेर नजानुस् ल ?", राहुलले एक्कासि शून्यता भङ्ग गर्दै आग्रह गर्‍यो। सन्ध्याले राहुललाई अँगालो हालिन्, "राहुल !"

वीरगन्जको लज... । कोठाको वातावरण खुला र स्वच्छ थियो । रेवन्तले सबैभन्दा पहिले कोठाका दुवै झ्याल खोल्यो । झ्याल सडकपट्टि फर्केकाले तीनै जना एकक्षण झ्यालबाट वीरगन्जको चहलपहल हेर्न थाले । रेवन्तले सुटकेसलाई खाटको छेउमा बिसायो । अनि आफू खाटमा पल्टिएर लामो श्वास फेर्‍यो ।

"राहुल !", सन्ध्याले खाटमा बस्दै भनिन् ।

"हजुर !"

"अब भन । काकाकाकीको हत्या कसरी भयो ?", सन्ध्याले व्याकुलतालाई एकसाथ अँगालेर सोधिन् ।

"दिदी ! मेरा आमाबाबुको हत्या... म त्यो बीभत्स दृश्य सहन पनि सक्दिनँ ।"

"भन न राहुल... के भयो ?", सन्ध्याले आँखाभरि आँसु राखेर भनिन् ।

"तपाईंलाई थाहै छ, दिदी । घर बनाइदिन्छु भन्ने जीवनको आश्वासनले तपाईंको बिहे भएको थियो । त्यो बिहे आमाको गहना र

बाबुको ऋण कढाइबाट नै सम्पन्न भयो । तपाईं र जीवन वीरगन्जबाट फर्किनुहुन्छ भनेर उहाँहरूले कैयौं बाटो हेर्नुभयो । तपाईंको कुनै खबर पनि आएन । पछि ऋण बढेर बहाल तिर्न नसकेकाले घरबेटीले हामीलाई त्यस घरबाट निकालिदिए ।

ऋण बढेकाले एक वर्षपछि हामी जीवनको तलासीमा यहीं वीरगन्ज आयौं । जीवन वास्तवमा अनाथ रहेछ । र चिया पसलेले पालेको रहेछ । सङ्गतले एकदम बिग्रेको र बकमफुसे मान्छे भन्ने थाहा भएपछि बुबाले आत्तिएर त्यही पसलेलाई जीवनसँग तपाईंको बिहे भएको बताउनुभयो । यो थाहा पाएर उसले पनि विलाप गर्न थाल्यो । उसले जीवनले बिहेको कुरा नबताएको भन्यो । त्यसपछि बुबाआमा निकै विचलित हुनुभयो । हामी त्यही होटलअगाडि लजमा सकी नसकी पैसा तिरेर बस्यौं । महिना दिन जति पछि जीवनसँग त्यही होटलमा बुबाको भेट भयो । बुबाले लजमा ल्याउनुभयो । म बाहिर खेल्दै थिएँ । बुबा र जीवनमा छलफल हुँदै थियो । बुबाको स्वर झन्झन् ठूलो हुन थाल्यो । मेरो कानलाई कोठाको चर्कंदो स्वरले आकर्षित गऱ्यो । म जीवन र बुबाको वार्तालाप ढोकामै बसेर सुनिरहें । म मेरो कानले धोखा त खाएन भने झैं ट्वाल्ल परिरहें ।"

"सन्ध्या दिदी ! त्यति बेला तपाईंको बारेमा कुरा हुँदै थियो... । मेरो मुटु झन्झन् उत्तेजित हुन थाल्यो । म ढोकामै बसेर सुनिरहें । बुबा भन्दै हुनुहुन्थ्यो– तँ धोकेबाज, बेइमान... तेरो विश्वास कहाँ भयो ? भन् मेरी छोरी कहाँ छे ?"

"मुम्बईमा... दिदीको घरमा सुरक्षित छ ।", जीवनले हाँस्दै भन्यो ।

"तँ झुट बोल्दैछस् ... एक महिनापछि फर्किने तेरो बाचा खै ?", बुबाले झन् उत्तेजित हुँदै भन्नुभयो ।

"मैले सन्ध्यालाई बिहे गरेको थिएँ... यसको मतलब यो होइन कि तिमीलाई घरजग्गा दिऊँ ? जे गर्न पनि मेरो अधिकार छ । आखिर ऊ मेरी पत्नी हो ।", जीवनले भन्यो ।

"लगाम कस तेरो मुखमा... भन् मेरी छोरी कहाँ छे ?", बुबाले जीवनको कमिजको कलर समातेर तान्दै हुनुहुन्थ्यो ।

"मैले सन्ध्यालाई ३० हजारमा बेचिदिएँ । मेरो पेसै यही हो... ।", जीवनले कुटिलताका साथ हाँस्दै भन्यो ।

"के भनिस् ? फेरि भन् त ! तँ गधा होस्... मेरो मजबुरीको फाइदा उठाइस् तैंले । तैंले यसरी बेच्लास् भन्ने सपनामा सम्म चिताएको थिइनँ । हो... हो म पापी हुँ । बुबापछिको बुबा भएर मैले छोरीलाई पैसाको लोभमा तँसँग सौदा गरें । तर यसको मतलब खुला बजारमा छोरीको इज्जतको लिलामी गर्नु थिएन । मैले छोरीको इच्छा नहुँदा पनि सिर्फ पैसाका लागि नाता र रगत बिर्सिएँ । तर तँ... तँ नालीको कीरा होस् । मैले सन्ध्यालाई तँबाट लिलामी हुन बिहे गरिदिएको होइन । सन्ध्याको खुशीको साथमा हाम्रो उज्ज्वल भविष्य चाहन्थें... । दरिद्रताबाट भाग्न चाहन्थें । तैंले विश्वासघात गरिस्, अन्याय गरिस् । एक आदर्श नारीलाई । सन्ध्याले मलाई कहिल्यै माफी दिनेछैन ।"

"यति भनेर बुबा टाउकोमा दुई हातले समातेर थचक्क बस्नुभयो । बुबालाई मैले त्यस बेला पहिलोपटक रोएको देखेको थिएँ । यत्तिकैमा आमा आइपुग्नुभयो । मलाई ढोकामा उभिइरहेको देखेर ढाडमा धाप लगाउँदै सोध्नुभयो, "बाबु ! यहाँ किन उभिरहेको ?"

म झसङ्ग भएँ । कताकताबाट खसेझैं अनुभव भयो । म आक्रोशित भएँ । मेरा आँखाबाट वर्षाझैं आँसु झरे । मैले आमाको प्रश्नको केही जबाफ दिन सकिनँ । जीवनलाई भित्र देखेर आमाको हँसिलो अनुहार पनि खिस्रिक्क भयो । बुबा र जीवनले हामीलाई ढोकामा देखेनन् । जीवन मुन्टो निहुर्‍याएर आफ्नो गल्ती स्विकारेझैं गरी उभिइरहेको थियो ।"

"जीवन ! तँलाई श्राप लाग्नेछ... एक नारीको । तैंले जिन्दगीभर पश्चात्तापमा जल्नुपर्नेछ ।", बुबाले आँसु झार्दै भन्नुभयो ।

यत्तिकैमा जीवन मैले सन्ध्यालाई बेचिदिएँ... मेरो पेसै यही हो, हा...हा...हा भनेर अट्टहास लगाउँदै हाँस्यो ।

"आमाको मुख यतिबेलासम्म पसिनापसिना भइसकेको थियो । अनि पछि... ।", राहुलले लामो श्वास फेर्‍यो । सन्ध्याले आँसु पुछ्दै सेधिन्, "अनि के राहुल ?"

"पछि आमाले पनि कुदै गएर जीवनको सर्टको कलर समात्न पुग्नुभयो । अनि गालामा एक थप्पड हान्नुभयो । तँ गधा होस्... घाँस खाने पशु होस्... तँमा मानवता भन्ने छैन भन्दै आमाले जीवनको कलर तान्यातान्यै गर्न थाल्नुभयो । जीवनले आमाको हात हटाउने प्रयास गर्‍यो । तर आमा पागलझैं कमिज तान्दै गाली गर्दै हुनुहुन्थ्यो । जीवनले आमालाई बेसरी घचेट्यो । आमाअगाडिको झ्यालको डन्डीमा ठोकिन पुग्नुभयो । र बेहोस हुनुभयो । आमाको टाउको फुटेर रगत बहँदै थियो । मचाहिं आमा ! आमा !! भनेर चिच्याउँदै अगाडि पुगें । मेरो आवाज कैयौंपटक सुनेर पनि आमा उठ्नुभएन । आमा त्यतिखेर नै स्वर्गीय हुनुभइसकेको थियो ।"

बुबा पागलझैं हुनुभयो । त्यसपछि जीवन पनि डरायो । आमा अब रहनुभएन भन्ने पत्तो पाएपछि जीवन त्यहाँबाट भाग्यो । जीवनलाई लखेट्दै बुबा पनि दौडिनुभयो । म पनि अलि परसम्म दौडँदै गएँ । फेरि फर्किएर आमाको अगाडि विलाप गर्न थालें । म फेरि बुबालाई हेर्न गएँ सडकमा । जीवनको हातमा चक्कु थियो । जीवनले बुबालाई धम्की दियो । तर बुबाले चक्कु समातेरै लछारपछार गर्न थाल्नुभयो । बाटोमा मान्छेहरूको भीड लागिसकेको थियो । म त्यहाँ पुग्दा बुबाको पेटबाट रगत बहिरहेको र पीडाले छटपटाइरहनुभएको देखें । जीवनका आँखा राता थिए । उत्तेजित उसको अनुहार मलाई कसाई जस्तो लाग्यो । पुलिस पनि आइपुग्यो, बुबा पनि यस संसारबाट टाढिनुभयो । पुलिसले जीवनलाई हतकडी लगाइदियो । भीडका मान्छेहरूले जीवनलाई समातेर राखेका थिए । म बुबाको नजिक गएँ । मलाई अनाथ पारेर बुबाआमा परलोक हुनुभयो । यही वीरगन्ज दिदी... जहाँ म टुहुरो भएँ । जीवनले हाम्रो सुखी परिवारमा डढेलो लगाइदियो । दिदी, म अनाथ भएँ ।'"

"राहुल ! तिमी कसरी अनाथ हुन्छौ दिदी भईकन पनि ?", सन्ध्याले राहुलको आँसु पुछिदिइन् ।

दुवै जना एकक्षण पक्क परे । रूँदै अङ्कमाल गरे । रेवन्तले पनि आँखा रसिलो बनायो । रेवन्तले घडी हेर्‍यो । रातको एक बजिसकेको थियो । वीरगन्ज सहर शून्य थियो । रेवन्तले झ्याल लगायो ।

"कति बज्यो ? निकै ढिलो भइसकेको जस्तो छ ।", सन्ध्याले रेवन्ततिर हेर्दै सोधिन् ।

"एक बजिसक्यो । बाफ रे ! भोलि बिहानको बस पक्रिनु छ... काठमाडौं जान ।", रेवन्तले भन्यो ।

तीनै जना अनेक कल्पना गर्दै रातको एक बजे सुते । सन्ध्यालाई भने पल्टिए पनि त्यति गहिरो निद्रा लागेन । उनी निदाउँथिन् अनि बेलाबेलामा डरले अतालिंदै उठ्थिन् । यसैगरी रात बित्यो ।

बिहानको बसमा तीनै जना काठमाडौंतिर लागे ।

***

१६

एकपछि अर्को गर्दै छ वर्ष बिते । भाइटीकाको दिन... सन्ध्याले रेवन्तको बाटो कुरिरहेकी थिइन् । राहुल सन्ध्यालाई निकै प्यारो थियो । ऊ पढ्नलेख्नमा तेज थियो । उनी राहुललाई डाक्टर बनाउने विचारमा थिइन् । उनको जीवन अनेक सङ्घर्षमूलक र कष्टदायक भए पनि उनी कहिल्यै निराश भइनन् । कुनै बेला निराश हुन थालिन् भने रेवन्तले सङ्घर्ष गर्न प्रेरित गरेको पाउँथिन् । उनलाई आनो देशमा सङ्घर्ष गर्दा जानकी देवीको घरमा सुखसँग बसेकोभन्दा बढी खुशी लाग्थ्यो । सन्ध्या दिनभरि नारी आश्रममा काम गर्थिन् । राहुल पढ्नमा व्यस्त हुन्थ्यो । उसले एसएलसी दिनेवाला थियो । रेवन्तले सन्ध्यालाई विकासको इच्छा पूरा गर्ने सल्लाह दिएको थियो । त्यो इच्छा एउटा उपन्यास लेख्नु थियो ।

सन्ध्याले भाइटीकाको दिन सामान ठीक पार्दापार्दै रेवन्त आइपुग्यो । सन्ध्या प्रफुल्ल मुद्रामा थिइन् । दुःखी र गरिबहरूको सेवामा सन्ध्या आफ्नो दुःख भुल्थिन् । रेवन्त सरासर सन्ध्याकै अगाडि आइपुग्यो ।

"अझै सकिएको छैन ?", रेवन्तले मेचमा बस्दै भन्यो ।

"सकियो... किन हतार छ ?", सन्ध्याले रेवन्ततिर फर्किंदै भनिन् ।

"हत्तारै भन्नुपर्यो ।"

"आज त तिम्रो हतारको वश चल्दैन यहाँ... । पूरा तीन घण्टा लगाएर टीका लगाउनेछु ।"

"तपाईंको इच्छा !", रेवन्त हाँस्यो ।

कोठा एकछिन सुनसान भयो । रेवन्तले वरिपरि नजर दौडायो । फलफूल, मिठाईहरूले कोठामा मगमग बास्ना आइरहेको थियो । सुपारी र गोदावरी फूलले त कोठा झन् रहरलाग्दो देखिन्थ्यो । सन्ध्याको हँसिलो अनुहारमा भने दुःख सलबलाइरहेको रेवन्तले सजिलै अनुमान लगाउन सक्थ्यो ।

सन्ध्याले राहुलको भविष्यका लागि आफ्ना सम्पूर्ण खुशी बलिदान दिई नारी आश्रममा काम गर्थिन् । त्यही पैसाले राहुललाई बोर्डिङमा पढाएकी थिइन् । राहुल नारी आश्रमकै कोठामा बसेर किताब पढिरहेको थियो । सन्ध्यासँग रक्सौलमा भेट भएपछि उसको जीवनमा फुर्सद भएन । आफ्नो उज्ज्वल भविष्य र दिदीको इच्छा साकार तुल्याउन ऊ दिनरात नछुटाई मिहिनेत गर्दै थियो ।

रेवन्तले सोच्दासोच्दै अचानक सोध्न पुग्यो, "राहुल खोइ त ?"

"पढिरहेको होला ।"

"बोलाऊँ त ?"

"हुन्छ ।"

रेवन्त कोठामा पुग्यो । राहुलको पढाइमा लगनशीलता देखेर रेवन्तले उसको उज्ज्वल भविष्य देख्यो ।

"राहुल !", रेवन्तले ढोकाबाटै बोलायो ।

"हजुर !", राहुलले आफ्ना आँखा किताबबाट हटाउँदै भन्यो ।

"कति पढ्छौ ? मलाई त लाग्दै छ... तिमीलाई टीका थाप्ने फुर्सद पनि छैन ।"

राहुल हाँस्दै किताब बन्द गरेर उठ्यो ।

सन्ध्याले फूलमाला पहिराइन् । रङ्गीचङ्गी टीकाले दुवैको अनुहार उज्यालो थियो । सन्ध्याले राहुल र रेवन्तका लागि लामो आयु र सुस्वास्थ्यको कामना गरिन् ।

"भगवान् ! मेरो सम्पूर्ण उमेर मेरा भाइहरूमा बाँडिदेऊ ।" सन्ध्याले दुई हात जोडेर माथि हेर्दै भनिन् ।

"हामी दुवैको उमेर दिदीमा लागोस् ।", रेवन्तले सन्ध्याको हात झारिदिँदै भनिन् । त्यसपछि तीनै जना अट्टहास गर्दै हाँसे ।

पोल्टाभरि दुःख पोको पार्दै सन्ध्याले राहुललाई विज्ञान पढाइन् ।

राहुलको क्याम्पस जीवन पनि सकियो । विदेश पढ्न जाने तरखरमा ऊ मन्त्रालय गएको थियो ।

सन्ध्या व्याकुल थिइन् । राहुलले छात्रवृत्ति पाओस् भनेर नारी आश्रमकै सानो मन्दिरमा गई प्रार्थना गरिरहिन् । जबसम्म राहुल फर्केन, उनी त्यहाँबाट हटिनन् । प्रार्थना गरिरहिन् । राहुल आफूले छात्रवृत्ति पाएको खबर सुनाउन त्यहीं आइपुग्यो । सन्ध्याले राहुललाई हेरिन् । राहुलको व्यक्तित्व निकै प्रशंसनीय थियो । उसका आँखा तेजिलो र अनुहार खुशीले भरिएको थियो । सन्ध्याले पूजाथालीबाट टीका झिकेर राहुललाई लगाइदिइन् । राहुलले आँखाभरि हर्षको आँसु पाऱ्यो ।

"राहुल मेरो सपना.... ।", सन्ध्या बीचमै अड्किइन् ।

"पूरा हुँदै छ, दिदी । दिदी, यो सब तपाईंकै देन हो । तपाईंको सपना पूरा हुने दिन आयो अब ।"

राहुल सन्ध्याका चरण स्पर्श गर्न निहुरियो ।

"अ ...रे...रे । के गरेको यस्तो ? यो त तिम्रो मिहिनेतको फल हो । तिमी डाक्टर बनेर आऊ... समाजको सेवा गर... । बस्... मलाई सन्तुष्टि भइहाल्छ ।"

"म जान्दछु दिदी... । तर बाटो बिराउन थालें भने पनि तपाईंको आह्वानले मलाई जरूर फर्काउनेछ । वर्षको एकचोटि त आइहालिन्छ नि ! दिल्लीसम्म न हो ।"

"आनो लक्ष्यबाट विमुख हुने कुरातिर चाहिं कहिल्यै नलागे ।", सन्ध्याले राहुलको ढाडमा धाप दिंदै भनिन् ।

राहुलको जाने दिन नजिकिँदै जाँदा उसको पनि मन खिन्न थियो । चोरी पेसादेखि आफू खडा भएको स्थानसम्म राहुलले चौरमा बसेर सोचिरह्यो । सन्ध्याले आफूलाई नयाँ जिन्दगी दिएकामा ऊसँग आभार प्रकट गर्ने केही थिएन । राहुल बेचैन थियो ।

"के मसँगको बिदाइ दिदीले सहन सक्नुहोला त ?", राहुल सोच्दै थियो ।

सन्ध्याले पछाडिबाट बिस्तारै आएर राहुलको टाउकोमा हात राखिन् । राहुल झसङ्ग भयो । पछाडि फर्कियो । सन्ध्याका आँखामा आँसु थिए ।

"दिदी ! तपाईका आँखामा आँसु ?"

"हो राहुल, यो खुशीको आँसु हो । मेरो सपनाले बाटो भेटेको छ । तिमी डाक्टर भएपछि मेरा सम्पूर्ण इच्छा पूरा हुनेछन् । मेरो जीवनको सार्थकता नै तिम्रो लक्ष्यप्राप्ति हो ।"

"म जान्दछु, दिदी । तपाईंको मनमा वा जीवनमा आँच आउने कुनै गलत कदम उठाउने छुइनँ । तपाईंको खुशीका लागि आफ्ना सम्पूर्ण खुशी पनि बलिदान गर्नेछु ।"

"तिम्रो खुशी नै मेरो खुशी हो ।"

"दिदी !"

"राहुल ! तिमी डाक्टर भएपछि गरिबहरूलाई कहिल्यै हेलाको दृष्टिले नहेर्नू... ।"

"यो त सब ठीक छ, दिदी । तर म तपाईंको उपन्यासलाई प्रदान गरिने पुरस्कारको अनुहारसम्म हेर्न पाउँदिनँ ।"

"खैर छोड यी कुराहरू । तिमीले आफूले पाएको छात्रवृत्ति के पुरस्कारभन्दा कम छ र ?"

"मैले त्यसो भनेको नै कहाँ हुँ र ? तपाईंले पुरस्कार लिनुहुँदा यी मेरा दुई हात ताली पिट्न त्यहाँ आउन असमर्थ हुनेछन् पो भनेको त !"

"तिमी मेरा लागि यति माया दिन्छौ... खुशी दिन्छौ । बस्, तिम्रा दुई शब्द नै मेरा लागि काफी छन् ।"

"एउटा कुरा दिदी, मलाई अचम्म लाग्छ । मैले त तपाईंको *कहानी एक समयको* उपन्यासले पुरस्कार पाउला भन्ठानेको थिएँ । किनकि त्यसको लेखनशैली र भाषाले मलाई रोमाञ्चित तुल्याएको थियो । *जिन्दगी* पनि उच्चस्तरीय थियो ।

"अनि यो पुरस्कृत हुनुमा कुनचाहिँ आपत्ति छ र ?"

"मैले आपत्ति कहाँ जनाएको हुँ र ? तपाईंका एकएक उपन्यास पुरस्कृत होऊन्... त्यो पो चाहन्छु त ! तपाईंको उपन्यासको मार्मिकताले मुटु नै छुन्छ ।", राहुलले भन्यो ।

सन्ध्याले नारी आश्रमको सम्पूर्ण जिम्मेवारी बोकेकी थिइन् । उनी आफ्ना दुःखबाट पीडित क्षणहरूलाई समेटेर साहित्यिक क्षेत्रमा उत्रिइन् । नारीप्रधान उपन्यास लेखेर समाजमा नारीलाई सतर्क गराउने र सहानुभूति दिएर कर्मक्षेत्रमा उतार्ने सक्दो प्रयास गरिरहिन् । र यसलाई निरन्तरता दिन चाहन्थिन् । सन्ध्या अक्षरहरूसँग नै खेल्न रमाउँथिन् । त्यसैमा उनलाई शान्ति मिल्थ्यो ।

एक सातापछि सन्ध्याको मुटुमा छाया पर्दै गयो । राहुलको प्रस्थानको दिन उनले गहभरि आँसु पारिन् । मुटुमा नैराश्यको बादल हटाएर नै राहुललाई बिदा गरिन् ।

आइतबारको दिन... । टन्टलापुर घाम लागिरहेको थियो । सन्ध्या दायाँ हातले घाम छेक्दै बायाँ हातले साडी समात्दै हतारहतार सभागृह पुगिन् । आज सन्ध्याको *जिन्दगी* उपन्यासलाई वरिष्ठ कवि चेतन भट्टराईबाट पुरस्कार प्रदान गरिने दिन । उनको मनमा व्याकुलता र अस्थिरताले स्थान ओगटेको थियो । सजिसजाउ मञ्चबाट "हेलो ! हेलो !!" भन्ने आवाजले सन्ध्यालाई आकर्षित गराइसकेको थियो । अँध्यारोमा पछाडिको खालि सिटमा बसिन् । अगाडि गाइँगुइँ हल्ला चलिरहेको थियो ।

"आजको यस समारोहमा सर्वप्रथम *जिन्दगी* नामक उपन्यासलाई कविवर चेतन भट्टराईद्वारा पुरस्कार प्रदान गरिनेछ र त्यसपछि केही कविकवयित्रीहरूबाट कवितापाठ हुनेछ ।", एक जना व्यक्ति माइकबाट हट्यो ।

कविवर भट्टराई बुढेसकालमा पनि बडो फुर्तीसाथ माइक अगाडि पुगे । सन्ध्याले विकासलाई सम्झिइन् । उसको उपन्यास लेख्ने धोको पूरा गर्न सकेको र अझ सफलता पनि मिलेकामा केही शान्तिको श्वास फेरिन् । हलमा मानिसहरूको हल्ला बढ्दो थियो । कविवर

भट्टराई प्रसन्न मुद्रामा *जिन्दगी* उपन्यास बोकेर अगाडि उभिएका थिए । पहिलो पाना पल्टाएर भट्टराईले उपन्यासबाट केही हरफ पढे, "म फुल्ने थिएँ... तिमीहरूले दया गरिदिएको भए । तर मलाई फुल्नै नदिई फालिदियौ । मेरो नारी जातिलाई नै हेलाको पात्र बनाइदियौ । घृणाको रूप दियौ । एकचोटि नारी बनेर हेर... । त्यो पनि विवशताको चार भित्ताभित्र अलमलिएर । त्यति बेला आनो स्वाभिमानको हत्या कसरी हुन्छ भन्ने तिमी जान्नेछौ ।"

यत्तिकैमा हलमा चारैतिरबाट ताली गुन्जियो । सन्ध्याले हर्षविभोर भई आँसु झारिन् । रेवन्तको प्रेरणाबाट नारीको उत्थानमा सघाउ पुऱ्याउने लेख लेख्न थालिन् । उनी चौथो प्रयासमै सफल भइन् । उनले सुन्तली जस्ती एक ग्रामीण महिला वेश्यालयमा पुगेर भोगेको जीवनकथालाई आधार बनाएर *जिन्दगी* उपन्यास तयार पारेकी थिइन् । यस सफलताको सम्पूर्ण श्रेय आनो परिस्थिति, अनुभव अनि रेवन्तको निरन्तर हौसला थियो । रेवन्तलाई आभार प्रकट गर्न सन्ध्या व्याकुल थिइन् । तर रेवन्त कहिले कता, कहिले कता हुने हुँदा यस कुराबाट अनभिज्ञ थियो ।

कविवर भट्टराईले उपन्यास बन्द गरे । दुई हात बाँधेर आफ्ना थोते दाँत देखाउँदै भने, "साहित्यिक क्षेत्रमा प्रवेश गरेको थोरै समयमा सफलता पाउने उपन्यासकारले यस्तो उपन्यास लेख्दै गए समाजमा महान् टेवा पुग्नेछ । सन्ध्याजीको उपन्यास उदाएको सूर्यझैं छ । क्रमबद्ध तरिकाले उहाँको उपन्यासले ज्योति फैलाउने छ । यस्ता महान् उपन्यासकारको कदरका लागि आज यस समारोहमा आफ्ना बाहुलीबाट पुरस्कार प्रदान गर्न पाउनु मेरो सौभाग्य हो । म हर्षविभोर छु ।"

"सन्ध्याजी ! पुरस्कार लिन मञ्चमा पालिदिनुहोला ।"

हल एकछिन शान्त भयो । सन्ध्या बिस्तारै उठिन् । अगाडि गएर पुरस्कार लिइन् । पुरस्कार लिंदा हलमा एकपल्ट पुनः ताली गुन्जियो । पुरस्कार हातमा लिएर सन्ध्या पछाडि सिटमा जाँदै थिइन् । आशाले एक छेउको सिटबाट उनलाई तानिन् ।

"चिनिनस् ?", आशाले भनिन् ।

"अरे… आशा !", सन्ध्या छक्क परिन् । उनको खुशीको सीमा रहेन । सन्ध्या आशासँगै बसिन् ।

"गायिकाबाट उपन्यासकार कहिले बनिस् ?… बधाई छ ।", खुशी व्यक्त गर्दै आशाले भनिन् ।

"समयले बनायो… केवल विकासको इच्छा पूरा गर्न लेख्न थालें… । तर तँ यहाँ आज अचानक ?"

"तँ भन् न पहिला… कहाँ थिइस् यत्रो वर्ष ?", आशाले हर्षले आएका आँसु पुछ्दै भनिन् ।

"म… म कहाँ थिइनँ र ?", सन्ध्याले मनमनै सोचिन् । सन्ध्या र आशा एकअर्काको दुःखबाट अनभिज्ञ थिए । सन्ध्याको मुखबाट एकैचोटि शब्द प्रस्फुटन हुन सकेनन् । मधुर मुस्कानमा हाँसिरहिन् ।

"यत्रो वर्ष बिर्सिस् तैंले ?", आशाले रिसाउँदै भनिन् ।

"होइन आशा, म मजबुर थिएँ । पछि विस्तार लगाउँला । म निशित दाइको घर गएकी थिएँ… । अरू नै मान्छे बस्दा रहेछन् । त्यसपछि त्रिपुरेश्वरमा गएँ । बुबाआमाले पनि घर सर्नुभएको पाएँ । ल भन्… । मेरो गल्ती हो यो ? उताबाट चिठी दुवै ठेगानामा पठाएँ… । किन आउँदैन भन्ठान्थें… । यहाँ धेरै अदलबदल भइसकेको रहेछ ।"

"घरमात्रै होइन सन्ध्या… । जिन्दगीको मोड नै परिवर्तन भयो । अनर्थ भयो, अनर्थ ।", आशाले भन्दै थिइन् ।

आशा र सन्ध्याले हलमा आफूहरूको हल्ला ज्यादा भएको अनुभव गरे । दुवैले एकाएक कुरा रोकेर अगाडितिर हेरे । सन्ध्या आशाको वार्तालाप रोकिएपछि हल पुनः शून्य झैं भयो । सब जना कविता सुन्न मस्त थिए । सन्ध्याको ध्यान भने कहालीलाग्दो अतीतमा थियो । त्यो अतीत… जहाँबाट उपन्यास लेख्ने प्रेरणा पाइन् । उनले जिन्दगीमा यस विषयप्रति सोचेकी पनि थिइनन् । तर यथार्थमा उनी पुरस्कृत भइन् । सन्ध्याको कानलाई अचानकै पछाडि गरेको गुनगुन आवाजले आकर्षित गरायो । दुई जना मानिसहरू आपसमा कुरा गर्दै थिए । तीमध्ये

एकजना जीवनको साथी थियो । ऊ सन्ध्या र जीवनको बिहेका दिन गुह्येश्वरीमा पनि उपस्थित थियो ।

"जिन्दगी उपन्यास सन्ध्याको आनै कहानीमा आधारित हो कि कसो हो ? नत्र त्यसले त्यस्तो सार्थकता... । त्यो पनि यति छिटो कसरी पाउन सक्छ र ?", एकले भन्यो ।

"एउटी वेश्याको चरित्रचित्रण, वेश्याले सार्थकतापूर्वक गरेर सफलता पाउनु... कुनै ठूलो कुरा पनि त होइन नि !"

"तपाईंले साँच्ची भन्नुभएको ? त्यसरी एक उपन्यासकारलाई कलङ्कित ठह-याउनु राम्रो होइन ।"

"मैले नचिन्या हुँ र ? जीवनले मुम्बईको कोठीमा पु-याएको... तीन वर्षको आफ्नो जीवन नै उतारेको न हो ।", खित्का छोड्दै उसले भन्यो ।

"एउटी वेश्याले पनि यत्रो इज्जत पाउनु ठूलो कुरा हो ।", अर्को व्यक्तिले भन्यो ।

आशाले भने सन्ध्याका बारेमा यस्ता अपशब्द प्रयोग भएको पाउँदा ज्यादै नमीठो अनुभव गरिन् । सन्ध्या असिनपसिन भइसकेकी थिइन् । उनका आँखामा जीवनको कुटिल अनुहार सलबलाउन थाल्यो । उनको मस्तिष्कमा नराम्रो धक्का प-यो । यसभन्दा बढी सुन्ने क्षमता उनमा थिएन । सिँढीबाट माथि जाँदा आशा पनि उठिन् । हलभित्रै बोलाउन्जेल उनी बाहिरै पुगिसकेकी थिइन् । हलबाहिर निस्कनेबित्तिकै आशाले बोलाइन्, "सन्ध्या ! सन्ध्या !!"

हलभित्र दर्शक कविता सुन्दै थिए । सन्ध्या भने पछाडि नफर्की लम्किइन् र बाटो काट्न थालिन् । उनको डढेको मुटुमा पनि 'वेश्या' शब्दले नराम्ररी घोच्यो । टिलपिल आँखामा आँसु राखेर बाटो काट्न लाग्दा उनलाई संसार नै धमिलो लाग्यो । सडकमा गाडी तीव्र गतिमा हुइँकिरहेका थिए । मधुरो हावाले पनि उनको शरीरलाई ढलमलाउने प्रयास गरिरहेको झैं भान हुन्थ्यो । सन्ध्याले आधा बाटो काटिन् । गाडीका लहरहरू उनका आँखाले भ्याउन सकेनन् । एउटा जिप तेज रतारमा आउँदै थियो, निकै जोडसँग ब्रेक लाग्यो । सन्ध्या आत्तिएर ढलिन् ।

बाटोमा एकदुई व्यक्ति गर्दै लस्कर लागे । आशा पनि अत्तालिंदै त्यहाँ आइपुगिन् । सन्ध्यालाई उठाइन् । जिपको छेवैको ऐनाले मात्र छोएको हुँदा उनलाई त्यति चोटचाहिं लागेको थिएन । सन्ध्यालाई ठक्कर खुवाउने जिप भागिसकेको थियो । आशा निकै अत्तालिएर ट्याक्सी खोज्न थालिन् । यस्तैमा केही क्षणपछि रेवन्तको गाडी आइपुग्यो ।

"रेवन्त ! तिमी ?"

"आशा दिदी ?"

"छिटो छिटो ।"

"के भयो ?"

"सन्ध्याको एक्सिडेन्ट ।"

रेवन्त अत्तालिंदै ओर्लियो । दुवै जना मिलेर सन्ध्यालाई गाडीमा राखे । रेवन्तले गाडी चलायो ।

"रेवन्त, तिमी त बाटोमा ढुङ्गा खोज्दा देवता मिले झैं भयौ ।"

"म त यही कार्यक्रम हेर्न आएको थिएँ । आजै दिल्लीबाट आएँ । नारी आश्रममा जाँदा यता आउनुभएको थाहा पाएपछि कुदेर आएँ । तर तपाईसँगको जम्काभेट यत्रो वर्षपछि सोचेको पनि थिएनँ । तर यो दुर्घटना... ।"

"खै ! मान्छेहरू उपन्यासलाई सन्ध्याको वास्तविक कहानीको नाम दिंदै उपहास गर्दै थिए । सन्ध्या केही नबोली दौडिहालिन् ।"

"सन्ध्या दिदीमाथि यस्तो लाञ्छना लगाउनु घोर अपराध हो । उनी त देवी समान छिन् । तर आशा दिदी... तपाईं त धेरै समय हराउनुभयो । हाम्रो सम्झना पनि गर्नुभएन कि कसो ?"

"सम्झना नगरेको त होइन, बेफुर्सदी ।"

"आफ्नो पनि त त्यही हाल । तर निशित दाइको स्वर्गेपछि त तपाईंको नाकमुख नै देखिन छाडियो ।"

आशा दुःखी भइन् । रेवन्त पनि मन बुझेर चुप भइहाल्यो । तीनै जना नारी आश्रम पुगे । आशा र रेवन्तले आड दिएर सन्ध्यालाई पलङमा पल्टन सहयोग गरे । सन्ध्याले उठ्ने प्रयास गरिन् । तर

उनलाई गाह्रो अनुभव भयो । उनलाई शरीरका प्रत्येक अङ्ग दुखेको अनुभव भइरहेको थियो ।

"तिमीलाई उठ्न जरूरी छैन । आराम गर सन्ध्या ।", आशाले नम्र स्वरमा भनिन् ।

"दिदी ! राहुललाई भेट्न गएकी थिएँ । तपाईं महान् हुनुहुन्छ, दिदी... । तपाईंले बाटो बिराएको यात्रीलाई सफल जिन्दगी दिनुभयो ।"

"म आफैं बाटो बिराएकी... । एक लक्ष्य, अझ टुटेको लक्ष्य बोकेकी नारी हुँ । महान् शब्द प्रयोग गरेर यस शब्दकै उपेक्षा नगर ।"

सन्ध्याले निराश भएर भनिन् ।

"दिदी !", रेवन्तले सन्ध्याको अगाडि आएर भन्यो ।

"हँ !", सन्ध्याले मलिन स्वर निकाल्दै टाउको उठाइन् ।

"मलाई दुई बजे महाराजगन्ज पुग्नु छ । पौने दुई भइसक्यो । म पछि... ।", रेवन्तले भन्यो ।

"हुन्छ ।", सन्ध्याले टाउको हल्लाइन् ।

कोठामा एकक्षण उदासीनता छायो । आशा र सन्ध्या दुवैले एकअर्कालाई हेरे । सन्ध्याले जीवनसँगको बिहेपछि आफ्नो दुःखी जिन्दगीको वृत्तान्त बताइन् । अनि आशाले निशितको दुर्घटना । दुवैका आँखा आँसुले भिजेका थिए ।

"आशा मैले तँलाई कति सोधें । तर धरानतिर गएको खबर पाएँ ।"

"हो सन्ध्या ! त्यो बालाजुको घर पनि ऋणमा डुबेपछि बेचियो । बुबाआमाको धरानमा जग्गा हुँदा उतैतिर बस्ने निधो गरें । त्यहीं विद्यालयमा पढाउन थालें । भावनालाई पढाएँ । तर अहिले भावनाको पेन्टिङ सो गर्ने सिलसिलामा आएँ । भोलि मेरो सानो बुबाकहाँ आइज... त्यहीं भावनालाई भेटाइदिनेछु । यति वर्ष जागिरे भएर जम्मा गरेको पैसाले घर पनि किनिसकें । अब फेरि यतैतिर बस्ने विचारमा छु ।"

"कतातिर नि ?"

"चक्रपथमा .. जहाँ निशित र म एकदिनभरि बसेर गफ गरेका थियौं । त्यही स्थानलाई रोजेर घर किनें ।"

"आशा ! हाम्रो जिन्दगीले पल्टा खायो । निशित दाइको दुर्घटना... सम्झिँदा मुटु नै काँप्छ ।"

"हो सन्ध्या ! निशितको अभाव भए पनि मैले उसको आभासको कमी महसुस गरिनँ । उसकै आभासले मलाई यति सङ्घर्षशील बनाइदियो ।"

"आशा ! तेरो सङ्घर्षको सफलता जरूर मिल्नेछ ।"

"सायद !", आशा मुसुक्क हाँसिन् ।

साँझ पऱ्यो । आशा गइसकेपछि सन्ध्याको मुटुमा चस्का पस्न थाल्यो । उनी कोठामा एक्लै अँध्यारो पारेर पल्टिरहेकी थिइन् । ढोकामा लक बिग्रेका कारण ढोका अनायासै खुल्ने र बन्द हुने गर्थ्यो । झ्यालका पर्दा माथिमाथिसम्म उडिरहेका थिए । अगाडिको झ्यालको पर्दा उडेर उनको मुखलाई हिर्काए झैं गरी हल्लिइरहेको थियो । पर्दा समातेर सन्ध्याले आफ्नो कपालबाट रबर झिकी पर्दामा बेरिन् । सन्ध्याले एक नजर अगाडि घरको झ्यालमा दिइन् । एक जोडी परेवा आपसमा खानेकुरा खुवाइरहेका थिए, जुन दृश्यले उनको मनलाई अझ खिन्न बनायो ।

सिरसिर बहिरहेको हावा एकाएक बढ्यो । कोठाको ढोका ढ्याम्म लाग्यो । यसपटकको ढोकाको आवाजले उनको मस्तिष्कमा पनि एक ठूलो झोका पऱ्यो । भुइँतिर हेरेर उनी कताकता हराउन थालिन् ।

सेतो गाडीबाट विकास उत्रँदै अगाडि बढ्यो ।

"सन्ध्या ! म विकास हुँ... । मेरो रगतको सिन्दूर नकुरी तिमीले जीवनसँग बिहे गऱ्यौ । मैले पनि तिमीसँग बदला लिएँ । हा...हा...हा... ।"
"नाइँ विकास नाइँ... । मलाई तिमीले दिनु दण्ड दियौ । मलाई... मलाई बरू विष देऊ ।"

सन्ध्याले बडबडाउदै आँखा खोलिन् । साँझपख खाटमा पल्टिएकी सन्ध्या ब्युँझिंदा झमक्क रात परिसकेको थियो । उनलाई आफ्नो सपनाको कुरा सम्झिँदा पनि डर लाग्यो । उनले जुरूक्क उठेर सुराहीबाट गिलासमा पानी झिकिन् अनि घटघटी पिइन् ।

***

१७

हावा चलिरहेको थियो । रूखका पात एकएक गर्दै झरिरहेका थिए । कुकुरहरू डरलाग्दो भाकामा भुकिरहेका थिए । शून्य अँधेरीमा कहिले कीरा, कहिले चराहरू आफ्नै भाकामा सुर निकालिरहेका थिए । आशा राति फूलबारीको निष्पट्ट अँध्यारोमा भावनाबारे सोचिरहेकी थिइन् । आशालाई मुटुको कताकता छेउमा डर उत्पन्न भयो । आशा घुँडामा टाउको राखेर घोप्टिइन् ।

"आशा !", पछाडिबाट कसैले उनलाई बोलाउँदै धाप दिएझैं भान पर्‍यो ।

"निशित !", आशा झस्किँदै पछाडितिर फर्किइन् । उनले आफ्नो पछाडि कोही भेटाइनन् । रूखको छायालाई चन्द्रमाको प्रकाशले हल्लाइरहेको थियो । आशाले त्यस स्थानमा निशितलाई हिँडिरहेको देखिन् ।

"आशा !", पुनः त्यही आवाज उनको कानमा पर्‍यो । उनले डराउँदै, अतालिंदै आफ्नो ढाडमा हतपत छामिन् । कडा, कडा कक्रक्क परेको चीजको अनुभव गरिन् ।

"आ...मा !", आशा एकाएक चिच्याइन् । चक्रपथको सुनसान सडकको छेउको घरमा आशाको चिच्याहटले शकुन्तला भित्रबाट दौडँदै आइन् अनि अतालिएको स्वरमा सोधिन्, "के भो आशा ?"

आमाको स्वर सुन्नेबित्तिकै आशाको डर कम भयो । हातमा भएको वस्तु हेर्न मधुरो प्रकाशतिर लागिन् ।

"कालो कालो चीज !", आशा डरले थरर काँपिन् ।

"किन यसरी डराएकी आशा ?", शकुन्तलाले आशालाई समात्दै सोधिन् । भावना पनि दौडँदै बाहिर आइन् ।

"के भो मामु ? किन यस्तो रातमा एक्लै बाहिर बस्नुभएको ?", भावनाले सोधिन् । उनी निद्राकै सुरमा बाहिर निस्किएकी थिइन् ।

आशाको हातको कालो चीज सुकेको पात थियो । उनलाई अनायासै भ्रमले सताएको थियो । पात भनेर थाहा पाएपछि आशा एकक्षण हाँसिन् । उनी कोठामा गइन् । उही मौनता... जसलाई उनले सालौंदेखि पालिराखेकी थिइन्, त्यही मौनताले सताउन थाल्यो । उनले झ्याल खोलेर चाँदनी रातमा हाँसिरहेकी चन्द्रमासँग आनो जीवनको लक्ष्य र अर्थ सोधिन् । चन्द्रमा हाँसिरहेकी थिइन् । हाँसिरहिन् । यत्तिकैमा बादल आएर चन्द्रमाको सानो भाग छेकिदियो । बादलको क्रम बढ्दाबढ्दा चन्द्रमाको पूर्णतया अंश छेकिन थाल्यो । आशा चन्द्रमासँग मुसुक्क हाँसिन् । भावनाले आशालाई हेरिरहेकी थिइन् । आफ्नी आमाको यसरी कहिले एक्लै हाँस्ने र कहिले एक्लै निराश हुने प्रक्रिया देखेर उनलाई डर लाग्यो ।

"मामु !", भावनाले आशालाई घचघच्याइन् ।

"हँ !", आशा झसङ्ग भइन् अनि आँखा चन्द्रमाबाट हटाएर भावनालाई हेरिन् ।

"के भो मामु ?"

"कस्तो मीठो कल्पनामा हराएकी थिएँ... खलबल्याइदिइस् ।"

"कस्तो कल्पना ?", भावनाले अचम्म मान्दै सोधिन् ।

"हेर् न त्यो चन्द्रमालाई । पूर्णिमाको मस्त रातमा पनि बादलले जिस्क्याइरहेछ । मसँग हाँसिरहेकी थिइन्... बादलले हाँस्नै दिएन । आकाशको चाँदनीको कथा मेरो यथार्थ जीवनसँग मिल्दोजुल्दो छ ।", आशा पुनः मुसुक्क हाँसिन् ।

"मामु ! धेरै नसोच्नुहोस् । धेरै सोच्यो भने मानिस पागल हुन्छ ।", भावनाले आशालाई अँगाले हाल्दै भनिन् ।

"छोरी ! सायद मेरो जीवनको लक्ष्य नै तैं होस् । त्यसैले आमासँग कुनै कुरा नलुकाउनू । सधैं याद गरेस्- जीवनमा कसैसँग प्रेम नगर्नू ।"

"जीवनमा कसैसँग प्रेम नगर्नु... ।"

भावनाको मस्तिष्कमा आशाले भनेको यो वाक्य दोहोरिइरह्यो ।

आशाले झ्याल लगाइन् । पर्दा लगाएर भावनाको निधारमा म्वाइँ खाइन् अनि लामो श्वास फेर्दै खाटमा पल्टिरहिन् । आशालाई भने आफ्नो छटपटी बढ्दो थियो । उनले फेरि झ्याल खोलिन् । पर आकाशबाट चन्द्रमा ङिच्च हाँसे जस्तो अनुभव गरिन् । झ्यालबाट आइरहेको हावाले उनलाई फेरि अतीततिर लग्यो । चन्द्रमा जस्तै चञ्चल र हँसिली आशाको जिन्दगीमा आएको मोडले उनलाई निकै गम्भीर बनाइदिएको थियो । यी दिनमा आशाले हाँस्नसमेत बिर्सिसकेकी थिइन् । आँखाबाट आएको आँसु बिस्तारै पुछिन् । भावना पनि अनेक कल्पना गर्दै निदाइन् । सादा वस्त्रमा पनि भावनाको यौवन धपक्क बलेको बत्तीझैं देखिन्थ्यो । उनको मुस्कान चाँदनी रातको चन्द्रमाझैं थियो । ठूलठूला आँखा निकै रहरलाग्दा देखिन्थे ।

बिहानको समय... शकुन्तलाले पूजाकोठामा जोडतोडले घण्टी बजाइन् । आशा र भावना दुवै एकैसाथ उठे । बिहानको खाना खाइसकियो । आशालाई उही उदासीपनले पछ्याएको थियो, त्यो थियो भावनाको बिहे । भावनाको बिहेपछि उनी निशितको ऋणबाट मुक्त हुने कुरा सम्झँदै थिइन् । निशितको आत्मालाई शान्ति मिलेको अनुभव गर्दै थिइन् । तर भावनामा सम्पूर्ण गुण भएर पनि अधुरी थिइन् ।

"मामु !"

"हँ !", आशाले भावनाको कपाल बाटिरहेकी थिइन् ।

"म साथीकहाँ जाऊँ ?"

"जाऊ त भनिरहेकी नै थिएँ नि ! कम से कम मन त बहलिन्छ । अँ ! एउटा कुरा... आज सन्ध्या आउँछिन् ।"

"त्यसो भए त कहीं जान्नँ ।"

"किन र ?"

"सन्ध्या आन्टीको कुराले नै कैयौं कुरामा हौसला मिल्छ । दुई महिनाको पोखरा भ्रमणमा जानुभएको होइन र ?"

"दुई महिना भएन र ? आज चैत ४ गते । माघे सङ्क्रान्तिको दिन गएकी... ।"

"अँ त साँच्ची । मामु ! खाजामा के बनाऊँ ?"

"जे तिम्रो इच्छा ।"

"चाउचाउ, खीर ... ।"

"खीरै बनाऊ । सन्ध्यालाई मनपर्छ पनि ।"

आशालाई खीर शब्दले फेरि निशितको याद आयो । खीर भनेपछि निशित हुरूक्कै हुन्थ्यो । आशा भावनाको कपाल बाट्न रोकेर कताकता हराउन थालिन् । लामो श्वास फेरेर कपाल बाट्न थालिन् ।

"मामु ! म सधैं तपाईंलाई कपाल बाटिदिनुस् भन्दाभन्दा दिक्क भइसकें । अब त छोटो पारेर काटिदिन्छु ।"

"धत् ! केटीको शोभा हो कपाल त !"

"आखिर यस कपालले मलाई के दियो र ? बेलाबेलामा मेरो मजबुरीमाथि उपहास गरे झैं लाग्छ ।" भावना यति भन्दै चुप भइन् ।

दुवैको वार्तालाप एकछिन बन्द भयो । आशाले कपाल बाटिसकिन् । भावना आशाको काखमा टाउको राखेर लेटिन् ।

"बढी उदास हुनु ठीक छैन... । जाऊ कुनै पेन्टिङ गर । सायद मन बहलिएला ।"

"मामु, म उदास नै कहाँ छु र ? बरू, तपाईंको चिन्ता देख्दा भने दुःख लाग्छ ।"

"आमा हुँ... छोरीका लागि चिन्तित हुनु स्वाभाविकै हो नि !"

"उसमाथि पनि एक अपाहिज छोरीकी आमा, होइन मामु ?"

"अपाहिज ? कसले भन्छ मेरी छोरीलाई ? तिम्रो जीवन्त पेन्टिङलाई देखेर कुन चाहिंले अपाहिज भन्छ ?"

"पेन्टिङलाई कोसँग मतलब छ र ? मानिसहरू सब स्वार्थी हुन्छन् । नत्र मेरो बिहे किन रोकियो र ? अपाहिज शब्दले मलाई त्यहाँ बेइज्जती किन गरियो त ?", भावनाको यस प्रश्नले आशाको मस्तिष्क

केही समयसम्म स्तब्ध भयो । उनले हतारमा केही भन्ने शब्द पाइनन् । उनका आँखा रसाए ।

भावनालाई आज अचानकै आमाको तस्बिर बनाउने इच्छा लाग्यो । पाँच वर्षकी छँदा जब बायाँ हातका औंलाहरू ट्याक्सीबाट हात बाहिर निकालिएकाले छिनिएका थिए, त्यही बेलादेखि उनको चञ्चलताले विश्राम लिएको थियो । उनी सधैं एकान्तमा बस्न रूचाउँथिन् । प्रकृतिसँग उनको प्रेम बढ्दै गयो । पेन्टिङमा सोख बढ्दै गएकाले राम्रोभन्दा राम्रो पेन्टिङ बनाउन थालिन् । उनको दायाँ हत्केलामै सम्पूर्ण सीप थियो । तर पनि मानिसहरू उनलाई अपाहिजको संज्ञा दिन पुग्थे ।

भावनाले कोठामा टाँगिएको आफ्नै अनुहारको पेन्टिङलाई झिकेर जथाभावी रङले बिगारिन् । सागरको मुटु छेडिने वाक्यले उनको मुटु छियाछिया भएको थियो । कलबेलको आवाजले सतर्क भई भावनाले आँसु पुछिन् ।

ढोका खुलै हुँदा सन्ध्या सरासर भित्र आइन् । भावनाको लथालिङ्ग पेन्टिङले उनलाई अचम्मित तुल्यायो । सन्ध्या भने भावनाको पीडा जान्दिनथिन् ।

"यतै आइज ।", आशाले सन्ध्यालाई भनिन् । सन्ध्या आशाकै कोठामा गइन् ।

"कस्तो भयो तेरो नारी आश्रमको पोखरा भ्रमण ?"

"कस्तो हुनु ? राम्रै भो... ।"

"गजब छ तेरो कथा पनि । आफ्नो जीवन नारी आश्रमलाई सुम्पेर... कैयौं महिलाको जीवनलाई सफल बनाइदिइस् ।"

"बस् पनि भन्दिनस् ?"

"बस् न, किन उभिनुपरेको ?"

"साह्रो थकाइ लागेको थियो । तर पनि खुशीको खबर दिन घरै आएँ ।"

"कस्तो खुशी ?"

"तँलाई थाहा छैन, मेरो खुशी केकेमा छ भनेर ?"

"भन्न … कुरा के हो ?"

"भोलि राहुल फर्किंदै छ… एक सक्षम डाक्टर बनेर । उसको ट्रेनिङ पनि सकिसकेको छ ।"

"साँच्ची ? समय बितेको पत्तै नहुने… ।"

"यस्तै छ… अब मेरो सम्पूर्ण सपना साकार भयो । विकासको उपन्यास लेख्ने धोको र राहुलको ठूलो मान्छे बन्ने धोको दुवै पूरा भयो ।"

"तेरो आदर्शले यतिसम्म सक्षम भइस् ।"

"यो रेवन्तको देन हो । म बाँचेर पनि कैयौंपटक मरे तुल्य भएँ । अनि मरेर पनि बाँचें । मेरो समाज भन्नु नै एक्लो आत्मा हो । यसलाई मैले आजसम्म असत्यमा डोर्‍याएकी छुइनँ । सायद डोर्‍याउन्न पनि । साँच्ची ! समाजसेवामा लागेपछि यहाँबाट उम्किने मनै हुन्न ।"

"हो सन्ध्या । तँलाई नेपाली दिदीबहिनीको प्रार्थना लाग्नेछ । तैंले धेरैको जीवन बनाइस् । तर म…म ।"

"म के ?"

"म आफ्नी छोरीका लागि पनि केही गर्न असमर्थ छु । मलाई निशितको आत्माले धिकार्नेछ । आमा भएको पनि व्यर्थ छ ।"

"आखिर के भयो ? तैंले किन यस्तो हीन भावना लिएकी ? भावनालाई पढाइस्, लेखाइस्… ।"

"पढाउनु र लेखाउनु नै कर्तव्यको सार त होइन नि ! म मेरी छोरीको उज्ज्वल भविष्य चाहन्थें । तर म पनि उनकै दुःखले डढिसकें ।"

"स्पष्टसँग भन्न ! कुरो के हो ?"

आशाले जबाफमा केही भनिनन् । उनी बडो असमञ्जस्य स्थितिमा परिन् । उनले वास्तविकता भन्न अलि गाह्रो अनुभव गरिन् । आशा अकमकाइन् ।

"सायद तैंले हाम्रो मित्रतलाई भुलिस् । कि ममा सुन्ने अधिकार छैन ? किन हिचकिचाउँछेस् ? विश्वास गर्न छाडिस् कि ?", सन्ध्याले व्यङ्ग्य गर्दै सोधिन् ।

"होइन, त्यस्तो होइन । के भनूँ खै ? भावनाको बिहे एक जना सागर भन्ने कटोसँग छिनियो ।"

"यो त खुशीकै कुरो हो नि !"

"र टुट्यो पनि ।"

"के... ।", सन्ध्या छक्क परिन् ।

"के हुनु ? तँलाई थाहै छ... मेरी छोरीको अवस्था । उनको बायाँ हत्केलामा औंलाहरू नभएका कारण बिहे छिने पनि स्वयंवरको दिनमै टुट्यो । मेरी छोरी अपाहिज शब्दले विभूषित भइन् । मैले पनि बेइज्जती खप्नुपर्‍यो । म आमा भएर पनि विवश छु ।"

"तैंले बिहेबारे मलाई त भन्दै भनिनस् त !"

"तँ पोखरा भ्रमणमै थिइस् । भावनाको क्याम्पसमा पेन्टिङ सो हुँदा पेन्टिङ देखेर भावनासँग चिनापर्ची भएछ । केटो नेपालगन्जको... घरमा माग्न आए । मैले पनि खुशीले बिहे पक्का गरिदिएँ । भावना पनि मेरै इच्छामै थिइन् । तर स्वयंवरको दिन नसोचेको कुरा भयो । सागर भावनाको हातको स्थिति जान्दैनथ्यो । स्वयंवरमै औंठी लगाउन हात माग्दा औंलाहरू नदेख्दा धोका दियौ भनेर उठेर गए । सब जना चकित भए । म रोइरहें... भावना आफ्नो विवशतालाई अँगालेर चुपचाप बसिन् । तैं भन् सन्ध्या... मेरो जीवनको केही सार छ ? मैले निशितको एक मात्र निसानीलाई खुशी दिन सकिनँ ।"

आशा अनुहारलाई दुई हत्केलाले छोपेर भक्कानो फुटाई रून थालिन् ।

"त्यसो नभन्, आशा ।"

आशा भने सुकसुकाइरहिन् मात्र ।

"आशा ! धैर्य गर् । तँ यदि बिहेका लागि राहुललाई सम्झिन्छेस् भने... ।"

"तँ यो के भन्दै छेस्, सन्ध्या ? राहुलले मान्ला र ? ...भो-भो मेरी छोरी कुमारीमै मर्छे... मलाई सहानुभूति नदे ।"

"यो सहानुभूति हैन । मलाई विश्वास छ... राहुलले मैले भनेको नकार्नेछैन ।"

आशाले बिस्तारै टाउको उठाइन् । आँसु पुछिन् । दुवै जनाले आपसमा अँगालो हाले । आशा सन्ध्याको मित्रता देखेर चकित परिन् ।

"सन्ध्या !", आशाले आफ्नो बाहुपासबाट सन्ध्यालाई हटाउँदै भनिन् ।

"किन र ?"

"तैंले नारी आश्रमका नारीहरू मात्र होइन, मेरी छोरीलाई पनि जीवन दिइस् ।"

"यो त मित्रता निभाउने बाटो हो । तेरा पीर र दुःख मेरा होइनन् र ?"

"सन्ध्या ! म त आफ्नो आभार तेरो चरणस्पर्श गरेर व्यक्त गर्न चाहन्छु ।"

"चरणस्पर्श ? मित्रतामा ? भोभो बरू भोलि राहुल आँउछ । तिमीहरूलाई निम्तो छ । खानपिनको व्यवस्था उतै गर्नेछु ।"

"ल ल ।", आशाले आफ्नो भारी मुटुलाई हल्का बनाउँदै भनिन् ।

***

१८

टन्टलापुर घाम । सूर्यको प्रकाशले कोठा प्रकाशमान थियो । गीत गुनगुनाउँदै राहुल दारी काट्दै थियो । उसको मिहिनेत र परिश्रमले डाक्टर भएको थियो ऊ । यस उपलब्धिमा राहुल आफैं गौरवान्वित पनि थियो । सन्ध्याको ममतामा भने ऊ यति हराएको थियो कि, उसले आमाबाबुको कमी कहिल्यै महसुस गर्नैपरेन । रक्सौलमा रेवन्तको पाकेट नमारेको भए सायद उसले दिदीको अथाह सागर झैं मायाको उपभोग गर्न पाउने थिएन । उसको बिग्रेको अवस्थाले नै राहुल ले अझ सुध्रिने मौका पाएको थियो ।

राहुल फर्केको एक साता भइसक्दा पनि सन्ध्याले भावनाको कुरा चलाएकी थिइनन् । सन्ध्याले आशालाई दिएको वचन पूरा गर्ने सुर कसिन् । भान्साबाट हलुवा बनाएर ल्याइन् । राहुल गुनगुनाउँदै थियो ।

"एउटा मान्छेको मायाले कति फरक पार्दछ जिन्दगीमा... ।"

"राहुल !"

"ह... हजुर !"

"के एक्लै भुतभुताइरहेको ? मलाई गाली दिएको त होइन ।"

"आ... दिदी पनि । गाली ? त्यो पनि तपाईंलाई ? कसरी सोच्न पनि सक्नुभएको होला । तपाईंलाई गाली गर्नुपरे त गर्धन काटेर बिसाइदिए पनि हुन्छ ।

"के बोलेको त्यस्तो ?"

"अनि के बोलूँ त ? म उही राहुल हुँ... तपाईंकै राहुल । तपाईंको मायाले मेरो जीवन परिवर्तन भयो । त्यही गीत गाएको नि !"

"कुन गीत ?"

"नारायण गोपालको, *एउटा मान्छेको मायाले कति...* ।"

"भोभो ! बढी नचढाऊ । तिमीलाई कुरामा जित्न सकिन्न । ल यो हलुवा खाऊ ।"

"हलुवा ? मुखमा पानी नै आइसक्यो ।"

"खाइहाल न त ! सेलाउला ।"

"दिदीको हातबाट त्यत्रो वर्ष खान पाइएन । अबचाहिँ जिन्दगीभर दिदीकै हातबाट खानेछु ।"

"जिन्दगीभर मेरो हातले ?"

"अँ त !"

"भो ! विश्वास लागेन ।"

"किन ?"

"... बिहेपछि दिदीको टेरपुच्छर लाउने हो वा हैन ।"

"कहाँबाट आएको यो बिहेको कुरा ?... बरू तपाईंलाई एउटा उपहार ल्याइदिएको छु ।"

"के भन न ?"

"खरायो ।"

"साँच्ची ?"

राहुलले बाकसबाट खरायो निकाल्यो । सन्ध्याको हातमा थमाइदियो र भन्यो, "दिदी ! यसको नाम पनि मनु नै राख्ने ल ?"

"हुन्छ । तर मलाई त्यस नामले अतीतको याद आउँछ । मेरो मनुलाई बिरालोले चिथोरेर मारिदियो । त्यो क्षणबाट मैले आँसु झार्न थालेकी थिएँ... ।"

"अब यो मनुको पालामा अन्त ! कसो दिदी ? राहुल हुँदाहुँदै तपाईंलाई के कुरामा कमी छ र ? यस समाजमा यस भाइलाई यत्रो इज्जत दिलाइदिनुभयो । दिदी ! अब तपाईं खुशीसाथ बस्नुहुनेछ ।"

"त्यो त ठीक छ ।"

"तर दिदी... दिदी तपाईंले नारी आश्रम छोड्नुपर्नेछ ।"

"किन र ?"

"दिदी मेरो पोस्टिङ जुम्लामा भयो । म दिदीलाई छाडेर कसरी जाऊँ ?", राहुलले निराश भएर भन्यो ।

"तिमी जाऊ... आफ्नो कर्तव्यको पालना गर । मैले त आफ्नो सम्पूर्ण जीवनको शेष भाग नारी आश्रमकै सेवा र तपस्यामा बिताउने प्रण गरेकी छु ।"

"त्यसो भए दिदी... म यो पोस्टिङ क्यान्सिल गरिदिन्छु । सरकारी जागिर नै किन खानुपर्‍यो र ? यही काठमाडौंमै क्लिनिक खोलेर बस्नेछु । सदा ... दिदीकै छत्रछायामुनि ।"

"दिदीका लागि त्यत्रो त्याग ?"

"हो त नि... जसले मलाई आजको जिन्दगी ...।"

"तिमी गलत साबित भयौ । एक जना सन्ध्या दिदीका लागि तिमी आफ्नो कर्तव्यबाट विमुख हुँदै छौ । तिमी जस्तो डाक्टरको यो एक्ली सन्ध्यालाई मात्र होइन, प्रत्येक ग्रामीण जनतालाई आवश्यक छ ।"

"तर ... त्यस्तो भन्दैमा ... ।"

"मैले तिमीलाई डाक्टर पढ्न जोड गरें । यसको मतलब केवल इज्जत र प्रतिष्ठा होइन... यो त समाजसेवा हो ।"

"जान्न त म पनि जान्दछु । तर तपाईंसँग फेरि बिछोडिन चाहन्नँ ।"

सन्ध्या चुप भइन् । राहुलका कुराले उनलाई दुःखी बनायो ।

"दिदी !"

"किन ?

"... ।" राहुल चुप भयो ।

"हलुवा चिसो भयो ।"

"त्यो त खाउँला नि ! तपाईं मलाई जुन कर्तव्यविमुखताको कुरा गर्नुभयो, तपाईंलाई छाड्दा पनि त कर्तव्यबाट टाढा हुन्छु नि ! तपाईंको सेवा गर्ने मौकै दिनुभएन ।"

"जाऊ... दुःखीहरूको सेवा गर... । यसैमा सन्ध्याको खुशी र आत्मसन्तुष्टि हुनेछ । तिमी जस्ता सबै डाक्टरले यहीं बस्ने कुरा गर्ने

हो भने यो देशले विकासको बाटो कहिल्यै पहिल्याउन सक्दैन । सदा पछि पर्नेछ ।"

"मैले आफ्नो व्यक्तिगत स्वार्थ हेरें । म जुम्ला जरूर जानेछु ।"

"तर एक्लै होइन नि !"

"तपाईं पनि जानुहुनेछ ?"

"होइन ?"

"अनि ।"

"एउटा कुरा राहुल- तिमी मेरो एउटा इच्छा पूरा गरिदेऊ ।"

"के दिदी ? तपाईंका लागि त यो भाइको ज्यान हाजिर छ ।"

"मलाई तिम्रो ज्यान होइन । म तिम्रो घर बसेको देख्न चाहन्छु । मेरो बुहारी होस्... मेरो भाइको हेरचाह गर्ने, माया गर्ने... बस् त्यति हो ।"

"दिदीको मायामा कुनै कमी छ र ?"

"नहुन सक्छ । तर राहुल तिमी भावनालाई अपनाऊ ...।"

"भावनालाई ?", राहुलले आँखा ठूला बनायो । उसको अनुहारको भाव देखेर सन्ध्या छक्क परिन् । मुख अध्याँरो बनाएर सोध्न पुगिन्, "किन, हुन्न र ?"

"आज यस समाजमा हाम्रो यत्रो इज्जत र प्रतिष्ठा छ । सबले हामीलाई इज्जतको दृष्टिले हेर्छन् । डाक्टरले एक अपाहिजसँग बिहे गर्ने ? दिदी ! सबले... दिदी ... ।"

"अपाहिज ? केही औंला छैनन् हातमा त भावना अपाहिज भइन् ? तिमी र अरू लोग्ने मानिसमा के फरक रह्यो र ? मानिसको शारीरिक बनावटलाई यत्रो महत्त्व ? आखिर उनमा अरू के कमी छ ? रूप, सीप, कला... । मलाई तिमीबाट यस्तो आशा थिएन ।"

सन्ध्याका आँखा रसाएर आए ।

"दिदी ! तपाईंका आँखामा आँसु ? तर दिदी, इज्जतको पनि त कुरा छ ।"

"इज्जत ? त्यस समयलाई गौर गर, जहाँ हामी थियौ । इज्जत र पैसा भन्दैमा आफ्नो औकातलाई भुल्नु मूर्खता हो । भावनालाई अपनाएर तिमी इज्जत घटाउन्नौ... त्यति बेला तिम्रो महानताको प्रदर्शन हुनेछ ।"

"...।" राहुलले केही बोलेन ।

"ठीकै छ । तिमीलाई मैले आफ्नो निर्णयको घेरामा राख्न खोजें । तिमी स्वतन्त्र छौ । म वचनबद्व छु । आशालाई आफ्नो अनुहार देखाउन सक्दिनँ । म यहाँबाट जानेछु... पाइलाले जताजता लैजान्छन् ।" सन्ध्याले आफ्नो साडीको आँचलले आँसु पुछिन् ।

सन्ध्या पलङमा पल्टिइन् । राहुलले सन्ध्यालाई घचघच्यायो । राहुल पछाडिबाट भित्तातिर गएर बस्यो । सन्ध्याले आँखा चिम्लिरहेकी थिइन् । तर उनका चिम्लिएका आँखाबाट आँसुका थोपा टिलपिल गर्दै खस्दै थिए । राहुलले सन्ध्याका आँसु पुछिदियो ।

"म माफीको लायक छुइनँ... तर म तपाईंबाट माफी चाहन्छु । दिदी ! म आवेशमा आएँ... तपाईंको इच्छा नै मेरो खुशी हो दिदी । अनि भावनाका अरू हरेक कुरा मलाई राम्रो पनि लाग्छ । निकै सुशील छिन् ।", राहुलले गम्भीर भएर भन्यो ।

"तिमीले फेरि दिदीको करले मात्र बिहे गरेको सोच्ने त होइनौ ?"

"हैन दिदी, म खुशी छु । किनकि यसमा तपाईंको खुशी छ ।", राहुलले सन्ध्यालाई अँगालो हाल्दै भन्यो ।

सन्ध्याको आँखाबाट फेरि खुशीका आँसु झरे ।

राहुल र भावनाको बिहे धुमधामले भयो । सन्ध्या र आशा दुवै खुशीले पागल भए । दुवैको मित्रता नातामा परिवर्तन भयो ।

सन्ध्या र आशा दुवै बेचैन थिए । उनीहरूले राहुल र भावनालाई बिदा गर्नु थियो । बिहेको महिना दिन पनि नहुँदै राहुल भावनालाई लिएर जुम्ला जान आँटेको थियो । भावनाले राहुलको कुरालाई नकार्न सकिनन् । सन्ध्यालाई राहुलको महानतामाथि गौरव थियो ।

भावना बाहिर फूलबारीमा बसेर राहुलले उनलाई बिहेको दिनमा भनेको कुरा याद गरिरहिन् । जब भावनाले राहुललाई बिहेको दिन उसको खुट्टामा ढोग्नलाई निहुरेकी थिइन्, राहुलले भावनाको कुममा हात राखेर उनलाई उठाउँदै भनेको थियो, "त्यसरी आफ्नो उठेको

शिर ननिहुराऊ । हामी आजदेखि एक रथका दुई पाङ्ग्रा । सँगै बाँच्नु छ... हामी दुवै जनाको स्थान एउटै छ । जीवनको रथको पाङ्ग्रामा ।"

यी शब्दले भावनाले आँसु झारेकी थिइन् । सन्ध्याले आफ्नो कर्तव्य निर्वाह गरिन् । आशाको पखालिएको सिउँदोले शान्तिको श्वास फेऱ्यो । सन्ध्याले राहुल जाने दिनमा आफ्नो दुःख सहन सकिनन् । तर पनि उनले राहुललाई आँसुले बिदा नगर्ने प्रण गरेकी थिइन् । सन्ध्याको आँसुले राहुललाई कर्तव्यविमुख बनाउने थियो... । त्यसैले उनले आफ्ना पीडा देखाइनन् । आशा, शकुन्तला र सन्ध्या तीनै जना राहुल र भावनालाई बसस्टपसम्म पुऱ्याउन गए । बस गुड्यो... सहिदगेटको भीडबाट ओझेल पनि भयो ।

"तिमीहरूको जोडीलाई परेवाको जोडी झैं देख्न पाऊँ ।", सन्ध्याले मनमनै भनिन् ।

"धन्य हौ भगवान् तिमी... । मेरो र निशितको एक मात्र निसानीलाई जीवन दियौ । धन्य छौ तिमी... । मेरो ममताको लाज राख्यौ ।", आशाले आँसु झार्दै भनिन् ।

सन्ध्याले आशाका आँखाबाट झरेका आँसु पुछिदिइन् । आफ्नो र आशाको जीवन छिन्नभिन्न भए पनि भावनाले एक राम्रो जीवनसाथी पाइन् । भावनालाई सुखी जीवन दिइन् । आशाको बोझ हल्का गरिदिइन् । राहुलप्रतिको कर्तव्य पूरा गरिदिइन् । शेष जीवन सेवाकै काममा अर्पण गर्ने आनो सोचाइलाई अझ दरिलो बनाइन् ।

आशा र सन्ध्या दुवैलाई बिछोडको पीडा असह्य बनेको थियो । पीडा सहन नसकेर दुवैले एकआपसलाई अङ्कमाल गरे । आफ्नो तपस्या पूरा भएकाले आँसु पुछे । फेरि हाँस्दै अङ्कमाल गरे ।

***

साहित्यका आख्यान र गैर-आख्यान विधामा कलम चलाउने सङ्गीता स्वेच्छाका 'गुलाफसँगको प्रेम' (कथा-सङ्ग्रह) र 'असहमतिका पाइलाहरू' (संयुक्त कथा-सङ्ग्रह) प्रकाशित छन् । उनले सम्पादन गरेका 'द हिमालयन सनराइज' तथा 'अ ग्लिम्स् इन्टु माइ कन्ट्री' हालसालै प्रकाशित छन् । विभिन्न नेपाली तथा अन्तर्राष्ट्रिय पत्रिका, किताब, जर्नल तथा वेबसाइटमा उनका लेख-रचना प्रकाशित छन् ।

बेलायतको सर्रे युनिभर्सिटीबाट वातावरण सञ्चारमा विद्यावारिधि गरेकी स्वेच्छाले त्रिभुवन विश्वविद्यालयबाट मानवशास्त्रमा स्नातकोत्तर र अस्ट्रेलियाको होमस्लेन इन्सटिच्युट अफ टेफबाट सफ्टवेयर डेभलपमेन्टमा डिप्लोमा गरेकी छिन् ।

'महेन्द्र विद्याभूषण-२०००' तथा 'नेपाल विद्याभूषण-२०१४' बाट विभूषित स्वेच्छा हाल लन्डनस्थित अन्तर्राष्ट्रिय गैरसरकारी संस्था 'फिड ड माइन्डस्'मा सञ्चार प्रबन्धकका रूपमा कार्यरत छिन् । अन्तर्राष्ट्रिय नेपाली साहित्य समाजकी आजीवन सदस्य र नेपाली साहित्य विकास परिषद् यूकेमा सह-उपमहासचिवसमेत रहेकी उनी विभिन्न संस्थासँग आवद्ध छिन् ।

सेतो सिउँदो उनको पहिलो उपन्यास हो ।

www.sangitaswechcha.com
Facebook: https://www.facebook.com/sangyshrestha
Twitter:https://twitter.com/SangyShrestha